经典与解释(24)

雅典民主的谐剧

■ 主编／刘小枫　陈少明

華夏出版社

正则古典教育基金资助项目

目　录

论题:雅典民主的谐剧

古典作品研究

思想史发微

旧文今刊

评　论

(本辑主编助理:娄林、李长春)

论题:雅典民主的谐剧

阿里斯托芬与政治

苟姆(A. W. Gomme)　著
黄薇薇　译

这是一个老生常谈的话题,要是学者们迄今为止的研究足以令人信服,那我也用不着再多言语。据我所知,除了一个人的研究之外,[①]其他的都不太令人满意,因为它们一开始就弄错了方向。学者们在同一条道路上绕了许久,却同途殊归。这也在所难免,因为有些人并没有真正读懂阿里斯托芬,还有些人却又多愁善感。不过,他们已经开始提出问题:阿里斯托芬的观点是什么?他抨击怎样的系统或支持怎样的政策?他属于哪个党派?也就是说,他们首先把他想成了一个政治家:一个有政策要提倡、有观点要维护的人,一个想要看到确实行事的人——从这个意义上说,他们把阿里斯托芬看成了一个实用的人。瑟尔沃尔(Thirlwall)在一百年前曾写道:

> 阿里斯托芬的才情令人惊叹,但他对才情的利用则更为出色。他……从未停止用其无人可及的力量,竭尽全力地抵制、纠正,或减少他看到的罪恶。他似乎不放过任何机会提出健全的建

① 此人即 Rennie,在他的《阿卡奈人》导言中,有少许几页(第 6 - 10 页)令人叫绝,但只是暗示了他的立场,并没有做任何解释。

议,而这些建议在他看来是最行之有效的方式;他只利用戏剧的优势来抨击普遍的陋习,并激起对愚蠢和邪恶的蔑视和愤慨,这两样东西在他眼里,都与时代的灾难和危险息息相关。阿里斯托芬的爱国主义诚实、大胆而明智。①

从这以后,几乎所有喜欢阿里斯托芬的人都保持着这种看法:阿里斯托芬是一个艺术家,但和同样是艺术家的德摩斯忒尼(Demosthenes)一样,利用艺术来宣传自己的政见。学者们并没有把他当成戏剧家。他们确实经常说"我们绝不能忘了他首先是个喜剧诗人",但这不过是嘴上说说而已,是在替诗人的夸张或猥亵场面辩护时使用的陈词滥调。对一个戏剧家,你会问:"他的人物和事件是否可能?是否符合亚里士多德在《诗学》中对可能所下的定义?他对菲罗克勒翁(Philocleon)的描绘是否可能?"——这是些艺术问题;否则你会问:"他是赞同还是谴责菲罗克勒翁?"——这是历史或传记问题。对于前者——"他描述的雅典怎样?有说服力吗?"等艺术问题而言,与后者——他的观点是什么?他同意还是反对?他认为应该如何处理?——等问题毫不相关。然而,对研究阿里斯托芬与公共事务之间关系的学者来说,历史或传记问题几乎成了他们的限制,甚至包括维拉莫威茨(Wilamowitz),尽管他也有些洞见,尽管他也曾嘲笑过那些认为阿里斯托芬是在给观众书写道德训诫的人。艺术问题与历史或传记问题之间的区别极其重要。②

人们通常提出两种看法。其一,阿里斯托芬认为戏剧具有道德和说教目的,从狭义上讲,戏剧的任务就是要提升观众,喜剧更应该提出好的政治建议,他本人就经常这么做(在"旧喜剧"时期)。其二,阿里斯托芬对政治和文化运动持保守态度。关于第二点,学者们的表述各

① *History of Greece*(《希腊史》), c. xxxii, ed. 1847, vol. Ⅳ, 页 259, Rogers 引用过这段话,参《蛙》, p. xxxvi, n. NO. CCCLXXIV. VOL. LIL。

② 在他所编的《吕西斯特剌塔》和论述《马蜂》的论文中(*Berl. Sitzungsb*, 1911;现又在 *Kleine Schriften* I[《短论集》卷一]中重印了)。Jaeger 在 *Paideia*(《希腊式教育》)尤其第 458-9 页中也提到过。

不相同。有些学者,像(比如)斯达克(Starkie)就认为,阿里斯托芬是一个"狂热的保守主义者","以新思想为敌"——"为了反对所有的新思想,他出于本能的自我保护意识而蔑视雅典的喜剧精神"。尼尔(Neil)也认为,"阿里斯托芬抨击两样东西"——新一代的知识分子运动和民主政治。而另外一些学者,像克若瓦塞(Croiset)和默里(Murray)则认为,阿里斯托芬并不反对民主,也不愿意改变传统,他只是敌视误导了民众的政治煽动家,尤其是那些好战的帝国主义者,他们代表了时代的特征。虽然克若瓦塞认为阿里斯托芬"讨厌哲学这个名字,觉得它面目可憎";但默里却说:

> 《云》给我的整体印象不是讽刺,不像《骑士》和《马蜂》那样,直接反对诗人厌恶和想要摧毁的东西,而是一种"幽默的冲突"。

在这些学者眼里,阿里斯托芬大体上处于一种中间立场——一个温和的民主派,不喜欢极端的寡头派和政治煽动家:他本质上是一个善良而令人舒适的英国派。

不少作者问过自己:这些喜剧诗人是如何产生的?他们受到大众的欢迎,在属于人民而非文学或政治派别的大型节日里,他们创作剧本,[①]他们在本质上是属于人民的诗人——他们如何对人们喜爱的民主,或者民主的领袖产生敌意?——为什么会容许这种敌意?这种敌意又为什么会流行?前一个问题不如后一个问题明显。这些问题有许多答案,从愚蠢的观点到现代的观点,各不相同。最愚蠢的回答莫过于科特(Couat),他认为执政官准许歌队成立,并指定赞助人为歌队付费,因为这些赞助人都是些富人和反对民主的人,所以诗人只得接受他们的观点。而现代最流行的说法是:雅典的民主派分为两支,数量相当。一支由小农场主(small-farmer),即阿提卡的自由农民组成;另一支则由镇上的工人——雅典城中,尤其是比雷埃夫斯港的下层人

① 对照*Old Oligarch*(《旧寡头派》)这本小册子,是他为一个政治集团所写,但在他有生之年都没有出版。

民组成,而喜剧则代表了这两支民主派的对立。克若瓦塞非常详细地论述了这一点,他说:

> 喜剧令他们(农村人)愉悦,或许比悲剧更胜一筹,因为喜剧是他们真正的代言人。喜剧的风格能最充分地表达古阿提卡的喜悦。农村人淳朴而又傲慢,他们用这种方式来报复城里人和城市所钦羡的人。聪明些的诗人为了迎合他们,就在舞台上讽刺那些风云人物——精明而自私的政客、满脑子革命理论的哲学家、昏头昏脑的智术师、时髦的作家、新学派的作曲家,以及他们的各种思想——总之,讽刺那些被城里人(city-folk)视为宠儿,而被诚实的农民视为怪头怪脑的家伙。对乡下人(country-folk)而言,报复性地大声嘲笑城里人就是最快乐的事。[①]

按照克若瓦塞所说,除了过节之外,乡下人平时都懒得进城,所以伯里克利和克勒翁才能在公民大会上逞逞威风;而乡下人仇恨的帝国主义民主派,虽然能在实际政治中如鱼得水,在勒奈亚(Lenaea)和狄俄尼索斯(City Dionysia)城却不得不安分守己。而农场主这个阶层则厌恶帝国主义,尤其憎恨战争和主战者——因为战争让他们得不偿失。但我们几乎马上就会想到,在整个战争期间,虽然他们对戏剧节的热情不减当年,以至于纷纷入城组成了绝大多数的观众,但是为了镇压城里的民众,如雷尼(Rennie)所说,他们在"看到迎战的政策以后,便不愿意再多走几步"(参雷尼编《阿卡奈人》,第8页)。其实我们可以再进一步设想,在战争的最初六年,每年至少有几周,以及战争的最后九年,他们都不必再多走几步,因为他们被困在了城市围墙内。而阿里斯托芬却说,这正好是农场主,*δριμὺς ἄγροικος*[乡下佬]要做的

① *Aristophanes and the Political Parties*(《阿里斯托芬和政治党派》),英译本,页7。

事,当他们回到农场,远离克勒翁的势力时:就会进城投和平一票。[①](说农场主一回到农村,雅典的和平主义在皮洛斯之战后变得更为强烈,这是一个文学事实,至少是半个事实。)克若瓦塞本想让我们知道,乡下人愿意去的是剧场,而不是公民大会;他们让城市民众放任自流,只想通过艺术的形式来报复他们,想看看诗人如何嘲笑城里最受欢迎的人。这会是淳朴却又精明的农民所为吗?对此确实存在更有力的反对意见,但我稍后再做讨论。

让我们回到剧本本身。我们从中得知,阿里斯托芬仰慕昔日的旧时光、旧的生活方式,无论是政治还是文化方面。弥尔提得斯(Miltiades)、西蒙(Cimon)和米农尼得斯(Myronides)是他的军事英雄;马拉松和萨拉米斯是两场伟大的战役(尤其是前者,因为那是一场陆地战;后者则主要靠比雷埃夫斯港[②]的水手获胜);佛律尼科斯(Phrynichus)和埃斯库罗斯是他最喜欢的诗人。不论他是寡头派还是温和的民主派,他至少是旧生活的爱恋者。这就是他为什么要猛烈抨击苏格拉底和欧里庇得斯,就像攻击政治煽动家一样的原因,因为这两人喜欢战争时期好战的煽动行为——他们消解了旧的文化。他完全支持老一辈人,支持生活在农村的人,支持小农场主,他们耕种自己的土地,思想单纯,沉默寡言,他们艰苦作战,喜爱佛律尼科斯老歌曲*Μαραθωνομάχαι*([译注]指参加过马拉松战役的老兵)——"为了戏剧效果,阿里斯托芬不会用这个歌名来提醒观众"(同本页注释②)。这是一般的看法,有可能符合事实。但是,如果把它和阿里斯托芬是政治家,并竭力为听众推荐一种政策的观点联系起来,这个看法便导致了自相矛盾和自我欺骗。这一点也站不住脚。对政治家来说,有正误之分:支持对的一面,谴责错的一面;但对戏剧家来说,虽然他描写戏剧冲突,却没有对错之分(不管他个人的观点如何)。如果阿里斯托芬

---

① 《骑士》,805-8。Neil在此提到*δριμύς*一词的使用,该词在其他地方"特指陪审员的谴责……通常指民主派的性情……在柏拉图的作品中经常使用",不过,就连他也误以为阿里斯托芬是在为乡下人辩护,认为可以加上"*ἄγροικος*([译注]住在乡下的)一词来修正前一个词隐含的轻蔑意思"。

② Macan, *Herodutus*(《希罗多德》)Ⅳ-Ⅵ, vol. ii, 页186。

是一个政治家,那读一读剧本我们就会明白:老一辈人无论何时出现,在被形容成马拉松时代勇敢的老年人时,他们总是站在了错误的一方,或者就是错误的那方,也就是诗人抨击的那一方。在《阿卡奈人》中,正是那些老年人、农民,才是最激进的爱国主义者,他们好战、倾战(pro-war),对他们而言,谁建议与毫无诚信的敌人进行谈判,谁就是叛徒,说得好听点——谁就和在地母节上为欧里庇得斯辩护的"妇人"一样坏。[1] 在《骑士》中,当克勒翁即将挨打时,他请求老一辈人支持他反对革命——

> 陪审老年人啊,领三个俄波罗斯的族人啊,
> 你们是多亏我大声疾呼才好歹养活着,
> 快来救我呀,这些叛徒正在打我呢![2]

他的敌人——骑士,以及阿里斯托芬的朋友都是些年轻人。尼尔解释说,诗人真正的民主派总是老年人,他的年轻人多为寡头派,但这并不能否认他对新思想和新运动的一贯抨击。在《云》中,苏格拉底思想所中的学生,自以为是、面色苍白而又故作深沉,是谁受不了他们呢?是头脑简单、喜欢西蒙尼得(Simonides)和埃斯库罗斯歌曲的老斯瑞西阿得斯(Strepsiades),还是他挥金如土的儿子斐狄庇得斯(Phidippides)?当然是后者。这或许很自然,因为他的弱点就是爱马——不太可能对高等数学感兴趣。"我在布鲁斯(Blues)的同伴",斐狄庇得斯在拒绝父亲进学校时说道,"会揭发我,那这事就没完没了了。"这是一个高明的回答;但是,如果阿里斯托芬是一个戏剧家,而不是一个政治家,那他就既不会支持老一辈人,也不会抨击煽动者新的诡辩运动。在《马蜂》中,歌队进场时,唱出了阿里斯托芬最有魅力的一支歌——老年人在泥水和黑暗中相互携持,悲叹年轻时代的旧时光——我们有过怎样的

---

① 尤其是第562行:*εἶτ' εἰ δίκαια, τοῦτον εἰπεῖν αὔτ' ἐχρῆν*([译注]他这等无礼,该受惩罚。参《罗念生全集》第四卷,上海人民版,2004,页58)。

② [译注]引自罗念生译本,参《罗念生全集》第四卷,前揭,页108。

年代,你和我(还记得吗?)在拜占廷守夜的那一晚,我们偷走了面包房老板娘的揉面盆——今天他们还在值班;找找菲罗克勒翁吧,他是最尽职尽责的一个,总是最早起来,哼着佛律尼科斯的歌曲为大家领路——*ἡγεῖτ' ἂν ᾄσων Φρυνίχου· καὶ ἔστιν ἀνὴρ φιλῳδός*[总是哼着佛津尼科斯的曲子在前面带路,他这个爱唱歌的家伙],还能够以更同情的笔调来描绘老一辈人吗?阿里斯托芬肯定会把老年人和年轻人相比,年轻人虽然更敏捷聪慧,却没规没矩、不太诚实,或者性格不好。但根本不是这样:老年人是陪审员,而这个剧本就是要抨击和推翻他们的生活和体制的内在,但年轻人却暴露出自己的愚蠢。《吕西斯特剌塔》并没有把老年人和年轻人做这样的对比,但老年人组成的歌队指的也是辉煌的过去,甚至比马拉松时代还要早——

> 我活着时妇女们不会嘲笑古老的城邦,连克勒俄摩尼斯(Cleomenes)也不会,因为他的斯巴达之火也要败在我的长矛之下。

罗杰(Roger)为此解释说:"在这种暗无天日的苦难和沮丧中,雅典人能这样回想祖先的英勇事迹是件好事。"但是,当这些杰出的老年人热情地支持可恶的战争,当他们想要一直战斗,直到摧毁雅典及其盟国,乃至整个希腊时,当他们成为诗人抨击的对象时,他们又能带来怎样的安慰呢?最终获胜的并不是这些老年人、易怒者和陪审员,而是新思想的捍卫者们。默里说:

> 据我们判断,阿里斯托芬和其他喜剧诗人都是既定习俗的捍卫者,他们讽刺一切新的或不同寻常的东西。因此,阿里斯托芬的主角几乎总是老年人,*γέρων*([译注]长者),他们了解并喜欢旧的生活方式。[1]

就算这些老年人总是犯错?《阿卡奈人》、《骑士》、《马蜂》、《和

---

① *Aristophanes*(《阿里斯托芬》),页107。

平》和《吕西斯特剌塔》不就是要讽刺那些新奇而不同寻常的东西吗？当阿里斯托芬的老一辈人总是站在错误的那方，当阿里斯托芬经常表达对体制与政策的反对时，我们于是认为，阿里斯托芬是保守主义者、旧事物的支持者，是把剧场用于实用目的的宣传者，这样的观点岂不明显站不住脚？

有人认为阿里斯托芬是一个实用的政治家，这种观点既导致自我欺骗，又导致自相矛盾。让我举一两个例子。魏布里（Whibley）认为阿里斯托芬始终忠于平民（虽然他是一个保守主义者），他反对的是误导了平民的政治煽动家："他认为《骑士》（*Equites*）中的德谟斯（Demos）罚不当罪。"[1]阿里斯托芬给我们描绘的德莫斯，是一个稀里糊涂、粗鲁无礼、性情急躁、难以相处、耳朵不灵的家伙，任由一个粗俗的流氓奴隶摆布，他只有让一个同样粗俗的流氓来取代这个奴隶方能获救。这就让我们以为，描述这幅画面的人就是一个宣传者、一个传教士，忠于这样的民主。马尼托巴的胡吉尔（Hugill）教授最近正在研究阿里斯托芬的政治，他成功地让自己相信，在《吕西斯特剌塔》中，雅典和斯巴达的代表，还有歌队，听了女英雄的辩论之后，才向和平迈进了一步，[2]事实上他们拒绝听取这样的辩论，确实很勉强，但最终还是屈服了，因为吕西斯特剌塔的计划成功了，男人离开妻子便无法生活——阿里斯托芬把这一点给吹毛求疵的现代读者传达得非常清楚。胡吉尔硬是让自己相信这一点，因为杰出的老年人看到自己生活方式的不足时，肯定需要得到奖赏；正如他说，吕西斯特剌塔有着高尚的目标和理想（这也是阿里斯托芬的目标和理想），她的革命方法"值得并得到了"男人歌队的"辱骂和批评"。事实上，他认为双方一开始都很极端，听完对方的辩论后缓和了自己的观点并同意和解，而阿里斯托芬在总结时却指明了谁是谁非，结尾皆大欢喜——就像《时代周刊》的社论一样。

---

① *Whibley*，（《雅典的政治党派》），页98。

② *Hugill*，（《阿里斯托芬剧中的泛希腊主义》），页27、48。

按照胡吉尔的观点,[①]《蛙》一直在提出好的政治建议,无论是歌队还是埃斯库罗斯这个人物,剧末的最后三句话,埃斯库罗斯建议如何以最佳的方式挽救城邦,这使剧本达到了高潮:

> 再不会有巨大的忧患和痛心的刀兵交锋了
> 且让克勒俄丰和(指着观众)其他好战的人,
> 回到他们自己祖国的土地上去作战吧。[②]

默里认为这几句话的基本含义是,"激烈地战斗吧,除了战斗什么也别想"(默里译,《蛙》1443,注释1)。胡吉尔说:

> 显然,塔克(Tucker)是唯一读懂了这几句话的人,"这几句话很可能是说,当我们(战争停止后就可以)把敌人的祖国当成自己的祖国时,我们的祖国就是敌人的祖国(也就是涉及国际交流和贸易)",这就是纯粹的泛希腊主义。

我会继续说明这种解释不太可能的原因,但现在我要问,如果这个看法正确,那么如何与其他地方的埃斯库罗斯一致?在埃斯库罗斯的剧本中,他在政治上被描绘成一个Ἄρεως μεστόν([译注]勇士),本质上是一个喜欢战争的人,并以拉马科斯(Lamchus)为英雄(《蛙》,1039),而此人却经常被阿里斯托芬讽刺为自吹自擂者。要是这还不成为理由,那么阿里斯托芬在同胞们处于绝望的危急时刻,提出一个如此草率——只有三句话,听过便忘——又如此晦涩的建议,以至于要让两位二十世纪的教授来揣测它的含义,又有什么价值呢?

即使最杰出的学者,也可能会不知不觉地陷入这种类似于自我欺骗的观点,虽然不那么明显。默里最近在他的书中谈到《马蜂》和其中描写的陪审制度,他认为:

---

① *Hugill*,(《马尼托巴论文集》),1937,页190-219。

② [译注]引自罗念生先生译本,参《罗念生全集》,第四卷,前揭,页464。

> 这是可怕的一幕……然而,奇怪的是,作者竟会同情菲罗克勒翁及其同僚。作者对待他们并不像对付克勒翁和科拉克斯(Kolakes)那样,要拼个你死我活。事实上,大部分陪审员正好是阿里斯托芬喜欢并拥护的人:他们是来自乡下的老年人,因为战争而不能务农,因为年老而无需参军……因而居留雅典,年老力衰、受人尊敬、贫穷可怜、饱经风霜而充满了愤怒,他们能够参加陪审团,或者公民大会,并且——按照阿里斯托芬的说法,还很容易被聪明或毫无道德的人敲竹杠,因为这些人专门欺骗老年人(页82)。

这符合事实或者近似于事实吗?《马蜂》中的人是因为不能回到农场而痛苦万分,为了找点其他事情做,才被迫参加陪审团的吗?我们要铭记于心的问题——不是"这个描述是否符合当时雅典陪审员的情况(顺便说一下,我们可能还记得,斯巴达在公元前425年就停止了入侵,人们就回农村去了)"——而是"菲罗克勒翁和《马蜂》中的歌队及各种角色的情况是否属实"。这个问题的回答完全是否定的:这些人并非不愿意当陪审员——当陪审员是他们一生的事业。他们晚上魂牵梦绕,白天亲身躬行;这事已经深入到他们的骨髓,成了生命的活力,以至于菲罗克勒翁幻想的帝国权力破灭时,还得装作若无其事的样子去参加陪审。但默里教授却认为,他必须把阿里斯托芬对这些老人的喜爱,与他对体制的反对宣传、他的保守主义,和对乡村生活方式的热爱调和起来。

假设阿里斯托芬不是一个政治家而是一个戏剧家、艺术家:那他的目的就是要给我们描绘一个画面——根据他的情况,就是一个喜剧的画面——而不是要支持一个政策;默里说他"首先毕竟是文人":那他对自己的主要人物表示同情又有什么奇怪呢?没什么奇怪的。不仅不奇怪,而且阿里斯托芬要是想获胜,没有同情心也不可能会塑造出菲罗克勒翁这样的人物,也没有哪个艺术家能够如此。那"他究竟支持哪一边"就不是一个问题了,因为对一个戏剧家来说,他必须两边都同情。我们大多数人都强烈地希望自己具有公平的品质,这对艺术家来说更是必不可少——应该说艺术家更需要的是一种积极的同情，而公平只是一种消极的品质。没有这种同情，艺术家就无法创作。所有的戏剧都会描写某种冲突，倘若作者只偏袒其中一方，他将很难成功。“阿里斯托芬剧中的老一辈人总是站在错误的一方”，这个说法足以正确地回答当今流行的观点，但实际上确实没有任何意义：戏剧中可以没有错误的一方。这都是些基本问题，尤其是对默里来说，根本用不着讨论，要不是在谈论阿里斯托芬时经常忽略这些问题，也没有必要提出来探讨。我想，埃斯库罗斯和我们一样，在现实生活中不太喜欢克吕泰涅斯特拉(Clytemnestra)这样的角色：可我们不会说“他同情《奥瑞斯特斯》中的克吕泰涅斯特拉是件奇怪的事”。当我们发现，莎士比亚在用一个犹太高利贷者的戏剧性故事进行创作时，会对夏洛克给予理解，我们并不觉得奇怪，就算莎士比亚不理解这个人物，我们也不会太在意。我们对其他的戏剧家会问——他的各种人物可能吗？性格一致吗？有说服力吗？问问阿里斯托芬这样的问题，尤其是他的菲罗克勒翁，这是他塑造得最成功的角色；答案就是，菲罗克勒翁是人物塑造的一个重大成就，是文学作品中最出色的喜剧人物。如果诗人不理解他、不同情他，怎么可能把他塑造好？和菲罗克勒翁比起来，布得吕克勒翁(Bdelycleon)应该代表阿里斯托芬本人的观点，但这个人物是多么枯燥乏味、不善言辞啊。比较一下真正的政治家——德摩斯忒尼：他在描述对方的政见时既不雄辩也无同感，在提出自己的观点时又迟钝无力。

“可能与一致”，这句话是指剧本限定范围内的可能与一致。这也是基本问题，但阿里斯托芬的剧本却忽略了这个原则，正如默里一样。在《阿卡奈人》中，歌队抱怨法庭虐待年迈的修昔底德和其他同辈，因为法庭控制在年轻的辩护人和陪审员手中。默里写到：

> 这(同情老修昔底德)多奇怪啊，似乎和《马蜂》相反，《马蜂》中的老年人都不遗余力地支持克勒翁和法庭，而年轻的布得吕克勒翁则代表另一边。这个剧本中过激的阿卡奈人也是老年人，是“马拉松的英雄，和橡树一样坚强”。答案可能是这样，既然老年

人饱含战斗精神，并组成了陪审团，那么浪荡的年轻一代就是圆滑和诡计多端的起诉人，他们叨扰、玩弄犯人，尤其是年老和迟钝的犯人，或是来自于各个岛屿的犯人。

这个答案似乎很牵强，因为布得吕克勒翁虽然代表年轻的一代，但这里不是他本人的问题，而是另一个问题，也就是史实的问题（如果这是历史事实），陪审团的大多数成员都是老年人，他们经常谴责自己的同辈，这些同辈也常受到野心勃勃的年轻煽动家的攻击。[①] 如此一来，这两个剧本之间，即两部戏剧作品之间就不会矛盾了。我们要问的只是，按照亚里士多德的意思，每个剧本自身是否一致、是否可能？答案不言而喻：是的。总的来说，同一个作者的两个剧本会相互矛盾的是这样的人，比如欧里庇得斯，他的《酒神的伴侣》（*Bacchae*）与《伊翁》（*Ion*）就被认为互相矛盾，却没有人这样指控过阿里斯托芬。

对于阿里斯托芬，我必须谨慎一些，不要过分强调可能和一致，因为他给我们描绘的并不是虚构的人物，而是历史真人；我们并不希望，同一个艺术家描写的同一个人出现前后矛盾的现象。如果阿里斯托芬打算在每一个剧本中都描绘一幅典型的雅典人（在公共活动中）的全身像，那我们就得期望剧与剧之间相互一致。但如果，事实也是如此，他在任意一个剧本中只展现多面石（many-faceted stone）的一面，只给我们看一眼，只给我们一张草图，而不是全身像，如果他想让我们看看此人在不同时间、不同状况下的行动，那我们就要仔细寻找这些差异了。举个明显的例子：《阿卡奈人》（公元前 425）中尚武的农民就与《和平》（公元前 421）中爱好和平的农民就没什么两样。关于这一点，我稍后再做解释。

两年前，伦敦戏剧表演社（the Stage Society）创作了一部非常有趣的剧本《和平》，是一部现代改编本。从本文的观点看，这个剧本特别有意思。它的姿态非常坦率，因为我们当前很关心阿里斯托芬剧本的主题，也因为对和平主义的渴望。剧本准确地保留了原始的故事情节

---

① 参《阿卡奈人》370－6，描写的场景和《马蜂》中的一样。

和氛围,只做了两个较大的改动。剧本取消了歌队,因为这不符合现代戏剧的要求,这一点很引人注目,因为阿里斯托芬总是通过歌队来直接表达自己的政见(参后文论述)。然而,剧本添加的部分则更有意思。剧本快要结束时,和平再次降临于世,阿里斯托芬首次引出了一个春风得意的镰刀制作商,因为镰刀虽然长期滞销,现在却卖得像野火一样,而且卖上了天价;因此,各种武器制造商则倒霉透顶,因为再也没人打算买他们的货了。在现代的改编本中,就把特里伽俄斯(Trygaeus)这个角色用来警告镰刀商要价太高。这说明宣传者——渴望做到公平,也渴望在可能引发的争论中先发制人,也就是说,在奸商是否在和平时期和战争年代都一样令人讨厌的争论中,宣传者也渴望抢先发言。戏剧家阿里斯托芬的剧本中没有这一幕:和平只带来了自然且令人愉悦的结果——刀剑的价格暴跌,犁的价格暴涨。

有人可能会问:那阿里斯托芬就没有自己的政见?如果有,又是什么呢?我认为前一个问题很容易回答:他肯定有自己的政见。像雅典那样的社会,公共事务如此广泛,几乎每个人,埃斯库罗斯、索福克勒斯、苏格拉底,甚至提蒙,都会有政见;这些见解并不只是大众的意见——含糊不清的保守主义,模棱两可的民主观点——而是对日常问题的积极看法。雅典的 απράγμονες([译注]闲适)不能与这些志同道合的人分开。阿里斯托芬非常仔细地研究了公共事务,对他来说,公共事物几乎成了他唯一的艺术素材,他肯定会以更坚定的态度来对待它们。但是,在回答第二个问题——他有什么个人政见?——之前,我们要问问自己:如果我们真的找出了他的个人政见,知道以后又有什么重要呢?比如,这对于理解他的剧本是必不可少的吗?对我来说,这几乎全是传记的吸引力,与艺术家创造的人物不太相关。传记的吸引力可能很强大,也肯定合乎情理。有人试图从莎士比亚的生活中找出对其剧本产生影响的事件,对于这种做法,研究莎士比亚的最严谨的学者们会嗤之以鼻,尽管如此,这些人却乐意找出更多的事实;但看在这些事实的面上,我们会情不自禁地对这个伟人的一切产生兴趣,虽然它们未必能帮助我们理解莎士比亚的戏剧。我对阿里斯托芬也有这样的感觉,就和所有的希腊作家一样——当然,演说家、同时也是政治家的人除外。如果我们打算寻找一部可靠的传记,从中可以得知,关于普通执政长官对雅典公民公开开放的公民大会,阿里斯托芬多久会参加一次,得知他在那里如何投票(我们不知道,他被阿尔基比亚德骗了吗?对于西西里远征,他是投赞成票,还是投反对票呢?),这将令人神往。但是,那个时代的证据并不多,除非找到的事实能让我们对那个时代了解得更清楚,否则,这种做法会离阿里斯托芬剧本和我们对阿里斯托芬理解的原样更远。当然,我会讨论他个人观点的问题,一部分原因在于传记的吸引力,一部分原因在于能让他的创作方法清楚明白地显示出来——他如何提出自己的观点,剧本结构上有何成就——个人观点的侵入是否扰乱了戏剧场景?为了说明这个问题,我将以两个现代作家为例。第一个作家至少在表面上与阿里斯托芬很相似,他也是一个喜剧作家,主要创作政治喜剧——处理公众问题的剧本:他就是萧伯纳(Bernard Shaw)。萧伯纳自己曾说过,艺术应该说教——这是一句语言犀利的话,是他写给一位行家的,那人认为“艺术不应该说教,没什么可教的人与什么也学不会的人肯定都会同意”。此外,他过去肯定是一位活跃的政治家——政治社会中积极的一员,街头演说家,行政区议会的成员。如果没有自传,那他就什么也不是:他给自己的每一个剧本都写很长的序言,并在里面告诉我们主要论题的观点。事实上,萧伯纳有着大量丰富的传记资料,可以证明他的公众能力——既是政治家,也是剧作家。如果把这些资料都拿走,把他的序言和政治活动的记录都付之一炬:会让我们对他的剧本产生不一样的理解吗?我想不会。但我们仍然要了解他最重要的一件事情,即他对生活的总体态度,我们应该了解他对现存制度的批评和讽刺——我们要知道,作为艺术家,他对这些并非漠不关心,也非特别满意,也就是说,他既不是无政府主义者,也不是保守主义者。可以说,他在自己的艺术领域,即戏剧界,曾是一股革命的力量。当然,他确实经常让他的角色来表达自己的观点——如果他不这么做,就会觉得难受,想想那些角色是如何谈话和争论的吧;他所用的技巧也非常有趣,即他并没有因为这个技巧而打破戏剧的结构。举个小而精当的例子就能一目了然。他有个剧本写得很差,但第一幕却写得很好,就是《医生的抉择》(*The Doctor's Dilemma*),他描写了不同类型的医生;其中,御医拉尔夫爵士(Sir Ralph Bloomfield Bonnington)是萧伯纳备受非议的人物之一,他是一个反对接种疫苗的人,他对杰出的同伴们说:

> 从通俗意义上说,我对接种疫苗的看法并不比你们高明多少:但确实有东西印在了人身上。

我们碰巧从自传的记录得知,除了剧中提到的拉尔夫外,萧伯纳也是一个反接种疫苗的人(事实上,这个剧本是超戏剧性的[extra-dramatic]);但这里所用的技巧就使拉尔夫这个人物清楚明白地显现出来。如果我们不知道这个细节,不知道萧伯纳的哲学观点,对理解这个剧本又有什么区别呢?我们必须小心谨慎:因为我们也碰巧得知,萧伯纳是一个禁酒主义者,而且从年轻时就开始了,但《你从不能说》(*You Never Can Tell*)中有段话却表明,他可以分辨出白兰地苏打水的好坏。当《人与超人》(*Man and Superman*)首次发表后,坦纳(John Tanner)看起来就像萧伯纳本人,作者似乎也把自己当成了剧中人;而我们作为萧伯纳的同时代人来说,可以发现那有点像他的自画像。但是,如果没有了这点知识,对后代来说也无关紧要。再者,在《巴巴拉少校》(*Major Barbara*)中,安德谢夫特(Undershaft)夫人向丈夫问起儿子的事业:"你觉得他最好干什么,安德鲁?"

> 喔,他想干什么就干什么吧。他一无所知,却以为自己事事精通。这就明显适合从政。让他去给能提拔他当副秘书长的人做私人秘书吧;然后就顺其自然。他最终会在国务大臣席中(Treasary Bench)找到适合自己的位置。

这显然是作者在说话,却仍然与安德谢夫特嘲讽式的幽默一致。《骑士》中也有不少这样的笑话,当德摩斯忒尼(Demosthenes)告诉腊肠贩他的天赋多么适合从政时——与其说阿里斯托芬是在嘲笑剧中的奴隶,不如说他在嘲笑现实,尤其是腊肠贩说他自己在菜市场碰到

厨子的故事，

> 于是我就喊，“看哪，看哪，那有只大雁，从这飞走了”。厨子们抬头去看时，我拿了他们的肉就跑。没有人看到我，即便看到了，肉也已经藏在了我身上，我还会以所有的神发誓来否认。[①]
>
> *ὥστ᾽ εἶπ᾽ ἀνὴρ τῶν ῥητόρων ἰδών με τοῦτο δρῶντα*[你是天生的人民领袖]。
>
> *οὐκ ἔσθ᾽ ὅπως ὁ παῖς ὅδ᾽ οὐ τὸν δῆμον ἐπιτροπεύσει*[你最终会在国务大臣席中找到适合的位置]。[②]

我要引用的另一位相关的现代作家与阿里斯托芬完全不同——简·奥斯汀。她是最客观的作家之一，总是冷眼旁观她的人物。但是，我们也时常在这些人物身上看到她的影子。《爱玛》(*Emma*)中年轻神气的邱吉尔(Frank Churchill)骑马去了伦敦一趟，30多英里的路，他说只是为了理发。爱玛听说了，“她无法证明他的惺惺作态和无稽之谈”。多么准确而公正的判断！我觉得这就是奥斯汀自己的看法；也就是源于她实际的生活经验，并以此作为判断的根据，我也感觉话中含有自负的意味。但奥斯汀十分老练地把这句话放入爱玛口中，而爱玛却可以是一个自负而傲气的人。举个更广泛的例子：《劝导》(*Persuasion*)与她其他的小说相比，多温馨而少理智，有人猜测（我不知道是否有任何外部证据）这是因为，她在谈完一次认真而又伤感的恋爱后，马上就写了这部小说；或许我们可以从安妮(Anne Elliot)身上

---

① [译注]这段话不同于罗念生先生译本，他的译文是

> 我这样说：“看啊，伙计们，你们没有看见吗？春天到了，一只燕子在飞！”他们抬头一望，我就偷了这么大一块肉……我干这事情，很难叫人发觉；万一有人发觉了，我就把肉藏在两腿中间，当着天神发誓来否认（参《罗念生全集》第四卷，前揭，页113）。

② [译注]这两句话在罗念生的译本中找不到原文，因此为译者根据英文原文所译。

看到她的影子。假如这是事实,那它就是一个有趣的传记细节,它唤起了我们的同感,为我们证明我们所知道的一切——她的生活经历和她与生俱来的天赋是其创作的基础。但这些细节并不会影响小说的质量,也不会影响我们对小说的欣赏。

现在回到阿里斯托芬的剧本,从以上角度来考虑,对于我们已经认识到的一致原则,以及阿里斯托芬提出政见时的勇气,我们姑且忘之。《阿卡奈人》上演于公元前425年,创作于公元前426年——战争已打了五年多,雅典的特征是灾难性的瘟疫,而不是严肃的军事审查。另一方面,伯罗奔尼撒联盟诸国每年都要入侵雅典,制造一系列的小麻烦。事实上,什么才能够让大多数人保持紧张而激烈的爱国主义,而让少数人相信和平有必要提前到来呢?这就是阿里斯托芬描写的氛围。当时的雅典"可能"就是这个样子。阿里斯托芬自己可能会,也可能不会支持雅典主动议和;但我们可以非常确定的是,马拉松的战士和他都不会简单地赞同狄开俄波利斯(Dicaeopolis),这个家伙在别人都在尽义务时自己却寻欢作乐。还可以肯定的是,阿里斯托芬在这部早期剧本中,就已经表现出新颖而批判的态度,即他并不接受爱国主义的传统含义(他嘲笑马拉松的战士经常使用爱国主义这个词,并以马拉松的名义来提醒观众①);同时也表现出在喜剧创作方面有不可限量的能力——包括仔细观察乡下人的能力。阿里斯托芬在公元前425年支持和平,此外,还有什么可以增加他的名气?

第二年的《骑士》表现出了一个值得注意的转变。年轻的贵族们在阿里斯托芬的剧本中首次登场,而且是在一个非常重要的时刻,但他们不是阿里斯托芬同情的角色(事实上,《骑士》中的人物描写比其他剧本中的人物描写都少,没有人得到同情)。其中有一段话很出名,贵族们表达了自己的忠诚,准备为捍卫城邦而战,也提到他们过去参加战斗的英勇事迹。"在和平来临、痛苦结束时,可不要忌妒我们身上

---

① 《骑士》782。也有人说他用民主和帝国主义的神示来吓唬观众:《骑士》1101-3,《鸟》,978。

一点做作和纨绔的习气。”①他们歌颂波塞冬和雅典娜——我们知道，雅典城内的贵族们是保守主义者，波塞冬是他们的保护神，也是骏马之神；但在这里，波塞冬就是海洋之神，为福耳弥俄（Phormio）和水手所珍爱——受到民主派水手的喜爱——对当时的雅典来说，波塞冬比其他神祇更为重要（很奇怪，作者并没有描写重装甲兵和自耕农）。整个剧本都充满了爱国主义的语气，有一点我们要引起注意而非惊叹——创作这个剧本的时候，雅典人占领了皮洛斯，取得了其他胜利，正是胜利在望之时。不必再问阿里斯托芬是否已经改变了他的观点，只需问：这是不是当时的雅典，或者雅典的一个片断？有这种可能吗？回答是，是的。我们只需注意，阿里斯托芬能够理解这种爱国热情的恢复。可能他也分享了这种热情，但这不重要。②

创作于公元前 421 年的《和平》也是如此，克勒翁和布拉西达斯（Brasidas）死后，除了部分易怒者和武器制造商之外，大家都看到了和平的希望，并期待已久；谈判也在顺利进行。阿里斯托芬总在为劝服乡下人改掉不良的生活习惯而奋斗，但他并非孤军奋战；事实上，许多学者告诉我们，当时有很多诗人都在谈论和平。③ 当他们所描绘的雅典都在做着相同的事情时，这怎么可能有差异呢？阿里斯托芬描绘了雅典的另一幅场景，与《骑士》不同，因为情况有了变化。农民们特别

---

① ［译注］这句话不同于罗念生先生的译本，他的译文是“如果和平降临，免去了我们的辛苦，请不要嫉妒我们蓄长发，把身体刮得干干净净”。参《罗念生全集》，第四卷，前揭，页 118。

② 我并不是说，诗人和骑士之间的“联盟”可能不特殊，或没有超戏剧的特点。在《巴比伦人》发表以后，当诗人与克勒翁发生矛盾时，骑士总是积极地支持诗人。如果是这样，那么也可以说，他们的支持尴尬多于用处，阿里斯托芬打算用《骑士》来讽刺寡头派的改革家们：这些人自认为*καλοὶ κἀγαθοί, ἐπιεικεῖς*, *βέλτιστοι*（［译注］美好、善良、高尚的人），实际上是想把雅典——包括他们自己——都放在类似的政治煽动家的权力之下，以此摆脱克勒翁；右翼的政治煽动与左翼非常相似（《马蜂》1335 以下也有类似的情况，可以看作是对布得吕克勒翁改革的讽刺）。

但是我宁可认为，阿里斯托芬在写《阿卡奈人》300－1 时，就明确地抨击克勒翁，后来写《骑士》时，他的戏剧天赋战胜了他；事实上，他并没有抨击克勒翁，只是描绘了雅典当时的政治情况（这个剧本就是如此，Jaeger，《希腊式教育》，页 463）。

③ 参 *Hypothesis*（《假设》），i，ad fin.。

想回到田庄,希望永远呆在农村,再也不是公元前426、425年好战的爱国者了。《吕西斯特剌塔》创作于公元前412－411年,雅典陷于绝望之时,她的敌人就要取得最终胜利,并打算将她洗劫一空,她注定要被灭亡,但即使失守,她也要战斗。现在只有妇女才能拯救希腊,不仅是雅典的妇女,还包括所有城邦的妇女,尤其是斯巴达。人们必须阻止随处可见的尚武精神,最重要的是,必须终止彼此的猜忌,终止对对方诚意的怀疑。这又是另一副戏剧场景。

在我看来,人们对两段话有误解,因为他们没有从戏剧的角度来考虑。第一段话在《阿卡奈人》中(515以下),讨论战争的起源。这幅喜剧场景描绘了雅典的普遍观点:大家都认为,墨伽拉是挑起战争的主要原因,当然,伯里克利和修昔底德也肯定与战争的真正原因脱不了关系;很可能是因为,雅典指控墨伽拉,说她怂恿雅典的奴隶外逃,并接纳了他们,这不是邻里的相处之道;对大众而言,伯里克利仿若高傲的奥林匹斯山神,他于公元前432年主张拒绝斯巴达的请求;况且,"众所周知,阿斯帕西亚(Aspasia)正控制着他呢"。把这些连起来想一想,你就能体会阿里斯托芬的故事——他描述的是大众的观点。另一段话在《蛙》中,即"首先,你怎么看阿尔基比亚德?"那段。这并没有反映出作者本人的兴趣或忧虑,因为他自己也在为这个问题寻找答案,这个问题人人都在谈论:就像今天的作者创造的人物会问"我们将如何应付西班牙?"或者"我们将如何降低公路伤亡人数?"一样——这种问题永远也得不到令人满意的回答;之所以笑声连连,是因为这个问题反复出现。

阿里斯托芬多次趁半开玩笑之际,介绍自己的观点和感受,确实有这回事,这和萧伯纳一样。阿里斯托芬经常将它们放入剧情,让我们无法确定哪些是他自己的观点,哪些是他和别人共有的观点——例如,他讽刺那些飞来横福的人,他们得到了不属于普通人的舒适工作;讽刺伯罗奔半岛战争和其他战争;《骑士》议会上的精彩演讲,就既是他对自己的描述也是戏剧性的描述。但在某些情况下,我们也能辨认出他自己的观点,因为那些玩笑或者叙述,与上下文不连贯,或者经常重复出现。兹举例二三:阿里斯托芬经常非戏剧性地讽刺雅典放荡的年轻公子；讽刺寡头组织的成员以及预言者和占卜者，尼基阿斯等真正的保守主义者就相信这些人；而且，他总是同情贫穷的战士和水手，说他们是一切战争的廉价服务者——他尤其同情水手，这群人属于民主城市的民众之列；事实上，除了《和平》，重甲装备的农民得到的同情，从未像水手那样频繁。[①] 显然，从《云》的整体语气，或者从其中的一两段话（比如，362－3）就可以看出，阿里斯托芬既不喜欢也不佩服苏格拉底；也就是说，他表明了自己的态度；即使我一点也不认为这个剧本是在存心抨击新学问。事实上，用默里的话来说，除了《和平》之外，《云》中的"幽默冲突"最少（《和平》中几乎没有任何冲突）：我们必须承认，公元前423年的阿里斯托芬对苏格拉底知之甚少，他也不在乎知道得多还是少。毕竟，他不是十全十美。我认为《云》可能是唯一符合克若瓦塞观点的剧本，克若瓦塞认为阿提卡喜剧为乡下人带来了欢笑，却损害了城里的聪明人——我们唯一可以肯定的是，比雷埃夫斯港的人也在笑，因为阿里斯托芬似乎不时地站在大多数笨手笨脚的人一边，为赢得他们的掌声而表演。但是，这个剧本并没有得到这部分人的赞同；此外，阿里斯托芬却认为，这个剧本的独特之处在于它突破了粗野幽默的限制，比大多数剧本都更理智，仅凭这点就应该获奖。

很显然，阿里斯托芬真的不喜欢克勒翁，部分在于个人原因，主要在于政治因素，这在他早期的剧本中就有所反映。但这并不证明，剧本总的说来就不客观、没有戏剧性，因为好的剧本都必须具有客观性和戏剧性。在这一点上，将他与一个性情完全不同的人——修昔底德做个比较。修昔底德既客观又公正，这确定无疑，但众所周知，他对克勒翁也有所偏见。即便如此，他还是准确地描述了雅典当时的政治状况。因此，阿里斯托芬也是这样，两人真是一唱一和。

---

① 因为涉及频繁，此处有个不完全的统计单：(1)放荡的年轻寡头派（《骑士》中的克勒翁不喜欢他们，和修昔底德一样）——《阿卡奈人》601以下；716，843以下；《骑士》877；《云》1088以下；《马蜂》486，687，887－90，1299以下；《蛙》49－50，698，1071以下；1465（参535－7，999－1004），1513；(2)水手——《阿卡奈人》162－3，684，677；《骑士》551以下，813以下，1063－6，1182－6，1300以下，1366－71；《马蜂》909，1091以下，1189；《吕西斯特剌塔》804。

最后,阿里斯托芬强烈地希望内部和平与统一,并在《吕西斯特剌塔》和《蛙》的歌队中表达了这个愿望,他的严肃认真不容置疑。那时的雅典伤心欲绝,这会让每一个人,甚至包括阿里斯托芬都变得严肃起来;但他只在短小的段落中严肃了一下,尤其是《蛙》,其中的劝说之辞完全脱离了剧本,因此看起来马马虎虎,尽管写得很精彩,却索然无味。

但有人会说,阿里斯托芬在他所有剧本的歌队中都公开表达自己的观点,难道他没有在那里声称,自己一直是勇敢的政治顾问、城邦的净化者、雅典必须小心对待的不可缺少的重要人物吗?他在这里直接对观众讲话,毫无戏剧性可言,这是事实;我们可以说,歌队就相当于萧伯纳的序言,为我们提供了正在寻找的自传材料。但这样的段落并不多,而且让人奇怪的是,他很少在其中谈论政治问题(这就是《和平》的现代改编本取消歌队的原因)。我认为《吕西斯特剌塔》和《蛙》中的政治都很纯粹而简单;在《马蜂》(部分段落在《和平》中有重复)以及《阿卡奈人》著名段落中,阿里斯托芬用令人钦佩的幽默方式描写政治和喜剧,并在其中称赞自己对国家所作的贡献。但我们要分辨出幽默底下的严肃(参《和平》开头几段,734－8),我担心他当时年轻气盛:他早期的两个剧本可能不如后来的剧本那么有戏剧性,这可能因为,他自己太一本正经了;或许他年轻的时候错误地认为,劝谏国家是他的义务:一个伟大的人误解了自己的天赋,这并不是唯一的例子。但更多的时候,在歌队超戏剧性的部分中(不包括嘲笑个人的颂歌),当他直接对观众说话时,他都不谈论政治,而是讨论艺术,而且谈论的方式相当有趣(在此,我突然想到我先前提到的更深层和更基本的反对意见,即反对克若瓦塞的观点,他认为农村人是剧场的主要观众)。斯达克解释说,智者(σοφός)和聪明(δεξιός)这两个词语,非常适合阿里斯托芬形容苏格拉底、欧里庇得斯,以及他们的追随者——有新思想的年轻人,阿里斯托芬非常讨厌这种新思想。但斯达克忘了一点,阿里斯托芬也最喜欢用这两个词来描述自己的作品。当他称赞《云》时,用斯达克的译文来说,阿里斯托芬坚持认为它"是我构思得最好的剧本"(《云》522);阿里斯托芬在《马蜂》中对观众说"你们发现了这样一

个除害的英雄、城邦的祛邪术士,却在去年辜负了他";[1]他把《马蜂》说成是

> 一个小小的故事,可是很有意义
> 对你们来说,也不算深奥。[2]

阿里斯托芬的剧本中有很多这样的段落:总是想出一些新的情节来表演(《云》547)。这种做法是出于对新思想的强烈反对,出于对思想单纯的老一辈人的捍卫。《云》的新颖之处是什么?仅仅在于它的政治观念,即认为苏格拉底是个危险的革新者?阿里斯托芬经常呼吁观众*οἱ δεξιοί*,*οἱ σοφώτατοι*[聪明、高明],可当他失败时,丢脸的却是自己,

> 你们没有当场看懂,真是丢脸。[3]

阿里斯托芬会因为得到知识阶层的嘉许而感到满意。在一个著名段落中,他称赞自己的剧本远离了滑稽的成分,而其他诗人却以此取悦低俗的观众。这些诗人本应该描写头脑简单的乡下人,描写他们进城来享受传统节日的欢愉,却把快乐建立在嘲笑城里人圆滑的生活方式上。关于这一点,不要忘了一个小小的事实,和克勒翁一样,阿里斯托芬也是城里人,证明他不是出生并生长在城里的证据,还没有克勒翁的证据多。

阿里斯托芬在早期的剧本中有个非常了不起的说法,声称自己把滑稽的戏剧提到了更高的水平,就像萧伯纳宣称已经让我们的戏剧不落俗套一样。阿里斯托芬提高了戏剧的水平,但他采用的方式并不是提供好的政见——那只是他的玩笑,充其量只是附带地提了提——而

---

① 《马蜂》1044;[译注]中文译文引自《罗念生全集》第四卷,前揭,页300。
② 《马蜂》65-6;[译注]中文译文引自《罗念生全集》第四卷,前揭,页270。
③ 《马蜂》1048-9;[译注]中文译文引自《罗念生全集》第四卷,前揭,页300。

是通过严肃认真的态度(只是听起来有点矛盾),以真正的喜剧(而非讽刺)精神而不仅仅是滑稽的形式处理重要而非琐碎的问题,处理关于呼吁知识的问题。他说这就是他要求的特殊名誉,被当成*σοφός*(智者)和新思想的引进者,远远超出许多观众的理解力,我们可以肯定他特别担心那些粗俗的观众。阿里斯托芬是这方面的革命者,他自己也这么认为;一个革命者,也就是说,他最重要的事情就是他的事业(métier);因此,不管是不是保守主义者,他都很少参与雅典的政治事务。这就意味着,阿里斯托芬的前辈们只偶尔沉溺于政治喜剧(像新喜剧那样),沉溺于颂诗和 epirrhemata(讲演);而他的同时代人才创作政治喜剧,欧波利斯(Eupolis)和柏拉图都效法他的做法。如果我们回忆一下阿里斯托芬剧本中的场景,回忆一下《骑士》开头得摩斯忒涅斯、尼基阿斯和腊肠贩之间的对话,《蛙》(738以下)中埃阿科斯(Aeacus)与克桑西阿斯(Xanthias)的对话,以及狄开俄波利斯、德谟斯、特里伽俄斯,特别是斯瑞西阿德斯和菲罗克勒翁等人物的研究情况,我们就会发现,阿里斯托芬在喜剧人物创作上可能已经实现了自己的愿望,虽然不是新喜剧的创作方式,不是普劳图斯(Plautus)的创作方式,但他是一个比普劳图斯更伟大的作家。[①] 或许,马格涅斯(Magnes)、克拉提诺斯(Cratinus)和克剌忒斯(Crates)才较多地采用了新喜剧的创作方式。但是,阿里斯托芬的声言是否正确,我们却无从得知,除非能恢复他的前辈或同辈的部分作品。《骑士》中的著名段落里,他描述了自己的前辈,深刻地称赞了他们,但这一点很值得怀疑。由此看来,虽然克剌忒斯有着独特的创作方式,但克拉提诺斯也是"阿里斯托芬的"创作方式;因此,阿里斯托芬只是将旧喜剧推向了极致,并非创造了新喜剧。不过,这无论如何也值得称赞了。

---

① 比如,《骑士》229,还有神们也会援助你([译注]参《罗念生全集》第四卷,前揭,页107),就是新喜剧描写奴隶的方式。

阿里斯托芬对公众意见的影响

斯托(H. Lloyd Stow) 著
杜佳 译

阿里斯托芬常常被称为最伟大的诗人,他曾写过政治喜剧,谁要是读过这个天才作家创作的杰出作品,就很少能有理由怀疑这一赞美的公正性。他的智慧、他的讽刺和他的诗歌,吸引了所有的人,学者们把注意力转向研究这位诗人的天赋的各个方面,他们丝毫也没有夸张,而是更清楚地证明,阿里斯托芬的声誉如何实至名归。

然而,因为对阿里斯托芬有个极高的现代评论,以为他是一个政治和社会戏剧家,因此就有一种流传甚广的结论性的信念,认为阿里斯托芬在他自己的时代,对雅典人的日常生活和观点也有很大的影响力。人们曾经以为,旧喜剧(Old Comedy)——除了阿里斯托芬的剧作以外,我们对旧喜剧知之几何?——对阿提卡城邦(Attic state)发挥过巨大作用。对个人的痛骂,对某些党派的代表人物的严厉攻击,都使这种信念更为人知,而对这种信念,德尚内尔(Deschanel)有过最中肯的表述:

> 古老的喜剧(ancient comedy)不是每天都有,但是除了这样一个事实以外,在这个时期,古老的喜剧在某种意义上类似于现代的新闻业,是超越官方权力局限的一种真正力量,是一种使得

其他机构更为完善的自由机构,并能够控制它们,在需要的时候,使之减轻或者逆转,使之消失或重新开始。有些时候,甚至像我们称之为陶片放逐制度(ostracism)①的奇怪习俗一样,阿提卡喜剧让人恐惧和害怕;它也称得上是一种陶片放逐制度,只是没有那么直接,也没有那么绝对。②

因为如下两个原因,我们认为这个印象非常合理:首先是现代读者对阿里斯托芬剧作固有的反应。对今天的任何人来说,都很难想象,那些剧作,大部分都专门针对在公众生活的各个领域里有头有脸的人物,是对他们进行的无耻的个人攻击,却能够在一年之中最盛大的节日创作出来,呈现在阿提卡城邦几乎所有的公民面前,而对观众没有一种巨大的影响,没有给那些在剧作中提到的人物带来嘲笑和耻辱。那样的一种情况,在我们今天肯定会认为是嘲笑和耻辱。第二,或者更直接的是,这个印象来自于阿里斯托芬对自己的力量和影响的陈述。阿里斯托芬清清楚楚地把自己视为这个国家的老师和顾问。用改革家一词来说他对自己的评价可能太过了一些,但是,尽管有其对立面的激烈争论,诗人自己的话还是清楚地揭示出,他自己有点从那样的角度来看待他自己——他是政治煽动家、谄媚者、改革家、伪君子的敌人;这些人是阿提卡城邦和雅典社会的祸害。他的使命就是要揭露那样的人,并且打倒他们。的确,对阿里斯托芬的说法,我们一定要小心,不要太严肃地来看待。但是,尽管言辞表面幽默,然而在歌队的插曲中,流淌着一种严肃而一致的主题,这一点,任何读者都不能忽略。③ 现代读者也许会,也许不会在表面价值的层面接受这些陈述,但

---

①　[译注]陶片放逐制度是古希腊的一种政治措施,由公民将所认为危及国家安定分子的名字写在陶片或者贝壳上,进行现代意义上的投票,逾半数者被放逐 10 年或者 5 年。这种制度约在公元前 417 年废止。

②　M. E. Deschanel, *Etudes sur Aristophanes*(《阿里斯托芬研究》),7 以下;参看 E. Curtius, *History of Greece*(《希腊史》)IV87 – 89;Denis, *La comédie grecque*(《希腊喜剧》),I, 页 138 – 140。

③　参看《阿卡奈人》633 – 660;《骑士》507 – 580;《云》518 – 562,特别是 549 以下;《马蜂》1015 – 1052,特别是 1029 以下;《和平》734 – 818,特别是 759 以下;《蛙》686 – 704。

是，不知不觉中，他会倾向于接受阿里斯托芬对自己的评价，并且把他看做是公元前五世纪一个很有影响力的政治和社会因素。

然而，这个相当普遍的信念，却并非没有遭到质疑。一些作者，尽管一直坚持认为并天真地相信，阿里斯托芬在他那个时代是一种公众力量，但他们同时也不得不提醒读者，这个诗人的努力经常也徒劳无效。至少，有两个作者在这一点上做出了明确的陈述。诺伍德（Gilbert Norwood）和怀特（J. W. White）都强调说，阿里斯托芬不会对他所攻击的个人造成伤害。[①] 但是，两个作者都没有为他们单调的观点补充任何阐述，故而相反的观点依然在近期的出版物上大行其道。因此，更有利的可能，是看看可以提出什么论据，来证明阿里斯托芬对雅典人的日常观点和决定没有发挥什么影响。

阿里斯托芬最憎恨的人，他最猛烈而无限制地抨击的目标，毫无疑问，是政治煽动家克勒翁（Cleon）。[②] 诗人不仅坚决反对政治煽动家克勒翁以及他所代表的政治阶级，而且阿里斯托芬的情感远远超过了一般的讽刺和嘲笑，发展成了对克勒翁本人的一种个人仇恨。[③] 尽管参考资料不够充足，但就一些主要的观点来说，我们也能较为肯定地推断这一宿仇。[④] 阿里斯托芬在公元前 426 年创作了《巴比伦人》（*Babylonians*），他在剧中抨击了克勒翁。很显然，这个政治煽动家在剧中遭到了非常剧烈的辱骂；[⑤]克勒翁觉得诗人的抨击太过分，特别是因为该剧上演于城邦酒神节（City Dionysia），还当着盟国来宾的面。克勒翁认为，他不仅仅是在雅典人眼里被弄得荒谬可笑，而且在整个

---

① *Norwood*，《希腊喜剧》（*Greek Comedy*，London，1936）25 以下；J. W. White，Intro. To M. Croiset，《阿里斯托芬与雅典的政治派别》（*Aristophanes and the Political Parties at Athens*），xii。

② ［译注］雅典政治、军事领导人，在伯里克利死后（公元前 429 年）领导民主党派。

③ 在《骑士》的引言中，xxvi 以下，我们很惊异地发现，Rogers 低估了这两个人之间的个人情绪。他认为阿里斯托芬之所以憎恨克勒翁，仅仅是因为克勒翁所提倡的政治政策。虽然刚开始的时候可能是这样，但显然，这种情绪很快就变成人身攻击了。

④ 有关这直接的讨论，参看斯托《阿里斯托芬喜剧中戏剧错觉的违反》（*Violation of the Dramatic Illusion in the Comedies of Aristophanes*，Chicago，1936），65 以下。

⑤ 有关这个情节的推想，参看 Croiset，前揭，页 40 – 44；Norwood，前揭，页 282 – 287。

雅典帝国的人眼里也是如此。尽人皆知,克勒翁指控阿里斯托芬“在陌生人面前说城邦的坏话”,而且“侮辱了人们选举出来或者是抽签决定的公众官员”。[①] 我们不知道那样的一种指控会有什么惩罚,但是无论如何,阿里斯托芬似乎安然逃脱,毫发无伤。[②]

不过,在随后一年创作的《阿卡奈人》中,克勒翁没有受到直接的抨击。阿里斯托芬感谢人们把他从克勒翁的指控中解救出来,虽然他顺便对这个政治煽动家进行了各种恶言诽谤,但情节和人物根本都没有涉及这个人。诗人显然稍微变乖了些。然而第二年,阿里斯托芬写出了《骑士》,带着重新开始的勇气,他对克勒翁的职业生涯极尽挖苦嘲笑之能事,把他描绘成一个粗俗而卑鄙的奴隶,最后被彻底推翻,名誉扫地。我们应该回忆一下,在雅典的历史上,可曾有什么时期,有过这种肆无忌惮的抨击。在前一年的秋天,克勒翁获得了他最大的胜利,带着斯法克特里亚岛(Sphacteria)战役的战利品,处于他最受欢迎的顶峰时期。《骑士》创作于公元前424年2月,那时克勒翁作为时代的英雄,正在第一次享受他在剧场里的荣誉座位(proedria)权。眼见自己被如此恶毒地嘲笑,克勒翁的震惊和狂怒可想而知。除此之外,观众们衷心地喜欢这个剧作,给它评了一等奖。如果我们可以说,这个奖象征着公民明白这个政治煽动家的缺点,这该是多么令人愉快的事情。但是,事实证明,恰恰相反。因为还不到两个月,克勒翁就被选为将军(general),这个国家最高级的官员之一。

在《骑士》上演之后,克勒翁再一次采取措施制止阿里斯托芬。但是这一次,他采取了不同的办法,用 γραφὴ ξενίας(作为外侨被控有窃取

① 《阿卡奈人》377-379,502-505,以及注释者对这些段落的注释。

② Croiset,前揭,页50,认为惩罚很可能相当严厉,但是当这个案子送去审判的时候,阿里斯托芬被宣告无罪。Grote 在《希腊史》(*History of Greece*) VI,488 中说,那样一种指控的惩罚,可能只是一笔小小的罚款,但是,因为这个案子从来没有拿去审判过,所以我们对其细节一无所知。观点上的分歧只是强调了深深的不明,在这样的不明中,有关这一事件的所有细节都依然隐藏。

公民权的罪)来抨击诗人,指控他窃取了公民(citizen)的资格。[①] 我们没有关于这个指控的发展情况的资料。从诗人在《马蜂》(1284－1291)中所说的一句话,我们可以假定,阿里斯托芬发现,这次他是真的遇到麻烦了,而且他无法指望会得到人们的支持,尽管人们曾经正是为了那些言辞而鼓掌叫好,而现在他却因为那些言辞而受抨击。阿里斯托芬很害怕,因此很显然,他和克勒翁私下和解了,但其和解的条件很难让诗人有什么颜面。无论如何,第二年,在《云》中,阿里斯托芬避开所有的政治事件,而把他的讽刺集中在苏格拉底身上。但是在公元前423年,刚好就在克勒翁被任命为总司令(commander-in-chief),在色雷斯(Thrace)对抗布拉希达斯的时候,诗人又抨击嘲笑了这位政治煽动家,尽管只是在《马蜂》中对狗进行审判那有名的一场里,所借的也只是*Κύων*(狗)之名。伴随着这个剧作,宿仇彻底地结束了,因为第二年,克勒翁在安菲波利斯(Amphipolis)被杀身亡。然而,即使在克勒翁死后,阿里斯托芬也不让他得到安宁,甚至到公元前405年,当《蛙》上演的时候,阿里斯托芬还顺便贬损了克勒翁一番。

概而言之,这就是阿里斯托芬对克勒翁发动的战争,而对这场战争,诗人感到非常骄傲。他屡屡夸耀自己抨击这个政治煽动家的勇气;而且他甚至声称自己的努力获得了成功。[②] 但是,事实并没有证实他的说法。人们不再赞同诗人激烈的抨击,而是给予克勒翁最高的荣誉。阿里斯托芬绝没有减损这个政治煽动家的力量或者声望。[③] 的确,克勒翁两次采取措施要惩罚他的敌人,但是,对一个自尊受到侮辱的人来说,这不是可以理解的吗?要是他真的害怕诗人或者是诗人的影响,克勒翁一定有很多有效的办法来压制诗人。

我们对戏剧的影响力信以为真,认为由于这个喜剧诗人的嘲笑,

---

① G. Gilbert, *Beiträge zur innern Geschichte Athens*(《雅典内在历史论集》),页193以下,令人信服地论证,正如注释者所言,这一指控是在《骑士》创作出来之后进行的,而不是在《巴比伦人》之后。

② 参看《云》549以下;581－587;《马蜂》1029以下;《和平》759以下。

③ 关于对阿里斯托芬对克勒翁的攻击的无效性的激烈讨论,参看 Müller-Strübing,《阿里斯托芬与历史批评》(*Aristophanes und die historische Kritik*),57－60。

所以苏格拉底遭了殃,这算是最有名的例子之一。基于《苏格拉底的申辩》(Apology),评论家几乎毫无异议地指出,《云》是苏格拉底被定罪的主要原因之一。[①] 篇幅所限,在此无法完全援引那著名的段落,但是毫无疑问,每个读者这一段落都很熟悉。对此,格罗特(Grote)说道:

> 有突出的证据表明,那些喜剧作家绝对不是无力的诽谤者。对那些古老影响的作用,苏格拉底表现出来的担心,比对那些刚刚发表来反对他的演讲的担心更多。[②]

罗德(Lord)评论道:[③]

> 雅典的民众不会热心于区别滑稽模仿与现实之间的差异(参看《云》中的苏格拉底)。讽刺的效果非常有效,于是在很多人的心目中,滑稽的模仿代替了现实……我们不可能逃避这样一个结论:这部剧作是苏格拉底被定罪并执行死刑的主要原因之一。无论是好是坏,这是一个活生生的证明,证明了阿里斯托芬对他自己那一代人有着强烈的影响。

如果喜剧诗人对克勒翁和其他知名人物的抨击都是徒劳无用,而现在却能够在苏格拉底的个案中有如此突出的成功,这会让人觉得非常奇怪。难道没有另一种方式来看待这种情形吗?这些事实不支持一种不同的解释吗?我们知道,普通公众不喜欢苏格拉底。[④] 这个伟

---

① 柏拉图,《苏格拉底的申辩》18b－19c;参看《斐多》(*Phaedo*)70b－c。

② 前揭,VIII 275,参看 331;参看 Curtius,《希腊史》(*History of Greece*),IV,149;M. W. Humphreys 版的《云》,页 10。

③ L. E. Lord,《阿里斯托芬,他的剧作及他的影响》(*Aristophanes, His Plays and His Influence*):波士顿,Marshall Jones (1925),页 40 以下。

④ 参看 Diogenes Laertius,《苏格拉底》(Soc),II,21;普鲁塔克(Plutarch),《论儿童教育》(*De Educatione Puerorum*),页 14。

大的哲学家的生活方式，他的理想，他的价值标准，都与一般人不同。他质疑任何人、每一个人的习惯，他在辩论中把对手玩弄于股掌之间，大获全胜，他的学生们滥用他的教义，这一切都导致公众对他的厌恶。而且，无论是多么公正或者不公正，在公众的眼中，他都与智术师相联系，而这个群体，在公众中声名狼藉。毫无疑问，苏格拉底在雅典并不受欢迎，而且，在公元前423年，当《云》上演的时候，或许他还被认为是妨害公众利益的人。难道阿里斯托芬仅仅在他的剧作中反映了这一公众态度？因为决定要嘲笑智术师，对智术师这个学派，这个保守的诗人一点也不同情，所以，对于这样一个其外貌和生活都为讽刺作品提供了如此丰富的素材的老师，诗人无法拒绝选择其作为他讽刺的目标。苏格拉底是为讽刺作家准备好的现成的合适人选。这个剧作极不可能是故意对苏格拉底进行的深思熟虑的恶毒人身攻击。因为在柏拉图的《会饮》中，苏格拉底和阿里斯托芬明显是最要好的朋友，而且，柏拉图令这个诗人说出精彩而巧妙的讲辞，就如在阿里斯托芬的剧作让我们看见的那样，这些讲辞肯定与这个喜剧作家的性格一致。我们不能厘清这份友谊完全是虚构的假设，对于这两个人实际上一直都处于敌对状态的看法，我们也难以厘清。

普鲁塔克讲过一个很可能真实的故事，而这个故事能够进一步证实这一点。普鲁塔克说，阿里斯托芬创作了《云》之后，把各种各样的侮辱都加在苏格拉底身上，在场的某个人就问这个哲学家，他被如此嘲笑，是否觉得很生气。“以宙斯的名义，根本不生气”，苏格拉底答道，“因为我在剧场被取笑，就如在一次盛宴上被取笑一样”（普鲁塔克，前揭，14c）。

勉强说来，剧场里的嘲笑，还算是善意而干净的玩笑。苏格拉底害怕的不是喜剧诗人，而是由喜剧诗人所揭示出来的公众头脑中的态度。在《苏格拉底的申辩》中，苏格拉底明确地说“我不知道（那些造谣中伤者的）名字，我也不能说——除非恰好是个喜剧诗人”。很明显，他认为诗人是一个很大群体中的一员。诗人是在表达出一种已经广为流传的态度；他可能把一些可笑的联想和苏格拉底这个名字联系起来，而且或许通过他的敌人加强了对这个哲学家的偏见。

> 《云》写出来的时候,无疑存在着一种同样反对苏格拉底的情绪,这使得定罪的裁决成为可能,并鼓励阿里斯托芬写出了这个剧作。①

苏格拉底所害怕的,正是这样一种情绪,一种态度。他几乎只是顺便提到喜剧诗人,作为他所说的一个例子,而不是具体的个人导致他不受欢迎,而现代评论家却非常强调后一种观点。因此那里存在一种巨大的差别。无疑,公众的观点在喜剧中有所反映。但是,那种公众观点受到喜剧的直接影响则完全是另一回事。毫无疑问,该剧的确导致苏格拉底不受欢迎,因为它明确表达出了一种普遍的看法,但是,事实是,在这个被人们老生常谈的"影响"产生之前,25 年已倏忽而逝,这个事实似乎可以排除《云》与苏格拉底的定罪之间有直接联系。

《和平》常常被引证为在政治上很有影响的一部喜剧。

> 《和平》对《尼基阿斯和约》(Peace of Nicias)的签署有很大的影响力,它上演后不久,该条约就签订了。②

但是,那样一种解释,过度地强调了这部作品,而没有充分地考虑那个时代的历史背景。因为当诗人上演他的剧作时,和约实际上已经缔结了。因为在戴里乌(Delium)和安菲波利斯(Amphipolis)都遭遇了惨败,所以雅典对她的力量不再有原来的那种自信,而且害怕她的同盟国叛乱。另一方面,斯巴达疯狂而急切地想赎回他们在斯法克特里西被俘的俘虏,她的国家正遭受抢劫,奴隶正在逃跑,因此斯巴达害怕有革命发生。于是第一次,双方都渴望和平。公元前 422 年,克勒翁和布拉希达斯(Brasidas)都死于安菲波利斯,因此和平的两个主要障碍被清除了。修昔底德清楚地告诉我们:

---

① W. C. Green 版的《云》,15;参看 C. C. Felton 版的 X。

② Lord,前揭,77;参看佩利(F. A. Paley)版的《和平》,x :"不用说得更多,《和平》创作出来,很显然是督促接受和平的,而且要更认真地从先前的谈判的失败中接受。"

> 事情的确这样发生了，在安菲波利斯战争和拉姆菲阿斯(Ramphias)从塞萨利(Thessaly)的撤退之后，双方都停止了发动战争，而把他们的注意力转向了和平。(修昔底德 V,14)

随着两国之间敌对的中止和谈判的进行，和平实际上已经很确定了。[①] 该剧于公元前 421 年 3 月在城邦酒神节上演，《尼基阿斯和约》在公元前 421 年 3 月或者 4 月签订，“刚好就在城邦酒神节之后”(修昔底德V,19 以下)。到处洋溢着和平，我们发现在这个喜剧中反映出来的，也正是这种和平的喜悦。[②] 该剧确实是大众思想的一种反映，我们不能坚持说，诗人对公众意见或者国家的谈判施加了，或者甚至想要施加影响。

我们可以指出，与这一点有关的是，公元前 425 年，在获奖的《阿卡奈人》上演后不久，带着它充满活力而真实的和平宣传，雅典人开始向皮罗斯(Pylos)进军，这是他们最冒险的一次军事任务。该剧似乎完全没有效果。

也许，在阿里斯托芬剧作中，最负盛名、也最被高度赞扬的段落，是《蛙》中那段高尚的插曲，在这段插曲中，诗人勇敢地恳求，对那些因为参加四百寡头政治革命而被剥夺了公民权的人，国家应重新恢复他们的公民身份。[③] 公元前 405 年春天，当这部剧作第一次上演时，观众对这段插曲高度赞赏，给诗人戴上了一个用神圣的橄榄枝做成的花环，而不是惯用的常春藤，这是一份特殊的礼物，而且他们还要求给予这个剧作第二次上演的殊荣(Bergk, *Prolegomena De Comedia*, XII)。在接下来的一年，雅典人的确采取了诗人所建议的措施，让那些被流放和被剥夺了公民权的人重新获得了公民身份，这个事实让很多作者都指出，《蛙》是法令得以恢复的直接原因。罗杰斯说道：

---

① 参看 Croiset，前揭，110；J. Van Leeuwen 版的《和平》，iii 以下。

② 参看 G. Busolt，《希腊史》(*Griechische Geschichte*)，III，1196。

③ 《蛙》686 – 737；参看 Denis，前揭，II，157 – 161。

> 这很能证明雅典人的慷慨大度,他们并不怨恨诗人的呼吁,而是给予诗人的呼吁最高最特殊的荣誉……一个非常有名的事实充分证实了这一点:也就是在另一个政治危机到来的时候,在阿哥斯波塔米(Aegospotami)灾难后,雅典人一字不差地遵从了阿里斯托芬的建议,而他们的第一步,就是赋予那些被剥夺了公民权的人公民权。(《蛙》引言,vi以下)

无论罗杰斯有没有意识到,他都已经在结论里包括了这个辩驳的关键点。因为在阿里斯托芬给雅典人提出建议的时候,他们并没有遵循阿里斯托芬合理而卓越的建议,而那个时候,遵循建议可能会对他们有些好处。雅典人称赞阿里斯托芬崇高的情感,但是他们并没有真正觉得要按这个建议行事。“他们更认为阿里斯托芬是个诗人,而不是政治家”(《剑桥古代史》[*Cambridge Ancient History*,V,360])。尽管在海军战役之后的悲伤和恐惧还挥之不去,但前一年夏天的阿吉纽西(Arginusae)战役还是一次非凡的胜利,而类似的胜利,雅典人已经很多年没享受过了。雅典又赢回了她的海上霸权,而且,依靠她倾其所有而建造的舰队,雅典拒绝了斯巴达提出的和平提议,通过最后孤注一掷的努力,避免了和波斯联盟的耻辱,因为这样的联盟意味着希腊将沦为附庸。以同样的心态,雅典拒绝了阿里斯托芬的提议。随后发生了骇人听闻的阿哥斯波塔米大屠杀。拥有180条船的舰队整个被摧毁,3000名雅典俘虏被处死,所有的统帅中,只有科农(Conon)死里逃生。这就是战争的结束,也是雅典的结束。这个城市,准备好做一次最后的以死围城,但是已经失去了人力,于是,最后,雅典恢复了所有失去公民身份的人的完全公民权,无论他们以何种原因失去公民身份——除了因为血罪(blood-guiltiness)或者叛国。毫无疑问,这一行动肯定不是阿里斯托芬建议的结果,而是悲惨的军事失败的结果,正是这个结果迫使雅典通过这项法令。雅典人

> 认识到他们自己对自己的伤害已经太晚了……在那一天,《蛙》的作者被证明是正确的。他没有足够的影响力,来使他那些

充满热情而缺乏思考的同胞，在合适的时机采取有用的行动，但是，他的优秀之处在于，他发现了什么是对的，而且坦率地使用美丽的语言。（Croiset，前揭，163）

对克勒翁和政治煽动家的攻击，对苏格拉底的嘲笑，《和平》中所谓的“宣传”——真正的欢庆，以及《蛙》中的政治建议，这是四个最经常被援引的例子，用来证明阿里斯托芬剧作的影响。如果我们已经成功地论证了这影响微不足道，那么我们也就有理由假定，就其他一些不怎么被强调的抨击来看，事实也是如此。篇幅所限，在这里不能详细地讨论这些要点，但是我们可以顺便注意到，《骑士》也嘲笑了诗人克拉提诺斯（Cratinus）（526 以下），然而第二年，他的喜剧胜过了《云》而获得头奖。在《吕西斯特剌塔》（*Lysistrata*，574 – 578）中，政治俱乐部只是被顺便抨击，然而纵使有来自法律方面的更有力的反对，这些组织依然兴旺发展（参看 Croiset，前揭，页 136 以下）。《吕西斯特剌塔》和《和平》，表现出了巨大的泛希腊情绪（pan-Hellenic feeling），而且也充满了对全希腊统一的有力论证，但是，就如历史所悲惨地证明的那样，所有这些论证都徒劳无用。似乎不可能指出一个单独的个人、政治党派、或者理论，受到了阿里斯托芬抨击的伤害，甚或严重的威胁。对某些有名的人来说，诗人无疑是个讨厌鬼，但是，阿里斯托芬也不能让大多数人反对那些他曾经抨击过的人。阿里斯托芬常常反映出他一部分观众和普通大众的看法，但没有证据说明，对他那些早已不那么有倾向性的大部分观众或读者来说，他还有着很大的影响力。

阿里斯托芬喜剧中的战争与和平

涅维格(Hans-Joachim Newiger)[①] 著
杜 佳 译

最近几年,阿里斯托芬那些所谓有关和平的剧目,在德国一些剧院成功上演,这一状况促使古典学者们开始重新分析这些喜剧。[②] 哈克斯(Peter Hacks)改编的《和平》(*Peace*)在柏林首次公演,随后在很多剧院都成功演出,大受欢迎。沙德瓦尔德(Wolfgang Schadewaldt)编译的《阿卡奈人》(*Acharnians*)则不那么叫座,但是自 1972 年以来,他新译的《吕西斯特剌塔》(*Lysistrata*)——多年来一直频繁上演的阿里

---

① 英译者是 Catherine Radford,原文题为 *Krieg und Frieden in der Komodie des Aristophanes*,*ΔΩΡΗΜΑ*,献给 *Hans Diller* 七十寿辰纪念。*Dauer und Überleben des antiken Geistes*(《古代精神的存在和延续》),Athens,1975,页 175 – 94。

② 这篇文章是关于 W. Schadewaldt 改编的《吕西斯特剌塔》新演出的演讲稿的节选。1972 年冬天,我在哥廷根(Göttingen)的德国剧院(Deutsches Theater)做了这个演讲,随后又在柏林,不来梅,汉堡,康斯坦茨的不同机构以及伯尔尼大学和基尔大学讲过。最后的一次演讲是在 1973 年 11 月 20 日,有 Hans Diller 在场,我把这篇文章题献给他。为和最初的结构一致,学术方面的参考文献非常有选择性。

斯托芬的喜剧——版本却大获成功。[①] 本文将主要通过分析这三部喜剧对战争与和平的不同处理,来回答这些剧场的成功所引起的质疑。除此之外,我希望展示《吕西斯特剌塔》至今也没有得到人们足够注意的一个方面。

因此,让我们直接进入正题,来看看阿里斯托芬如何在他有关和平的剧作中表现战争与和平,如何在舞台上把和平的概念带入到戏剧生活中;因为尽管在这三部喜剧中,他都成功地实现了和平,但和平的本质和表现在每一部喜剧中都大相径庭。

《阿卡奈人》创作于公元前 425 年,那时候,伯罗奔半岛战争进入第六个年头。该剧一开场就具有高度的政治性。农人狄开俄波利斯(Dicaeopolis)非常震惊,因为要在公民大会上商讨和平的所有努力,都失败了。在公民大会(被表现出来非常奇异)期间,他派了一个叫阿菲特俄斯(Amphitheos,这个名字的意思是"对[家庭的]双方来说都是神圣的")的人去斯巴达,商讨私人的和平,目的则完全是为了他自己和他的家庭。在公民大会结束的时候,阿菲特俄斯回来了,给狄开俄波利斯提供了三种和平,或者,更准确地说,以三种酒来体现的三种和平条约。在希腊文中,"条约"(treaty)是 *αἱ σπονδαί*,一种献礼,包括在缔结条约时庄严奠酒。狄开俄波利斯自然选择了三十年的酒,因此也就选择了三十年的和约,就如在雅典与斯巴达之间的战争爆发前一直存在的和约那样。[②]

如果我们在公民大会那一场已经看见,和平绝非为大多数雅典人所渴望,那么,我们就会意识到,在接下来的一场中,当阿卡奈人组成的歌队出现时,和平并不受欢迎。他们在寻找那个去和斯巴达议和的

---

① 在希腊,阿里斯托芬的剧作频繁上演。1974 年,在埃普道鲁斯(Epidaurus)重点上演了《吕西斯特剌塔》,在腓利比和多多纳城上演了《地母节妇女》(*Thesmophoriazusae*),在腓利比、狄翁(Dion)和雅典上演了《鸟》,在雅典上演了《蛙》——演出都是在那些古老的剧场进行。我不知道,有多少演出成了塞浦路斯危机的牺牲品,但是 9 月 20 日,在雅典,我很愉快地亲眼看见《蛙》在一群快乐而充满同情心的观众面前上演。

② 就如专家会看出来的那样,本文这里和其他一些地方的解释,是基于我在拙著《隐喻与讽喻》(*Metapher und Allegorie*,München, 1957)中的理解,52 以下,104 - 27,在此没有指出具体的段落。

卑鄙小人(阿菲特俄斯),要扔石头打他,但是狄开俄波利斯突然出现了。理解这个场景需要一些历史背景。阿卡奈人组成了该剧的歌队,而且该剧以此命名,他们是阿提卡人口最稠密的德谟镇的居民,仅德谟镇这一个地方,就[为战争]提供了3000重甲步兵。[1] 几乎每个夏天,斯巴达人都要在阿提卡进行侵略和掠夺,阿卡奈人尤受其害。根据伯里克利的战时计划,在敌人侵入的时候,乡下的人要撤退到城里,于是只有听任自己的田地被毁。雅典曾在她著名的长墙(long walls)后面形成了一个包括比雷埃夫斯(Piraeus)和法勒隆(Phalerum)港在内的防御区域。在这里,乡下的居民断断续续地住了好几个月,状况非常凄惨,居无定所。有很多人留在了城里,因为他们的农田已经毁不能复,而且他们的农活要么就不断中止,要么就完全放弃。除此之外,他们还有频繁的兵役和防守任务。这些人,因为这种严酷的情况,被迫要忍受一种对他们来说非常陌生的城市生活,所以心生抵触情绪。他们希望回到农村,在和平的环境里重建自己的农场,但是,对那些如此严重地伤害了他们的敌人,他们也充满了怨怒。现在,他们经常参加公民大会了,然而在和平时期,因为要在田里干活,也因为离雅典很远,他们很少行使自己的政治权利。他们在政治上没有什么经验,所以可能更容易受影响。

农人狄开俄波利斯代表了对和平的渴望,以及回归乡村过他们祖祖辈辈那种生活的冲动。那些粗野的烧木炭者——阿卡奈人,战争使他们的生活凄惨无比,所以反对狄开俄波利斯;阿卡奈人心中充满了对敌人的仇恨,而与仇恨相伴的,是进行战争的愿望。现在,狄开俄波利斯独自有了自己的和平,当阿卡奈人去攻击他的时候,他正带着一群生殖崇拜的人,在乡村庆祝他的酒神节。狄开俄波利斯只是说了他手里掌握着人质,也就是木炭,就成功地获得了一次听证会的机会。木炭在喜剧的比喻中,成了来自阿卡奈的尊贵的烧木炭者。狄开俄波

---

① 修昔底德(2.20)给出了这个数字,但是这可能需要更正为1200。见A. W. Gomme *A Historical Commentary on Thucydides II*(《史论修昔底德第二卷》)Oxford,1956,页73以下,ad. Loc。

利斯保证把头放在砧板上，拿自己的脑袋来做担保，坚称关于和平的问题，他有让人信服的理由。现在，这个比喻就变成字面的实际内容。砧板出现在舞台上；狄开俄波利斯把自己的头放上去；但是他暂时没有提出自己的理由。相反的是，他首先想要穿得像一个惨兮兮的乞丐英雄(beggar-hero)，因为要不如此，他会显得不足以让人同情。因此，我们的注意力从反对战争的理由转移开了。转移我们注意力的是超过一百行的诗句，细致描述了我们的主人公不是从别人，而正是从悲剧诗人欧里庇得斯那里借一些悲剧服装的场景。滑稽的模仿取代了政治，于是我们意识到，在这部喜剧中，诗人正在模仿欧里庇得斯《特勒福斯》(*Telephus*)中的一系列情节和对话。[①]

现在，狄开俄波利斯把头放在砧板上，发表了他了不起的政治演说。但是，抛开"即使是喜剧也支持真理和权力"的断言不说，他并没有提出严肃的讨论，而只是描述了战争的原因以及责任，在某种意义上，他非常能说会道，非常文雅：战争的起因是因为妇女被绑架，因此，观众不仅仅会想起美貌绝伦的海伦以及特洛伊战争，而且会想起在希罗多德《历史》的开头，那里所有的那些相互劫掠(reciprocal rape)！下面是这段辩论(524－39)：[②]

> 糟糕的是：有一些年轻小伙子玩酒戏喝醉了，跑到墨伽拉去，抢来了那个名叫西迈塔的妓女。想不到这一点鸡毛蒜皮，居然扫了墨伽拉人的面子，惹动了他们的大蒜劲儿，他们反而抢劫了阿斯帕西亚的两个妓女。好，为了三个娼妇，战火就在全希腊烧起来了。我们的盖世英雄伯里克利勃然大怒、大发雷霆、大放闪电，震惊了全希腊：他拟出了一道命令——读起来就像一首酒令歌——我们的领土内、我们的市场里、海上、陆上，一个墨伽拉人都不准停留。这一下墨伽拉人渐渐挨饿了，他们便央求斯巴达人

① 参看 P. Rau, *Paratragodia* (München 1976) 19－50，他引用了初期文献。

② 英文翻译都来自 B. B. Rogers 的译文。[译注]本文中有关《阿卡奈人》的引用，其中译均采用上海人民出版社 2004 年版的《罗念生全集》第四卷《阿里斯托芬喜剧六种》中的译文。

转圜设法取消这一道禁令,无非是那些娼妓惹出来的禁令。多少次斯巴达人要求我们,可是我们也不理。从此就干戈处处,大动刀兵了。

尽管狄开俄波利斯的演讲让歌队的一半都站到了他这边,但是另一半叫来战争英雄拉马科斯(Lamachus),让他做他们的支持者。结果这个全副武装的拉马科斯一来,就被狄开俄波利斯大大地嘲笑了一番,因此这里另一个比喻也变成了字面的实际内容:这个农夫设法得到了这个军官的头盔,以及头盔上大翎毛的一片羽毛,然后用羽毛挠自己的喉咙,对着头盔呕吐,因为对狄开俄波利斯来说——如果这个说法能够被原谅的话——头盔只是供呕吐之用。

最后,狄开俄波利斯强调了一道巨大的鸿沟,鸿沟一边是军官和官员,另一边则是广大穷人(阿卡奈人属于这个群体),这样他就成功地把歌队的另一半人争取了过来。在接下来的插曲中,歌队赞美了这个年轻诗人的勇气和优点,悲叹了在城邦中——特别是在法庭上——年老之人所受到的恶劣待遇。这些我们姑且省略不谈。

该剧剩余部分里,在既滑稽又具有象征意义的场次中,表现出了战争与和平之间的强烈对比。我们首先看到,因为有了个人的和平,狄开俄波利斯如何能够从那些敌对的外国人那里,得到一系列身体上的快乐,因为现在他拥有了一个开放的市场。然而,他表现出来的行为,完全以自我为本位,因此无论以一种中产阶级-政治(bourgeois-political)的观点,还是以一种个人的观点来看,狄开俄波利斯都没有以一种利他主义或者社会性的方式来行为处事。他拒绝和任何人分享他获得的利益。[①] 在对比拉马科斯上校和狂欢作乐的农夫狄开俄波利斯的不同命运的场次中,战争与和平之间的对立达到了高潮(而对喜剧来说,也到了结束的时候)。和平特别以一种食色性也的肉体的快乐形式表现出来。现在,拉马科斯接到了一个命令,在这大冬天,要

① 参看多佛尔(K. J. Dover)《阿里斯托芬的喜剧》(*Aristophanic Comedy*)(London 1972)86及以下。

去波俄提亚(Boeotia)驻防,因为那里有敌人入侵的危险;但狄开俄波利斯却获邀参加一个宴会,参加一次盛大节日上的饮酒比赛。在这两个人轮流的对白中,两个人都做出了他们不同的准备。歌队用如下一段发人深省的歌咏结束了这一场(1143-9):

你们俩都一路顺风!
可惜各走各的路,方向不同:
一个是头戴花冠去饮宴;
一个是挨冻去夜守关口,
不忍想人家还要同妙龄女郎欢度良宵,真叫痛快!

战争与和平最根本的对立在结束的一场依然继续。[1] 我们的主人公又一次回来了,他们所关心的事物和他们的命运一样不同:拉马科斯从战场回来,腿受了伤,被两个战士搀扶着;狄开俄波利斯宴饮归来,醉得一塌糊涂,由两个美女左搀右扶。两个主人公都用了排比的诗句来表述自己的景况(1190-1202):

拉马科斯　哎呀,哎呀!
多么可怕的痛苦啊,多么可恶的颤抖啊!
唉,唉!我完了,叫敌人的长矛刺中了!
要是狄开俄波利斯看见我受伤了,
嘲笑我的灾难,那才更叫我难受呢!

狄开俄波利斯　哎呀,哎呀!
多么圆鼓的东西啊,多么结实的香橼啊!
我的小宝贝,

---

① 我有意忽略了报信人的说辞(1174-89),因为那些众所周知的文本上和解释上的困难。关于各种解读,参看 A. M. Dale, *BICS* 8 (1961)47-8(=《论文集》[*Collected Papers*, Cambridge 1969]170-2;也见 292 页及以下);P. Rau, *Paratragodia* 139 及以下; M. L. West, *CR* 21 (1971)157 及以下。

给我亲个嘴,咂舌头亲个嘴!
是我第一个喝干了那一大盅!

在接下来的一部分中,性变得更加显而易见,但是,我认为,即使是在这里,和平与战争之间的对比也依然非常明显。这部喜剧这样结尾:极度沉迷于酒色的狄开俄波利斯带着他的女伴和歌队离开了,去接受他胜利的奖品,一囊好酒。于是一次丰富的乡村酒神节为该剧落下了帷幕。

通过超自然的神秘方式,一个不满意的人就获得了一种完全不真实的个人和平,他的快乐,从这个农夫的立场来描绘,主要是具有食色性也的本质;这些快乐和不那么让人愉快的("恐惧"[horrors]这个表达可能太强烈了一些)战争对比。这里没有谈到保卫祖国,而对其他受苦的人来说,甚至也没有提到的这种个人和平能够带来的更大的范围(多佛尔,《阿里斯托芬的喜剧》,87 以下)。

在这部喜剧中,战争与和平没有作为人物出现在舞台上,而下一部有关和平的剧目《和平》(公元前 421 年上演)却是如此;相反,具体来说,《阿卡奈人》以与和约相伴的祭酒为象征。但是,从诗人的话和歌队的歌来看,战争与和平(或者更准确地说,战争与和解)实际上已经在《阿卡奈人》中作为人物表现出来了;因而,从该剧的意象(imagery)和诗人的概念中,我们就完全可以找到一座通往《吕西斯特剌塔》和《和平》的桥梁。关于 *Πόλεμοσ*,战争,《阿卡奈人》中如是说(978 - 87):

我决不欢迎"战争"到我家里来!
决不让他跟我同躺一张榻、合唱酒令歌!
他是个酒鬼恶煞:
你喜气盈门,有福可享,他偏来乱闯,造下千灾百难,
翻倒这个、摔破那个、扒来捣去;
你白费口舌,三番四次邀请他:
"坐下来,喝点酒,接过这友爱的杯子!"

> 他只有变本加厉,放火烧毁了我们的葡萄桩,
> 穷凶极恶,硬是从我们的葡萄园里倒掉了酒浆。

战争是一个邪恶的酒桌同伴(table companion),一个醉鬼,不管人家任何平息让步的努力,横冲直撞,把农民的贵重物品都摔得粉碎。这还不算对战争真正的恐怖的叙述,而更多的是描写兵役所涉及的诸多不便:在城市里可怜巴巴地寄人篱下,远离许多肉体的快乐。但需要强调的是,在《阿卡奈人》中,对战争的描写控制得非常恰当:绝口不提死人,至于拉马科斯的受伤,不过是一个可笑的倒霉事。

关于*Διαλλαγή*,和解(reconciliation),歌队唱道(989 - 99):

> "和平"啊,你跟美貌的阿佛洛狄特和那三位可爱的秀丽之神总是做伴的,我从不知道你有这样美丽的容貌呢。但愿托福小爱神,戴着花冠,就像宙克西斯画里的样子,把你拉来和我百年好合啊!也许你嫌我老了吗?但是,如果我得到你,我还能够献出三件礼物:首先,我要栽一长行小葡萄藤,然后在旁边栽一些无花果树的嫩秧,再其次,别看我这个老头,还要栽一行爬山葡萄藤,并且要绕着这整块的田地栽一圈橄榄树,好出橄榄油,尽够你和我,每逢新月时分,都可以用来抹身呢。

和解(reconciliation),就像"和约"一样,是和平的另一个词汇,它被刻画为一个令人向往的新娘。有关农业的比喻是做爱和生育的转换措辞——对雅典观众来说,这之间的关系非常明显,因为正式的阿提卡婚礼仪式包括这样的一句"为了怀上合法的孩子"(for the ploughing of legitimate children)(*επὶ παίδων γνησίων ἀρότῳ*)。

种葡萄者特吕迦厄乌斯(Trygaeus)的新娘在《和平》中带来了和平,但她本身并不是和平女神(根据希腊人的思想,那可能是侮辱[hybris]和渎神)①,可她的女仆 Opora ('Oπώρα),丰收女神(the Harvest),是阿里斯托芬一个快乐创意,也是在这部喜剧中大量出现的拟人化表现(personification)的典型。对那些具有人神同形思想的人来说,在某种意义上,这一点立刻就很清楚:诗人是为故事情节在这些化身(personification)中创造了他们的同伴,或者甚至是参加了活动的人物,这些人物具有象征意义的名字,它们强调了情节的主要问题。如果 Harvest 是特意为农夫特吕迦厄乌斯所创造,那么和平女神的另一个仆人,Theoria(Θεωρία)——我想这个词可以译成 Festival——则是专门为雅典议会而选定。我们将会明白,作为和平的结果,在雅典城外举行许多节日庆祝将会变得可能,而作为其职权的一部分,议会必须关注这些节日。而议会让自己关注这个年轻的女主人公 Theoria——节日的化身——的方式,则再次通过一个有关性的意象反映出来,而 Theoria 的性(sex)使这个意象成为可能。因此在 Theoria 和 Opora,节日和收获(Festival and Harvest)中,精神的结合(议会关心节日,农夫关心收获)通过肉体的结合与肉体的活动表现出来。在这里我想补充一点,早在《骑士》(在《阿卡奈人》之后一年上演)中——在前一年是具体以酒的形式出现的和平条约,现在是伪装成两个少女(Σπονδαί,和复数形式 feminini generis 一致),被介绍给返老还童的德谟斯先生(Δῆμοσ),这个阿提卡政治权力的化身,因此是作为实际的人物出现了。《阿卡奈人》结束时,和狄开俄波利斯一起出现的无名少女,是狄开俄波利斯快乐的标志,也是他寻欢作乐的目标,现在,在《骑士》和《和平》中,已经有名有姓,而且其名字还有象征意义,并透露出戏剧情节直接的重要意义。于是,这样,一种比喻的手法就以字面原意呈现,并象征性地呈现在舞台上。

这种从比喻到实际的转化,也成了《和平》前半部分场次的基础,这一点,我认为是阿里斯托芬最出色的构想。特吕迦厄乌斯想把已经消失的和平从天际取回,于是骑着一个甲壳虫飞到天边。"从天际取

---

① 参看 Alcman Fr. 1.16 以下:"没有人能想要飞到天堂去,也不能想要和阿佛洛狄特结婚……"

回”(to fetch from heaven)这个比喻,原本用于表达一种不可能性,现在,实实在在地在舞台上演出来了,于是对喜剧奇异而有独创性的艺术来说,不可能结果彻底变成了可能。而且,因为身骑甲壳虫,也是戏仿骑在飞马佩加索斯(Pegasus)上的一个悲剧主人公,所以这一场景获得了另一层意义,以及更深的维度(参看 Rau, *Paratragodia*,89 及以下)。很自然,把和平(和平一词在希腊文里是阴性的,*Eiρήνη*)以一尊和平女神雕像的形式带回来的任务,被证明是很困难的。和平女神被战争拘禁起来于洞穴,洞穴前堆起来的石头,所有的部落和城邦的希腊人试图把女神拉回光明世界中的努力,这些都象征着和平谈判的困难。这个农夫,因为对和平有强烈的兴趣,所以最终成功地把女神和她的同伴解救了出来,我们已经认识她的同伴。这里又有一种明显的复杂维度:通过歌队拉一条绳子的方式来恢复一个物体,这在埃斯库罗斯的萨提尔剧(satyr play)中有其原型:在埃斯库罗斯的剧作中,那些森林之神用一条绳子把一个箱子从海里拉出来,而在箱子里装的是被遗弃的女主人公达那厄(Danae)和她的小儿子珀耳修斯(Perseus)(参看 Rau, *Paratragodia*, 194)。我相信,在这里,我们能够相当清楚地认识到诗人丰富的想象和喜剧的技巧功夫,通过这些想象和技巧,诗人把重要而有意义的原型,转换到风格奇异而充满喜剧色彩的情节之中。

但是,回到战争这个主题上来。在把被埋葬的和平从她的洞穴中营救出来成为可能之前,战争(*Πόλεμος*)和他的同伴骚乱(*Κυδοιμός*)作为具体的角色出现在舞台上,不是像在《阿卡奈人》的歌词中那样以邪恶的留宿客形象出现,而是以一个厨师和他的杂务工的角色出现。这个厨师比《阿卡奈人》中那醉醺醺的客人危险得多;他想在一个研钵里捣碎那些好战的城市,而他们的农作物则象征一个个城市:奶酪代表西西里,洋葱代表迈加拉,蜂蜜代表阿提卡,等等。但是他的杂务工不再能为他弄到碾槌或捣杵,来实施破坏行动。雅典人和斯巴达人都已经失去了他们的碾槌,因此这个战争厨师就失去了他的手艺——没有碾槌,他什么也做不出来。特吕迦厄乌斯抓住这个机会把和平从黑暗之中拉了出来。碾槌当然是指双方的将领,克勒翁(Cleon)和布拉西达斯(Brasidas),他们直到现在(这个比喻依然在使用)都是作为战争的工具;但是现在他们都陷入了同一场战争之中。通过碾槌,阿里斯托芬又恢复了他以前曾经用过的一个比喻:在《骑士》中,遭人厌恶的克勒翁被比作一个碾槌,这个碾槌把什么都搅扰得一团混乱,缠绕不清。先前只是通过比喻性的语言表达出来的东西,这里用舞台上的一个场景表演出来了。

我们可以总结说,在该剧中提出的和平既真实,也是真正泛希腊的和平。特吕迦厄乌斯得到的不是个人的和平,而是普遍的和平,而且,全然不像狄开俄波利斯,特吕迦厄乌斯对他的城邦和整个希腊都有功劳。歌队,代表所有希腊人出现,表现的是为了和平的共同斗争。这里可能主要还是从这个农夫的视角看待和平;不过,这部喜剧的前一部分浸透了一种泛希腊的和平概念,这是为所有城邦和所有阶级的和平。另一方面,较之《阿卡奈人》,该剧不是对战争的反对,而更多的是一种对和平条约的庆祝,在这场演出之后最多十天就会正式缔结。[①]一位英国同仁简洁地陈述道:

> 因此,特吕迦厄乌斯不是少数有远见之人的代言人,来哀叹一场显然是无休无止的战争的继续;特吕迦厄乌斯是这样一个人,他把雅典人民在现世的层面已经进行的谈判任务,用喜剧幻想的形式表现了出来。(多佛尔,《阿里斯托芬的喜剧》,页137)

十年之后,即公元前411年,战争第二次爆发后的第四年,在非常

① 就算是 C. M. J. Sicking,《快乐的阿里斯托芬》*Aristophanes laetus*?(*Κωμῳδοτραγήματα*)(*Amsterdam* 1967) 115 及以下,也不会否认,这实际上真的发生过;然而,渴望一种比尼基阿斯和平更好的和平显然是正确的。当 *Sicking* 发现"诗人觉察到事情的险恶状态是很有问题的,而我们把阿里斯托芬的大多数喜剧理解为对事情的险恶状态的虚构的解决办法更为正确",并且强调阿里斯托芬喜剧中的 *ἀδύνατον* 时,他一定对一种普遍的意见成竹在胸。

的苦难时期,阿里斯托芬创作了《吕西斯特剌塔》。[①] 公元前413年秋天,雅典不仅在西西里失去了大量的军队、几乎整个舰队,以及最能干的统帅,而且自这一年春天开始,斯巴达人接受了雅典叛徒阿尔基比亚德(Alcibiades)的建议,在国王阿吉斯(Agis)的领导下,已经在德克勒亚(Decelea)定居,[②]这里离雅典只有15英里,而从这里,他们保持着对阿提卡乡村地区的长期控制。虽然对乡村农民来说,阿基达米安(Archidamian)的战争状况已很可怕,在这战争期间,有些时候他们需要撤离到城里去住几个月,可是现在,这种情况变成了永久的情形。雅典也更难为城市居民提供生活必需品了,因为海上的霸权处于风雨飘摇之中,而且,全希腊都相信,雅典很快就会被迫投降。奴隶们成群结队地逃跑,投奔敌人,拉里乌姆(Laurium)银矿被迫关闭,而且大多数盟国开始心生叛意。

但是,雅典以让人难以置信的顽强继续作战。通过采用新的关税,利用她最后的财政储备,雅典建起了她的新舰队,并在公元前412年秋天,在阿里斯托芬大概要写完《吕西斯特剌塔》的时候,一百多艘船,以萨摩斯岛为基地,驶离了小亚细亚的爱奥尼亚海岸。和14年前一样,"让战争继续下去!"这样的话语,响彻雅典。《吕西斯特剌塔》的开头,当听到她们必须做什么来结束战争的时候,妇女们也用了这句话(*ὁ πόλεμος ἑρπέτω*,129以下)。

雅典内忧外患,水深火热。在民主政权管理之下,雅典军事遭遇失败,这给了寡头政治统治者可乘之机,他们限制了民主,甚至可能废除民主。伯里克利死后,雅典的民主已经变得越来越激进,并且其领袖人物正是使战争继续下去的幕后推动力量。寡头政治执政者也因国内政治的原因而意欲与斯巴达议和。一个由十个代表(Probouloi)[③]组成的新统治机构(在《吕西斯特剌塔》第一部分出现的所谓的"议

---

① 创作地点是Lenaea,我的假设没有顾及到Th. Gelzer的看法,参*Aristophanes der Komiker*(《喜剧演员阿里斯托芬》),*RE Suppl. bd.* 12 (1971) 1467-9, 1473-5;也参多佛尔,《阿里斯托芬的喜剧》150,169-72。

② 实际上,是在这个小山上,现在是前希腊皇室公墓小教堂所在地。

③ [译注]*πρόβουλοι*,雅典人在西西里败仗之后在雅典成立的十人委员会。

员"就属于这个机构)的建立,就代表着对民主最初的限制,因为这些代表削减了主席团(prytaneis)和议会的权力;顺便提一下,索福克勒斯是其中的一员。甚至连萨摩斯岛上的舰队里也存在着这种紧张状态,于是在《吕西斯特剌塔》上演之后几个月,从这里爆发的寡头政治叛乱,就势如破竹。因此,这部喜剧的构思和上演都发生在一个不断恶化的情况之下,这种情形在国内和国外的政治领域都威胁着雅典(这一点必须得到强调)。

在某种程度上,关于战争与和平这个古老的主题所具有的更大普遍性,阿里斯托芬现在的处理,源于他在《鸟》之后所有现存的剧作中的一种倾向,即不那么局限于一个特定的时间和情形。然而,这个解释也依然要在政治形势中去寻找,这种形势决不容忍诗人有任何党派偏见。那种党派偏见可能不仅仅会被证明非常危险,而且就他作为一名诗人而言,这种偏见肯定也会剥夺他可能具有的任何影响,并且减损他宣言的有效性。这一点,《吕西斯特剌塔》中的歌队说得清清楚楚(1043及以下):[1]

> 不是来非难你,不是来责备你,
> 不是来说那些让人不舒服的真相,
> 而是带着宽宏大量的言语和行动,
> 我们今天来到这里,
> 哦,停止那些无用的争吵吧
> 现在请倾听,我开始祈祷。

我们先对情节做一个概括,就会明白这里如何处理战争与和平这个古老的主题。在吕西斯特剌塔的领导下,来自雅典、斯巴达、皮奥夏和科林斯的已婚妇女们聚集一堂,吕西斯特剌塔告诉她们,获得和平的唯一可靠的办法,就是拒绝履行她们在婚姻中的义务,妇女们被吕西斯特剌塔说服,遂形成共谋。鉴于旧喜剧的本质,这个敏感的主题

① [译注]本文中有关《吕西斯特剌塔》的引用,均由本译者根据本文的英文翻译。

被处理得粗糙而清楚,也很容易理解。特别是,妇女们都怀疑自己的坚持能力,但最终还是都保证,不会主动向她们的丈夫投降,而实际上采取一些挑逗的行动令他们兴奋。因为在所有参战国中同时采取了这个行动,所以这个办法立刻大获成功。而与此同时,雅典发生了某种政变。[①] 当年轻妇女密谋婚姻罢工(marriage strike)的时候,老年妇女们为了切断继续战争的主要来源,也就是说,金钱,占领了雅典卫城(Acropolis,卫城在其殿堂里保护着雅典的国库)。

接下来的场景是,由老年男子组成的歌队试图用大火进攻封锁了的通廊大门,强行进入卫城。由年老妇女组成的歌队与之对抗,并灭掉了大火。火在这里也有象征性的力量。然后,一个新代表前来卫城拿钱;他也想强行进入,但也失败了;在他逮捕吕西斯特剌塔的企图被妇女们挫败之后,他必须与吕西斯特剌塔进行一次漫长的讨论。吕西斯特剌塔抓住这个机会说了几件事情:首先,她确认钱是战争的来源,所以妇女们想要像在家里管钱一样管理这些钱。第二,她指责那些横暴的男人在政治上的失败:男人们应该听他们妻子合理的劝告,她们被战争如此紧紧压迫。第三,这个女主人公用一个比喻来解释,妇女们计划像处理羊毛那样来处理政治和国家:把它弄干净,拆开线团,然后重新为所有人把一切织成一件漂亮的外套。显然,她陈述的主旨更关注国内政治,公民和睦,还有雅典各个对立的派别之间的和解,而不是国外政治和战争,而且(就如《蛙》中著名的插曲一样),通过化解复杂的国内局势来凝聚内部力量。[②]

随后一场表现的是,不受诱惑的吕西斯特剌塔,如何让那些意志

---

① 自这写出来之后,J. Vaio 已经小心翼翼地阐明了这两个"层面"(planes)或者"主题"(婚姻罢工——叛乱)以及它们在整个剧作中的相互作用:*GRBS* 14(1973) 369 - 80。Vaio 经常支持我在这里发展起来的有关喜剧技巧的观点,但没有详细阐释对我们的研究很重要的国外政治和国内政治之间的区别。

② 参看多佛尔,《阿里斯托芬的喜剧》,161:

> 她的方法……不知不觉地就变成了这样一种方法,这种方法不是为了和平,而是为了获得力量(574 - 86),在很多方面都和《蛙》(686 - 705)具有可比性,这暗示着,从力量的角度来看,一个人可以获得一种对自己有利的和平。

渐弱的妇女不要投入她们丈夫的怀抱;而且最后一场(因其明显的性特征而出名)描写了基尼丝雅斯(Cinesias)和她丈夫米荷伊那(Myrrhine),一个妇女,表面上愿意屈服,为了不让丈夫得到最后的满足,是如何让他极度兴奋起来——这一切都是根据妇女们的计划。

斯巴达派来的使者出现了,并表现得很明白,斯巴达人也处于一种高度的性兴奋状态,所以为此原因,他们愿意进行和平谈判。雅典年老的男子和妇女组成的歌队最先要求进行和解。当来自雅典和斯巴达的代表,阳具明显勃起,继续进行和平谈判的时候,吕西斯特剌塔把和解(Reconciliation)叫到舞台上来,和解以一个诱人的美女的形象出现,这令代表们大饱眼福,满足他们火热的欲望,借助这个象征,双方很快同意了特惠条款。吕西斯特剌塔援引波斯战争和其他早些时期,斯巴达和雅典并肩作战的日子,而且谈到在德尔斐和奥林匹亚的泛希腊宗教节日上,所有希腊人表现出来的民族团结。该剧剩下的部分描述了一次和平的节日,在节日上,斯巴达人特别具有他们的发言权,因此表现出来,希腊人中的和平会有多么美好。

我们把《吕西斯特剌塔》与《阿卡奈人》和《和平》两剧相比,就回发现,这里所采用的产生和平的方式似乎不那么异想天开,可能性也稍微要大一些。婚姻罢工既不需要让人迷醉的酒的魔力,也不需要骑马飞天,而仅仅是需要良好的意图。但值得怀疑的是,在那个时候,这种方式是否比酒或者骑马上天更不那么异想天开。①

通过诗意的方式带来和平,并使敌对双方和解,这变成了一种重要的主题,而这在早期剧作里只是次要的主题。在早些时候,完全享受生活,是和平的可能方式,这样生活中也出现了性方面的问题,在《和平》(以及《骑士》)中,那些女性人物意味深长的名字,表达了这种象征性的强调。在这里,性(或者我更愿意说,色)欲被当成一种办法,通过这种办法让和平的愿望成为可能。如果,在《阿卡奈人》一个诗意的比喻中,歌队想象和解(Reconciliation,*Διαλλαγή*)是一个令人渴望的

① 有关更进一步的讨论,见 Gelzer,RE, col. 1479,以及多佛尔,《阿里斯托芬的喜剧》159 及以下。

新娘,现在和解真实地出现在舞台上,具体表现为一个让人想入非非的妇女,并且像狄开俄波利斯的同伴,《骑士》中的 Spondai(Treaties,和约),以及《和平》中的节日(Festival)和收获(Harvest)一样,都是赤身裸体①。伟大的维拉莫威茨(Wilamowitz),在 1927 年的评论中,对描写和平谈判的和解这一场非常生气。他写道:

> 和平的条件当然不能很严肃地来对待。诗人不得不在危险的暗礁中蜿蜒而行。他处理的方法比猥亵诗更让人难以忍受。他把*Διαλλαγή*作为一个赤身裸体的女孩介绍出来,并且把对和平的向往,转变成对这个村姑的魅力充满情欲的渴望。伴随吕西斯特剌塔劝告性的演讲中那些粗俗的淫秽真正骇人听闻。(58 以下)

现在,无论是骇人听闻与否,维拉莫威茨都忽略了这个事实:这些妇女的计划,以及全剧中基本的诗学思想(如果我们可以不那么挑衅地简单阐述的话),是把对和平的向往转换为男人对女人的渴望。人物化的和解一场再次把这一点强调得非常清楚,因此和平谈判实际上被平凡化了。在那个时候,具有适度条件的和平谈判对雅典人来说根本不可能,于是人们宁愿继续战争,而不是苦涩的妥协投降。②

---

① 参看 J. Vaio 在 GRBS 379 注释 48:

> ……那样的角色由别的人来扮演,他们戴着女性的面具(参看 Hippocr. Lex 1),还有带着画成的女性生殖器但是没有穿内衣的夸张的女性(*σωμάτια*)。从演出时的天气以及剧场的自然要求,Holzinger 令人信服地论证:最后一排的观众应该能够看见那些描述的细节中的一些什么东西。我们应该补充一点,旧喜剧的趋势不是反映现实,而是荒诞地扭曲现实。

我赞同这个看法。[但是现在请看我的 Drama und Theater(《戏剧和剧场》),载 *Das griechische Drama*(《希腊戏剧》),G. A. Seeck 编,Darmstadt, 1979,页 481 以下。]

② 公元前 410 年的夏天,他们很不幸地拒绝了一次可能的和平,因此公元前 406 年的夏末,在 Arginusae 战役之后,就不在这个讨论的范围之内了。

男人对女人的渴望——也同样渴望和平——显然有着更深刻的基础,这一点尚未得到普遍的认识,因为这种渴望集中在他们自己的妻子身上,而且这是种相互的渴望,所以这个滑稽而大胆的剧作,实际上是对夫妻之爱与伴侣之谊的一种赞美(参看多佛尔,《阿里斯托芬的喜剧》,页160以下)。在敌对的歌队和解的那一场中,妇女明显表现得比男人更有理解力,更有同情心,更为成熟,而男人则听凭一些固执的想法摆布(1014以下)。当剧本写到母亲必须放弃她们的儿子时,当剧本详细阐述了妇女所遭受的痛苦——战争骗去了她们的美好岁月和她们生命的意义——的时候,它也清楚地表达出,对战争的表现也植于更深刻的基础(587及以下,648及以下)。

和早期有关和平的剧作相比,这部喜剧获得了一种更深的人性维度。在我看来,《吕西斯特剌塔》乌托邦似的构思,让它远离一种可能得到和平的政治现实,但就此而言,它却获得了一种更人性的真实。这一定是为什么在阿里斯托芬所有的喜剧中,这一部至今仍让我们最为感动的原因,即使(也特别是)我们不再以为该剧是一种和平主义。特别是在年老的男人和女人组成的歌队占主要地位的一场,让我们对幽默有了一种新的理解;他们甚至没有通过性爱的方式就和解了,而在国外政治领域,和解则需要性爱的方式。

在此,我斗胆谈谈此剧中的国内和解,并提出一个几乎被彻底忽略的元素:国内和解——雅典内部对立派别之间的调停;我还想提出一种可能性供参考:比起宣扬当时实际上不可能实现的和平,该剧的理论意义虽然较少,但却依然具有重要意义。

在《阿卡奈人》和《和平》(还有《骑士》)中所争取的和平,可以和历史上的三十年和平条约联系起来,在战争爆发之前,雅典和斯巴达被这个条约约束。在这些剧作中,对获得和平可能性的描写虚幻而不真实;但和平可能性本身却完全真实。喜剧《和平》创作出来之后不久,就签订了所谓的尼基阿斯和平条约(Peace of Nicias)中,这一点很容易看清楚。如果那里所争取和表现的和平是在战争爆发之前事情的状态,以前的状态,那么在《吕西斯特剌塔》中,只是一个遥远而快乐的过去,在那过去的日子里,雅典和斯巴达在波斯战争中并肩作战;的确,这里有对一百多年前的事情的指射,因为他们表现出来,现在的敌人是曾经的盟友(271 及以下,664 及以下,1149 及以下)。那是一段黄金岁月,因此这个和平是一种乌托邦的概念。但在我看来,国内彼此争斗的党派之间的和解,却不是一种乌托邦概念,而是一种看似真实的渴望,这种渴望带给雅典一种内在的力量。仅此可能就能阻止危险的厄运。几年之后,在三十僭主的统治结束之后,寡头政治执政者和民主主义者之间的和解的可能,也渐渐变得明显;而在大量的屠杀和公开的国内战争之后,那样一种国内的和解实际上发生了,因此特赦的想法,忘记所遭受的委屈的思想,变得如此重要。《蛙》中有个著名的插曲,就提出了为加强雅典的力量,需要一种宽恕和国内和解;① 我们知道,由于这段插曲,该剧被给予了二次上演的殊荣。如果我们也把这看作《吕西斯特剌塔》的真正目的,那么对于剧作中一些特别重要的段落,我们将会得到更好地理解。

我已经指出,由老年男人和妇女组成的歌队,没有依靠婚姻罢工和和解女士(Lady Reconciliation)就达成了和解。然而,这些歌队,却和占领雅典卫城发动武装政变的那些老年妇女闹翻了,此时年轻的妇女则谋划着拒绝性交。因此,简单一点地说,国内政治与国外政治同时发生。吕西斯特剌塔和代表的讨论涉及战争与和平,金钱的作用以及男人政治上的失败,但是她说明的要点是用羊毛纺线(handling of the wool)这个比喻表现出来的,很显然,这个比喻意指国内政治。如果要用洗净理清的丝线为所有民众织成一件外套,这应该是为公民和睦的一种劝告,为国内分歧的一种调和(565 - 86)以及为雅典力量的加强,就如《蛙》中插曲所建议的那样。

我们这出剧中的插曲,强调了祭祀时妇女的作用,特别是对雅典卫城的雅典娜和阿尔特弥斯(Artemis)的祭礼,在这祭礼之前,行动(action)就发生了(638 及以下):

我应该为城邦献上小小的贡品,

---

① Ran. 686 - 705,但也见 718 - 37,在那里,这个意见在继续。

因为我最快乐的记忆
都源于她温柔体贴的照顾;
在七岁的时候,我为城邦端举神圣的珠宝盒,
在10岁的时候,我为圣母做碾磨工,
然后,我为她扮演黄色的圣熊(yellow Brauron bear),
之后,我带上一串无花果的花冠,扮成高挑而端庄的少女
为伟大的仪式顶着神圣的花篮
这就是我对我们仁慈的城邦所尽的孝义

当吕西斯特剌塔在城堡出现的时候,或许手执盾牌和长矛(706及以下),她不为诱惑所动,这让我们想起这个城市的纯洁的守护神雅典娜(Athena Polias)。现在我们知道,就如那个让她丈夫极度兴奋但她自己却不受影响的妇女一样,胜利女神雅典娜(Athena Nike, Victory)的女祭司在那些年也叫做米荷伊那(Myrrhine),因此这就提供了妇女如何能够胜利的一个例子。另一方面,城邦的守护神雅典娜的女祭司,在那个时候,也是某个吕西马克(Lysimache)。[①] 她的名字不仅仅听起来像吕西斯特剌塔,而且意思也像:这个女祭司的名字的意思是"战争的解散者"(Disbander of Battles),我们女主人公的名字的意思是"军队的解散者"(Disbander of Armies)。吕西斯特剌塔告诉代表,有一天,妇女会被称为战争的解散者(Disbanders of battles,554行),这就道出了她名字中一个明显的双关意思。我认为,该剧中人物的名字与卫城雅典娜那些真实的女祭司的名字的双重巧合,就算是多佛尔的解释,也不能算清楚解释(前揭,152页,注释3)。我更愿意把这看做是一种证据,不仅仅证明了诗人如何严肃地看待他自己生长的城邦(城邦的守护神雅典娜自己[好像]守护着这个城邦),而且也证明了该剧给予妇女们的新地位,尽管她们在政治上没有权力,尽管该剧也

① 参看D. M. Lewis, ABSA 50(1955),1以下,以及在RE, cols. 1480以下Gelzer的文章中更进一步的文献,他的判断我大部分都同意。有一个联系很有意义,Lampito,该剧中那个斯巴达妇女的名字,也是斯巴达国王阿吉斯的母亲之名,而阿吉斯那个时候正在Decelea指挥作战。

有疯狂的大胆行为。这些名字的含义必须和妇女们对集会(ἔρανος)的兴趣(648以下),以及她们在祭仪——在雅典卫城的祭仪中的作用(638及以下)——联系起来看待;我们也必须把它和提议联系起来理解;这个提议以一个比喻的形式提出:要洗净并理清国内形势——那些乱糟糟的肮脏的绒线,来为民众织成一件外套(567及以下)。因此,该剧的意义就在于:内部的团结和雅典力量的加强,以此作为与外敌谈和平的前提。

我想补充说一下和平主义,现在这个词经常归于阿里斯托芬,而且不仅仅是在戏剧节目和报纸评论中。在我看来,和平主义对那个时候的希腊人来说,根本就是未知的,对自由、自信的民主雅典的公民来说,就更是如此了。当然,对阿里斯托芬来讲,他不仅应该为他的祖国而战,为他的神明而战,而且如果需要,还应该为他的祖国和神明而死,并且对他的政治理想、权力以及成功,他的民主国家的自由和平等,也可以死报之。因为即使是这些,都正在受着战争的威胁;和雅典比起来,斯巴达似乎近于一个极权主义的国家,它的战争目的不仅是要摧毁雅典的力量,还要消灭民主。如果一种和平不能给政府和宪法带来任何尊严和利益,那么这种和平对雅典公民来说就不可接受。因此人们很难谈到和平主义,因为和平主义视生命为最高的善好(highest good)(参看多佛尔,《阿里斯托芬的喜剧》84)。

当然,不言而喻,希腊人,特别是雅典人,喜欢和平胜于战争,但是,不是以任何代价得来的和平,他们都会喜欢,尤其是不会喜欢以牺牲民主自由的方式得到的和平。《吕西斯特剌塔》努力追求的和平,是一种希腊人当中的和平,就如当年他们一起对抗波斯人的战争的时候,他们中间所存在的和平。智术师和他们的学生在他们的演讲中宣扬的和平,也是这种希腊人间的和平,而其目的,恰恰多是为了能够更有效地与那些野蛮人作战。

我肯定不是在把阿里斯托芬对和平频繁的提倡平凡化,[1]但是我

---

① 他似乎在这一点上超过了其他喜剧作家,而且特别严肃地对待这个问题;参看 Gelzer 在 *RE* 中,cols. 1458 以下, 1481 以下.

们不应该忘记,他只能对交战的一方——雅典——进行呼吁。如果诗人在这里是在鼓励国内的力量,就如他在《蛙》中所做的那样,那么和平主义与《吕西斯特剌塔》就最无关联。阿里斯托芬的民主和爱国主义责任感,以及他作为一个人和一个公民的关心,依然是卓越的;在主张寡头政治的政变爆发前夕,他站在各个政治派别的面前,倡导一种公民的和睦,倡导一种国内真正民主的解决办法,这就应像《蛙》中那段著名的插曲一样,不该被我们忽略。在《蛙》上演之后仅仅一年,雅典就投降了,而且失去的不仅仅只是"阿提卡王国的辉煌与光荣"(维拉莫威茨语),而且还有(更糟糕的是)民主自由本身。三十僭主,在准极权主义占领的掩蔽之下,夺取了国家的领导权。阿里斯托芬的喜剧在我们心中激起了悲剧感,我很遗憾我必须用这种悲剧感结束本文,因为我们知道这次战争的结果。但是,自从柏拉图的《会饮》以来,我们就已知道,对同一个人来说,他既可以创作喜剧,也可以创作悲剧;的确,喜剧本身常常很严肃,这一点即使在柏拉图面前来说,也是如此。

阿里斯托芬剧中的犯罪和罪犯

胡克(LaRue Van Hook) 著
黄薇薇 译

不加批评的读者或需要寻找论据的学者,很容易对阿里斯托芬的剧本产生这样一种印象:作家笔下的雅典是个邪恶之城,各种犯罪行为肆意猖獗,整座城市动荡不安。《鸟》揭露出千疮百孔的腐败政府;《马蜂》中的合法机构建立在贿赂之上;《云》中的教育和宗教观加速了道德的败坏和迷信;《蛙》反映出衰落的文学和音乐标准,以及戏剧创造和鉴赏的衰退;《吕西斯特剌塔》、《公民大会妇女》和《地母节妇女》中的雅典妇女几乎都放荡不羁。她们嗜酒成性,是阿佛洛狄忒的不知廉耻的信徒,狡诈且善于欺骗。

与此相关的研究有:

E. Capps, Comedy(《喜剧》), *Columbia University Lectures in Greek Literature*(《哥伦比亚大学希腊文学讲座》);

A. Couat, *Aristophane et l'ancienne comédie attique*(《阿里斯托芬和古典喜剧》);

M. Croiset, *Aristophanes and the Political Parties at Athens*(洛布丛书,《阿里斯托芬和雅典的政治党派》);

A. W. Gomme, *The Position of Women in Athens*(《妇女在雅典

的地位》),C. P. ,Jan. 1925;

Mary Grant,*Ancient Rhetorical Theories of the Laughable*(《关于趣闻的古修辞学理论》),尤其第91页;

H. A. Holden,*Onomasticon Aristophaneum*(《阿里斯托芬的专用名词表》);

J. O. Lofberg,*Sycophancy in Athens*(《雅典的阿谀奉承》),Univ. of Chicago Diss. 1917;

H. Müller-Strübing,*Aristophanes and die historische Kritik*(《阿里斯托芬与历史评论家》);

W. J. M. Starkie,*Edition of Aristophanes' Acharnians*(《阿里斯托芬的〈阿卡奈人〉》的序言,以及对458,524的注释);

LaRue Van Hook,*The Exposure of Infants at Athens*(《雅典儿童之面面观》),T. A. P. A. ,51,1921;

W. Vischer,*Uber die Benutzung d. alten Komödie als geschichtliche Quelle*(《论古代喜剧作为历史资源的使用》),*Kleine Schriften*, 1, pp. 481ff.

再也没有什么东西比
天生无耻的女人更坏,那只能是女人。(《地母节妇女》531–32)[①]

善良诚实者似乎少之又少,不怀好意者却繁荣昌盛,正如阿里斯托芬这样形容公元前405年的悲剧诗人:

οἱ μὲν γὰρ οὐσίν, οἱ δ' ὄντες κακοί. [这些个本性,这些个坏家伙。]

纵观作家的所有剧本,其中的罪犯、流氓和恶棍几乎形成了一个

① [译注]此处引文原著者引自Rogers的版本,中译本则引自罗念生先生的版本,见《罗念生全集》,第四卷,上海人民,2004。

犯罪队伍,我们可以按字母顺序把他们排成一列:不信神者(atheists)、坏蛋(bad actors)、自吹自擂者(boaster-blusterers)、冒牌公民(counterfeit-citizens)、胆小鬼(cowards)、浪荡子(debauchees)、政治煽动家(demagogues)、女人气的美学家(effeminate esthetes)、拦路贼(footpads)、贪吃者(gluttons)、不学无术者(ignoramuses)、告密者(informers)、吝啬鬼(misers)、拉皮条者(panders)、伪证者(perjurers)、挪用公款的政客(peculating politicians)、奸商(profiteers)、妓女(prostitutes)、走私犯(smugglers)、挥霍者(spendthrifts)、叛国者(traitors)及淫乱卑鄙者(wanton wretches)。

想想他们做的坏事吧。政治煽动家盗取国库收入(《马蜂》670以下)。因为"金钱是一切战争的起源,官员们便努力寻找机会来盗取"(《吕西斯特剌塔》488以下)。当"演说家"贫困时,就对人民忠诚;当他们从人民身上捞到油水时,就成了国家的敌人(《财神》568)。考虑欠妥的雅典人把毫无能力的人和流氓放进事务所,却完全忽视高尚的人(《蛙》417)。外乡人非法当上了雅典公民(《鸟》11和764;《蛙》417)。城里的告密者(马屁精)泛滥成灾,高尚者惊呼到:

> 愿神把所有的告密者连根拔出,
> 让他们罪有应得,
> 救世的宙斯啊,救救希腊民族吧!(《财神》850以下)

鉴于上述内容,也为了进一步弄清事情的真相,我反复研读了阿里斯托芬的11个剧本,并以新的独立研究成果为基础,希望能得出一点结论。这些结论或许并不新颖,但我觉得有必要重申一下。

阿里斯托芬的剧本加起来共抨击了112个人,[①]至少讽刺了这么多的名字。除了苏格拉底(《云》中的"恶棍")、欧里庇得斯(《蛙》等剧中的"流氓")、《骑士》中的克勒翁(这三个名字被提到了无数次)和

---

① [译注]作者在名单3中列出了90人,在名单4(补充名单)中列出了22人,共112人,参下文。

伯里克利之外,剩下的 109 个[①]“无耻之徒”就被嘲笑了 347 次。在这 109 个当中,有 17 个(参名单 2)被提到了 164 次,也就是说,15.5% 的“无耻之徒”犯下了 47% 的罪行。例如,克勒俄尼摩斯(Cleonymus),阿里斯托芬喜剧中的“福斯塔夫(Sir John Falstaff)先生”,[②]被骂了 21 次;许珀玻罗斯(Hyperbolus),可恶的政治煽动家,被骂了 15 次;克里斯塞尼斯(Cleisthenes)被骂了 14 次;克勒翁(《骑士》除外)被骂了 24 次;开瑞丰(Chaerephon)被骂了 13 次。

再想想这 112 个人的本性,以便发现他们十恶不赦的罪行。

这些人有:埃斯客涅斯(Aeschines,5 次),阿尔基比亚德(Alcibiades,5 次),阿里佛拉得斯(Ariphrades,5 次),卡利阿斯(Callias,6 次),刻菲索丰(Cephisophon,6 次),开瑞丰(13 次),喀涅西阿斯(Cinesias,10 次),克里斯塞尼斯(14 次),克勒翁(Cleon,24 次,《骑士》除外),克勒俄尼摩斯(21 次),克勒俄丰(Cleophon,5 次),许珀玻罗斯(15 次),吕西斯特刺塔(Lysistratus,7 次),尼厄克里得斯(Neocleides,5 次),忒俄革涅斯(Theogenes,7 次),忒俄洛斯(Theorus,9 次),以及克塞诺克斯(Xenocles,7 次)。

这些人因各种原因受到抨击。

阿里斯托芬剧中抨击或嘲讽的 112 人名单

(参考了牛津版的喜剧和残篇):

Acestor[阿刻斯托耳],蹩脚的悲剧诗人,外邦人,《鸟》31;《马蜂》1221。

Adimantus[阿得曼托斯],叛国者,《蛙》1513。

Aeschines[埃斯客涅斯],自吹自擂者,《鸟》823;《马蜂》325,459,1220,1242。

Aesimus[埃斯摩斯],跛脚的不学无术者,《公民大会妇

---

① [译注]原文是 109 个人,但作者在前面却排除了 4 个人,似有笔误。

② [译注]Sir John Falstaff,莎士比亚戏剧中一个肥胖、机智、乐观、爱吹牛的武士。

女》208。

Agathon[阿伽通]，女人气的诗人，《地母节妇女》29 以下，95 以下，片断 169。

Agyrrhius[阿基里俄斯]，浪荡子、政治煽动家，《公民大会妇女》102，184；《财神》176。

Alcibiades[阿尔基比亚德]，多嘴多舌且靠不住的人，《阿卡奈人》716；《蛙》1422；《马蜂》44，46；f. 198。

Amynias[阿密尼阿斯]，女人气的挥霍者，《云》691；《马蜂》74，466，1267。

Androcles[安德洛克勒斯]，无赖，《马蜂》1187；f. 570。

Antimachus[安提马科斯]，女人气，《阿卡奈人》1150；《云》1022。

Antisthenes[安提斯忒尼斯]，守财奴，《公民大会妇女》366，806。

Archedemus[阿尔海提摩斯]，外乡人，非法公民，近视眼，《蛙》421，588。

Ariphrades[阿里佛拉得斯]，放荡的登徒子，《公民大会妇女》129；《骑士》1281；《和平》883；《马蜂》1280；f. 63a。

Aristyllus[阿里斯忒鲁斯]，流氓，《公民大会妇女》647；《财神》314；f. 538。

Artemon[阿尔忒蒙]，女人气，《阿卡奈人》850。

Callias[卡利阿斯]，挥霍又放荡，《鸟》283，284；《公民大会妇女》810；《蛙》432；以下 114；572。

Carcinus[卡喀诺斯]，蹩脚的悲剧诗人，《云》1261，《和平》781，864；《马蜂》1508.

Cephalus[刻法罗斯]，政治煽动家，《公民大会妇女》248。

Cephisodemus[刻菲索得摩斯]，告密者，《阿卡奈人》705。

Cephisophan[刻菲索丰]，欧里庇得斯的奴隶，《阿卡奈人》395；《蛙》944，1408，1452，1453；f. 580。

Chaereas[开瑞阿斯]，外乡人，《马蜂》687。

Chaerephon[开瑞丰],可怜的苏格拉底门徒,《鸟》1296,1564;《云》104,144,146,156,503,831,1465;《马蜂》1408,1412以下,539,573。

Chaeris[开里斯],蹩脚的音乐家,《阿卡奈人》16;《鸟》857;《和平》951。

Cillicon[喀里孔],叛国者,《和平》363。

Cinesias[喀涅西阿斯],蹩脚而肆意挥霍的诗人,《鸟》1377;1. 330;《蛙》153,366,1437;《吕西斯特剌塔》838,852,856,860;f. 149。

Clcigenes[克里耶尼斯],不诚实的沐浴者,《蛙》709。

Cleisthenes[克里斯塞尼斯],女人气,《阿卡奈人》118;《鸟》831;《云》355;《蛙》48,57,426;《骑士》1374;《吕西斯特剌塔》621,1092;《地母节妇女》235,634,763,929;《马蜂》1187。

Cleon[克勒翁],政治煽动家、阴谋家、策划者、自吹自擂、贪污受贿、胆小怕事、贪婪的窃贼、大声叫骂者、造谣者;被提到24次,《骑士》除外。

Cleonyrnus[克勒俄尼摩斯],"喜剧中的约翰·福斯塔夫先生",胆小鬼、贪吃者、肥头大耳、贪婪成性、伪证者、告密者,《阿卡奈人》88,846;《鸟》289,290,1475;《云》353,400,450,674;《骑士》368,958,1290,1372;《和平》446,629,673,1295;《地母节妇女》605;《马蜂》20,592,822。

Cleophon[克勒俄丰],政治煽动家、外邦人,《蛙》678,1504,1532,1580;《地母节妇女》805。

Connas[孔那斯],无用者,《骑士》534;《马蜂》675。

Cratinas[克拉提诺斯],奸夫,《阿卡奈人》849。

Ctesias[克忒西阿斯],告密者,(生造字? 斯达克认为指"抢劫先生"),《阿卡奈人》839。

Ctesiphon[克忒西丰],大胖子,《阿卡奈人》1002。

Cyrene[基利尼],妓女,《蛙》1328;《地母节妇女》98。

Cynna[铿娜],妓女,《骑士》762;《和平》755;《马蜂》1032。

Diagoras[狄阿戈拉斯],无神论者,《蛙》320;《云》830;《鸟》1073。

Diitrephes[狄伊忒瑞斐斯],晋升太快的官员,《鸟》798,1492;f. 307。

Diopeithes[狄俄珀忒斯],狂热的占卜者,《鸟》988;《骑士》1085;《马蜂》380。

Epicrates[伊庇克拉特斯],贪污的政治煽动家,《公民大会妇女》71。

Epicurus[伊壁鸠鲁],不出名的流氓,《公民大会妇女》644。

Epigonus[伊庇戈诺斯],女人气,《公民大会妇女》167。

Euphemius[欧斐弥俄斯],卑鄙的家伙,《马蜂》599。

Euripides[欧里庇得斯],参《蛙》各处;《阿卡奈人》407,458;《公民大会妇女》387,390 以下;《地母节妇女》各处。他至少被嘲笑了 30 次,《蛙》除外。

Evaeon[欧阿俄翁],乞丐,《公民大会妇女》408。

Evathlus[欧阿特罗斯],二流的政治煽动家,《阿卡奈人》710;《马蜂》592;f. 411。

Execestides[厄塞克斯提得斯],非法公民,《鸟》11,764,1527;f. 671。

Glaucetes[格劳刻忒斯],贪吃者,《地母节妇女》1033;《和平》1008。

Gryttus[格律托斯],不道德者,《骑士》877。

Hegelochus[伊耶罗霍斯],坏蛋,《蛙》303。

Hierocles[希罗克勒斯],冒名的牧师,《和平》1046 以下。

Hieronymus[希厄洛倪摩斯],多毛、狂热的诗人,《阿卡奈人》386;《云》349。

Hyperbolus[许珀玻罗斯],政治煽动家、骗子、讼棍,奴隶出身,克勒翁的继承者,《阿卡奈人》846;《云》551,557,558,623,876,1065;《蛙》570;《骑士》1304,1363;《和平》681,921,1319;《地母节妇女》840;《马蜂》1007。

Iophon[伊俄丰],索福克勒斯的儿子,蹩脚的悲剧诗人,《蛙》73,78。

Laches[拉刻斯],不诚实的海军上将,《马蜂》240; f. 106(?)。

Laus[拉俄斯],交际花,《财神》179。

Lamachus[拉马科斯],伟大的将军,在《公民大会妇女》841和《蛙》1039中受到称颂,在《阿卡奈人》270以下,572,963中受到了嘲笑。

Lampon[兰朋],骗人的占卜者。《鸟》521,988。

Leogoras[勒俄戈拉斯],享乐主义者,《云》109;《马蜂》1269。

Leucolophas[勒俄科洛法斯],流氓,《鸟》1513;《公民大会妇女》645。

Lysicrates[吕西克拉特斯],腐败的官员,《鸟》513;《公民大会妇女》630,736。

Lysistratus[吕西斯特剌塔],无赖头子,《阿卡奈人》855;《骑士》1266;《西斯特剌塔》1105;《马蜂》787,1302,1308;f. 198。

Marpsias[马西阿斯],不知名的政治煽动家,("词源上的笑话",斯达克认为指"老鹰先生"),《阿卡奈人》701。

Melanthius[墨兰提奥斯],蹩脚的悲剧诗人、贪吃者、麻风病人,《鸟》151;《和平》802,1009。

Meletus[墨勒托斯],蹩脚的诗人,《和平》1302;以下114,149。

Meton[默顿],伟大的天文学家和数学家,在《阿卡奈人》997,1010中被嘲笑为骗子。

Morsimus[墨尔西摩斯],蹩脚的悲剧诗人,《蛙》151;《骑士》401;《和平》801。

Morychus[摩律科斯],贪食者,《阿卡奈人》887;《和平》1008;《马蜂》506,1142。

Moschus[摩斯科斯],蹩脚的竖琴师,《阿卡奈人》13。

Nausicydes[拉俄修希得斯],彻头彻脑的奸商,《公民大会妇女》426。

Neocleides[尼俄克里得斯],告密者、小偷,《公民大会妇女》254,398;《财神》665,716,747。

Nicarchus[尼卡科斯],告密者,《阿卡奈人》908。

Nicomachus[尼科马科斯],不诚实的官员,《蛙》1506。

Orestes[俄瑞斯忒斯],拦路贼、抢衣服者,《阿卡奈人》1166;《鸟》712,1496。

Oeonichus[俄翁尼科斯],放荡者,《骑士》1287。

Pamghilus[帕基罗斯],不诚实的政治煽动家,《财神》174,175;f. 40。

Patrocles[帕特罗克勒斯],守财奴,《财神》84; f. 431。

Pauson[泡宋],动物画家,贫穷的流氓,《阿卡奈人》854;《财神》602;《地母节妇女》949。

Peisander[佩珊得罗斯],不诚实的政治家,《鸟》1556;《吕西斯特剌塔》490;《和平》395;f. 81。

Peisias[珀西阿斯],叛国者,《鸟》766。

Pellene[佩勒尼],交际花,《吕西斯特剌塔》996。

Pericles[伯里克利],政治家,参各处。

Phaeax[淮阿克斯],啰嗦的政治家,《骑士》1377。

Phidias[菲狄阿斯],雕刻家,伯罗奔尼撒战争的促成者,《和平》605,616。

Philemon[菲勒蒙],外邦人,《鸟》763。

Philocles[菲罗克勒斯],尖刻的诗人,《鸟》281,1295;《地母节妇女》168;《马蜂》462。

Philonides[菲罗尼得斯],浪荡子,《财神》179,303。

Philostratus[菲罗斯拉托斯],拉皮条者,《骑士》1069;《吕西斯特剌塔》957。

Philoxenus[菲罗戈塞诺斯],下流者,《云》686;《蛙》934;《马蜂》81,84。

Phrynondas[佛律农达斯],流氓,《地母节妇女》861;f. 26。[①]

现代社会公敌的名单都会以谋杀犯或劫匪为首,但阿里斯托芬的剧中却从未提到谋杀,也很少提到抢劫。公职人员的犯罪分子中,有7个是腐败官员,10个是政治煽动家,5个是告密人。其他流氓中,有3个叛国者,几个伪证者,6个非法公民,1个走私犯。有9个淫乱放荡者,6个交际花或妓女,1个拉皮条者,他们都遭到指名道姓的谴责。如果作家所言属实(在其他地方都得到证实),那刚才提到的人加起来还不到名单的一半。[②] 有14个人被简单地称为流氓和恶棍(πονηροί或κακοί),并没有其他不良行为。很明显,凡是作家讨厌的人都在名单之内!即使最后加上个别可疑的人,也只比112个"恶棍"的一半多一点。

Prepis[普瑞庇斯],放荡者,《阿卡奈人》843。

Proxenides[普洛塞尼得斯],气势汹汹者,《鸟》1126;《马蜂》325。

Pyrrhander[皮拉得尔],告密者,《骑士》901。

Pythangelus[毕萨格罗斯],蹩脚的悲剧诗人,《蛙》87。

Salabaccho[萨拉巴克科],臭名昭著的交际花,《骑士》765;《地母节妇女》805。

Simaetha[西迈塔],麦加拉的交际花,《阿卡奈人》524。

Simon[西蒙],盗用公款者,《云》351,399。

Smoius[斯摩伊俄斯],声名狼藉的人,《公民大会妇女》846。

Socrates[苏格拉底],《云》各处。

Spintharus[斯品塔罗斯],佛里吉亚的非法公民,《鸟》762。

Sthenelus[斯特涅罗斯],贫困的悲剧演员,《马蜂》1313;

---

① [译注]以上人名均从罗念生先生的译文。

② [译注]作者其实是在盘算112人的罪名。根据所列数字,上述有罪名的人加起来约48人,还不到112名罪犯的一半(56)。

f. 151。

Strato[斯特拉同],女人气的年轻人,《阿卡奈人》122;《鸟》942;《骑士》1374;f. 407。

Teleas[忒勒阿斯],贪吃者,《鸟》168, 1025;《和平》1008。

Theogenes[忒俄革涅斯],声名狼藉者,《鸟》822,1127,1295;《吕西斯特剌塔》63;《和平》928;《马蜂》183;f. 571。

Theognis[忒俄格尼斯],冷淡的诗人,《阿卡奈人》11,140;《地母节妇女》170。

Theorus[忒俄洛斯],卑鄙的政治家和伪证者,《阿卡奈人》134,155;《云》400;《马蜂》42,47,418,599,1220,1236。

Theramenes[忒拉墨涅斯],政治"整顿者",《蛙》541,967;f. 549。

Thorycion[索里基翁],不诚实的海关官员,《蛙》363,383。

Thucydides[修昔底德],历史学家,曾拒绝出庭,《阿卡奈人》703,708;《马蜂》947。

Thoumantis[图曼提斯],非常贫困的不幸者,《骑士》1267。

Thouphanes[图法涅斯],克勒翁不诚实的次要秘书,《骑士》1103。

Xenocles[克塞诺克斯],蹩脚的交易诗人,《蛙》86;《云》1265;《和平》784;《地母节妇女》169,441;《马蜂》1509,1511。

还剩下哪些人?这些人明显不会伤害他人,他们常常是著名的公民,是人们的笑柄,适合旧喜剧的需要。例如,有15个戏剧和音乐界的同辈就被抨击为蹩脚的作家、冷漠的打油诗人,或毫无价值的音乐家,我们还可以再给这些不幸者们加两个坏蛋。我们不要对这个长长的黑名单感到吃惊,因为"旧喜剧诗人"的任务不就是辱骂自己的对手吗?

这些被辱骂的对象中,很多人都是因为外貌、身体的缺陷,或可宽恕的性格而受嘲讽。他们中有7个因为长得秀气而被嘲笑,有6个被说成是贪图享乐和贪吃的人。而这112个人中也包括那些根本不值得辱骂的人,即使他们能引人发笑,如怀疑宗教者、占卜者、自吹自擂者、不学无术者、吝啬鬼、贫困者、近视眼、挥霍者以及外邦人。

根据上述内容,喜剧诗人的黑名单显然没有乍眼看时那么黑。研究希腊文明的学者都清楚,阿里斯托芬对雅典人中伤得有多厉害。高尚的苏格拉底、伟大的悲剧家欧里庇得斯,以及很有创见的政治家伯里克利,都被划入了喀涅西阿斯、克勒俄尼摩斯和许珀玻罗斯等无赖之列。

然而,旧喜剧诗人的本能和习惯就是"枪打出头鸟",他喜欢和讨厌的人,都被他打得头破血流。埃斯库罗斯曾被阿里斯托芬奉为最伟大的悲剧家,却在《蛙》中受到多次嘲弄。索福克勒斯可谓完美无缺,在《和平》(695-99)中也受到嘲讽。阿伽通"被朋友们称为好诗人"(《蛙》84),却在《地母节妇女》中成了荒唐可笑的花花公子。伟大的将军拉马科斯,一会儿受到称赞(《公民大会妇女》841及《蛙》1039),一会儿又被讽刺为"客厅士兵"(《阿卡奈人》270,572,963)。著名的天文学家和数学家墨顿,被描绘成一本正经的骗子(《鸟》997以下),胡言乱语,被鞭打下台!难道这些例子还没提醒我们,要小心接受阿里斯托芬的判决吗?

此外,阿里斯托芬用他的风趣和谩骂,既滔滔不绝地抨击着可敬和不可敬的人,也普遍地抨击着他的同辈公民。《骑士》中的德谟斯(Demos)是个又聋又蠢的老人。雅典人轻于下判断(ταχύβουλοι,[译注]指匆促审议,《阿卡奈人》630);轻于偏向拙劣的建议(δυσβουλία,[译注]指愚蠢,《云》587);轻于投票和批判(《公民大会妇女》797以下);轻于受阿谀奉承者(《阿卡奈人》637以下)、流氓、小偷、马屁精(《公民大会妇女》439-40)、弑亲者、伪证者(《蛙》274-75),甚至好色之徒(《云》1088以下)的影响。显然,这些大规模的辱骂,αἰσχρολογία([译注]指骂人的脏话),也只是为了迎合当时的节日气氛,满足群众的期待和鉴赏需求。

再想想一个众所周知的事实:旧喜剧并没有放过宗教,甚至控诉了不道德的诸神、控诉了他们应受谴责的行为和罪行。狄俄尼索斯(Dionysus),戏剧之神,被描绘为挨打的愚蠢懦夫(《蛙》中);赫拉克勒斯(Heracles),宙斯的私生子(《鸟》1650以下),成了小偷和贪吃者(《蛙》549以下);埃阿科斯(Aeacus),宙斯的儿子,正义之神,成了哈得斯(Hades)狡猾卑鄙的奴隶(《蛙》464);阿斯克勒庇俄斯(Asclepius),药神,被称为淫贼,盗取了乞援人的肉汤(《财神》685-86);赫耳墨斯(Hermes),指定的盗神,在《财神》中(1100)被嘲弄多次,要求分享战利品,私吞了金杯(《和平》425);众神之父宙斯,被称为奸夫(《云》1081)、弑亲者(《云》905);野蛮的诸神(《鸟》1225以下)竟然经营妓院(《和平》849)。

学者们都知道得很清楚,旧喜剧这一令人震惊的无礼行为并非不敬神或怀疑主义,也不是对当时习以为常的宗教的有意抨击,只不过表现出旧喜剧恶言诽谤的谩骂特征罢了。节日里允许这样极端地表现喜剧精神,现代的读者肯定会对此感到惊异,但不能怀疑它存在的理由,也不能索然无味地错误解释。

戏剧家也如此尖刻地嘲讽妇女。希腊的文学、历史和艺术确实很少公正地描绘雅典妇女,说她们酗酒、诈骗、通奸(《吕西斯特剌塔》)、放荡、不道德、不值得信任(《公民大会妇女》)。女人和男人一样,只有在 αἰσχρολογία γέλωτος ἕνεκα(“促使骂人的脏话成为笑柄”)的潮流中,才一扫而光。如科特(Couat,第九章)所言,我们不能根据吕西斯特剌塔和普拉克萨戈拉(Praxagora)来判断雅典的已婚妇女。这些女人的名字明显是捏造的,是用来悬挂恶行的木桩,丈夫们把这些恶行推诿到别人的妻子身上;这不过是为了取悦缺乏品味的观众的人物(πρόσωπα)。有趣的是,雅典妇女的名字却没有一个遭到嘲笑。提到的6个交际花的名字都摘自外国人,即阿斯帕西亚、佩勒尼、罗狄阿(Rhodia)、基利尼、铿娜和萨拉巴克科。

我们现在来做个小小的总结:旧喜剧中描绘的粗俗的漫画人物,都源于现实生活,这些人大多是反社会的坏公民和犯上作乱者。自私、不诚实、贿赂的缺点在雅典比比皆是,如同今日。我们从其他资料,尤其是从演说家那里得知:邪恶的告密者威胁着富人;政治腐败和贿赂司空见惯;叛国罪尽人皆知;不得不经常抑制贸易和商业暴利;并非所有的雅典人都遵从 σωφροσύνη([译注]指明智)、το πρέπον([译注]

指杰出)和 μηδὲν ἄγαν([译注]指毋过度)的希腊思想。另一方面,许多学者把阿里斯托芬的喜剧当成可靠的历史文献,但一个人在这样做之前,必须首先冷静地思考一下以下事项,它们经常被人遗忘或忽略:

(1)“喜剧中的人物要比今天的人更坏”(亚里士多德,《诗学》第二章)。

(2)“喜剧摹仿比普通人更坏的人”(《诗学》第五章)。

(3) Αἰσχρολογία(“骂人的脏话”)是旧喜剧用来引人发笑的词,具有夸张、漫画、贬低事实的特征,目的是为了讽刺,以便取悦观众。

(4)同一个人遭到一次又一次的辱骂,造成了罪不可恕的假象。这些人成了必备的角色,宛如各种罪行的替身。因此,喜剧诗人柏拉图也写了不少喜剧,讽刺许珀玻罗斯、克勒俄丰、佩珊得罗斯、斯特拉提斯(Strrattis)和喀涅西阿斯等阿里斯托芬“最喜爱”的恶棍。此外,那些无名小辈的名字也许是捏造的,斯塔克(Starkie)指出,克忒西阿斯(《阿卡奈人》839)意为“抢劫先生”;马西阿斯(《阿卡奈人》700)意为“老鹰先生”;说不定还包括克瑞蒙(Chremon,《马蜂》401)。[①]

(5)不少“罪行”实际上都可以宽恕,或许是为了引人同情。

(6)就旧喜剧的发展趋势而言,阿里斯托芬的抨击面面俱到、无所不包。比如,所有的雅典人与妇女就全都遭到了嘲笑。

(7)戏剧家毫无顾虑地把无辜与罪恶混在一起,不仅嘲笑臭名昭著的喀涅西阿斯之流,也嘲笑苏格拉底、伯里克利和欧里庇得斯等人。因此,在接受阿里斯托芬对无名小辈的谴责时,我们要特别小心地对待它的表面意思。

引用一位阿里斯托芬研究者的几段话作为最后的结论,应该是合适的:[②]

---

① [译注]克瑞蒙(Chremon)这个名字的意思是“悭吝人”。参《罗念生全集》,第四卷之《马蜂》注释93,前揭,第321页。

② 参J. W. White为James Leob的译著Aristophanes and the Polities Parties at Athens(Croiset),(《阿里斯托芬和雅典的政治党派》)写的序言。

阿里斯托芬的剧本被视为构成希腊历史、传记和制度的可靠资源。这样严肃的解释难免会遮蔽诗人令人费解的幽默,因为文学形式的最初目的必须总是消遣和娱乐。玩笑变成了事实陈述、漫画人物、讽刺文献……

另一方面,最近对阿里斯托芬的错误处理表明,只把阿里斯托芬当做一个讲笑话的人,而否认他除了引人发笑外还有其他目的,是相当正常的反映……

讽刺同一时代的人、体制或流行观点是阿里斯托芬剧本的主要目的。

阿里斯托芬的人物

希尔克(Michael Silk)　著
黄薇薇　译

没有人成功地构造了一种完整而连贯的人物论。

（巴尔,《叙事学》）

我个人喜欢把乌龟搬上舞台,把它变成一匹赛马,再把它变成一顶帽子、一支歌、一条龙和一个喷泉。

（尤奈斯库,《注疏和反注疏》）

一

一般而言,阿里斯托芬并不是一个艰涩的作家,他在作品中偶尔制造的不少难点——比如,那些错综复杂的口头笑话——都得到了解释者们很好的理解。然而,剧中形形色色的人物却引出了一些独特的解释问题。下面列举的几处《地母节妇女》中的典型例子,就暗示了一些相关的问题。这些例子显然不难,便于入手。

《地母节妇女》是一个引人注目的混合体,是由(别的因素除外)滑稽剧和祈祷的抒情诗混合而成。一部分滑稽剧和所有的祈祷抒情诗都由一批人扮演——地母节上的妇女——她们有的在歌队中,有的混在“各种角色”中。[1] 妇女们身兼两种主要的角色。她们既是喜剧人物，咄咄逼人地攻击欧里庇得斯；又是祈祷者、虔诚的圣歌演唱者，分别用五首合唱来歌颂诸神。这里出现的问题只是：这两种角色之间有何联系，扮演这些角色的妇女又有怎样的本质？

《地母节妇女》中有两个主要人物，聪明的欧里庇得斯和他愚蠢而温顺的亲戚涅西罗科斯。[2] 剧本开始时，欧里庇得斯正策划一个计谋，他想让一个男人扮成女人混进妇女节。但是，他不能亲自前往。他的同行阿伽通智慧与演技兼备，欧里庇得斯便想叫他去。阿伽通拒绝他后，涅西罗科斯竟自告奋勇——虽然他（目前为止的愚蠢行为证明）明显没有资格承担如此微妙的任务：

> 欧　可怜啊，可怜的欧里庇得斯，你算是完了！
> 涅　我的至亲，你不要灰心。
> 欧　怎么办呢？
> 涅　叫他见鬼去吧：用我怎么样？
> 欧　那么……（209－13）[3]

随之而来的许多事情使涅西罗科斯的失败有了喜剧的可能性。

---

① “传令官”可能是歌队的领队（参 K. J. Dover，《阿里斯托芬的喜剧》，*Aristophanic Comedy*，London，1972，页 7166 以下），除她之外，都习惯性地认为这两组人是完全分开的。然而，531 以下（习惯上归为歌队）与 533 以下（习惯上归为无名的“妇女甲”）的区别却不太明显。这两组人属于一个联盟，又都无名无姓：（我们碰巧得知）有两个女人有名字，*Μίκα*（弥卡，760）和 *Κρίτυλλα*（克里梯拉，898），而其他剧本的歌队都有名字（如 *Δράκης*，《吕西斯特剌塔》254；*Νικοδίκη*，《吕西斯特剌塔》321 等）。有必要认为这两组人是完全分开的吗？

② 众所周知，文中并没有使用涅西罗科斯这个名字，它源于 ΣR。尽管如此，这个名字既方便又无害（参荷马名字的使用），其他名字（英语更喜欢用“男亲属”kinsman）则生硬并让人心烦。

③ 这段话引自 Sommerstein 的版本，《地母节妇女》引自 Hall and Geldart（OCT）的版本。[译注]文中所引阿里斯托芬的原文都根据原作者的引文译出，参考了罗念生先生的译本，见《罗念生全集》，第四卷，上海：上海人民，2004。引文“叫他见鬼去吧：用我怎么样”与中译本不同，罗念生先生的译文是“叫这家伙痛哭流涕吧！你想怎样使唤我就怎样使唤我”，见《罗念生全集》，第四卷，前揭，页 341。

有人指出,欧里庇得斯事实上从没有暗示涅西罗科斯来扮演这个角色。也许有人会说,因为那样做行不通,欧里庇得斯如此聪明,不会这样暗示。那么,聪明的欧里庇得斯又为何要接受这个令人难以置信的自告奋勇?愚蠢而温顺的涅西罗科斯突然强行介入此事,愿意扮演这个角色,又是出于什么原因?——当这个角色的一切进展顺利时,他还展现了自己的兴趣和不可忽视的创造力。不能回答说,"这是剧情需要"。这一刻本身就是剧情的一部分,这种马虎的回答只会把第一类问题转化成第二类问题——就我们所说的角色而言,剧情为什么会"要求"这样的角色?从这些不同的例子中,我们似乎可以观察到妇女们、欧里庇得斯和涅西罗科斯身上,各自出现了不同程度的前后矛盾。这样的矛盾为何被接受,又是如何被接受的?

再想想《地母节妇女》中的妇女。她们的双重身份,不仅引起了(或被引起)一般意义的行为矛盾,也引起了语言行为的矛盾。剧中有个片断:化妆后的涅西罗科斯为欧里庇得斯说了几句好话之后(466-519),妇女们便大发雷霆。有个人竟猥亵地威胁要刮掉他(以为是她)的毛(pussy, *χοῖρος*, 538),涅西罗科斯也一下子明白了对他的警告("诸位女士,别拔我的毛!",540)。在此之前,妇女们说话都相当节制,在虔诚的颂歌中是如此("快来吧,伟大的处女神……快来吧,威严的海神",317 以下),在对话中也是如此。对她们来说,突然使用*χοῖρος*一词,就代表着风格的转变(stylistic switch):说话的水平急转直下。若要对此做出"解释",则可以指向说话人的愤怒,说这是个人真实情感的反映,从这个角度来说,这样的转变似乎可以理解。这种合理化的解释在此例中确实可行。但是,风格的转变在阿里斯托芬的剧本中俯拾即是,而且大多数都不能从这个角度来解释。在诸如此类的例子中,有一个例子很恰当,即剧本开头部分出现了一句类似下流的话,这一次是出自欧里庇得斯之口。涅西罗科斯再次成了猥亵话语的接收者,他自称想不起阿伽通是谁。欧里庇得斯告诉他说:

涅　是个大胡子?

欧　难道你没见过?

涅 没——记不清了。

欧 你无论如何肯定搞过(βεβίνηκας,fucked)他——当然记不清了。(33 -5)[1]

在此之前,欧里庇得斯和后来的妇女们一样,说话都很有节制。他对涅西罗科斯说话的口气不紧不慢,剧中也没有暗示他当时情绪有变;而且,他的性格也没有什么地方可以暗示出下流是他的本质特征;事实上,剧本反而这样暗示了涅西罗科斯的性格。因此,这句下流的话确实很难合理地加以解释。[2]

在阿里斯托芬的剧本中,一个说话人(或者一个歌唱者)的风格经常转变,而且出其不意。我们在解释他的剧本时,常常把这种转变合理化,或者(倘若不那样做)就当做"喜剧效果"来解释——这实际上只是采用了同义反复法,这种方法在一定意义上指出了变化现象的真实解释,但是,这种方法对自身却不做任何解释。事实上,我们的合理化与归之为"喜剧效果"的做法,都证明事情并非如此:忽略了说话人和歌唱者言词中隐含的相反意义,忽略了阿里斯托芬的喜剧必须最终

---

① [译注]此句引文"你无论如何肯定搞过他——当然记不清了"与中译本有所不同,罗念生的译文是"你同他搞过恋爱,也许还不知道他是谁",见《罗念生全集》,第四卷,前揭,页336。

② 关于阿里斯托芬剧中的风格转变,参我在《阿里斯托芬的怜悯》(Pathos in Aristophanes)一文中的讨论(*BICS* 34,1987),第78 -111页。关于βινεῖν一词的含义,H. D. Jocelyn在LCM 5 (1980),第65 -7页中有趣地提出,这个词(不同于英语中的"操"[fuck])并不下流,部分原因在于它在阿提卡喜剧(尤其为妇女所使用)中的使用,部分原因在于它是梭伦律法假定的事件(Hsch. s. v. βινεῖν =梭伦,Test. Vet. 448 Martina)。他认为该词含有"私通"的意思。这个观点的反对意见有:(1)这个词总是出现在低俗的文学作品中(尤其是喜剧——参LSJ中引用的部分——及《阿卡奈人》152. 2. West,Hippon. 84. 16 West):如果它不是指下流的事,那它是指什么就不清楚。(2)"私通"不能和下流相提并论:夫妻(包括女性)常在亲密的语境下使用"fuck"一词,这是英语(英式英语)用法的一个众所周知的特征。有人想起D. H. Lawrence的观点,参《漫谈〈查太莱夫人的情人〉》(A propos of *Lady Chatterley's Lover*),见D. H. Lawrence,*Phoenix* Ⅱ,ed. W. Roberts and H. T. Moo,London,1968,第514页。(3)法律对"私通"一词的表述似乎比下流的程度低(得多)。(4)无论如何,梭伦引文的真实来源与其细节都不确定(Jocelyn对此也说,第67页):"这个词条[in Hsch.]很模糊,被修正过多次。"总而言之,只能说Jocelyn挑战既定观点的做法还不稳定。

符合现实主义的准则。

要把风格的习语(stylistic idiom)与现实主义相比,就总会涉及俗语(vernacular language)、经验用语(language of experience)和生活用语(language of life)的一系列表达方式。习语(idiom),要么相当于"从人们实际运用的口语中挑选出来的词",如华兹华斯(Wordsworth)给出的命名一样;[①]要么就涉及一种广义上的前后一致的风格(consistent stylization),就像(如)希腊悲剧的语言风格那样。习语并不等同于生活用语,而是一套固定的、约定俗成的语言,是容易理解的语言,它远离了假定的用语和更自然的用语,也可以按照华兹华斯的意思,就把它当成生活用语。在后一种理解中,特殊的口头词汇、措辞和语法等都将排除在外,这并不是指某个剧本或剧本的某个部分会突发奇想地这么做,而是指整个剧本或所有的剧本都会这么做。前后一致的原则尽管有限,但也适用于更杰出的古语、惯用比喻,以及一种高尚语言的常见特征。[②] 这种原则很复杂,但不会因为风格分成了不同的等级就受到破坏——这些不同的等级表现在:希腊悲剧中的歌曲与演说之间;许多长篇小说中的叙述与直接引语之间;大量的虚构作品及戏剧中,一个人物的直接引语与另一个人物的直接引语之间。在阿里斯托芬的剧本中,说话人的用语范围出现前后矛盾时,就指向了话语的反面含义。他的人物必须采用的自我表达的风格,不能和现实主义的任何风格相提并论;更重要的是,既然考虑到了风格,这就暗示着,严格说来,若用现实主义的方法来理解人的性格,那么阿里斯托芬的人物本身根本就不属于这一范围之类。人物

---

①　参R. L. Brett和A. R. Jones编,《抒情歌谣集》之序(*Lyrical Ballads*,London,1965),页244(1802,variant)。

②　参亚里士多德,《诗学》第22章;M. S. Silk,《LSJ与诗歌古语的问题:从意义到Iconyms》(LSJ and The Problem of Poetic Archaism:From Meanings to Iconyms),CQ NS 33(1983),第303页。

的语言行为和非语言的行为[①]可能相关,但两者都不以现实主义为前提。根据这一点就可以把这些人物与西方小说主要传统中的同等人物区别开来,也可以把他们从戏剧内或戏剧外的同等人物中区分出来。

我们可以把整个非阿里斯托芬的(non-Aristophanic)传统称之为现实主义的传统(realist tradition)。正是在这样的传统中,包含着"现实效应"(l'effet du réel),[②]但此传统却没有最终确定的特征那么典型。有人(许多文学史家[③])同意称之为"现实主义的",却并不把"现实主义"当成某段时期的术语,而是按照它的"前后逻辑和详细情况",把它任命为"一种描述世界的长期模式",这种模式没有"唯一的风格",它实际的风格,或不同的风格,会随着文化规定的不同而改变,它"在一个时代的优势就是……自由选择文化的权力"。[④] 按此定义,现实主义的传统就是被亚里士多德的理论和米南德(Menander)的实践奉为典范的传统,它在19世纪的小说中达至顶峰。按此定义,该传统包含了叙事与戏剧两种断然不同的虚构作品:叙事小说的(典型)特点是,叙述者"全知全能",他可以直接告诉我们人物的特征,也可以为我们展示人物的行动;戏剧作品则根据演员的表演来表现个人特征——

---

① (有些文学理论家)奇怪地认为语言行为("文本")就是一切。一位理论家说:"语言之外既没有自我也没有愿望",参J. Frow,《观点集:论人物》(*Spectacle Binding*:*On Character*),见Poetics Today,7/2,1986,页238。认为演戏(含无声电影和芭蕾舞剧)和生活一样(包括聋哑文盲等),这种看法显然不正确。参(古典文本中)D. Wiles颇受欢迎的《读希腊人的表演》(Reading Greek Performance,G&R 34,1987)一文,第136-51页。

② 这是Roland Barthe在《真实效应》(L'Effet du réel)一文中杜撰的短语,见*Communication*,Ⅱ(1968),84页以下。他强调的是效应(effet),而非真实(réel),因为结构主义者担心文学会远离对现实生活的参考。但是,所有虚构的人物(就像文学中的一切)都被塑造得远离了现实生活(这就是所谓的"虚构"),但这个事实并不影响它参考外部世界的能力。参G. D. Martin,《真理与诗歌》(*Truth and Poetry*,*Edinburgh*,1975),第68-106页。

③ 19世纪的文学史家就反对这样称呼19世纪以前的小说,"现代"的文学史家也反对这样称呼"古代的"小说(如古典主义者G. M. Sifakis,《歌队和动物合唱团》[*Parabasis and Animal Choruses*,London,1971]),第7-14页,尤其第9页。注释10和12提供了更多的参考([译注]本页注释③和下页注释①)。

④ J. P. Stern,《论现实主义》(*On Realism*,London,1973),第30,28,52,79,158页。关于"现实主义"的历史,参R. Wellek,《文学成就中的现实主义概念》(The Concept of Realism in Literary Scholarship),见*Neophilologus*,第45,1961,1-20页。

而且,这种表演还引入了一种不同于(朗诵史诗的边缘情况除外)叙事领域且变化多端的东西。叙事与戏剧之间的区别很大也很重要,但就本文目前的研究目的而言,却无关紧要。

在现实主义的传统中,我们能碰到各种各样描写虚构人物的方法。有时我们觉得应该把这些人理解为"角色"(characters),有时(用吉尔[Christopher Gill]的区分方式)又把他们强调为"个性"(personalities,参82页注释②)。有些描写似乎展开或扩展了个别的特征,有些又似乎创造了"圆形性格"(rounded characters)。[1] 这些方法可能涉及平面描写或立体描写;或多多少少地涉及到心理描写;既关乎人物的身份又关乎人物的性情;既关乎人物的类型又关乎人物的个性。对这些不同的方法,解释者们可能有充足的理由关注于(如)希腊的悲剧家与奥尼尔(Eugene O'Neil)之间的区别,或者莎士比亚与其前人的区别,又或者欧里庇得斯与其前人的区别,抑或者(最常见的是)现代的欧洲小说与其前人的区别。[2] 但是,所有的描写方法都有一个共同之处。这些人物始终都和"现实"相关——和我们能感觉到或可推测到的外部世界相关——他们始终都与现实世界保持距离(《论现实主义》,前揭,第55页)。他们都是些有血有肉的人,(用亚里士多德的话来说)每个人都倾向于"性格合适"、"性格相似",和"性格一致"。[3] 最明显的是,我们可以在现实主义传统中的人物身上,发现大量可以辨认出的细节,每一个细节都和部分现实生活相符,每一个细节都与

---

① [译注]"圆形性格"就是指人物的性格得到了完全地发展或成长;与之相对的是"平直性格"(flat character),即人物性格没有变化和成长。通常情况下,读者可以进入到"圆形性格"的人物内心,并能了解到他的许多方面;而"平直性格"则是封闭的(closed)性格,读者无法进入到他的内心。参邵锦嫡等编,《文学导论》,上海外语教育,2003,页20。

② 如J. P. Gould,《希腊悲剧中的戏剧人物和"人的可理解性"》(Dramatic Character and "Human Intelligibility" in Greek Tragedy, *PCPS*, NS 24, 1978),第43-67页;K. Newman,《莎士比亚喜剧人物的修辞》(*Shakespeare's Rhetoric of Comic Character*, New York, 1985);J. Jones,《论亚里士多德和希腊悲剧》(*On Aristotle and Greek Tragedy*, London, 1962),第239-79页;I. Watt,《小说的兴起》(*The Rise of the Novel*, London, 1957),第9-34页。

③ 亚里士多德,《诗学》,第15章;参Lucas ad loc. 及S. Halliwell最近的《亚里士多德的诗学》(*Aristotle's Poetics*, London, 1986),第159-65页。

其他细节相连,细节之间甚至也相互关联,这些可以辨认出的细节也是一种独特的创造。在现实主义的传统下,也只有在现实主义的传统下,人物的性格才能得到所谓的“发展”。[1] 这种发展(可能会引起争议)通过可辨认出的细节间的转移,暗示出从一种可以观察到的状态向另一种状态的进步——大概就像音素的变位引起语音的改变一样。[2] 性格的发展在现实主义的传统下是有可能的,即使发展的方式并非始终如一或一成不变:虽然我们在公元前八世纪的史诗中就首次见识了性格的发展,虽然荷马的阿喀琉斯早已体现了这种发展,但性格的发展在19世纪的小说中才最具代表性。[3]

我认为严格地说,阿里斯托芬并不属于现实主义的传统。他的某些人物确实可以用现实主义来解释。比如《云》中的斯瑞西阿得斯,他就是可以辨认出的类型,与之相对的是他的儿子斐狄庇德斯,也同样具有代表性。这个儿子是个奢侈腐化的老油条:

> 斐　能够精通万事,变得聪明和时髦,以及有机会藐视传统的价值,是多么美好的事情啊!过去我只想着赛马,说不上两个字就要出丑。但现在……他[苏格拉底]让我摆脱了以前的生活,让我把时间用在精妙的思想争论和当务之急上,我想我能够证明儿子打父亲是天经地义的事。(1399-1405)[4]

父亲则是一个勤俭节约的老农民,狡猾却不灵光,而且非常保守:

---

① “发展和变化”的能力就是“人物”本身,这是很平常的事。参 Newman,《莎士比亚喜剧人物的修辞》,前揭,第1页。

② 参 M. L. Samuels,《语言进化论》(*Linguistic Evolution*, Cambridge, 1972),第126页。

③ 参 M. S. Silk,《荷马的〈伊利亚特〉》(*Homer, The Iliad*, Cambridge, 1987),第83-96页。

④ [译注]这段译文不同于中文译本,罗念生先生的译文是

> 我懂得了这种新的技巧和美妙的语言,能够藐视那些既定的法律,这真是一件痛快事!记得从前我只爱玩马的时候,我说不上三个字就要闹笑话;可是如今他改变了我的生活,叫我去留心巧妙的思想和语言,我相信我可以证明儿子应该打父亲。(《罗念生全集》,第四卷,前揭,页207)

斯　你对于这种自然的现象一点不懂,也配在这儿索债吗?(1283－4)

斯　哎呀,我真是神经错乱了!真是疯了!竟自为了苏格拉底抛弃了神!(1476－7)[①]

不难列出这两个人物的主要特征(在这个例子中,不能把他们的身份和性格分开),也不难看出斯瑞西阿得斯的言与行如何一致:即言与行如何使人物的各种性格特征成为一个统一体。例如,老人的粗言粗语让人想到世俗的背景,想到知识分子的平庸,想到对苏格拉底启蒙的根深蒂固的憎恶,这三个特点都相应的体现在了以下这段话中:

苏　可敬的云神啊,你们明白地答应了我的恳求。你听见她们尊贵的歌声混着惊人的雷声吗?

斯　尊贵的云神啊,我敬畏你们,我也想放个屁来回应你们的雷声,那雷声真叫我吓掉魂!现在啊,不管你们准不准许,我一定要放个痛快。(291－5)

此外,斯瑞西阿得斯的性格甚至开始有了发展。他从自己的经历中吸取教训,以一种全新的视角去审视自己的过去,并因此而辨明自己犯错的原因("我真是神经错乱了",1476),就像(比如)《恨世者》(*Dyscolus*,713)中的克涅蒙(Cnemon),或《安提戈涅》(1272)中的克瑞翁。这三个人确实是性格发展的例子,尽管发展的程度不高。举例来说,他们就与我们在(如)《酒神的伴侣》中碰到的彭透斯截然不同,该剧揭示了彭透斯的独特性格。彭透斯开始时是一个尖声的独裁者,结尾时成了疑神疑鬼的精神病,但(我们认为)事实上他("的确")一直都有这两样性格。当然,无论是斯瑞西阿得斯、克涅蒙,还是克瑞翁,他们的性格发展和阿切尔(Isabel Archer)比起来,都微不足道:

---

① [译注]这两段译文完全引自罗念生的版本,参《罗念生全集》,第四卷,前揭,页204。

> 梅尔夫人已经如实地出现在她的幻觉中,可她的血肉之躯却显得这么突兀,甚至可怕,像一副活动的油画。伊莎贝尔整天都想着她的虚伪、她的无耻、她的手腕,以及她可能承受的痛苦……她甚至假装不笑,虽然伊莎贝尔看出,她比平时更加装模作样,但总的说来,伊莎贝尔觉得这个奇妙的女人从来没有表现得如此自然。(亨利·詹姆斯《一位女士的画像》,第五十二章)①

伊莎贝尔百感交集,正反情感混杂于心。这样的反应必定需要对人物的经历进行深入地研究,人物的经历反过来又需要一段很长的虚构时间,甚至几年(如詹姆斯的小说),才会有这样的反应。有人可能认为,性格的完全发展需要一个时间跨度,至少要像莎士比亚的悲剧(或《伊利亚特》)那样——足以为我们展示出性格的"进步",比如,麦克白从一个心虚的冒失鬼("事情要来尽管来吧",第一幕:第三场;"要是干了以后就完了,那么还是快一点干",第一幕:第七场)到道德的丧失殆尽,就经过了好几个阶段("我不敢回想刚才所干的事",第二幕:第五场;"别人敢做的事,我都敢",第三幕:第四场;"我简直已经忘记了恐惧的滋味",第五幕:第五场)。② 希腊悲剧(或新喜剧)似乎注重于紧要关头的详述,以及个人对此做出的反应。不过,这样的模式明显影响了对性格发展的描述,尽管性格的发展还处在萌芽阶段;这说明,阿里斯托芬喜剧的典型特征和希腊悲剧的典型模式并不相同。

阿里斯托芬的大多数(或许全部)人物在一定程度上属于现实主义的传统,有的(如斯瑞西阿得斯)还能——不会太牵强——完全解释为现实主义。但大部分(或许全部)都不同于现实主义的模式,由于缺少更恰当的术语,我建议称之为意象主义。用在意象中的词——用在比喻、尤其是

---

① [译注]译文参考了项星耀先生译本,参亨利·詹姆斯著,《一位女士的画像》,项星耀译,人民文学,1984,第665页。

② [译注]关于《麦克白》的引文全部引自朱生豪先生的译本,参莎士比亚著,《莎士比亚全集》,朱生豪译,第八卷,人民文学,1984。

隐喻中的词——打断了上下文中术语的连贯性。[①] 它们和字面用法一样,能让人想起现实。([译注]参 Martin,《语言》[*Language*])但又和字面用法不一样,通过语境的中断(discontinuity)使人想起现实。在口语表达中,即使含有意象,也很少全部由中断性的术语组成(古代预言除外)。意象在通常情况下,一部分包含中断性的术语("喻体",vehicle),一部分包含被中断的术语("本体",tenor,参《诗歌修辞的相互作用》,前揭,第 8-14 页)。类似地,阿里斯托芬的人物所包含的现实主义的元素、瞬间和场景,被意象主义的元素、瞬间和场景中断了。虽然保留了现实主义的元素、瞬间和场景,但是中断的出现,就足以把这种表达方式从现实主义中区分出来。因此,在意象主义的中断特征中寻找一种至关重要的因素,这也合情合理。[②]

---

① 参 M. S. Silk,《诗歌意象的相互作用》(*Interaction in Poetic Imagery*,Cambridge,1974),第 6-14 页。

② (据我所知)将人物与意象进行类比是我自己的观点。各种批评和理论都表明,喜剧在总体上朝着中断的特征发展:比如 N. Frye,《批评的剖析》(*Anatomy of Criticism*,Princeton,1957),第 170 页;以及 L. Pirandello,《论幽默》(*L'Umorismo*,1908),他认为严肃的写作"塑造"人物,"并且想把人物的行为描写得一致",而"幽默家……则会分解人物……并……乐于把人物的行为描写得不一致",引自 A. Illiano 和 D. P. Testa 翻译的《论幽默》(*On Humor*),Univ. of N. Carolina Studies in Comp. Lit.,第 58 页;Chapel Hill,(1974),第 143 页。阿里斯托芬的中断特征已被讨论过多次,却都没有涉及我强调的重点,如 Dover,《阿里斯托芬的喜剧》(*Aristophanic Comedy*),第 59-65 页。值得注意的是,所有的人物理论,几乎全都忽略了中断描写的事实。这件事引发了不少分歧和广泛的讨论:如 C. C. Walcut,《人类变化的面具:小说人物的塑造模式和方法》(*Man's Changing Mask:Modes and Methods of Characterization in Fiction*,Minneapoli,1966);P. Hamon,《论人物的身份符号学》(Pour un statut sémiologique du personage),见 R. Barthes *et al.*,*Poétique du récit*,Paris,1977,第 115-80 页;S. Freeman,《连贯小说中的人物》(Character in a Coherent Fiction),见 *Philosophy and Literature*,7(1983),第 196-212 页;J. Frow,《观点集》(Spectacle Binding);S. Chatman,《人物与叙事者》(Characters and Narrators);U. Margolin,《行动者和行动:叙事人物的行为基础》(The Doer and the Deed:Action as a Basis for Characterization in Marrative);C. Gill,《希腊悲剧的人物与性格问题》(The Question of Character and Personality in Greek Tragedy),这四篇文章都刊于《今日诗学》(*Poetics Today*,7/2[1986]),第 189-273 页。结构主义符号学试图将人物"溶解"在"文本"中,他们对人物的看法也不例外,参 J. Weinsheimer,《人物论:〈爱玛〉》(Theory of Character:*Emma*),见 *Poetics Today*,1(1980),第 195 页;Hamon,《论身份》(Pour un Statut);Margolin,《行动者》(The Doer);Frow,《观点集》(Spectacle Binding):这三篇文章仅用一种共同的原则,对所有的人物进行重新解释。然而,Margolin 简要地思考了文本现象(如新小说),认为文本阻碍了对"(人物的)特征或特征群(trait-cluster)"成为"统一稳定的组合"的期待(《行动者》,前揭,第 207 页)。

为了避免对目前这一论点造成误解，就要对阿里斯托芬的一些人物引起重视，尤其是可能被我们当成“非虚构”的人物，他们需要从不同的角度与其意象进行对比。拿《云》中的苏格拉底来说，这个人物或许有，也或许没有苏格拉底本人的某些特征。他有的只是夸张的特点——晦涩的科学兴趣、自诩为权威人士、新神的代言人、对正误之争漠不关心——这便构成了一个新理智主义(new intelletualism)的漫画人物。但这个漫画人物又属于什么类型呢？他不是象征、转喻型的(像山姆大叔代表美国，约翰牛代表英国那样)；而是隐喻型的——就像笨拙的货车马那样，漫画大师洛(Low)经常用它来形容两次世界大战期间的英国劳工联合会议；或者像嗷嗷待哺的小孩那样，洛曾用它来形容新原子时代的人类种族(“婴儿玩精致的球?”)。因此，《云》中的新启蒙被拟人化为一个疯狂的科学家，(为了方便)就叫做苏格拉底。(更明显的是，)《骑士》中的人民与主要的政客之间的关系，被比喻成老人(贴上德谟斯[民主]的标签，也可视为现代的漫画人物)与奴隶的关系，或者旧与新的关系。

不管欧里庇得斯在其他地方怎样，他在《地母节妇女》中的部分形象就属于这种隐喻的类型。比如，他最初并不愿意伪装自己，但事实上还是伪装了三次，最后一次扮成了一个老妇人。为什么要装扮成那样？因为(在阿里斯托芬的眼里)欧里庇得斯的悲剧对戏剧产生了新的、道德上的颠覆作用，让人着迷又不安：他的悲剧不如早期的英雄悲剧高贵(他的英雄都穿得破破烂烂，这是众所周知的事)，却在说服技巧上更有魅力。[①] 这些特点全都表现在欧里庇得斯扮成丑老太婆那一幕中：他带来了一个女孩，让她去引诱法律和秩序的执行者(这里指西叙亚警察)，结果女孩迷倒了对方，并(照字面意思)让他们放下了武器。从更普遍的意义上说，这部剧中的欧里庇得斯也同样是一个意象：他代表了“真的”欧里庇得斯创作的剧本。(在阿里斯托芬的眼里)欧里庇得斯剧本的显著特点包括：极其夸张的场面、华而不实的观念、流行晦涩的

---

① 参 *Ran.* 939－44，954(降低了高贵性)；842，1063(破破烂烂)；771－6(说服)。这种转变模式似乎让人想起(后来的)古代传记作家对希腊作家的描述：“(他们作品中的)习惯表达所隐含的一丁点的个人特征，后来都可能发展为人物的特征。”(M. R. Lefkowitz，《希腊诗人传》，*The Lives of Greek Poets*，London，1981，ix)。

想法和出其不意的倾向。因此,欧里庇得斯这个人物在整部剧中,就极其夸张(“欧里庇得斯是生是死,今天就要判决”76 以下),满脑子华而不实的观念(“这倒是一条妙计,纯粹是你那一套”[涅西罗科斯],93),并提出流行晦涩的想法(“这一切你马上可以目睹,不能耳闻”5 以下)和“新鲜、聪明的建议”(1130),还经常做一些出其不意的事。[①] 但从这些方面看来,用我的术语来说,欧里庇得斯这个人物,又明显属于现实主义的传统。撇开剧中的欧里庇得斯和真实的欧里庇得斯及其剧本的关系,剧中的欧里庇得斯的性格也足以使这个人物成为现实主义的类型,并具有现实主义人物的稳定特征——尽管这个现实主义的人物因为喜剧风格的限制,只用了一些有限的特征来塑造。

欧里庇得斯的剧中出现了意想不到的曲折和转折之处,我们为此用“出其不意”来形容欧里庇得斯,这让我们回到了最初考虑的意象主义的问题上。意象的特征就是要打断上下文。因此,就意象主义的人物而言,他们的行动并不连续,他们无论说话还是做事,都让人出乎意料,这就是意象主义的特性。尤其是《地母节妇女》中的欧里庇得斯,这个人物的行为就是不连续的,也灵巧地转向了现实主义的特征。如果按照亚里士多德的指导来描写人物,那么性格不一致的人物就要始终保持不一致的性格(参亚里士多德,《诗学》,第 15 章)。然而,上述例子却表明,(用亚里士多德的话来说)意象主义的人物就没有始终保持不一致的性格。

在现实主义传统中,移动而连续的人物性格确实会、或者能够发展:之所以如此,是因为人物的典型特征之间逐渐发生了转移。但阿里斯托芬的意象主义人物却完全不同。万一他们要改变,会改变得很突然,或许很彻底——就像地母节中的妇女,一会儿丢掉尊严,一会儿又捡起来;或者像聪明的欧里庇得斯,突如其来地接受了涅西罗科斯的自告奋勇(也许可以用欧里庇得斯本人的性格来做解释);或者像配角涅西罗科斯,他因为自告奋勇而突然当上了英雄(明显不能用现实主义来解释)。

---

① 欧里庇得斯戏剧的这些特征,参 *Ran.* 1330 – 63(滑稽的场面和不时的惊奇:欧里庇得斯的出其不意表现在 *στρέειν* 一词,957);以及 892 – 9(流行的想法和华而不实的观点);参 Standford 对这两段话的论述。

总之,站在现实主义传统这一极端来说,它允许性格发展;而站在阿里斯托芬这一极端来说,他的描写模式则涉及一种双重原则:不是允许性格发展,而是允许性格倒置或颠倒。可以推断出,意象主义的表达方法仅仅接受一种连续的(sequential)时间观。但现实主义的传统却正好相反,把时间理解为一件(照字面意思)前后相继的(consequential)事,是事情按照亚里士多德的"可然律和必然律"的发展过程。①

我们通常都会从现实主义的角度来讨论阿里斯托芬的"人物",而不选用意象主义。(比如)他的人物是"类型化还是个性化"?这个问题对米南德而言,非常值得探讨,对阿里斯托芬而言,也同样值得探讨,因为他的人物特征很接近米南德的现实主义。因此,用这个问题来讨论《云》中的斯瑞西阿得斯,就比讨论其他的剧本,(如)《马蜂》中的菲罗克勒翁更为恰当,也更有意义。斯瑞西阿得斯这个老人,在剧本开始时是一个漫画人物,代表雅典循规蹈矩的人——结尾时却成了自我展现生命力者的化身,铺张浪费、饮酒作乐、唱歌跳舞。当我们第一次见他时,他完全没有自信,渴望才能(317),不一会却变得洋洋自得了("是最蛮横无理的",1303)。毫无疑问,在不同的时间,他既是个性化又是类型化的代表,甚至在同一时间也可能如此,但这种规则不能解释清楚:关键在于其性格调转的能力。在这一点上值得注意的是,解释阿里斯托芬的不同学者,从苏斯(Süss)到迈克莱斯(McLeish),都试图把阿里斯托芬的人物性格视为一组新亚里士多德的(Neo-Aristotelian)人物类型,这些类型源于伦理或别的地方:即 εἴρων(轻描淡写)型 ἀλαζών(夸夸其谈)型和 βωμολόχος(小丑)型。② 这

① 亚里士多德,《诗学》,第七章。把阿里斯托芬与性格发展分开,并不是说所有的喜剧都不会发展,如 S. K. Langer 在《感觉和形式》(*Feeling and Form*, New York, 1953)页 335 以下所言。这也不同于"语义倒置",后者可以视为"心理过程"的内在符号(也就是一种现实主义性格特征的形式)。Newman,《莎士比亚的修辞》,前揭,第二章。

② 亚里士多德,EN 2. 7, 4. 7f.; EE 3. 7;《修辞学》3. 18;参 W. Süss, *De Personarum Antiquae Comoediae Usuet Origine*(Bonn 1905); id., '*Zur Komposition der altattischen Komödie*', Rl. M. 63(1908,第 12–38 页); K. McLeish,《阿里斯托芬的戏剧》(*The Theatre of Aristophanes*, London, 1980),第 53–6 页, 74f.。这三种类型都出现在了 *Tract. Coisl.* 中:参 R. Janko,《亚里士多德论喜剧》(*Aristotle on Comedy*, London, 1984),第 39, 216–8, 242 页。

些企图表明,“类型化”不能始终等同于阿里斯托芬的人物,但可以等同于人物的功能。说远一点,人物功能的分析必定类似于普罗普(Propp)对叙事功能的分析,[1]给定的人物功能可以从一个人物身上转到另一个人物身上。比如,涅西罗科斯在《地母节妇女》开始时是一个小丑,随着剧情的发展,小丑的功能从涅西罗科斯身上转向了西叙亚人,而涅西罗科斯却又成了“轻描淡写”型,他在妇女的公民大会上发言,(据称)从妇女的角度归纳了她们由欲望引起的罪恶。当然,这种“功能”的转移能力即使不是全部,也在很大程度上是意象主义中断特征的必然结果。用这三种类型来解释阿里斯托芬的人物,现实主义的解释方法就再也派不上用场了。

人物外表对人物的存在有着至关重要的作用,这对意象主义的表达方法来说,是一个必要非充分的条件。因此,这样的人物被掩盖了,他们就变成另一个人。我们认为这在生活中不真实。然而,在这种艺术中,却有了真理的样子——因此,《地母节妇女》的后半部分就有了这个津津乐道的笑话:如果涅西罗科斯扮成海伦,欧里庇得斯扮成墨涅拉俄斯就可以把他救出来;如果涅西罗科斯扮成安德洛墨达,欧里庇得斯扮成珀耳修斯就可以把他救出来。涅西罗科斯自己也说得很清楚:

> 有希望了！那人看来不会背弃我,他装扮珀耳修斯在那里一晃,给了我一个信号,我得扮演安德洛墨达。(1009－12)

阿伽通在剧本开始时的所作所为,就暗示了这样的结果,他认为作者必须与剧本“保持一致”,于是便扮成了剧中的人物:

---

① 参V. Propp,《民间故事的形态学》(*Morphology of Folktale*, Bloomington, 1958);[编者注]Propp是俄国形式主义批评家,代表作《故事形态学》,对20世纪中期欧洲结构主义理论学家们影响深远。在《故事形态学》中,他把人物行为功能作为故事的基本单位。他从一百个民间故事中分析出三十一种行为功能——尽管人物的名字和特征变化无常,人物的行为各不相同,但是,他们却拥有同样的行为功能。参《故事形态学》,贾放译,北京:中华书局,2006年11月。

> 我是故意穿上这身衣服的。一个诗人须摹仿他所写的剧中人物的习气。比方说,要写带女人气的人物,就得一身染上他们的习气。(148-52)

当然,角色扮演、伪装和辨认,这三者可以经常使人物置于现实主义的氛围。但是,在意象主义的传统中,它们却有着特殊的意义。

二

从阿里斯托芬的时代到本世纪初,[1]现实主义似乎在西方的虚构作品中占主导地位。更确切地说:除了阿里斯托芬之外,意象主义表达方法的最好例子要么是20世纪的先锋派,要么是素朴主义(naïve)——从这个词的一般意义上讲,或者按照席勒(Schiller)的说法,(如)荷马就属于这一类型,而且这个词很早以前就得到了暗示。[2]我们确实能在荷马的作品中发现意象主义的表达方法,尤其是《伊利亚特》,其中的人物(除了著名的阿喀琉斯)都有固定的品格。他们要么遵从这种品格,要么不能遵从,而且他们还认为,不遵从这种品格就会威胁到——因为这逆转了——个人的完整性。因此,当安德洛玛刻恳求赫克托耳不要去参战,因为战争会毁掉他的生命和她的未来时,他认同她的担忧,但也指出了公众的意见和自己的本性所带来的压力:

> 夫人,这一切我也很关心,但是我羞于见特洛亚人和那些穿拖地长袍的妇女,要是我像个胆怯的人逃避战争。我的心也不容我逃避,我一向习惯于勇敢杀敌,同特洛亚人并肩打头阵,为父亲

---

① [译注]这里指20世纪初。

② Friedrich Schiller,《论素朴的诗与感伤的诗》(*Über naive und sentimentalische Dichtung*,1795-6)。"狂欢"文学可以证明意象主义与素朴主义的联系。也有不少反对意象主义的例子:如莎士比亚《一报还一报》(*Measure for Measure*)中的公爵。

和我自己赢得莫大的荣誉。(第六卷,441-6)[①]

"是的,"赫克托耳实际上在说,"你说得很对:我将被杀死。可我又能怎么办——除了做我自己?我别无选择(*Ich kann nicht anders*)。"然而,他的固执并不源于路德教派的良知,而是受了一种觉悟的激发,但不能认为这种觉悟是一种弹性反应(flexible response),也不能按弹性反应的意思来理解。[②]

或许在意象主义的表达方法中,最简单的,当然也是最素朴的类型莫过于神话故事。丑陋的青蛙变成英俊的王子就是典型的例子。作者把人物描写成一个不变的存在——除非他能来回颠倒,变成自己的对立面。比较一下《骑士》的结尾,德谟斯从一个丑老头变成了俊小伙。[③] 再比较一下像哑剧这种传统的流行文化,他们的生存形式有着相似的变化。

在我们这个世纪,有许多作家,尤其是剧作家,已经开始以一种更自觉的实验性方式,采用意象主义的表达方法,并以此来反对整个现实主义传统,而这对于阿里斯托芬时代的希腊人来说,不必或不能这么做。这个新的时代,反对了人们熟悉的稳定性和人们对事物发展的传统期待,由此而提出一系列具有挑战性的问题。有时,许多人会认为这个挑战朝着边缘艺术发展——意识流、超现实主义和荒诞派。对斯特林堡(Strindberg)而言,这个挑战与新现实主义的(neo-realist)概念相关,即现代人"生活在一个"比过去"更紧张、更歇斯底里的过渡

---

① [译注]以上引文完全引自罗念生先生和王焕生先生的译本,参罗念生,王焕生译,《荷马史诗·伊利亚特》,人民文学,1994年版,2003年首次印刷,页166。

② 参路德在沃尔夫会议上(Diet of Worms)的演讲,1521,4月18日。

③ 抛开L. Edmunds在《克勒翁、骑士和阿里斯托芬的政治》(*Cleon, Knights, and Aristophanes's Politics*, Lanham, 1987)第43-4页中的论述,可以假定,德谟斯被称为"英俊"(καλὸν ἐξ αἰσχροῦ,1321)时,指的就是返老还童。我们可以从色诺芬的《会饮》4.17中得知老年人也可称为英俊(καλοί),却是在认识到了"花容易逝"——"美貌"与"青春"连在一起时才会这么说,荷马(《奥德赛》,6.108)和阿里斯托芬(《吕西斯特剌塔》647)的作品中都有类似的说法。

时代”，所以应该把他们描写得“更加脆弱……更加暴躁、更加分裂”。[1] 皮兰德娄(Pirandello)则另有看法：

> 我的戏剧就在于……我意识到，我们每个人都以为自己是一个独立的个体。但这种观点不对……每个人都是由很多的个体组成。[2]

伴随并经常潜伏在这些新观点之下的反对意见，是尼采和弗洛伊德等颇具影响力的思想家提出的“灵魂的实质性统一”的观点。[3] 马克思主义理论也对现实主义的传统提出了另一种看法，尤其表现在布莱希特(Brecht)的作品中。比如，在《四川好人》(*Der gute Mensch von Sezuan*)中，

> “好女人”沈黛戴上一个粗糙沉重的面具就变成了商人隋大。因此，她的双重角色中，每一个身份都可能让人想起另一个身份。[4]

早在《三分钱歌剧》(*Die Dreigroschenoper*, 1928)中，布莱希特就已经开始探索意象主义的表达方法了。比如，在剧本最后的突变中，我们发现主犯麦克希斯(Macheath)突然从皇室判决的死刑犯一跃而为贵族，他把对警察的诅咒换成了对狱友和清洁工的道别。从歌剧的崇

---

① 引自 Strindberg 为《朱莉小姐》(*Miss Julie*, 1888)写的序言，见 E. M. Sprinchorn 译，B. F. Dukore 编，《戏剧理论与批评》(*Dramatic Theory and Criticism*, New York, 1974)，第 567 页。

② 参 F. May 译，《六个寻找作者的剧中人》(*Six Characters in Search of an Author* [1921], London, 1954)中父亲所说的话，第 25 页。

③ T. S. 爱略特在《传统与个人才能》(Tradition and the Individual Talent)中(作为目标)使用过“灵魂的实质性统一”这个短语，见《圣木》(*The Sacred wood*, London, 1920)，第 56 页。

④ R. D. Gray，《布莱希特》(*Brecht*, London, 1961)，第 66 页。

高性来说,需要越强烈,拯救就越迫切——青蛙终究变成了王子。[①]

在我们所掌握的古典希腊戏剧中,意象主义的人物描写在喜剧中要比在悲剧中明显得多;但喜剧(公元前四世纪)的“进程”和悲剧(公元前五世纪)一样,都明显地朝着现实主义的模式发展。如果有人要对这个趋势进行追根溯源,那他可能会推断出,早期的戏剧——悲剧和喜剧——中就包含了各种意象主义的要素。一种可能的情况就是歌队——风格化的演说或(尤其是)唱歌组,它们构成了戏剧的形式,但最终都无法与它们对现实主义的渴望相容,以至于戏剧试图取消歌队。阿里斯托芬的歌队,肯定也具有——仍然具有——意象主义的明显特征吗?事实上,在阿里斯托芬遗失的喜剧中,“歌队确实有始终如一和从不改变的角色”。[②]《地母节妇女》中的妇女——不管是在歌队中还是歌队外——形成了一组身份多变的范本。《马蜂》中的歌队开始时是风烛残年的老人,后来却变成了凶猛可怕的马蜂,结尾时又变成了诚挚的评论员。[③] 正如最近的编者所言,《和平》中的歌队在五百行中就“有四五个不同的身份”。[④] 但歌队在悲剧中的身份却常常——用现实主义的话来说——令人捉摸不透:《安提戈涅》中的“忒拜老人”就是个经典例子。[⑤] 不过,更重要的却是,意象主义的人物描写可能在希腊戏剧的节奏中原本就不太明显——从幸福的人转为伤心的人(通常在悲剧中),从伤心的人转到幸福的人(通常在喜剧中)。亚里士多德会把这种模式解释为行动的本质和原初次序,这证明他对

---

① "Die Mordgesellen, Abtrittsweiber, | Ich bitte sie, mir zu verzeihen. | Nicht so die Polizistenhunde…";"Ja, ich fühle es, wenn die Not am grössten, ist die Hicht am nächsten"; Bertolt Brecht, Versuche 1 - 12(Berlin, 1959),第217 - 18页。

② Sifakis,《歌队》(*Parabasisi*),第32页。

③ 《马蜂》230以下,403以下,1450以下;参Silk,《阿里斯托芬的怜悯》(Pathos in Aristophanes,前揭),第87 - 90,页110。

④ 阿里斯托芬,《和平》,A. H. Sommerstein编(Waeminster, 1985, xviii)。

⑤ 参M. S. Silk和J. P. Stern的《尼采论悲剧》(*Nietzsche on Tragedy*, Cambridge, 1981),页267。

古典悲剧的关注和对现实主义的偏爱。[1] 毫无疑问,后来的古典悲剧证明这种偏见是正当的,因为古典悲剧中的意象主义描写极为罕见。事实上,除了歌队之外,欧里庇得斯的戏剧试验中也绝大部分能看到意象主义的例子。比如,作者在《美狄亚》中既探索了女人杀死孩子时的内心痛苦,从而表现为一个进步的现实主义者;又描写了美狄亚从被压迫的受害者变为复仇女神的代表的过程,从而表现为一个先锋派的反现实主义者。

三

显然,意象主义描写人物的特征就是中断;如果有人想在阿里斯托芬的作品中寻找一段材料,兹以证明意象主义的合理性——从这段材料中能够发现人物的性格是根本性的中断,而非偶然性的中断——他就会首先发现,阿里斯托芬文本的中断与剧本结构的中断互相关联(参《阿里斯托芬的怜悯》,前揭,第 103 - 8 页)。我已经举例说明了阿里斯托芬的风格转变和性格倒置的特征,这两者代表着阿里斯托芬描写人物的模式。将"意象主义"一词铭记于心,我们就不会忽略一个事实,即除了隐喻之外,再也没有什么原理更能代表阿里斯托芬的创作手法,中断的风格就是他的典型(par excellence)风格[2]——正如没有比令人吃惊的笑话(*παρὰ προσδοκίαν*)更能代表他的口头幽默一样。[3] 他在组织戏剧小说时,也明显带有中断的倾向。这就是我们通常以"幻想的突破口"为题进行的讨论;没有人能够否认,阿里斯托芬的人物就是这些"突破口"的承载者,但这并不影响他们特殊的存在模式。

---

① 参亚里士多德《诗学》,第六章;以及"关于悲剧和喜剧的结局"M. S. Silk,《戏剧的剖析》(*The Autonomy of Comedy*),见 *Comparative Criticism*,(10)1988,第 27 - 9 页。

② 参 J. Tailardat,《阿里斯托芬的意象》(*Les Images d'Aristophanes*,Paris,1965)。

③ "阿里斯托芬喜剧中的惊奇例子太多了"(W. J. M. Starkie,《阿里斯托芬的阿卡奈人》,*The Achanians of Aristophanes*,London,1909,lxvii)。建立了幽默(*παρὰ προσδοκίαν*)原则的古代理论家把这解释得很狭隘,如 Demetrius(*Eloc.* 152),就只把它归为幽默系统中的一种。

"主子,让我说个总能令观众发笑的笑话,怎么样……":用这样的句子来作为剧本的开头,还有什么比这更真实呢,这确实让我们转向了另一种人物描写方式,它不会与米南德的描写方式相同(更别说亨利·詹姆斯了)。[①] 有人认为,这种描写方式在二十世纪的先锋派戏剧中很常见,在布莱希特的作品也经常出现。[②]

深入研究阿里斯托芬的人,会把他的人物描写与情节构造的中断性联系起来,尤其与他许多剧本后面松散的插曲联系起来。布莱希特在此也为我们提供了一个值得参考的意见——布莱希特的理论比布莱希特的实践多得多。因为布莱希特不断地要我们在他的戏剧作品中去领会他的戏剧理论,他似乎把表面上毫不相关的场面放在了一起——最重要的是,他创立的"史诗剧",既不同于传统戏剧,也不同于"亚里士多德的"戏剧。尤其是他让我们认识到,亚里士多德的人物"逐步发展"的处理方式与情节的"线形发展"相关,但这和他自己的史诗剧的"突转"(jump)和"曲进"(curve)完全不同。传统戏剧把这称之为发展;而他则称之为蒙太奇,单件事情通过"结的展示"连接在一起,以此代替整个"自然"的发展方式。[③]

有人可能会把重点放在另一种不同的关系上。阿里斯托芬的意象主义人物自我颠倒的趋势肯定属于他所有喜剧中更大的颠倒、倒置

---

① *Ran.* If.:参 Sifakis,《歌队》,前揭,第7-14页。

② 《三分钱歌剧》中有一个典型例子:麦克希斯的对手皮球(Peachum)在剧中对观众说的话,解释了他对皇室赦免麦克希斯的看法('…wir haben uns einen anderen Schlusss ausgedacht…',Brecht,*Versuche* 1-12),第218页。

③ Bertolt Brecht,《戏剧写作》*Schriften zum Theater*(Frankfurt,1963-4),ii. 117,vii. 67。布莱希特的理论与阿里斯托芬的实践之间的关系很简略,却很精当,Sifakis 如是说,参《歌队》,前揭,第21、113页,注释46;参 W. Görler,《论古代喜剧中的想象》(*über die Illusion in der antiken Komödie*,*A & A* 18[1973]),第44-57页;K. von Fritz,《古代的和现代的悲剧》(*Antike und moderne Tragödie*,Berlin,1962),x-xxviii;H. Flashar,《亚里士多德和布莱希特》(Aristoteles und Brecht,*Poetica*,6[1974]),第17页以下;D. Bain,《演员和观众》(*Actors and Audience*,Oxford,1977),第3-5页。在布莱希特之前,皮兰德娄就预感中断的人物和中断的戏剧形式有关:"幽默家"的人物是"分裂"而"不一致的",(参本文第9页注释①)这和"一切毫无组织的、分散的、变化无常的、离题万里的事情都可能在幽默作品中找到"的观点有关(《论幽默》,前揭),第114页。

和对立的模式。《地母节妇女》(和其他剧本比起来)再次提供了一个恰当的例子:其中,妇女们从事男人的事业(公民大会等一切活动);一个男人(涅西罗科斯)特意扮成女人;而另一个男人(克勒忒涅斯)却又惯于扮成女人;优势性别中的一员(涅西罗科斯)被弱势性别(女人)逮捕了,但是当他绑架了她们的"婴儿"时,却又倒转回自己的身份。从剧本的行动中,我们可以看到一系列身份对置的场面,比如柔弱的男人克勒忒涅斯被强壮的妇女们排斥在一边("你站开——我要进行仔细地审问",626);优势性别的代表(欧里庇得斯)被迫对弱势的妇女委曲求全;弱势性别的一员(舞女)却战胜了强势性别的一员(西叙亚人),而他(作为可笑的外国人)的头衔就是与法制统治的调换。在这一系列颠倒与对置的场面中,像妇女突然变得粗鲁、涅西罗科斯突然就变成了强壮的男人,以及欧里庇得斯热情反应等一一呈现的细节都未引起重视。不管在哪,我们都会碰到(巴赫金[Bakhtin]评价中世纪的狂欢节)"普遍真理和权威的相对性……'把里面翻到外面'的特殊逻辑"[1]。

此外,所有的对置和颠倒都属于更大的根本对立的系统,尤其是用争议性的术语来表达的对立系统,很多剧本就是围绕着这些术语来创造的:男人与女人(《地母节妇女》)、人与神(《鸟》)、和平与战争(《阿卡奈人》)、新与旧(《云》)、年轻人与老年人(《马蜂》)。当然,对立也可能属于对置本身。比如《马蜂》中,年轻人反抗老一辈人的正常模式(参《云》结尾)就被推翻了,因此儿子布得吕克勒翁费尽心思想使父亲恢复正常的行为也只是徒劳,老年人最后变成了"年轻人",这是意象主义的必然结果。[2] 高贵与卑微、严肃与不严肃的对立关系充

---

① 参 M. M. Bakhtin 著,H. Iswolsky 译《拉伯雷和他的世界》(*Rabelais and his World*, Cambridge, Mass. ,1968),页 11。关于《地母节妇女》中的倒置,参 F. Zeitlin,《阿里斯托芬〈地母节妇女〉中性别和类型的滑稽模仿》(Travesties of Gender and Genre in Aristophanes's *Thesmophoriazusae*),见 H. P. Foley 编,《对古代妇女的种种反思》(*Reflections of Women in Antiquity*, New York, 1981),第 169 – 217 页。

② *νέος γάρ εἰμι* ("你瞧,'我'还年轻",1355)。关于这个"变化"的隐含意义,参 Silk,《阿里斯托芬的怜悯》,前揭,第 109 – 11 页。

斥着所有的剧本,而欧里庇得斯与涅西罗科斯之间的对照,以及之前讨论的风格转变都是非常独特的对立关系。这是值得争论的一点,毕竟,阿里斯托芬的喜剧找到了自己的位置。[①]

四

无论从理论上还是从阿里斯托芬的角度,这篇讨论意象主义表达方法的文章几乎都没有做到面面俱到。但我希望能回答一个问题:阿里斯托芬人物的行为总表现得反复无常,从人物和其他角度考虑,之所以接受这些现象,是因为它们都以阿里斯托芬的中断的"规则"为前提。我希望在回答中,能使人物描写的可能性(和现状)在总体上显示得清楚明白。与此同时,其他各种问题还有待考虑。只要对面面俱到的处理方式抱着理想的姿态,那就至少应该承认其他问题的存在。

首先,我对阿里斯托芬的讨论基本属于行为主义的讨论方式。我把重点放在了人物的言词与行为上,总是回避他们自己的观念和想法。作为意象主义的人物,能说他们有自己的观念和想法吗?现实主义表达方法中的人物有自己的观念和想法,就像现实生活中的人一样。不管我们知道与否,现实中的人都有经历,他们的习惯暗示出对那些经历的反应;总的来说,他们都记得那些经历。但虚构的人物,只有在我们知晓他们所做的事情以后,才会有经历;只有通过一定的方式,把这些经历公之于众,它们才能引起反应并成为记忆。无论如何,现实主义小说中的人物在这样的局限中,而给我们的强烈印象却是些感觉灵敏的人:就我们对这些人物的了解,他们都是按照自己的观念(经历、反应、记忆)来行动,他们的行为可以归因为他们的观念。意象主义的人物也会如此吗,如果会,又在何时?为何?在涅西罗科斯下定决心帮助欧里庇得斯这一场景中,就很难完全否认意象主义人物的

---

① 参Silk,《戏剧的剖析》(前揭,第16页);O. Taplin,《公元前五世纪的悲剧和喜剧》('Fifth-Century Tragedy and Comedy:*A Synkrisis*',JHS 106,1986),第163-74页。

思考能力。想想《蛙》开始时,克桑西阿斯针对狄俄尼索斯的反错觉的问题(anti-illusionary question),又很难发现这样的克桑西阿斯需要、或者能够被认为有什么经历、反应和记忆。

其次,说(正如我说过的那样)阿里斯托芬的人物描写既是意象主义又是现实主义,这比评价二者在戏剧场景中孰轻孰重更容易。我要说,总的原则已经很清楚了,即阿里斯托芬的喜剧人物和人物行动都不以现实主义或逻辑顺序为前提。它只按照自己的逻辑来接受现实主义(参《戏剧的剖析》,前揭,第 23 - 7 页)。当然,有些特殊的问题,因为涉及具体的情况,所以还没能解决。比如,(回到前面没有回答的问题)我们会问:当克桑西阿斯对狄俄尼索斯说“符合身份”的话时,我们会认为他有(“自己的”)意识吗;而在剧本开头他反驳狄俄尼索斯的错觉时又没有意识吗?难道我们可以——能够想象——用控制水龙头的方式来开启和关闭思想意识吗?即使我们认为克桑西阿斯有意识,还总是用非现实主义的术语去描述他,这正确吗?这个问题有待详细地说明。

最后,意象主义表达方法的现代试验中蕴含着批评性的含义,面面俱到的讨论就必须与这些含义相符,意象主义表达方法的多样性和复杂性表示,当我们赞成现实主义的优势时,不能只是设想而已。古尔德(John Gould)在讨论悲剧人物时提醒我们说,小说中的现实主义人物——从希腊悲剧到奥尼尔——都是虚构的,而非隐秘而预先存在的(pre-existing)事实。[①] 这并不是贬低现实主义的人物性格,因为我们对生活中的人物做出判断时,也总是以隐秘的事实本身为依据。[②] 但这并不能证明,我们把现实主义的人物形容成“规则统治系统下的等价物”(像汉蒙[Philippe Hamon]那样)就正确;也

---

① 参以上注释 12(本文第 6 页注释①)。古尔德(我要赶紧再说两句)尽力对比希腊悲剧和奥尼尔,但他并没有像我一样为他们贴上“现实主义”的标签。

② 参 E. Goffiman,《日常生活中的自我表达》(*The Presentation of self in Everyday Life*, Garden City, NY, 1959);J. Lacan,《拉康选集》(*Écrits*, Paris, 1966), 93 以下;参 Easterling 在前面第四章中的讨论。Newman 对(现实主义的)人物性格的分析也得出了类似的结论,《莎士比亚的修辞》前揭,第 127 页。

不能证明,我们更简单地把现实主义的人物形容为“预言”(像托多罗夫[Todorov]那样)就正确。[1] 但这确实鼓励我们要明白,意象主义表达方法需要引起严肃的注意,而它的构造能力本身能够有效地实现这个要求。

① Hamon,《论人物身份》(*Pour un statut*),第144页;T. Todorov,《〈十日谈〉的文法》(*Grammaire du Décaméron*,The Hague,1969),第27-30页。

古典作品研究

《庄子·人间世》析义

张文江

解题:此篇言人与人,乃处世之法。间为人之空,世为人之时,《说文》:“三十年为一世。”人间世,乃此时此地一代人之存在,有其不得不面对的问题。本篇之义,于此既有解,亦无解,而有解即在无解之中。郭象云:“与人群者,不得离人。然人间之变故,世世异宜。唯无心而不自用者,为能随变所适而不荷其累也。”(《文选·秋兴赋》注引司马彪略同)可比较古希腊城邦(polis)之学。张远山先生读“间”为动词,谓此篇显示庄子的间世主义,亦为妙解。“间世”者,出入无疾也。

> 颜回见仲尼,请行。曰:“奚之?”曰:“将之卫。”曰:“奚为焉?”曰:“回闻卫君,其年壮,其行独。轻用其国而不见其过。轻用民死,死者以国量。乎泽若蕉,民其无如矣。

“颜回见仲尼,请行。”以行动开场。“奚之?”问方向。“奚为焉?”问目的。“回闻卫君,其年壮,其行独。”卫君年富力强,而行为偏执,“独”谓一条道走到黑或钻入牛角尖,《经典释文》引崔云:“自专也”,所谓“独头”、“独夫”。“轻用其国”,“轻用民死”,犹如秦始皇修长城,又如中国文化大革命。“不见其过”，谓一意孤行，且已断绝反馈之路。“死者以国量”，有大量的人死亡，也不以为意。此处以“国”为量词，可能和重视“国”而轻视“人”有关，当注意其间之不相称。死了那么多人，还成其为国吗？“乎泽若蕉”，诸家注释不同，大意谓水深火热。乎，几乎；泽，薮泽；若，比；蕉，草芥。郭象注：“举国而输之死地，不可称数，视之如草芥也。”成玄英疏：“纵恣一身，不恤百姓，视于国民，如薮泽之中草芥者也。”“民其无如矣”，老百姓一点办法都没有。反映、劝谏不听，抗议、造反又不敌（独裁者必然强力控制军队、警察乃至舆论工具），只能在煎熬中等待，然而又不见出头之日。无如，无可如何。又如，往，适。无如，不知所措，没有方向。

回尝闻之夫子曰：‘治国去之，乱国就之，医门多疾。’愿以所闻思其则，庶几其国有瘳乎！”

“治国去之，乱国就之，医门多疾。”此即夫子所传之古学，也是中国大乘思想之根。印度佛教之传分为三路，唯大乘入中华，达磨所谓“赤县神州有大乘气象”（《五灯会元》卷一菩提达磨章次），非偶然也。近代马克思主义入中国，得到中国知识阶层的呼应，其“无产阶级只有解放全人类，才能最后解放自己”口号，也和传统的救世思想相应。“治国”之理想，参考《论语·学而》：“道千乘之国，敬事而信，节用而爱人，使民以时。”“愿以所闻思其则”，平常听老师的讲话，东一句，西一句，似乎摸不着边际，但是总结下来原则不就是那么几条吗？应该付诸行动了。“愿以所闻思其则”，见颜回之学业有进，但也很危险，因为有可能割裂“所闻”和“则”的关系。于“所闻”或执用，于“则”或执体，且沟通其间之“思”极深，即使孔门高弟，亦未必能明也。儒家学说能总结成“仁义道德”吗？道家学说能总结成“无为无不为”吗？“庶几其国有瘳乎！”这是古来中国知识分子的抱负，《能改斋漫录》卷十三引范仲淹谓“不为良相，则为良医”。参考龚自珍《己亥杂诗》四十四：“何敢自矜医国手，药方只贩古时丹。”

仲尼曰:"嘻,若殆往而刑耳。夫道不欲杂,杂则多,多则扰,扰则忧,忧而不救。

"颜回请行"是博士毕业,请发证书。仲尼"若殆往而刑耳"(你大概去找死吧!)则当头棒喝,由此开始博士后教育。"嘻",开口一笑,温和之象。开场的戏剧性紧张,于此乃达成化解,且引导其情绪渐渐落地。刑,杀戮。"夫道不欲杂",你的想法太多了。道可道,所谓道也,驭繁于简,在行动中调整。"杂则多,多则扰,扰则忧,忧而不救。"此亦长期磨炼之所得,于此一口叫破。"扰"和"忧"是同根字,扰则忧矣。

古之至人,先存诸己而后诸存人。所存于己者未定,何暇至于暴人之所行。

"先存诸己而后诸存人",可以有两层意思。一层是常用的意思,也就是今天常说的"责人宽,律己严"。一层是隐含的意思,那就是"存诸己"而后"存诸人",未能"存诸人"就没有"存诸己"。《论语·宪问》:"子路问君子。子曰:'修己以敬。'曰:'如斯而已乎?'曰:'修己以安人。'曰:'如斯而已乎?'曰:'修己以安百姓。修己以安百姓,尧舜其犹病诸。'"《论语·公冶长》:"已矣乎!吾未见能见其过而内自讼者也。"此即"存诸己"之象。《庄子·德充符》:"我怫然而怒,而适先生之所,则废然而反。不知先生之洗我以善邪?"此即"存诸人"之象。"先存诸己而后诸存人",此标准至高,含感应之理,且永无止境。是不是有了孔子、庄子等世界就好了呢,没有。反求诸己,于是有生生世世修"菩萨行"的概念。耶稣基督被钉十字架,维摩诘居士"为众生病",亦通于此。无诸己而求诸人,此所以教育无效也。"尧舜其犹病诸",《论语》中有两次提到。除了《宪问》以外,另一处在《雍也》:"子贡曰:'如有博施于民而能济众,何如?可谓仁乎?'子曰:'何事于仁,必也圣乎!尧舜其犹病诸。夫仁者,己欲立而立人,己欲达而达人。能近取譬,可谓仁之方也已。'"《宪问》犹言"内圣",《雍也》犹言

"外王",内外宜兼修也。"何暇",也可以参考《宪问》:"子贡方人。子曰:'赐也贤乎哉,夫我则不暇。'"

且若亦知夫德之所荡,而知之所为出乎哉?德荡乎名,知出乎争。名也者,相轧也;知也者,争之器也。二者凶器,非所以尽行也。

你知道德受什么影响吗?而知从哪儿来呢?德受到名的影响,知由争执而来。名由互相倾轧产生,知为争斗的工具。二者都是凶器,不能贯彻于行动。参考《庚桑楚》:"举贤则民相轧,任知则民相盗。"

且德厚信矼,未达人气;名闻不争,未达人心。而强以仁义绳墨之言术暴人之前者,是以人恶有其美也,命之曰灾人。灾人者,人必反灾之。若殆为人灾夫。

"且德厚信矼,未达人气。"德在交往中自然而然体现出来,所谓上德不德,而不是一套固定的模式。矼,坚固;一说,诚实。未达人气,未触及气场。"名闻不争,未达人心。"以不争而闻名,没有通达人的心理。而所谓"流水不争先",难道不也是一种竞争吗?"而强以仁义绳墨之言术暴人之前者,是以人恶有其美也,命之曰灾人。"摆出一副仁义规矩来束缚人,是不能容忍别人也有长处,可以称为灾人。言术似指说服技巧,可比较古希腊的修辞术(tekhne rhetorike)。暴,陈示。前文"暴人之所行"是把别人的行为亮出来,此处"暴人之前",是把自己的主张亮出来。"灾人者,人必反灾之。若殆为人灾夫。"必遭到极大反冲。《中庸》二十八章引子曰:"生乎今之世,反古之道。如此者,灾及其身者也。"

且苟为悦贤而恶不肖,恶用而求有以异?若唯无诏,王公必将乘人而斗其捷。

“且苟为悦贤而恶不肖,恶用而求有以异?”如果真的悦贤而恶不肖,善善恶恶就是了,又何必标新立异呢。“若唯无诏,王公必将乘人而斗其捷。”你不说倒还罢了,你若说,他必然比你还会说。诏,宣示自己的观点。乘,借着你的话。斗其捷,越说越来劲。你如果夸夸其谈,王公必然拒谏饰非,故宜息言止辩也。

> 而目将荧之,而色将平之,口将营之,容将形之,心且成之,是以火救火,以水救水,名之曰益多。顺始无穷,若殆以不信厚言,必死于暴人之前矣。

“而目将荧之,而色将平之,口将营之,容将形之,心且成之。”身心劳碌不堪的样子。“是以火救火,以水救水,名之曰益多。”到底是在止恶呢,还是在助恶?此时自顾且不暇,又何能救人?“顺始无穷”,一旦开了头,因果就乘除无尽了。“若殆以不信厚言,必死于暴人之前矣。”你如果不信老成人的话,那一定会死在这个暴君前面了。厚言,深厚之言,由无数代人的智慧和经验积累而成。暴人除解为“轻用其国”、“轻用民死”的暴君以外,也可解为陈示于前的人,参考上文“暴人之所行”(人),“暴人之前”(己)。《系辞》曰:“几事不密则害成”,“暴人之前”者,盖知显而未知隐也。

> 且昔者桀杀关龙逢,纣杀王子比干,是皆修其身,以下伛拊人之民,以下拂其上者也。故其君因其修以挤之,是好名者也。昔者尧攻丛枝胥敖,禹攻有扈,国为虚厉,身为刑戮,其用兵不止,其求实无已。

前一“昔者”好名,参考《养生主》“为善无近名”。后一“昔者”求实,参考同篇“为恶无近刑”。以围棋术语而言,好名者喜张势,犹主“高者在腹”;好实者喜实地,犹主“金角银边草肚皮”。“以下伛拊人之民,以下拂其上者也”,谓怜爱百姓,站在弱势群体一边。“因其修以挤之”,正因为此而触犯了猜忌,故决不能容忍。历代大君乃至僭主往往排斥忠良，信用非人，这也是原因之一。“国为虚厉，身为刑戮”，是很悲惨的景象。《经典释文》引李云：“居宅无人曰虚，死而无后为厉。”钟泰《庄子发微》云：“社稷为墟，宗庙为厉。”

是皆求名实者也。而独不闻之乎，名实者，圣人之所不能胜也，而况若乎？

中道虽似刀锋，实际上是最踏实、最安全之路。而驾驭名实的变化，即使圣人也不能胜任，何况你呢。

虽然，若必有以也，尝以语我来。”

虽说如此，你一定还是有理由的，说说看。

颜回曰：“端而虚，勉而一，则可乎？”曰：“恶，恶可！夫以阳为充孔扬，采色不定，常人之所不违，因案人之所感，以求容与其心。名之曰日渐之德不成，而况大德乎！将执而不化，外合而内不訾，其庸讵可乎？

“端而虚，勉而一。”此后世儒者的标准形象，可参考李白《嘲鲁儒》。端，端严，端正，端架子。虚，虚心。勉，勤勉。一，贯通，吾道一以贯之。“恶，恶可！”当场否定。“夫以阳为充孔扬，采色不定”，盖阳气腾浮于表面，未能内敛，恰成否卦之象。孔，大也。“采色不定”指脸色阴晴不定，一会红，一会青，一会白。“常人之所不违”，大家都躲着他，让着他，无人敢于冒犯。《论语·子路》孔子论“一言丧邦”，引“人之言曰”：“予无乐乎为君，唯其言而莫之违也。”“因案人之所感，以求容与其心”，压抑别人的感觉，伸展自己的意愿。“案”，压抑、压制。“容与其心”，给心拓展出位置。“日渐之德”谓积累，此为小德；而“大德”者，日新又日新也。“外合而内不訾”可分对己、对人两方面，对己谓内外之气隔阂不通，对人谓震之以威怒，貌恭而不心服。訾通资，称量也,合也,通也。“其庸讵可乎”? 怎么可以呢。

然则我内直而外曲,成而上比。

内直、外曲者,泰卦之象。成而上比者,以古喻今。

内直者,与天为徒。与天为徒者,知天子之与己,皆天之所子,而独以己言蕲乎而人善之,蕲乎而人不善之邪。

“内直者,与天为徒。”内心最直接的想法,这是天然的,不可违背,也不必违背。徒,指同类之人。“与天为徒者,知天子之与己,皆天之所子。”在先秦,“天子”一词尚非君王所得专,所见有三例,庄书占其二。《人间世》为一处,《庚桑楚》为一处,余一处出于银雀山汉简。“知天子之与己”之“天子”是名词,与后世略同。“皆天之所子”将名词动态化,乃明其来源。且任何人与天相通,理解天人关系就是天子,盖统治者尚未完全垄断代表权。《庚桑楚》:“有恒者,人舍之,天助之。人之所舍,谓之天民。天之所助,谓之天子。”人之所舍,乃见其吸引力(charisma),舍谓聚集。天之所助,因其成功,含种种巧合。盖君者,群也;而王者,天下所归往也。此处“天民”就是“天子”,“天子”就是“天民”。《孟子·尽心上》:“有事君人者,事是君则为容悦者也。有安社稷臣者,以安社稷为悦者也。有天民者,达可行于天下,而后行之者也。有大人者,正己而物正也。”庄之“天子”“天民”有平等之象,孟之四种人皆与“天子”无关。孟的“天民”位置虽在“安社稷臣”之上,也就是所谓达则兼济天下,穷则独善一身,然所见与庄异。庄尚能保存 philosopher 和 king 之间可能的贯通,而孟则已断此桥也。裘锡圭言:银雀山所出土的大约属于《太公》的残简里有如下一条:“往者不可及,来者不可侍(待)。能明其世,胃(谓)之天子。”这句话,《吕氏春秋·听言》引作《周书》,“能明其世”讹作“贤明其世”。《汉书·晁错传》引作《传》,讹作"来者犹可待",都应据简文订正。[①] "往者不可及,来者不可侍(待)",分析见下文。"能明其世"与"贤明其世"之异,可能并非讹误。"能明其世"内圣,"贤明其世"外王,立言各有其宜。《周书》和《传》都是古来之书,书名不同,亦不必同。"而独以己言蕲乎而人善之,蕲乎而人不善之邪。"我把自己的想法说出来就是了,为什么要预先考虑别人的反应呢?蕲,期望,祈求。参考古希腊悲剧《俄狄浦斯王》(索福克勒斯)预言者说:"你是国王,可是我们双方的发言权无论如何应该平等;因为我也享有这样的权利。"[②]

若然者,人谓之童子,是之谓与天为徒。

"童子"即安徒生童话《皇帝的新衣》中的童子,他一口叫出:"他什么也没穿呀!"(He has nothing on!)此即所谓"内直",《维摩诘经·菩萨品》所谓"直心是道场"是也。

外曲者,与人之为徒也。擎跽曲拳,人臣之礼也,人皆为之,吾敢不为邪?为人之所为者,人亦无疵焉。是之谓与人为徒。

"外曲者,与人之为徒也。"在社会上与人打交道,过于直率行不通,必须有所妥协、迁就。"擎跽曲拳,人臣之礼也,人皆为之,吾敢不为邪?"不要特殊化,不要恃才傲物,不要成为祢衡、杨修。擎跽曲拳,谓跟着别人行礼如仪。擎,执贽;跽,跪拜;曲,躬身;拳,拱手。"为人之所为者,人亦无疵焉。"渐渐收敛锋芒,社会不容纳有个性的人,亦不得不自我保护。"是之谓与人为徒。"与天为徒,保持人的内在纯洁和个性,否则不知不觉为社会所同化,久假而不归,最终忘记自己的本来面目。与人为徒,对社会也要有一定适应性,走吧,走吧,人总是要

---

① 裘锡圭《考古发现的秦汉文字资料对校读古籍的重要性》,见《裘锡圭自选集》,大象出版社,1994,148页。

② 《罗念生全集》第二卷,《埃斯库罗斯悲剧三种、索福克勒斯悲剧四种》,上海人民出版社,2004,356-7页。或译:"你是君王,我是百姓,但我们都有发言权。"更简单直截

学着自己长大。

> 成而上比者,与古为徒。其言虽教谪之实也,古之有也,非吾有也。若然者,虽直而不病。是之谓与古为徒。若是,则可乎?"

"成而上比"是说话的方式,"与古为徒"综合了"与天为徒"和"与人为徒",也就是综合了"内直"和"外曲"。"其言虽教谪之实也,古之有也,非吾有也。"批评而讲究方式方法,既表达了自己的意见,又不会使人难堪。"教谪之实"乃两面,教以扬之,谪以抑之。"若是,则可乎?"这样总可以了吧。

> 仲尼曰:"恶,恶可!大多政法而不谍,虽固,亦无罪。虽然,止是耳矣,夫胡可以及化!犹师心者也。"颜回曰:"吾无以进矣,敢问其方?"

然而孔子一破到底,继续否定。"恶,恶可!"有千钧之力。"大多政法而不谍",你讲的虽然也是正法,但仍然存在问题。政,正;法,亦正;谍,似可解为翕辟,犹言变通。谍,诸家或解为条理,或解为探察,或解为便僻,或解为烦碎,然解为翕辟,皆可笼罩。固者师心,谍者及化。"吾无以进矣,敢问其方?"我所有的招都使出来了,技穷了。这也不对那也不对,你倒说说看,到底应该怎么做?

> "斋,吾将语若。有心而为之,其易邪?易之者,皞天不宜。"

"有心而为之,其易邪?易之者,皞天不宜。"可分两方面,一是对做事而言。还想执成见而行,这是低估事情的难度,故曰"其易邪"(哪有那么容易呢)?《五灯会元》卷一记菩提达磨诲励神光曰:"诸佛无上妙道,旷劫精勤,难行能行,非忍而忍,岂以小德小智,轻心慢心,欲冀真乘,徒劳勤苦。"一是对提问而言。似乎老师那里有一个现成答案,套出来就能照搬,这也是"其易邪"(你看得太轻易了呀)。这种情形很常见,初入世之人,往往轻易提出极大的问题,比如“人生的意义是什么”,“爱情是什么”,以为得到答案就可解决。其实即使有这样的答案,也没有用,《增广贤文》:“莫将容易得,便作等闲看。”皞天不宜,天不会成全你。《释文》引向云:“皞天,自然也。”

> 颜回曰:“回之家贫,唯不饮酒不茹荤者数月矣。如此,则可以为斋乎?”曰:“是祭祀之斋,非心斋也。”回曰:“敢问心斋?”仲尼曰:“若一志,无听之以耳而听之以心,无听之以心而听之以气。听止于耳,心止于符。气也者,虚而待物者也。唯道集虚,虚者,心斋也。”

“回之家贫,唯不饮酒不茹荤者数月矣。如此,则可以为斋乎?”我家中很穷,本来就不吃什么荤,这就是斋戒吗。“是祭祀之斋,非心斋也。”这是外在的斋戒,而不是内在的斋戒。“敢问心斋?”什么是心斋?听到新名词的冲击力。“若一志,无听之以耳,而听之以心,无听之以心,而听之以气。”若一志犹收心,渐渐简化事情,简化想法,渐渐集中专一。听(聽)为耳德,亦为耳朵之辨析力。由耳而心,由客观达主观;由心而气,由主观达客观。“听止于耳,心止于符。”“听止于耳”犹前五识眼耳鼻舌身,“心止于符”犹第六识意。“符”由见分、相分而合成,也就是“想”,从相从心。“气也者,虚而待物者也。”主客观合一而丧我之象,盖以气听气,乃道家所谓混沌境界,犹七识而八识。“唯道集虚,虚者,心斋也。”“唯道集虚”,犹转识成智,且涉及八识之间的交通。

> “回之未始得使,实自回也;得使之也,未始有回也。可谓虚乎?”

“我没有听你的话时,还有个我;听了你的话,我没有了。这是虚吗?”颜回受到孔子的感化,内心的渣滓尽化,通体透明,这是大德说法的验证。

夫子曰:“尽矣。吾语若。若能入游其樊,而无感其名,入则鸣,不入则止。

“尽矣”,完全对了,照应上文“非所以尽行也”。“若能入游其樊,而无感其名”,不为名相所惑(maya)。“入则鸣,不入则止。”听得进就讲,听不进就放弃。

无门无毒。

郭象注:“使物自若,无门者也。付天下自安,无毒者也。”“无门”,参考《知北游》:“其来无迹,其往无涯,无门无房,四达之皇皇。”“无毒”,毒,治也。参考《易·师》:“以此毒天下而民从之,吉又何咎矣。”且毒犹药也,药犹毒也,亦可如字。此句针对“医门多疾”而来,而完全翻上一层,故“无门无毒”也。因有疾病才需要对治,而对治本身也引发疾病,“无门无毒”取消了对治,也化解了疾病。又“医门多疾”参考《五灯会元》卷二双林善慧大士章次:“炉鞴之所多钝铁,良医之门足病人。”“无门无毒”参考同卷文殊菩萨章次:“文殊菩萨一日令善财采药,曰:‘是药者采将来。’善财遍观大地,无不是药。却来白曰:‘无有不是药者。’殊曰:‘是药者采将来。’善财遂于地上拈一茎草,度与文殊。文殊接得,呈起示众曰:‘此药亦能杀人,亦能活人。’”

一宅而寓于不得已,则几矣。

“一宅而寓于不得已”,《庚桑楚》:“动以不得已之谓德”,庄书反复言“不得已”,此即“虚而待物”,亦即顺应自然。《淮南子·原道训》:“万方百变,消摇而无所定。”把最后的家安放于“不得已”,也就是安放于不确定之处,此即唯一安全之所,故曰“则几矣”。

绝迹易,无行地难。为人使易以伪,为天使难以伪。闻以有翼飞者矣,未闻以无翼飞者也。闻以有知知矣,未闻以无知知者也。

“绝迹易，无行地难。”“绝迹易”，谓狮子扫迹，羚羊挂角。“无行地难”，谓藏身处没踪迹，没踪迹处莫藏身。“为人使易以伪，为天使难以伪。”乃天人之分，参考《庚桑楚》：“性之动谓之为，为之伪谓之失。”性之动为天使，为之伪为人使。“闻以有翼飞者矣，未闻以无翼飞者也。”有翼飞有待，无翼飞无待。发挥特长导致初步的成功，而此特长又成为进一步成功的阻碍，故艾略特《传统与个人才能》有“逃避个性”之说。“闻以有知知矣，未闻以无知知者也。”“以有知知”者有限，“以无知知者”无限，不知而知乃判断力，故《老子》四十七章云：“不出户，知天下”。《论语·子罕》曰：“吾有知乎哉，无知也。有鄙夫问于我，空空如也，我叩其两端而竭焉。”

瞻彼阕者，虚室生白，吉祥止止，夫且不止，是之谓坐驰。

“瞻彼阕者，虚室生白，吉祥止止”，看到这种境界的人，空虚的房间充满白光，吉祥的景象在涌动。“虚室”即“一宅”之验，《经典释文》引司马彪曰：“心能空虚则纯白独生也。”“夫且不止，是之谓坐驰”，停就是不停，此即坐驰，也就是后来道家大小周天的景象。

夫徇耳目内通而外于心知，鬼神将来舍，而况人乎？

此即《论语·为政》“六十而耳顺”之象，其境界高于“五十而知天命”。“夫徇耳目内通”，沿着耳目的路线向内走（turning inward）。“而外于心知”，比心知还深，亦即思虑所不能及。《天下篇》：“上与造物者游，而下与外死生、无终始者为友”，“外于心知”的外，就是“外死生”的外。又“夫徇耳目内通而外于心知”成泰卦之象，相对于“外合而内不訾”成否卦之象。而“鬼神”者，二气之良能也，不可执著于具体形象。

是万物之化也，禹、舜之所纽也，伏戏、几蘧之所行终，而况散焉者乎！”

“是万物之化”，是一切的总根源。“禹、舜之所纽也，伏戏、几蘧之所行终”，禹、舜相合社会，伏戏、几蘧相合自然。禹、舜或可当公天下与家天下之变化，伏戏、几蘧尚可能有更深之义。伏戏(《荀子·成相》同)通作伏羲，伏戏造八卦，是中华文明的人文始祖。“几蘧”上古帝王，其时尚在伏戏之前，乃八卦之根。此名他处典籍未见，乃庄子神来之笔，盖卒章显志也。“几”或可通“幾”，幾者动之微，吉之先见者也。“蘧”者刹那刹那变化，参考《应帝王》“南海之帝为倏，北海之帝为忽”。伏戏尚属地球文化，几蘧相合于光，已入银河系。“而况散焉者乎”，何况其余大大小小的物和人呢。此一本散为万殊，乃本末兼该之象。

叶公子高将使于齐，问于仲尼曰：“王使诸梁也甚重。齐之待使者，盖将甚敬而不急。匹夫犹未可动，而况诸侯乎。吾甚慄之。

“叶公子高将使于齐”，叶公子高，楚庄王玄孙，姓沈，名诸梁。《论语·子路》记叶公问政，当即此人。“问于仲尼曰”，知道孔子会负责对他说。“王使诸梁也甚重”，出使是因为有问题本国解决不了，需要别国的帮助，最好由他人火中取栗，而自己坐享其成。但别国的人同样也这么想，谁会如你意呢？所以一切担子压在使者身上，叶公感到有点扛不住了。“齐之待使者，盖将甚敬而不急。”还没有出使呢，齐国的态度就可以预料到了：非常客气，招待得很好，但就是绕来绕去，不肯直奔主题。你心急如焚，他很安稳，如果追得急了，总会有一些借口来搪塞。“匹夫犹未可动，而况诸侯乎。”一般人也都有自己的主见，其实是说不动的。诸侯涉及国家利益，就更难说动了。“吾甚慄之。”平时养尊处优惯了，这一次才真正感到了恐惧。

子常语诸梁也曰：‘凡事若小若大，寡不道以欢成。事若不

成，则必有人道之患；事若成，则必有阴阳之患。若成、若不成而无后患者，惟有德者能之。'

"凡事若小若大，寡不道以欢成"，事情无论大小，几乎没有不合于道而能欢欢喜喜地做成的。"寡不"双重否定，也就是肯定。"以欢成"不但包括今天的所谓"双赢"(duo-win)，而且两情相悦、人神共助，得到了环境的支持。"欢成"江南古藏本作"成欢"，其义有异。"欢成"是欢欢喜喜地成功一件事，"成欢"是成功一件欢欢喜喜的事。前者手段和目的统一，后者或手段僭夺目的。故"成欢"无妙义，不取。"事若不成，则必有人道之患"，谓事若不成，必然要承担相应的后果。"人道之患"有两方面，大的方面是国家利益受损失，小的方面是必然有来自君王的不悦甚至惩罚。"事若成，则必有阴阳之患"，事若成，还有许多后续的变化，不会一劳永逸。"阴阳之患"谓消息，这是天地间最厉害的力量。世界上每件具体事物都有寿命，都需要能量维持，都处于消息之中。比如世界十大财团，每十年总要换去其中几个，这就是"阴阳之患"。"若成、若不成而无后患者，惟有德者能之"。既能免"人道之患"，又能免"阴阳之患"的人，只能是有德者。此可相应《易》要"无咎"之义，亦即《文言》所谓"知进退存亡而不失其正者，其唯圣人乎"。

吾食也执粗而不臧，爨无欲清之人。今吾朝受命而夕饮冰，我其内热与？

"吾食也执粗而不臧"谓粗茶淡饭，无心享用精美饮食。"爨无欲清之人"谓吃饭不讲究环境清净，今所谓"工作午餐"。"今吾朝受命而夕饮冰，我其内热与？"谓心情兴奋激动，"饮冰"以减轻焦虑。清末梁启超自号"饮冰室主人"，表达他对祖国的热爱和对时局的担忧，化用了这里的典故。我们的国家不要成为欧西、日本眼中的老大帝国，少年中国快点来呀，快点来呀！(《少年中国说》)

吾未至乎事之情,而既有阴阳之患矣。事若不成,必有人道之患。是两也,为人臣者不足以任之。子其有以语我来。”

上文孔子之语可以有二解:一、人道之患与阴阳之患平行,故以事若不成、事若成分列之;二、人道之患和阴阳之患递进,那么即使努力摆脱了人道之患,仍然还有摆脱不了的阴阳之患。叶公本来只知道事若成后的阴阳之患,至此被逼一急,才感受到人身上本来存在,他因为环境优越而一直没有感受到的阴阳之患。原来阴阳之患不但在成后,而且在成前,不但在事,而且在人。“吾未至乎事之情”,实际的事情还没有发生。情谓实,也就是事的核心,至此方有成、不成之变。“不足以任之”,“任”谓承负、担当,也就是《系辞》所谓“德薄而位尊,知小而谋大,力少而任重”。“子其有以语我来”,这句话和孔子对颜回之言相同,大致是长辈对下辈或平辈之间的语气。叶公如此说,一是因为着急:“老师你快些告诉我点什么吧!”一是有达官习气:“老师你总应该告诉我点什么吧!”其实孔子始终教他的是“有德者”,而叶公只知道自己是“为人臣者”,其间一直存在着错位。一旦事情真的来了,就只能临时抱佛脚了。对于这样的称呼,孔子坦然不以为意,可见其平实,而叶公未能尊师,有增上慢之象。后世刘向《新序·杂事》有“叶公好龙”传说,亦可相应于本节。孔子“百世师”,不就是龙吗?在叶公身边而不知呢,故“叶公非好龙也,好夫似龙而非龙者也”。

仲尼曰:“天下有大戒二:其一,命也;其一,义也。子之爱亲,命也,不可解于心;臣之事君,义也,无适而非君也,无所逃于天地之间。是之谓大戒。

古所谓“天地君亲师”,天地是人和自然的关系,君亲师是人和社会的关系。孔子是师,为叶公解释君、亲关系,而此关系仍在天地间,可见五者究竟不能彼此脱离。以天下之大戒言,人和亲的关系就是“命”,“命”字别有解,此处指生来如此,所谓“出身是不可选择的”。“不可解于心”,因为血亲间有种种说不清的联系,西人所谓“血呼”

(blood cry),有不知其然而然者。人和君的关系就是“义”,“义”者宜也,分所当为,不管你愿意不愿意。“无所逃于天地之间”,是因为人不能脱离社会共同体而生存,郭象所谓“与人群者,不能离人”,亚里士多德《政治学》卷一所谓自外于城邦的人,不是神明就是野兽。[1] 古来称颂伯夷、叔齐“义不食周粟”,鲁迅《故事新编·采薇》借小说人物之口嘲笑道:“难道你们食的薇,不是周天子的吗?”“天下有大戒二”,一为国,一为家,而汉语以国、家连称,是中国文化的特殊思路。然而“大戒”而在“天下”,则所谓社会仍联系于自然,参考《庚桑楚》:“寇莫大于阴阳,无所逃于天地之间。”“天下大戒”的“不可解”而“无所逃”,是处世必须面对的事实。然而执著于此,决非究竟,所谓“师”就是达成对“天地”(天)、“君亲”(人)关系的理解,此之谓“相应”(correspondences)。“师”外尚有“友”,“友”实从“师”,因为“友”之为友,有其不言而喻的纽带,《周礼·地官·大司徒》郑玄注所谓“同师为朋,同志为友”。在中国古代,学问上的朋友是天下最美的关系之一,而酒肉之交不足以为友也。

> 是以夫事其亲者,不择地而安之,孝之至也。夫事其君者,不择事而安之,忠之盛也。自事其心者,哀乐不易施乎前,知其不可奈何而安之若命,德之至也。为人臣子者,固有所不得已。

“是以夫事其亲者,不择地而安之,孝之至也。夫事其君者,不择事而安之,忠之盛也。”事其亲、事其君乃家国一致之象,为最基本的社会关系。不择地、不择事而安之,献身之象,亦即教孝、教忠的由来。“自事其心者,哀乐不易施乎前”。自事其心者,向自己内心下工夫的人。哀乐不易施乎前,不动心之象,《养生主》:“安时而处顺,哀乐不能入也。”施乎前,纷纷扰扰的景象。施,陈也,移也。事其亲、事其君乃儒家概念,自事其心涉入道家概念,因有家国垫底,故非空虚寂灭之教。“知其不可奈何而安之若命,德之至也。”此偷换儒家概念,盖孔子

---

① 亚里士多德《政治学》1253 a,吴寿彭译,商务印书馆,1983 年,9 页。

"知其不可而为之"(《宪问》),庄子"知其不可奈何而为之",前者积极,后者似消极,其同乎异乎?又"知其不可奈何而安之若命,德之至也",亦见《德充符》,盖庄书主要观念之一。"为人臣子者,固有所不得已。"《易·艮》与《论语·宪问》皆曰"君子思不出其位",不在位可不管,在位则决不可逃避,此即担当与责任。

> 行事之情而忘其身,何暇至于悦生而恶死!夫子其行可矣。

此即林则徐《赴戍登程口占示家人》:"苟利国家生死以,岂因祸福避趋之。"叶公"未至于事之情",是还没有发生前的先行退缩。而孔子"行事之情",就在此处深入,决不苟且,真大勇也。"夫子其行可矣",毅然决然之象。

> 丘请复以所闻。凡交,近则必相靡以信,远则必忠之以言。言必或传之,夫传两喜两怒之言,天下之难者也。夫两喜必多溢美之言,两怒必多溢恶之言。凡溢之类妄,妄则其信之也莫,莫则传言者殃。故法言曰:'传其常情,无传其溢言,则几乎全。'

"丘请复以所闻。"先从大道理推出结论,再引他语以为印证。《易·大畜》:"君子以多识前言往行以畜其德。"所闻者,前言往行也。"凡交,近则必相靡以信,远则必忠之以言。"凡交往的人,接近则彼此知根知底,且易于反馈,不必多说就相信了。靡,倾倒、服帖、抚爱,乃至所谓驯养(tame)。疏远则容易产生误解,所以对语言有诚信的要求,或以契约固定之。"言必或传之","必"谓一定传到它要到达的位置上去,"或"谓其途径或中介或时间不可必。《伪古文尚书·大禹谟》:"唯口出好兴戎。"西谚云:"没有说出口的语言,你是它的主人;已经说出口的话,你就是它的仆人。""夫传两喜两怒之言,天下之难者也。夫两喜必多溢美之言,两怒必多溢恶之言。"两喜两怒之言未能平情,故与真相差距远,不能简单听信。"凡溢之类妄,妄则其信之也莫,莫则传言者殃。"溢为夸张,尚有真实的影子;妄由虚构而来,已接近于编造。而溢与妄非常相似,这样就使人不相信了。类,似也;莫,无也。参考陆游《钗头凤》:“错,错,错。……莫,莫,莫。”“故法言曰:传其常情,无传其溢言,则几乎全。”法言,古代传下的格言。法者,正也,平也。努力去伪存真,或能得其常情。“几乎全”,于国家、个人谓安全,相对于“传言者殃”。于言谓周密,此即所谓“辞达”,《论语·卫灵公》:“辞达而已矣。”

且以巧斗力者,始乎阳,常卒乎阴,泰至则多奇巧。以礼饮酒者,始乎治,常卒乎乱,泰至则多奇乐。凡事亦然,始乎谅,常卒乎鄙;其作始也简,其将毕也必巨。

此即阴阳消息。事情往往在开始时是好的,却常常得到始料未及的结果。《诗·大雅·荡》:“靡不有初,鲜克有终。”“奇巧”谓诡计,“奇乐”谓乱性,“谅”为君子,“鄙”为小人。谅,诚也;或谓谅,都也。《淮南子·诠言训》:“故始于都者常大于鄙。”都谓堂堂正正,鄙,局促也。“其作始也简,其将毕也必巨”,谓宜注意复初、姤初。《易·坤》所谓“履霜,坚冰至”,可不慎乎?

言者,风波也;行者,实丧也。夫风波易以动,实丧易以危。故忿设无由,巧言偏辞。兽死不择音,气息茀然,于是并生心厉。克核大至,则必有不肖之心应之而不知其然也。苟为不知其然也,孰知其所终。

“言”者其始,“行”者相随。“风波”摇荡,无事亦可起,故“易以动”。“实丧”一去不复回,乃确实之亏损,故“易以危”。“行”由于“忿设”,而“忿设”由于“言”,亦即“巧言偏辞”。“忿”谓情绪之推动,“设”谓内在程序的形成,所谓 Gestalt 。“兽死不择音,气息茀然,于是并生心厉。”兽在健康时是择音的,所谓“虎啸、龙吟、狮吼”甚至“狼嗥”皆其正音,为同伴之间的呼应并示威于敌。处于食物链下游的动物,其弱者或为所慑而成为捕食的对象。兽一般不主动攻击人,因非其食物链上首选。而困兽、惊兽、病兽乃至孕兽则不然,因感受到死亡的威胁,故“不择音”而反扑,产生攻击之心。“克核大至,则必有不肖之心应之而不知其然也”,乃感应之自然,所谓“怒从心头起,恶向胆边生”。“苟为不知其然也,孰知其所终”,一旦到了这样的程度,后果就不堪设想了。此因果无穷,故有“菩萨畏因,众生畏果”之说。

> 故法言曰:‘无迁令,无劝成,过度益也。’迁令劝成殆事。

“迁令”,改变命令,即所谓“将在外,君令有所不受”。因事态发展变化多端,君王制定的命令不一定适合新的情况,故执行者应该有相当程度的便宜行事权,银雀山竹简《孙膑兵法》所谓“御将不胜”是也。然而君王当时虽然因得胜而赞赏,事后却往往耿耿于怀。“劝成”是促进,所谓“拔苗助长”。“迁令”逆君,“劝成”逢君,此皆过度,“过度益也”,“益”谓过与不及。

> 美成在久,恶成不及改,可不慎与?

成其好事往往需要很长的时间,坏事一成,要改却来不及。此即《国语·周语》所谓“从善如登,从恶如崩”或“学好难,学坏易”,《易》所谓“阳一阴二”之旨,可不慎与?

> 且夫乘物以游心,托不得已以养中,至矣。何作以为报也?莫若为致命,此其难者。”

“且夫乘物以游心,托不得已以养中”谓随物变化,养心于困境之中。人间世毕竟是有局限的存在,此实无可奈何,亦不得不然。试比较《逍遥游》:“乘云气,御飞龙,以游于四海之外”,何等豪迈逍遥,而到了《人间世》,却荆天棘地,处处都是限制,只能反诸己而作调整。然两者真的不同吗,如果真能识其不同而同,方可知庄之用心处。且深入以究之,乘物是物来而应,游心是把心一点点拓展开来,不得已是顺其自然，亦即所谓不可奈何，养中相当于养心，但比养心更深，盖风波之中心无风波也。养中者，犹《养生主》"缘督以为经"，初似极窄，渐渐开阔，终于出现一片新天地。"何作以为报也？"应该如何回应呢？"莫若为致命，此其难者。"关键是跨出第一步："致命"。此"致命"即《易·困》"君子以致命遂志"，献身而不为自己留余地。因为余地就在不留余地之中，跨出最艰难的一步，以后就顺畅了。本节没有记载叶公的回答，这位达官贵人能放弃自己吗？

颜阖将傅卫灵公太子，而问于蘧伯玉曰：

由君道、臣道而师道。蘧伯玉，名瑗，卫大夫，行年五十而知四十九年之非也（《淮南子·原道训》）。《论语·宪问》称其"欲寡其过而未能也"，《则阳》谓"蘧伯玉行年六十而六十化"，实终身修持之象，故可为师。

"有人于此，其德天杀，与之为无方，则危吾国，与之为有方，则危吾身。其知适足以知人之过，而不知其所以过。若然者，吾奈之何？"

"其德天杀"，十恶不赦之人，俗称"杀胚"，可参考佛家所谓"一阐提"。"与之为无方"，不坚持原则；"与之为有方"，坚持原则。"其知适足以知人之过"，犹如手电筒之足以照人。"而不知其所以过"，却不知自身的过失，犹前文"轻用其国而不见其过"。"若然者，吾奈之何？"怎么办？

蘧伯玉曰："善哉问乎！戒之慎之，正汝身也哉。

"善哉问乎！"问得好，因有普遍意义。"戒之慎之，正汝身也哉。"一切归结于自身，与《大学》"自天子至于庶人，壹是皆以修身为本"略同。然《大学》为静态之象，可相应于治世。此"戒之慎之"为动态之象,可相应于乱世。

形莫若就,心莫若和。虽然,之二者有患,就不欲入,和不欲出。形就而入,且为颠为灭,为崩为蹶。心和而出,且为声为名,为妖为孽。

“形莫若就,心莫若和。”乃教育之大法。“虽然,之二者有患。”即使做到了,仍然有问题。“就不欲入,和不欲出。”再深入一层,成中道之象,且化其中。“形就而入,且为颠为灭,为崩为蹶。”犹为虎作伥。“心和而出,且为声为名,为妖为孽。”犹站到对立面。金庸二〇〇三年八月接受某电视台采访云:“政治要先拍马屁,然后给他提意见。”此或婉而多讽乎,吾恐其终不免为劝而已。

彼且为婴儿,亦与之为婴儿。彼且为无町畦,亦与之为无町畦。彼且为无崖,亦与之为无崖。达之入于无疵。

化除痕迹,乃达成天和。参考《逍遥游》“使物不疵疠而年谷熟”。疵者,盖此处还有力点,当花工夫消除之。上文“为人之所为者,人亦无疵焉”,尚有勉强痕迹,而此处之“无疵”,乃自然开放也。

汝不知夫螳螂乎,怒其臂以当车辙,不知其不胜任也,是其才之美者也。

只知己力,而未知大势至、不得已,故不自量力。是,犹自我肯定(arrogant),为实意动词,非系动词。或谓是通于恃,亦成一说。才之美者,参考《论语·泰伯》:“如有周公之才之美,使骄且吝,其余不足观也已。”

戒之慎之。积伐而美者以犯之,几矣。

两言"戒之慎之",小心了还要再小心。积伐,积谓有其资本,伐谓批评别人,或抬高自己,美谓自视甚高。凡居功自傲者,必然功高震主。几矣,差不多足够危险啦。

汝不知夫养虎者乎,不敢以生物与之,为其杀之之怒也。不敢以全物与之,为其决之之怒也。时其饥饱,达其怒心。

侵消之象,时时见其枢机而不犯,参考《老子》七十九章"执左契而不责于人"。"生物"有广、狭二义,广义指有生命的存在,如《逍遥游》"生物之以息相吹也"。狭义指动物,如此处"不敢以生物与之"。西方 animal 一词,古今也有不同意义。"动物"(animal)在希腊的意义上不是指野兽,而是任何"有生命的存在(animated being),包括魔鬼、诸神、有灵魂的星宿——乃至有灵魂的整个宇宙(参 Plato,Timaeus 30c)。[①]《逍遥游》的"生物"可比较希腊意义的 animal,此处的"生物",可比较现代意义的 animal。不敢把活的动物给老虎,怕它在咬死动物时,把怒气给引发出来。不敢把完整的动物给老虎,怕它在撕碎动物时,把怒气给引发出来。时其饥饱,掌握其饥饱的时机。达其怒心,谓疏导其怒心,使其释放于无害之处。

虎之与人异类,而媚养己者,顺也。故其杀者,逆也。

顺逆不同,产生媚杀不同的结果,因虎亦有其弱点。媚养己者,犹亲近动物园饲养员。

夫爱马者以筐盛矢,以蜄盛溺,适有蚊虻仆缘,而拊之不时,则缺衔毁首碎胸。

---

① 约纳斯(Hans Jonas)等著《灵知主义、存在主义、虚无主义》,见《灵知主义与现代性》,刘小枫主编,张新樟等译,华东师范大学出版社,2005 年,50 页注。

千密无功,一失有过,且当以马养养马也,非以己养养马也。赈,大蛤。矢溺,大小便。仆缘,叮咬。缺衔毁首碎胸,挣脱一切束缚,且不惜伤害自身。

> 意有所至,而爱有所亡。可不慎邪!"

虎性凶残,然而意有所至,或媚养己者。马性易驯,然而爱有所亡,缺衔毁首碎胸。且有所至,有所不至;有所爱,有所亡。此皆未可一定,故可不慎邪。

> 匠石之齐,至乎曲辕,见栎社树。其大蔽数千牛,挈之百围,其高临山十仞而后有枝,其可以为舟者旁十数。观者如市,匠伯不顾,遂行不辍。

曲辕,地名。栎社树,栎树种于社者,盖其土所宜木,参考《论语·八佾》:"夏后氏以松,殷商以柏,周人以栗。""其大蔽数千牛",一本作"其大蔽牛",以寓言的夸张手法观之,作数千为是,亦栎社树之气象也。旁,接近。"匠伯不顾,遂行不辍",继续走自己的路而不停下来,盖有其独特判断。

> 弟子厌观之,走及匠石曰:"自吾执斧斤以随夫子,未尝见材如此其美也。先生不肯视,行不辍,何邪?"曰:"已矣,勿言之矣。散木也,以为舟则沉,以为棺椁则速腐,以为器则速毁,以为门户则液樠,以为柱则蠹。是不材之木也,无所可用,故能若是之寿。"

弟子厌观之,饱看了一顿。厌,足也。走及,加快步伐赶上。匠石不肯视,行不辍,除了看出散木即不材之木以外,且以市场方法作辅助判断,因为无用方能保存至今,否则早被人砍掉了。栎社树之用当以其本身为目的,匠石以外在效用观之,自然非是。

> 匠石归，栎社见梦曰："汝将恶乎比予哉？若将比予于文木邪？夫柤梨橘柚，果蓏之属，实熟则剥，剥则辱，大枝折，小枝泄。此以其能苦其生者也，故不终其天年而中道夭，自掊击于世俗者也。物莫不若是。

见梦，现于梦中，犹栎社树之托梦。匠石虽然说出了判断，但于心有所不安，故有此梦。"汝将恶乎比予哉？若将比予于文木邪？"你把我和什么相比呢。文木相对散木而言，指文理正常的树木。"实熟则剥，剥则辱"，剥，扑击，落也。"大枝折，小枝泄。"折谓折断，泄谓走气。"此以其能苦其生者也。"参考《列御寇》："巧者劳而智者忧，无能者无所求。""不终其天年而中道夭。"此其戕生，参考《养生主》："可以尽年。"《大宗师》："终其天年而不中道夭者，可谓知之盛也。""自掊击于世俗者也。"世俗人打击你，也是你自己招来的呀。参考《齐物论》："咸其自取，怒者其谁邪。""物莫不若是。"由个别而普遍，转折有力。

> 且予求无所可用久矣，几死，乃今得之，为予大用。使予也而有用，且得有此大也邪？且也若与予也皆物也，奈何哉其相物也！而几死之散人，又恶知散木？"

"且予求无所可用久矣。"求无所可用乃废其体，久矣为长时间的摸索和修持，《易·恒》："天地之道，恒久而不已也。""几死，乃今得之，为予大用。"几死，乃久中之波折，生死边缘走一遭，且为极大之加持，终于得之而成其大用。"使予也而有用，且得有此大也邪？"如果有用早就砍伐完了，如何能蓬蓬勃勃生长呢。"且也若与予也皆物也，奈何哉其相物也！"此观念极现代，盖他人是地狱，他物皆为用，未能见其本身自成目的，乃成异化之世界。否定"相物"，即彼此把对方当做可利用的物，即肯定"相人"，即彼此把对方看成不可替代的生命。"而几死之散人，又恶知散木？"把有用、无用反转过来，所谓有用正是无用，乃反戈一击之象。而匠石自以为有用，其实于天地之间仍为散人而已。此后道家以贬为褒，用作正面义，故"散人"常被作为道号，如烟霞散人、江湖散人。

> 匠石觉而诊其梦,弟子曰:"趣取无用,则为社何邪?"曰:"密!若无言,彼亦直寄焉,以为不知己者诟厉也。不为社者,且几有翦乎!且也彼其所保与众异,以义誉之,不亦远乎?"

"匠石觉而诊其梦。"诊,参详,研究,合计。向秀、司马彪谓占梦,稍过。王念孙以为通"畛",告也,稍不及。"趣取无用,则为社何邪?"既然那么追求无用,又为什么要做栎社树呢?此为有力的反驳。趣为趣向、意向,或谓趣为急促,亦成一说。密,闭嘴,不要这样说,犹禁言,可比较禅家之掩口(《五灯会元》卷三庞蕴居士章次)。且密者,默(mum)也,默然深思(muni),犹所谓秘(mysterious)也。又趣取无用之问有失,因趣若作趣向,则趣向即乖;而趣作急促,禅家又所谓"著甚么死急"(《景德传灯录》卷十一香严智闲章次,卷十二陈尊宿章次,《五灯会元》卷五石霜庆诸章次,卷七雪峰义存章次)。"彼亦直寄焉。"隐故不自隐之象,盖无可藏,亦不必藏。"以为不知己者诟厉也。"因为总会有人说你好,也总会有人说你不好。且即在诟厉中成其象,亦可借诟厉以消业。"不为社者,且几有翦乎!"若不为社,则人不复加以礼敬,且遭剪伐,乃大隐隐于市之象。"且也彼其所保与众异。"犹如化学中之同位素,相去极微,却为关键的差别。"以义誉之,不亦远乎?"不可以常情测度。

> 南伯子綦游乎商之丘,见大木焉有异,结驷千乘,隐将芘其所藾。

南伯子綦当即《齐物论》之南郭子綦,郭犹生物之空间,伯犹生物之时间。而前隐几,此出游,静、动之别也。游乎商之丘,于空间见时间,似追溯文化之源头。"见大木焉有异",与他树不同,亦见子綦之眼光不同。"结驷千乘,隐将芘其所藾。"乃大乘之象,无用之用,《易·井》所谓"井收勿幕"是也。"结驷千乘",参考上文"其大蔽数千牛",

且彼此相应。隐，树荫也。芘，一作庇。

子綦曰："此何木也哉，此必有异材夫。"仰而视其细枝，则拳曲而不可以为栋梁。俯而见其大根，则轴解而不可以为棺椁。咶其叶，则口烂而为伤，嗅之，则使人狂酲三日而不已。

异材，非寻常标准可衡量。狂酲三日而不已，大醉之象。

子綦曰："此果不材之木也，以至于此其大也。嗟乎，神人以此不材。"

"以至于此其大也"，呼应上文"且得有此大也邪"；"神人"呼应上文"散人"，且照应《逍遥游》之"神人无功"，《天下篇》之"不离于精，谓之神人"。

宋有荆氏者，宜楸柏桑，其拱把而上者，求狙猴之杙者斩之。三围四围，求高名之丽者斩之。七围八围，贵人富商之家求椫傍者斩之。

荆氏，或谓地名，或谓人名。楸柏桑，楸树、柏树、桑树。其拱把而上者斩之云云，乃求物尽其用，故一层一层的砍伐。求高名之丽者，需栋梁之材。参考扬雄《解嘲》："炎炎者灭，隆隆者绝。……高明之家，鬼瞰其室"；《红楼梦》第一回"好了歌"："金满箱，银满箱，转眼乞丐人皆谤"。

故未终其天年，而中道之夭于斧斤。此材之患也。

消耗，透支，今有所谓"中年危机"。中道夭，或为普遍现象，故庄书屡言之。《说文》解"幸"字："吉而免凶也。从屰（逆去走之底，亦即逆的本字），从夭。夭，死之事，死谓之不幸。"故"幸"者，幸福也，幸运也;“幸”当用逆,逆天也。此即所谓修持工夫,吉而免凶为幸,亦自求多福而已。

故解之以牛之白颡者,与豚之亢鼻者,与人有痔病者,不可以适河。

解,禳解。适河,《经典释文》引司马彪云:“沈人于河祭也。”此即《史记·滑稽列传》河伯取妇之象。始作俑者,其无后乎。

此皆巫祝以知之矣,所以为不祥也,此乃神人之所以为大祥也。

巫祝之不祥乃神人之大祥,神人高于巫祝。

支离疏者,颐隐于脐,肩高于顶,会撮指天,五管在上,两髀为胁。

支离疏乃散其体者,亦即《大宗师》所谓“畸人”也。

挫针治繲,足以糊口。鼓筴播精,足以食十人。

而且有其谋生能力。

上征武士,则支离攘臂而游于其间。上有大役,则支离以有常疾不受功。上与病者粟,则受三钟与十束薪。

功成身退似不自已,且参加而不以为主。

夫支离其形者,犹足以养其身,终其天年,由况支离其德者乎!

形外而德内,形德之相成,犹性命之合一。支离者,拆得粉碎。而疏者,通也。因只要维持一系统,难以避免周期性振荡。支离其德者,乃破体为用,故可与振荡合一,以免其失。

孔子适楚,楚狂接舆游其门曰:“凤兮凤兮,何如德之衰也!

接舆之歌又见《论语·微子》,与本篇文字有异同。究其异同之故,可能当初就有不同的流传版本,然而也可能出于庄子的改动,以回应《论语》的批评。楚狂接舆,道家人物,姓陆名通,字接舆。此句《论语》略同。于先秦文化而言,凤可当儒家之象,龙可当道家之象。故儒于道有“犹龙”之叹,道于儒有“凤兮”之歌。

来世不可待,往世不可追也。

《论语》作“往者不可谏,来者犹可追”。此句“往世不可追”,即《论语》“往者不可谏”;然而“来世不可待”不同于《论语》“来者犹可追”。于儒家而言,“来者犹可追”,可当其救世悲心的流露。于道家而言,“来世不可待”,因待来世,追往世,未得当下之理。若化而得其当下,《金刚经》有所谓“过去心不可得,现在心不可得,未来心不可得”。如此核诸上文,银雀山《太公》残简“往者不可及,来者不可侍(待)”,从道家一路。《汉书·晁错传》“来者犹可待”,从《论语》一路。引文思想不同,当究其立言各有其宜是也。

天下有道,圣人成焉。天下无道,圣人生焉。

《论语》无。成犹随喜,生犹应世。

方今之时,仅免刑焉。

《论语》无。因世蕲乎乱,故孰弊弊焉以天下为治。

福轻乎羽,莫之知载;祸重乎地,莫之知避。

《论语》无。因方向相反,南辕北辙。

已乎已乎,临人以德;殆乎殆乎,画地而趋。

《论语》作"已而已而,今之从政者殆而",此亦见儒道立场之不同。盖于儒家而言,道家或仅仅反对从政。然而于道家而言,反对从政有其特殊的时代理由,正可以作为善意的提醒。且问题不在于是否从政,而在于是否"临人以德"和"画地而趋"。临人以德,犹强以仁义绳墨之言术暴人之前;画地而趋,乃自限之象,故未能得大自在。已乎已乎,算了吧算了吧;殆乎殆乎,危险啊危险啊。

迷阳迷阳,无伤吾行,吾行却曲,无伤吾足。

《论语》无。迷阳,犹阴阳不定,难以确定方向。台静农晚年为人题词,往往喜欢写"人生寔难,大道多歧"(前句用《左传》成二年,陶渊明《自祭文》亦用之,后句用《列子·说符》),盖感慨系之。张大千《老叟出行图》之题词,亦有"老人行路叹迷阳"之句。无伤吾行,不要妨碍我走路。吾行却曲,犹极难走的路,有时前行,先须后退,且必弯弯曲曲而行,犹庖丁之解牛。无伤吾足,又如刀锋,徐梵澄译《羯陀奥义书》第二章云:"有如利刃锋,难蹈此路危。"[①]此句即毛姆小说《刀锋》(*The razor's edge*)的题辞:"人很不容易越过刀锋,因此智者说得救之道是困难的。"(The sharp edge of a razor is difficult to over/thus thus the wise say the path to salvation is hard)然而"无伤吾行","无伤吾足",或已成解脱。

① 徐梵澄译《五十奥义书》,中国社会科学出版社,1984年,365页。

山木自寇也，膏火自煎也。桂可食，故伐之。漆可用，故割之。人皆知有用之用，而莫知无用之用也。

此一篇之结语，自作自受，乃无用有其大用。

《庄子》中的孔子形象

余树苹

孔子与庄子，分属于不同学派、不同年代，看似并无多大联系。然而一部《庄子》，涉及孔子及其弟子的情节竟有48节，散见于内、外、杂篇二十章之中，"孔子"成为其中出现次数最多、最活跃的人物：这不能不说是一种特殊的现象。对于这一现象，学术史上有两种反应，一是着手对《庄子》文本的考察，分析其作者的归属，试图将"真庄子"与掺杂其中的"假庄子"区分开来。①

第二种反应是，从义理上探讨庄儒之关系，对庄子的渊源问题，即对庄子源于道家还是出自儒家重新考虑。

这些考证工作虽然有其意义，但都不是问题的重点。重点在于，作为道家的代表性经典，《庄子》为什么会以孔子为主要的人物形象？这一形象为什么会如此多变，这对于《庄子》思想的表达起着何种作用？体现了《庄子》作者怎样的言述风格？《庄子》作者对孔子形象的描绘体现了孔子在当时怎样的影响与地位？从思想内容上讲，又体现了庄子与孔子的哪种根本差异？这些内容，都是本文对《庄子》中的孔

---

① 对《庄子》作者的考证，不仅基于《庄子》中过多出现孔子形象的问题，也因为《庄子》所表达思想的复杂性。

子形象进行描述与归纳的同时,要深入探讨的问题。

第一节 “孔子”的类型

《论语》中的孔子,主要以教师的正面形象出现。而《庄子》中的孔子形象,简单说来,可以分为两类,一是正面的孔子,即孔子是正面表述观点的主体;另一类则为反面的孔子,即孔子被作为反对或批评的对象。下文将进行具体的分析。

一、正面的孔子

“正面的孔子”又分为几种类型,一是作为教师的孔子,二是作为评论者的孔子。在《庄子》中出现的孔子,多数延续了《论语》中的孔子形象,即以师长的身份出现。[①]《庄子》中向孔子问学的,有孔子的弟子,出现最多的是颜回,其次是田子方、子贡、冉求等人;也有当时的政治人物,如叶公子高,鲁哀公等。

孔子在《庄子》中所正面表达的观点和行为,有与《论语》相似的,也有相异的。相似的,如对于己人的关系。《人间世》中有“古之至人,先存诸已而后存诸人”,《论语·卫灵公》也提到:“君子求诸己,小人求诸人。”这两处所表达的己人关系是一致的。又如对命与义的认同,《庄子》与《论语》也有相似的提法。《人间世》中孔子对叶公子高的劝诫:“天下有大戒二:其一,命也;其一,义也。”而《秋水》篇中,子困于匡时对子路说的:“知穷之有命,知通之有时,临大难而不惧者,圣人之勇也。”这与孔子在《论语》中“道之将行也与?命也。道之将废也与?命也。公伯寮其如命何!”(《宪问》),其表达是一致的。可见,

---

① 甚至某些情境,也来自于《论语》中的对话。如《论语·子罕》中颜渊感叹孔子“仰之弥高,钻之弥坚”一段,《庄子·田子方》中也有出现,并加入“步亦步,趋亦趋”等内容。《论语·卫灵公》孔子在陈绝粮、子路愠见一段,在《庄子·让王》中也出现相似的内容,同样也加入另外一些内容。“楚狂接舆”一段,《论语·微子》、《庄子·人间世》都有出现,同样《人间世》的篇幅较长。因内容较多,仅在此说明,不引入正文。

《庄子》中正面的孔子在某些思想上,是《论语》中孔子思想的继承。

在《庄》中以正面形象出现的孔子与《论》中之孔子,相异的更不在少数。最引人注目的是《人间世》篇孔子对颜回讲“心斋”,而《大宗师》篇颜回对孔子讲“坐忘”。“心斋”与“坐忘”是《庄子》中的重要概念,徐复观先生也认为,庄子虽对孔子常采调侃的态度,但是“心斋”是他所提出的基本功夫,“坐忘”是他所要求的最高境界,而皆托于孔子颜渊之口。[①] 考察《庄子》全文,这两个概念仅在这两段对话中出现,但是其所蕴涵的意象在《庄子》中随处可见,如《齐物论》中“南郭子綦隐机而坐,仰天而嘘,荅焉似丧其耦”,《天地》篇的“忘乎物,忘乎天,其名为忘己。忘己之人,是之谓入于天”。徐复观先生则干脆将几个主要概念等同:“……《逍遥游》中的‘无己’,即是《齐物论》中的‘丧我’,即是《人间世》中的‘心斋’,亦即是《大宗师》中的‘坐忘。”[②]“静”与“忘”是《庄子》的主要观念,然而“忘”在于忘仁义礼乐,堕肢体去聪明,离形去知,则显然是针对孔子及儒家的主要思想。

“正面孔子”在《庄子》中的不断出现,可以说明一个问题,即《庄子》作者对孔子、孔学的重视。然而其中的“孔子”言行是否真有其人其事,早已不言自明。我们可以断定的是,《庄子》中的“孔子”在很大程度上是一个代言人。为什么会选取“孔子”,而不是其他人物?除了上面提到的对孔子的重视以及由此反映出的儒学的广泛影响之外,下文的“反面孔子”也可以说明这一问题。也就是说,对“孔子”形象的借用,除了表达庄学对孔子学说的看重之外,也更因为,他们原本有对立的一面。由本派的领袖人物来接受对本派弱点的批评,调侃之余又让人深思:这也是庄学特色之一。

二、反面的孔子

所谓的“反面”,即是说,孔子不再作为观点的表达者,而是作为受

---

① 徐复观《中国经学史的基础》,台北:学生书局,1988年,页40。

② 同上,页355。

批评者的身份出现。而作为批评者的,主要有老聃,隐者和某些肢体有残缺的人。批评的内容主要体现在两个方面,一为倡“仁义”,二为“求名”。

批评者对孔子的批评首先针对孔子的“仁义”观念,而批评者是老聃,《庄子》中的另一重要而权威的人物。在《庄》中,孔子常向老聃问学,其地位应高于孔子。[①] 在《天道》篇中,老聃与孔子的两段对话内容相似,老聃认为仁义“乱人之性”:“夫子亦放德而行,循道而趋,已至矣!又何偈偈乎揭仁义,若击鼓而求亡子焉!意,夫子乱人之性也。”又曰:“夫仁义瓒然,乃愤吾心,乱莫大焉。”又《天运》篇,老聃指出:“仁义,先王之蘧庐也,止可以一宿而不可以久处。逗而多责。”这里孔子与老聃的不同观点在于,孔子认为“仁义,真人之性也”,而老聃则认为,追求“仁义”是违反人的天性的,只会与目的背道而驰。《田子方》中温伯雪子则认为“君子”“明乎礼义而陋于知人心”,君子对仁义的追求只是造成形式上的“规矩”,而这种规矩在《庄子》作者看来是装腔作势的。钟泰认为,“老庄掊击仁义,欲破仁义之名而返仁义之实”[②]。

关于“名”的问题,也是孔子受指责的方面。《德充符》篇的“鲁有兀者叔山无趾”讥孔子:“彼且蕲以諔诡幻怪之名闻,不知至人之以是为己桎梏邪!”《天地》篇汉阴丈人则嘲孔子:“子非夫博学以拟圣,于于以盖众,独弦哀歌以卖名声于天下者乎?”《盗跖》篇对孔子的批评更为猛烈,指责孔子:“今子修文、武之道,掌天下之辩,以教后世。缝衣浅带,矫言伪行,以迷惑天下之主,而欲求富贵焉。”这些批评,都将孔子的倡仁义,“知其不可为而为之”的积极入世态度视为博取虚名、索求富贵的行为。

事实上,不仅“反面孔子”体现对孔子的批评,即使在“正面孔子”

---

① 钟泰则认为不见得。他由《寓言》篇庄子与惠施“孔子行年六十而六十化……”一段对话推出:“则其(庄子)引老子之所以针砭孔子者,正以见孔子之学之化而日进,是固孔子之大,而非必老子之道果胜于孔子也。以庄子表彰之意而目之为诋訾,不亦谬乎?”(见《庄子发微》序,上海:上海古籍出版社,2002 年 4 月)

② 钟泰《庄子发微》,前揭,页 298。

的某些章节中,虽借孔子之口说出来的观点,如上文所列举的与《论》中之孔子相异之处,也可看做是对孔子委婉的批评。

由正入反,孔子的形象已经历了一个转化。正面的孔子,是对传统孔子形象的承继与发挥,而反面的孔子,则是《庄子》作者对自己主张的正面陈述。这里所反映出的,除了《庄子》各篇所属作者可能有差异之外,更是学术思想史上一个必然的发展道路:对孔子的借用与批评都并非目的,这仅仅是认识的第一步;对孔子的改造以符合自己的理想,才是《庄子》作者的最后目的——于是有下文"理想的孔子"。

三、理想的孔子

所谓"理想的孔子",是孔子不仅接受《庄子》作者的批评,而且深切感悟,甚至开始有所行动。"正面的孔子"是以隐蔽的方式表达作者的观点,"理想的孔子"则是对孔子直截了当的改造,这是对正反面孔子的超越,所有的缺陷与问题将在这里得到解决。

理想中的孔子,不仅能区分"祭祀之斋"与"心斋"的区别(《人间世》),且以之教弟子颜回,而且决心"从回之后"达到"坐忘"的境界(《大宗师》);不仅能意识到"丘者,天之戮民也"(《大宗师》),而且能区分"游方之内与游方之外"(《大宗师》)。

而认识只是行动的第一步,在《庄子》中,孔子秉承其好学好问的精神,而且知"错"即改,在《山木》篇中,太公任看望被困于陈蔡七日、不得火食的孔子,以"大成之人"的言语告诉孔子:自伐者无功,功成者坠,名成者亏。孔子欣然受教,"辞其交游,去其弟子,逃于大泽,衣裘褐,食杼栗,入兽不乱群,入鸟不乱行。鸟兽不恶,而况人乎!"。这与《论语·微子》中的"鸟兽不可与同群,吾非斯人之徒而谁与"的观点已经完全相反。同样在《山木》篇中,孔子听从子桑雽的劝说,"徐行翔佯而归,绝学捐书,弟子无挹于前,其爱益加进"。而这一潇洒弃学的行动,恰与孔子"十有五而志于学"(《论语·为政》),"学而不厌,诲人不倦"(《论语·述而》)及以好学自诩的得意之情形成强烈的反差。《庄子》中的孔子大谈道家思想、大肆批判仁义、名实等已有之,而像这样投身于行动上，加入隐者的行列，开始其“逍遥游”的生活，则仅见于《山木》中的两章。

“理想的孔子”所表达的实际上是《庄子》作者的理想。孔子困于陈蔡的场景之所以在《庄子》中重复出现，恰恰表明了《庄子》作者对孔子以及孔子所代表的知识分子处境的忧虑。因为忧虑，所以要为他们、也为自己寻找新的途径：去名，绝学，无己，与鸟兽同，与天地合。

至此，我们可以看到，《庄子》中孔子形象的反复出现，绝不是一个无心的巧合，而是一个有意的安排。从《庄子》中的三种孔子形象，我们大致可以窥见《庄子》思想的全体：对历史的认识与承继，对传统的批评，对现实重新认识，以及对自己理想的表达。其中“孔子”所代表的，已经不仅仅是历史上的孔子本人，更是孔子之后各派子学的传人，是所有我们现在称之为“知识分子”的人。以孔子为代表，是《庄子》作者为自己的思想寻求最佳表达方式的结果。孔子在其中的“转化”，事实上是一种思想发展史的转化。

第二节 “孔子”的言述

《论语》的孔子与《庄子》中的孔子，有着不同的言述方式，可以让人有不同的阅读体验。颜渊之所感慨：“仰之弥高，钻之弥坚；瞻之在前，忽焉在后。夫子循循然善诱人，博我以文，约我以礼。欲罢不能，既竭吾才，如有所立卓尔。虽欲从之，末由也已”（《论语·子罕》），常被人引为描述孔子师长形象的佳话。而这种“循循善诱”的感觉，在《庄子》中的“孔子”身上，似乎比从《论》中的孔子身上，让人有更多的体会。

一、《论语》中的“孔子”言述

孔子在《论》中的言述方式主要有两种，一为答问，二是独白。答问是由孔子的教师身份及其“专业特点”所决定，就现代的语言来讲，孔子是“礼”方面的专门人才，因此常有人就此向孔子请教。无论在问答还是独白中,其语言都简洁洗练,无描述,少设喻。正如孔子自己所说的,"夫人不言,言必有中"。(《论语·先进》)孔子之言以"中"为准,而不求"尽":就事论事,少作引述(偶尔也引《诗经》的某些词句),对概念不作界定,更无说明与发挥。而且,所谓的"中",与其说符合事实,不如说符合孔子的理想。我们所能看到的似乎只是结论,没有背景,也没有过渡。虽然每句言论都在阐明一种道理,然而一个人不可能终日喃喃自语,一定是有感而发,只是触发其"感"的内容不曾被记载而已。赵纪彬认为孔子"从未离事言理"[①],这种说法其实只是一种合理猜测,并不是说在《论》中,孔子的每个言论都有交代清楚的"事",而是说,在孔子的言论背后,"应该"是由于某事,只是此"事"隐而不显罢了。就此看来,在《论》的记载中,一定有被我们错过的未曾明说的内容。

《论》文本以这种方式呈现在我们面前,其原因是多方面的。

首先,与孔子的身份有关。一个人的言述方式往往与此人的个性特征相联系,而个性特征,特别是在讲究礼仪的古代,则是由身份决定的。在《论》中,孔子是教师,敦厚长者的身份决定孔子的言论。并且,孔子的言论多涉及个人修养,其言的目的不在于言本身,而在于行,让弟子听言而施行才是孔子的最终目的,因此无谓在言语上纠缠。

其次,与《论语》的体裁相关。《论语》所记录的是对话双方的话语,孔子面对的是问话者,双方有共同的语境;不仅语境,而且对各人的身份、性格特征都有相当的了解。对话双方对于话语背景不言自明,因此,听者往往能明白孔子话中所针对的,因而孔子省略了对原因的表述。

再次,与《论语》的成书背景相关。如引言所提到的,《论》并非孔子自己所作,而是后学的记录、整理。孔子在与他人对话时或许有所发挥,但弟子在听时不可能全部记下,只取其重点,省略说明背景的文字,以求突出师长的教诲;整理者更有可能根据自己的好恶筛选、增删,进行有意的加工。(就有意的加工而言,与《庄子》相比较,《论语》

---

① 赵纪彬《论语新探》,北京:人民出版社,1976年2月,页2。

对于人物形象的加工痕迹并不十分明显。)

最后,是古今语言方式的差别。古人的书写习惯与今人不同,这从今古文的互译可以看出来。一句古文翻译成现代汉语,往往需要增加许多字词来进行说明,这跟翻译差不多,是一种解释性的工作。举一个简单的例子,古文中的“虽然”,翻译成今文时,其意思是“虽然如此,但是”的意思。可见,今古文使用语言的习惯很是不同,古人最怕辞费,而今人更怕言不尽意。

因此,《论语》中的孔子的言述,以“简”与“中”为主。而在言述方式中所隐藏的是,是孔子的身份和《论》的背景等一系列因素。

二、《庄子》中的“孔子”言述

要说明“孔子”在《庄子》中的言述方式,势必先清楚《庄子》全书的言述方式。

《庄子》之文,历史上博得无数称赞,或为文学佳作,或为寓言故事,令无数文人陶醉其中。文学与哲学之分,一在行文风格,一在思想内容。文学重“文笔”,重情节的创造,而《庄子》的文风恰与此契合。“孔子”的反复出现于《庄子》中,应该首先就是其“文学性”的结果。正如上文提到的,这是《庄子》作者所认为的最佳表达,而这里的“最佳”,不仅从哲学的意义上说,也包括了文学的意义。综观《庄子》中的孔子,可以看到,孔子不再“喃喃自语”,不再以两个字或一句话解答弟子的疑问,而是出现于一个叙述完整的故事中,且故事有一个十分明确的中心。《庄》中也有孔子不参与对话,而仅作为评论者出现的场景。[①] 然而即使是这样,作者仍然交代了孔子出场之前的人物及其对话内容。孔子或以古为证,或设喻启发,知无不言,言无不尽。可见,与《论语》中的孔子不同,《庄子》中孔子之为言,不求简洁,但求“中”

① 孔子作为评论者出现见《田子方》“文王与臧丈人”一节,其中孔子与颜回同时出现,以对话评论文王想授政予臧丈人的行为。同篇在“肩吾问于孙叔敖”一节,孔子评论孙叔敖“三为令尹而不荣华、三去之而无忧色”。

与“尽”,且带上了《庄子》特有的“其言宏绰,其旨玄妙”[①]、“芴寞无形,变化无常”(《天下》)等飘逸绝尘、悠然深远的思想风格。而孔子之所以有这样的言述风格,仍然可以归结其原因:

首先,在《庄子》中,孔子是《庄子》作者的代言人,与孔子有关的情节与对话,或者为《论语》中的孔子思想的合理延伸,或者是《庄子》作者自己观念的表达,而皆为作者精心设计而成,所以往往情节完整,表达生动。

其次,作为代言人的孔子,其谈话对象已产生变化。他所面对的不再是求学者,他的言说也不再是与“礼”或个人修养相关的内容。他所要面对的是中国已经成形的子学,他的对手是思想成熟、自成一派的思想权威,他所要思考的是困于“礼”与“仁”之中的人能否找到新的出路。因此,此处的“孔子”与《庄子》作者可以说是合二而一的。

最后,在《庄子》作者的时代,其思想方式已经更加成熟,更注重文笔与文采。由简到繁,由单一的问答或独白到完整的故事与详尽的说理,说明《庄子》成书时代与《论语》结集时代不同的是,学者们的追求已经不仅是语义的完善,更要求在表达中体现出生动与美感。当然,在同期的作品中,《庄子》一书的这一特点是最鲜明的。虽然只是形式上的变化,但也足以说明思想史在向着更成熟的方向演进。

由言述方式的比较,我们可以看到一个精心设计的“孔子”呈现在我们面前。这个“孔子”已经是随着时代进化了的孔子,他不仅在思想观念上接受新的挑战,而且在言述方式上也套上了庄学的烙印。与历代注疏《论语》的作品不同,注疏者只是躲在孔子身后,战战兢兢又近乎阳奉阴违地借孔子表达自己的思想。而《庄子》则干脆让孔子自己说话,似真似假,真假莫辨,孔子在这里是一个形式上拥有主动权的傀儡。这是对孔子的另一种理解与诠释,不仅突出地显现庄学的思想风格,也可见孔子学说在当时的影响。

上文对两种“孔子”的比较主要从形式上进行,下文则引进“乐”这一概念,由思想内容方面,分析《论语》中的孔子与《庄子》中的孔子

---

① 郭象《庄子序》,见郭庆藩《庄子集释》,中华书局,1997 年 10 月,页 3。

之异同。

第三节 “孔颜之乐”与“庄孔之乐”

孔子所论及的“乐”,以现代汉语的区分,有两种发音、两种内涵。一读为 yue,与礼仪祭祀等配合的仪式之“乐”,相当于现代的“音乐”;二读为 le,是超出任何物质享受的、精神性的“乐”。对于孔子来讲,“乐(le)”有时与作为音乐的“乐”交织,有时独立存在,这正是此处将讨论的“孔颜之乐”。可以说,yue 与 le 的交融,将音乐赋予人格特性,正是孔子之“乐”的一大特色。

“孔颜之乐”是宋明理学家所发明的一个名词,即由孔子与颜回的诸多相同气质,得出他们有共同的“乐”,这种乐是孔子思想的精髓,也是理解孔子思想特质的关键所在。也许是巧合,也可能是有意识的行为,“乐”之意象,不仅在《庄子》全书中[①],且在《庄子》中涉及“孔子”的部分篇章中反复出现。[②] 隐性的“乐”,如孔子困于陈蔡而鼓弦作乐,及与“乐”相关的“心斋”、“坐忘”等重要概念。显性的,则是《庄子》全书中论述“至乐”最重要的一章,即《天运》篇中老聃对孔子讲“至美至乐”和“至人”。《庄子》中的“乐”,也分 yue 与 le 两种。可见,“乐”是《庄子》作者借用孔子所希望表达的一个重要内容,而其指向,则无疑与“孔颜之乐”及其他世俗之乐相对。如上文所指出,孔子作为《庄子》作者的代言人,在《庄子》中接受了庄派的观点,在某种意义上已经是“庄孔合一”,因此,我们可将《庄子》中的“乐”暂命名为“庄孔

---

① 《庄子》中在多种意义上使用“乐”:作为与礼一起构成礼仪制度的“礼乐”,作为世俗情感的“乐”,还有“至乐”(天乐)和寓言中的“乐”(如鱼之乐)。

② 也有以“乐”为《庄子》的最高理想追求者,如童书业认为:“庄子的思想,主要是外生死,并天地,‘独与天地精神往来’,不谴是非。这种思想就是以‘我’为主,打破一切,什么都不在乎,用一种居高临下的眼光看万事、万物,认为万事、万物都差不多,没有什么是非、真假、善恶、美丑可言。因为摆脱了一切,所以能够逍遥自在,得到所谓‘至乐’:庄子的思想,大致说来,不过如此。”(见童书业《先秦七子思想研究》,济南:齐鲁书社,1982 年 1 月,页 140－141)这里的“以我为主”、“以一种居高临下的眼光看万事”等对《庄子》中“我”的认识,笔者的意见有所保留。

之乐”[①],以与“孔颜之乐”对应。

一、庄孔之乐

在《庄子》内篇,其实是反“乐”的,这个“乐”为 le。如“安时而处顺,哀乐不能入也”(老聃,《养生主》),“自事其心者,哀乐不易施乎前,知其不可奈何而安之若命,德之至也”(孔子,《人间世》)。而这些“乐”,都是所谓的“俗乐”,是世俗之人孜孜以求而未知其实质的“乐”。

《庄子》全书中讲“乐”的主要有三节,一是《至乐》章的首节[②],“天下有至乐无有哉”,是其作者对“俗乐”的检讨。天下人皆以富贵寿善为乐,然而,

> 夫富者,苦身疾作,多积财而不得尽用,其为形也亦外矣!夫贵者,夜以继日,思虑善否,其为形也亦疏矣!人之生也,与忧俱生。寿者惛惛,久忧不死,何苦也!其为形也亦远矣!烈士为天下见善矣,未足以活身。吾未知善之诚善邪?诚不善邪?若以为善矣,不足活身;以为不善矣,足以活人。

富、贵的获得都是有条件的,或付出更多劳作,或思虑更加复杂,皆是以苦为基础。人们以为“寿”是件好事,但人的生命与忧虑同在,寿命越长,只是忧愁困苦的时间越长而已。而所谓的“善”则竟至于不能保全生命,何“善”之有?批判富贵寿善四种“俗乐”,讲的是世人之苦:

> 今俗之所为与其所乐,吾又未知乐之果乐邪?果不乐邪?吾

---

① 这里的“庄”指的是《庄子》作者,不一定是庄子本人。

② 如按《庄子》一书的篇章顺序,则《天运》章在最前,然后是《至乐》、《田子方》。这里按行文方便,而不按《庄》书顺序。且《庄》书的顺序问题,其实是后人编撰,非为定准。

观夫俗之所乐,举群趣者,誙誙然如将不得已,而皆曰乐者,吾未之乐也,亦未之不乐也。果有乐无有哉?吾以无为诚乐矣,又俗之所大苦也。

对世人执迷不悟的痛心,在《庄子》屡屡可见。如《齐物论》中讲到:“一受其成形,不忘以待尽。与物相刃相靡,其行尽如驰,而莫之能止,不亦悲乎!终身役役而不见其成功,苶然疲役而不知其所归,可不哀邪?”这种营营为为,为有所为而苦,为是非而苦,如何才能得到解脱呢?“故曰:‘至乐无乐,至誉无誉。’天下是非果未可定也。虽然,无为可以定是非。至乐活身,唯无为几存。”《庄子·至乐》作者提出的办法是“无为”,并举“天地无为也而无不为”作例证,认为只有懂得无为而无不为的人,才有乐之可能。

二是《天运》的“北门成问于黄帝”,关于他听“咸池之乐”的感受。这里的“乐”是音乐的“乐”,黄帝从音乐对人产生影响的角度,讲述音乐对人起作用的四个阶段:惧、怠、惑、坐忘[①]。但是,这里的“音乐”讲的并不是声音,郭象指出,“由此观之,知夫至乐者,非音声之谓也;必先顺乎天,应乎人,得于心而适于性,然后发之以声,奏之以曲耳。故咸池之乐,必待黄帝之化而后成焉”[②]。与孔子一样,《庄子》作者也重视音乐对人所产生的作用,但对原因则有自己的认识:“音乐”之所以会对人产生如此的作用,是因为它顺应人事,调和天地,因循自然。其最后的结果为,“圣也者,达于情而遂于命也。天机不张而五官皆备。此之谓天乐,无言而心说。故有焱氏为之颂曰:‘听之不闻其声,视之不见其形,充满天地,苞裹六极。’”(《天运》)可见,《庄子》也将音乐人格化,“乐”由一种听觉最后达到人格的境界,即达到物我两忘,连“乐”都忘掉,与天地合,这样才可以到达“天乐”,也即“至乐”。这种人格化音乐、对音乐产生的熏陶作用的重视,孔子应该是诸子中最早

---

① 第四个阶段文中没有明讲“坐忘”一词,其表述为“荡荡默默,乃不自得”。依郭象与成玄英之注疏解为“坐忘”。见《庄子集释》,页502。

② 见《庄子集释》,页502。

的一位。如“兴于诗,立于礼,成于乐”(《论语·泰伯》),及“颜渊问为邦。子曰:‘行夏之时,乘殷之辂,服周之冕,乐则韶舞。放郑声,远佞人。郑声淫,佞人殆。’”(《论语·卫灵公》),这两节所讲都是“乐”的不同品质及对人格形成的影响作用。可见,虽然达至“乐”的途径不同、结果不同,但在这一点上,《庄子》作者与《论语》中的孔子对于“乐”是有着相同认识的。

从“乐”的角度看,“乐”对人有着如此的影响,那么,从人的角度来看又将如何?这就引出《田子方》“孔子见老聃,老聃新沐”一节。此节中,孔子眼中的老聃,“形体掘若槁木,似遗物离人而立于独”。而老聃的解释是,“游心于物之初”,“得至美而游乎至乐”,这是“至人”的做法。“乐”对人已经有所影响,而人具体应该如何应和?

> “行小变而不失其大常也,喜怒哀乐不入于胸次。夫天下也者,万物之所一也。得其所一而同焉,则四支百体将为尘垢,而死生终始将为昼夜,而莫之能滑,而况得丧祸福之所介乎!”
>
> “至人之于德也,不修而物不能离焉。若天之自高,地之自厚,日月之自明,夫何修焉。”

在这一节中讲乐,将“乐”与《庄子》中的主要概念,如坐忘、心斋等联系起来,并指出,达到“至乐”的境界之关键,在于“齐一”与“不修”。“齐一”即是《庄子》中反复强调的齐万物、齐物我和齐“物论”[①]。而“不修”,即“至乐”章中所说的“无为”。可见,“乐”在《庄子》中是与其他主要概念有着密切联系的概念,它同样是《庄子》的理想境界。李泽厚也指出,“庄子追求、塑造和树立的是一种自自然然的一死生、泯物我、超利害、同是非的对人生的审美态度,认为这就是‘至乐’本身,尽管‘形如槁木,心如死灰’”。[②]

---

① 关于“齐物三义”,参照陈少明师《〈齐物论〉及其影响》,北京大学出版社,2004年2月。

② 李泽厚《中国古代思想史论》,合肥:安徽文艺出版社,1999年1月,页194。

综观《庄子》中讲“乐”之以上三节，有破有立，先批判世俗之乐(le)非真乐，再从“音乐”的角度说明乐对人产生影响的几个阶段与最后境界，再从人的角度阐发如何达到“至美至乐”，层层递进，前后连贯而不重复，几乎可以说是一篇完整的“乐论”。若非明白《庄子》非出自一人之手、非一时之作，定会以为此三节乃作者有心而为。

正如上文所指出的，“庄孔之乐”是与《庄子》全书的主要概念联系的。无己，丧我，心斋，坐忘，齐一，无为，做到所有这些，就可以达到“至乐”的境界了。而《庄子》的不修，事实上也是一种“修”，即以“不修”为“修”，以“无为”作“为”。只是《庄子》作者一心批判世俗之鄙陋，已有所为而不自知罢了。

二、孔颜之乐[①]

孔子和颜回可以说有气质上的相似，一为好学，二有相同的“乐”：孔子“饭疏食饮水，曲肱而枕之，乐亦在其中矣”(《述而》)，而颜回则“一箪食，一瓢饮，在陋巷，人不堪其忧，回也不改其乐”(《雍也》)。宋明理学家们开始注意到这一点，将孔颜并提，并教弟子寻求孔颜乐处。

与“庄孔之乐”不同(或者说，“庄孔之乐”就是针对此而来)，“孔颜之乐”恰是“修”之、“为”之而来，并使“己”之主动性得以充分发挥。

“孔颜之乐”首先在“学”中。孔颜皆好学，而其学之内容，则是一种德行修养上的学习，是一种“为己”之学：学“礼”，学“克己复礼”，学“仁”，学为圣人。这种学是将“礼”这一客观的因素与“仁”这一主体因素合二为一，并将“己”融入其中。在这一过程中，不是对“己”之本有特性的强制，也不是对“己”之私欲的压抑，而是用“仁”使人的主动性得以彰显，并赋予“礼”以个性特征。“礼”与“仁”的这种结合，使圣人之学完全成为一种生活方式，自然而不造作、不扭曲，追求理想的过程也是理想实现的过程，既是学的过程，也是用的过程，融人的生命情

---

① 本节讨论“孔颜之乐”，其主要观点出自拙作《再寻“孔颜乐处”》，刊于《浙江学刊》2003年第3期。

趣、价值追求于一体,并可以在其中体验“尽善尽美”的境界:这就是孔颜之乐。

孔颜之乐不同于《庄子·至乐》中所批判的世俗之乐,这种“乐”不因“富贵寿善”而起,也不为“身安厚味美服好色音声”所迷,当然,也并非因为“饭疏食”或“在陋巷”。相反,孔颜之乐并不依于外界因素而改变,而因于内心的充实与安宁,无论身处安逸之中,或恶劣处境之下,都能宠辱不惊,处之泰然,安之若素。

孔颜之乐不主张忘己,也不崇尚自然无为。相反,它是对“己”的个性发展、“己”之使命有清楚的认识,是一种“为己”的修养。这种“乐”最大的特点在于,它是一种最为人性化的“乐”,是能在最平常的生活中体验到的“乐”,也是一种最生动的“乐”。其人性化,体现于对种种人伦关系的重视;其平常,则体现于日常生活言行举止;其生动,体现于个体的投入与独特性之彰显。它是在将人情、人性与道德、礼仪实践完美结合之后所产生的体验。孔颜之乐是个体由行动到内心、由强迫到自觉的感受。“孔颜之乐”所讲的主要是情感上的乐,如果再加上孔子对音乐的认识和将音乐人格化为精神之“乐”的倾向,可以说,在“乐”(yue)的调剂下,孔颜之乐是一种最简单而自然,既善而又美的感受。“孔颜之乐”追求“天人合一”。与《庄子》“庄孔之乐”中的天人合一不同,前者认为不能因偏重天而废人,相反的是,在“合一”中起主导作用的,正是“人”,而“人”就是“己”,“己”就是完全的、丰满的人;后者则在“合”中物我两忘,虽在尘世之中,但如同“陆沉者”般,无水自沉,隐而不显现,乐而不张扬。

“乐”是中国思想史上一个非常重要的概念,其独特之处在于,由原始的作为“音乐”的“乐”演化出具有品质、具有教化作用、与“礼”并列而又超出礼,成为人们追求达到的理想境界的“乐”。《论语》与《庄子》中的“孔子”都使用了这一意象,这可以理解为中国思想史的一致性。但由两处“乐”的不同,也可以看到其中所体现的传承与发展。

由上文的孔子类型、孔子言述再到庄孔之乐的论述,这是从形式到内容、从趣味性到思想性对《庄子》中的孔子形象进行探讨。我们可以看到,《庄子》中的“孔子叙事”,体现了《庄子》对于孔子的依赖性:

无论从篇幅上还是从观点的表达上，很大程度上都依赖孔子之口，不管是以批判的还是调侃的口吻。这种“依赖性”是不被作者本人所承认的，这是一种不自觉的行为。而我们由这种依赖反观孔子在当时的地位，可以看到孔子在当时有极大的影响。《庄子》成书之时，孔子及儒学虽然未被赋予正统地位，但是，孔学在当时思想界已经处于标准与尺度的位置。当然，《庄子》中的孔子形象对此是个极重要而有意思的例证，无论孔子在当时有如何的影响，也只能成为《庄子》作者用以表达自己意见的代言人。孔子形象在《庄子》之后还会有更多变化，这是后话。但由《庄子》中的孔子形象可以让我们相信，研究孔子形象是一个有思想史意义的尝试。孔子、孔子形象的塑造者和作为研究者的我们，将跨越时空的界线，在某种意义上得以融会一体。

思想史发微

属灵的劬劳：莫尼卡与奥古斯丁的生命交响曲

吴　飞

知乐，则几于知礼矣。

——《礼记·乐记》

一　于汝安乎

公元387年到388年之间的冬天，对于年轻的奥古斯丁来说，既充满了大欢喜，也有着无限的悲哀。经过身心痛苦挣扎的他，终于走出了长期以来的思想斗争，在米兰接受洗礼，加入大公教会；但同时，一直在给他巨大慰藉的母亲莫尼卡，却在奥斯蒂亚这个小镇去世了。

但使奥古斯丁更加痛苦的，还不是这个丧亲之痛，而是在经历了一番哲学的洗礼之后，他忽然不知道应该如何来表达丧母的悲哀了。一方面，自然而然的亲情激起了他的无限哀痛；另一方面，哲学的理性加上基督教的信仰又在告诉他，既然母亲没有什么亏缺，她死后就不会有什么罪受，反而可能是走向了更幸福的所在。既然如此，为什么还要哭泣呢？难道不应该为母亲感到高兴吗？丧母的自然情感与基督徒的理性相互冲突，一时间使奥古斯丁不知如何是好。这种冲突给他带来的痛苦，并不弱于丧母本身的痛苦。他这样向上帝忏悔：

> 我在你的耳际——没有依然能听到的——正在抱怨我心软弱,竭力抑制悲痛的激浪,渐渐把它平静下来;但起伏的心潮很难把持,虽未至变色流泪,终究感觉到内心所受的压力。我深恨自然规律和生活环境必然造成的悲欢之情对我的作弄,使我感觉另一种痛苦,因之便觉有双重悲哀在折磨我。①

面对刚刚去世的母亲却要为自己的悲哀之情愧悔,甚至还付出巨大的努力来与这种自然情感作斗争,这在中国读者看来,不仅是麻木不仁,甚至可以说迹近禽兽。若是被孔夫子听见了他的这些话,奥古斯丁一定会遭到远比宰予更甚的一顿臭骂。不过,奥古斯丁这根朽木似乎毕竟比宰予还是多点心思。到了这场情感斗争的最后,奥古斯丁最终还是放弃了对悲痛的压抑:

> 我任凭我抑制已久的眼泪尽量倾泻,让我的心躺在泪水的床上,得到安宁,因为那里只有你听到我的哭声,别人听不到,不会对我的痛哭妄作揣测。主啊,我现在在文字中向你忏悔。谁愿读我所作,请他读下去,听凭他作什么批评;如果认为我对于在我眼中不过是死而暂别、许多年为我痛哭使我重生于你面前的母亲,仅仅流了少许时间的眼泪,是犯罪的行为,请他不要嘲笑,相反,如果他真的有爱人之心,请他在你、基督众兄弟的大父之前,为我的罪恶痛哭。(《忏悔录》,9:12[33])

虽然不是在葬礼的当天,奥古斯丁毕竟还是意识到,作为一个虔诚的基督徒,任由自己的眼泪为母亲流淌,不仅是完全正当,而且是应当做到的;而以宗教和哲学的名义来扼杀这种自然情感,终究无法让人心安。虽然奥古斯丁仍然认为,为了地上亲人的死而流泪是一种软

---

① 奥古斯丁,《忏悔录》,周士良译,北京:商务印书馆,1997,9:12[31]。下文《忏悔录》均用此译本,必要时对译文略加改动,拉丁原文根据 James O'Donnell 编辑的三卷注释本《忏悔录》(Oxford: Clarendon Press, 2000);奥古斯丁其他的著作则由笔者直接从拉丁文译出,也只注出章节号。

弱的表现,但恰恰是他的这些眼泪,而不是此前的强作镇定,医治了他因为母亲的死而产生的创痛,从而使他终究获得了内心的安宁。奥古斯丁似乎从完全不同的理由,得出了与孔夫子非常相似的结论:必须以泪水来祭奠辞世的亲人。或许正是对人之常情的这种让步,使基督教最终还是超越了斯多亚哲学那样的冷酷,使这对母子能够安详地躺在上帝的怀抱中。只有一个能够体察到人情的敏感与脆弱的宗教,才能像基督教这样,有着旺盛的生命力。

或许正是出于中国人的敏感,我每次读《忏悔录》的时候,都对第九卷的后半部分有极大的兴趣和困惑。在《忏悔录》的研究史上,由于这一卷涉及奥古斯丁的皈依、奥斯蒂亚异象等著名事件,而成为此书前九卷中颇受重视的一卷。不过,这一卷中对莫尼卡的大段回忆,特别是关于莫尼卡的家庭生活的部分,西方学者感兴趣的却非常少。但《忏悔录》给我带来的首要问题就是,奥古斯丁究竟如何从压抑自己的悲痛,变得为人情正名,以致能够在基督教的信仰框架中容纳下了莫尼卡那些婆婆妈妈的琐事呢?

二 两次葬礼之间

奥古斯丁的这段思想斗争,大概很容易让人想到耶稣在见到他的母亲和兄弟时说的话:“谁是我的母亲?谁是我的弟兄?”(《马太福音》,12:48)在电影版的《马太福音》里,意大利导演帕索里尼让扮演马利亚的自己的母亲半张着嘴,望着那似乎高不可攀的耶稣,默默地摸去脸上的泪水。而同样是《马太福音》中的另外一段话,尤其为这种六亲不认的态度提供了理由:“因为我来是叫人与父亲生疏,女儿与母亲生疏,媳妇与婆婆生疏。人的仇敌就是自己家里的人。”(《马太福音》,10:34-35)

奥古斯丁的改造,确实使基督教成为一个体察人情的伟大宗教,但这绝不意味着,他就真的成为孔子的门徒。在任由自己眼泪流淌的时候,奥古斯丁并没有否定先前阻止自己哭泣的理由,更不会否定《马太福音》中这两段话的意义。因此,要明白奥古斯丁后来为什么转变了态度,就必须清楚,他当初为什么要让自己抑制住泪水。

和这次葬礼相呼应,《忏悔录》第四卷还写过另外一个对奥古斯丁影响深远的葬礼,那就是他的一个无名朋友的葬礼。死亡的那次不期而遇给奥古斯丁带来了非常不同的思想斗争。

当时尚未皈依大公教会的奥古斯丁曾经说服这位朋友放弃大公教,加入了摩尼教。那朋友得病之后,他的家人让他在休克状态重新受洗,成为基督徒,而在当时的奥古斯丁看来,这纯粹是荒唐不经的游戏。于是,奥古斯丁在朋友醒来之后,取笑他无意中所受的这次洗礼,谁知却遭到了朋友的严厉呵斥。奥古斯丁并不认为那朋友真的改变了想法,于是想在他彻底病愈之后,再和他谈起此事,一同取笑。谁知,那位朋友竟然一病不起,很快就辞世了。

这个朋友的死给奥古斯丁带来了巨大的痛苦和困惑。使他最难以索解的,并不是为什么朋友突然对基督教那么认真了,而是再也没有机会和朋友解决那个问题了。生命就这么消失了,友谊就这么中断了,人间的温暖就这么化作了烟雾。奥古斯丁无法接受这种厄运,无法面对这种生离死别。死亡,一下子使奥古斯丁陷入了前所未有的焦虑当中。他说:

> 这时我的心被极大的痛苦所笼罩,成为一片黑暗!我眼中只看见死亡。我的家乡成为我的一种折磨,我父亲的家变得陌生而凄凉;过去我和他共有的一切,这时都变成一种可怕的痛苦。我的眼睛到处找他,但到处找不到他。我憎恨一切,因为一切没有他;再也不能像他生前小别回来时,一切在对我说:"瞧,他回来了!"我成为我自己的一个大问题,我问我的灵魂,你为何如此悲伤,为何如此扰乱我?我的灵魂不知道怎样答复我……为我,只有眼泪是甜蜜的,眼泪替代了我的朋友,成为我灵魂的所爱。(《忏悔录》,4:4[9])

无疑,在皈依后的奥古斯丁看来,他当时这种疯狂的痛苦是不成熟的和非理性的,既不能和他后来对痛苦的压抑相比,更不同于他安静的泪水。然而正是这种不成熟和非理性的哀号,使他获得了思考的动力。他深切地感受到,朋友就是另外一个自我,就是灵魂的一半。[①]朋友的死,就如同把灵魂切割了一半,使剩下的那一半茫然若失、无所适从,还要想办法包扎自己那血淋淋的伤口。这件事把奥古斯丁抛入了巨大的深渊之中,他先是觉得自己长大的整个塔加斯特城成为一种折磨,随即又觉得养育自己的父母之家变得陌生和凄凉,最后甚至觉得自己都成为一个无法忍受的陌生人。他逃出了塔加斯特城,逃出了父母的家庭,但他能逃出自己吗?

奥古斯丁虽然到了迦太基,也已经远离了自己的父母,但"自我"却紧紧跟随着他,逼着他不得不思考"自我"的意义。于是,丧友的问题转化成了自我之爱和幸福的问题。如果单从自我出发,友爱,或者任何一种人与人之间的爱[②],是自我的一种满足,也就是实现自我幸福的一个途径。那么,为什么对朋友的爱这种美好的感情,不仅不能带来自我的愉悦和幸福,到头来反而会导致极度的悲伤和痛苦,以致灵魂如同被切割,自我都与自我疏离呢?对这个问题的回答和克服,直接呼应着后来奥古斯丁在莫尼卡葬礼上的态度。

经过很长时间的痛苦思考后,奥古斯丁意识到:

> 何以这悲痛能轻易地深入我的内心呢?原因是由于我爱上一个要死亡的人,好像他不会死亡一样,这是把我的灵魂洒在了沙滩上。(《忏悔录》,4:8[13])

在失去了一个朋友之后,他试图通过和更多的朋友交往来取代死去的朋友,从而彻底打消心中的痛苦;但他后来意识到,所有这一切仍

---

① 虽然奥古斯丁晚年在《回顾》中谈到,自己关于灵魂的一半的说法,是极为幼稚的,但我们还是认为,对于写《忏悔录》的奥古斯丁而言,这种说法仍然是非常重要的。

② 若从中文来理解,友爱与孝顺是属于不同的伦理关系的;但在奥古斯丁那里,友爱(amicitia)就是爱(amor)的一个抽象名词,因此,任何一种"爱"的关系都可以称为"友爱"(amicitia)。因此,奥古斯丁并没有严格区分对朋友的爱和对母亲的爱。这些是中国读者当清楚的。

然是在用必朽之人来取代上帝。而所有这些必朽之人终究会丧失,这友爱就是注定不可能持久的,因而这种友爱从根本上就成了一个童话和谎言。那么,要实现真正的友爱,并让自己在这友爱中得到真正的幸福,就不能爱那些必死的人或物,而只能爱永远不会丧失的上帝。人如果爱的是永远不死的上帝,哪怕是在最孤独的时候,他也"不会失去自己的亲人;因为所有的亲人都在那永不会失去的一个中"(《忏悔录》,4:9[14])。如此看来,奥古斯丁对自己的悲痛的诊断似乎就是,只要爱一个凡人,而不是上帝,那就是错误的,不论所爱的是自己、朋友,还是母亲。连对自我的爱,都成了一个问题。《忏悔录》中的一个著名论断是,要找回真正的自我,必须通过抛弃自我,即找到上帝这个比自我更深更高的自我。由此,我们似乎就可以理解,奥古斯丁在母亲去世的时候,为什么那么努力抑制住自己的眼泪,并且把这当成人类的软弱的表现。那么,在两次葬礼之间,奥古斯丁似乎就是认识到了,只有上帝才是真正该爱的对象,因而在两次葬礼上会表现出完全不同的态度。若是如此,奥古斯丁后来为什么又改变了态度呢?

三 邻人之爱

爱是奥古斯丁思想中极为核心的概念,这早已成为奥古斯丁研究界的共识。吉尔松的经典说法至今仍是对这一问题的最好概括:所有的性情都来自于爱,所有的德性也都来自于爱。人的愤怒、同情、恐惧、欲望都来自于爱,如果所爱的对象是好的,那么因为这爱而产生的性情,也就是好的,反之就是坏的。至于德性,则智慧是爱明智地区分什么帮助还是阻挠自己,正义就是爱服务于所爱的对象并控制其他的一切,勇敢就是爱为了所爱之物而承担一切,节制就是全心全意服务于所爱的对象。[①] 正是在这个意义上,奥古斯丁才会说,爱就是人的重量,正像石头往哪里滚动取决于它的重量一样,人往哪里去也取决于

---

① Etienne Gilson,《圣奥古斯丁的基督教哲学》(*The Christian Philosophy of Saint Augustine*, translated by L. E. M. Lynch, New York: Vintage Books, 1960),页 134–136。

他的爱(《忏悔录》,13:9[10])。如果谁爱上了错误的对象,那就必然会跌入深渊;只有爱上唯一应该爱的上帝,这爱才会带着人升向真正的幸福。正是这一观念,使奥古斯丁不仅否定了对任何凡人的爱,甚至否定了对上帝之外任何事物的爱。

如果我们从这样一个解释来看奥古斯丁对莫尼卡的态度,那就必须认为,奥古斯丁不仅否定了葬礼上的悲痛的必要性,而且否定了对任何人的爱,当然也否定了对母亲的爱。换言之,奥古斯丁皈依基督教和认识上帝的过程,就是变得愈来愈冷酷的过程。这倒是似乎更接近耶稣在《马太福音》中所说的那两段话,但与奥古斯丁的经历却不相吻合,而且与耶稣明确说过的"爱邻人"的诫命相冲突。如此看来,我们不仅不能简单理解奥古斯丁对人间之爱的否定,更不能认为耶稣真的彻底否定了孝悌之道,毕竟,对孝顺的肯定仍然是充满了福音书和使徒书信的。于是,我们现代的问题就变成了:在否定了对凡人之爱的价值的同时,奥古斯丁又是如何肯定了对邻人、朋友、亲人的爱?

当然,我们若是一味强调奥古斯丁对人间之爱的否定,确实也冒着相当大的夸张之嫌。对这个的正确说法是,他把人间之爱相对化,而把对上帝的爱绝对化。早年的奥古斯丁对死去的朋友的爱之所以是错误的,并不是因为他不该爱那个朋友,而是因为他不该像爱上帝那样爱那个朋友,即把朋友当做绝对的目的来爱。只有上帝一个可以享受人毫无保留的爱,而所有天使、所有人,乃至所有好的被造物,并不是不应该被爱,而是不应该成为人的意志指向的终极对象,即,不应该成为爱的最终目的。对所有这些被造物的爱,只有相对的意义。这样看来,我们似乎还是可以为人间之爱正名,只不过,这爱的价值要打些折扣。

不过,这并没有使问题得到真正的解决,反而带来了进一步的困难。而汉娜·阿伦特的博士论文《爱与圣奥古斯丁》所面对的,正是这个困难。我们前面所谓绝对的爱,就是以爱的对象为目的的爱,奥古斯丁称之为"安享"(frui),安享的对象可以给人带来快乐;与安享相对的,即那种相对的爱,奥古斯丁称之为"利用"(uti),就是不以爱的对象为目的,而以更重要的东西为目的的爱,利用的对象本身不能给人带来快乐,而只能有限地帮助人们获得真正的快乐。显然,按照前面的看法,既然对被造物的爱都是相对的,只有对造物主的爱才是绝对的,那么就只有造物主能成为安享的对象,而一切被造物都会成为利用的对象。①

怎么,要把邻人、朋友,甚至亲人当做利用的对象吗?难道要爱别人仅仅是为了自己的利益?哪怕是一个神圣的利益,这样对待别人仍然是太自私,太不符合耶稣把爱邻人与爱上帝两条诫命相并列的精神了。更何况,奥古斯丁自己也曾谈到,他对朋友们的爱,完全是出于朋友们自身的目的(如《忏悔录》,6:16[26])。他怎么可能接受那种把他人仅仅当成利用的工具的说法呢?这个解释是无法成立的。

但既然只有上帝才能成为安享的对象,那又怎么可能不这样解释呢?这个矛盾,并不是只有阿伦特才看到了。吉尔松也曾经以不同的方式提出过类似的问题:既然每个人的爱都是为了自己的好,那他怎么可能同时为了别人的好而爱别人呢,即,怎么可能为了他人的目的而爱他人呢?他给出的解决方式是:对自己的爱未必和对他人的爱矛盾。一个人在爱他人的时候,未必就不爱自己了。

全心爱另一个人,并不意味着弃绝或牺牲自己;这只是意味着,像爱自己那样爱另外一个,其基础是完全的平等。我所爱的人和我是平等的,我和我所爱的人也是平等的。因此,我会爱人如己,正如上帝命令的那样。②

吉尔松从爱人如己的角度考虑问题,确实能够把我们对奥古斯丁的爱的思考深入一步,但似乎仍然没有解决最根本的问题,因为奥古斯丁讲,即使对自己这个被造物的爱,也要附属于对上帝的爱,这就是为什么,在整部《忏悔录》中,对自我的追问和收束,变成了对上帝的追问和忏悔。只有通过对现在这个我的否定和抛弃,才能真正找回真正最本己的我。如果连对自我都是这样,那又怎能仅仅满足于把别人当做另一个自我来看待呢?何况,奥古斯丁在说朋友就是另一个自我

---

① Hannah Arendt,《爱与圣奥古斯丁》(*Love and Saint Augustine*),Chicago,1996,页32。

② E. Gilson,《圣奥古斯丁的基督教哲学》,前揭,页137。

时，他并没有减轻丧友之后的痛苦。可见，吉尔松的方式，并不能从根本上解决如何为了邻人爱邻人的问题。

而阿伦特在谈到这个问题之后，并没有像吉尔松那样，马上给出一个解决方式，而是将问题岔开来，转而讨论时间这个玄而又玄的问题，似乎只有在把这个更大的哲学问题解决了之后，才可能回过头来重新谈爱邻人的问题。阿伦特的这一思路给了我们一个很重要的提示：要从根本上理解这种伦理问题，也许必须深入到宇宙论这种更大的哲学问题。或许正是因为这个原因，奥古斯丁自己也在生动地讲完了他的故事之后，转而给出了对记忆、时间、创造的理论思考。毕竟，爱的根据并不只是在人身上。连对自我的理解都必须诉诸对上帝和宇宙的追问，更何况对人与人的关系的诠释了。阿伦特指出：

> 只有把快乐和对它的满足透射到绝对的未来，意识到当下无法实现完满，才能把他再带回到如何在此世生存这样一个现实问题中来。[1]

只有在理解了绝对的未来和绝对的过去之后，如何面对生活在我旁边的另外一个理性动物，才会清晰起来。只有在那时候，人们才会明白，他人既不能像上帝那样成为安享的对象，也不能像工具那样成为利用的对象，而吉尔松所谓的爱人如己的含义，才会显示出来，人与人之间其他更复杂的伦理关系，也同样会有所依据。

四　聆听天籁

其实，奥古斯丁不仅在叙述完了奥斯蒂亚的故事之后转向了对记忆和时间的讨论，就是在奥斯蒂亚的时候，他也曾经将笔触伸向更深远的宇宙。在那著名的奥斯蒂亚异象里，奥古斯丁早已给出了困扰我们的这个问题的全部答案。

---

① H. Arendt，《爱与圣奥古斯丁》，前揭，页41。

《忏悔录》卷九的第十章,应当是西方文明史上一颗璀璨的明珠。其中表达的哲学思想是如此深邃,却毫无生涩滞窒之感;其中的语言是如此华丽典雅,却毫无轻浮溢美之嫌;奥古斯丁与莫尼卡母子之间是如此亲密无间,却没有一丝尘世的烦闷之气。其中尤为著名的第25节整个一段是一句话,只有最后的一个句号,但读起来极为顺畅清晰,就如同一首诗一样。母子二人如此平静地面对莫尼卡的死亡,共同享受着一个神圣的美丽时刻;二人的哲学思考之所以化为这样如诗的文字,正是因为他们正在共同聆听无比美妙的天籁。

当时,母子在台伯河口一个小楼上歇息,窗口俯视着一个小小的花园。他们刚刚经过一路奔波的劳苦,而今远离尘嚣,虽然不远处罗马军队正在紧张地执行任务,但在他们这里,似乎一切都安静了下来。莫尼卡经过了操劳的一生,奥古斯丁则刚刚脱离出痛苦的精神挣扎;更重要的是,母子之间已经没有了任何芥蒂,莫尼卡不再为儿子能否皈依正道而哭泣,奥古斯丁也不再为辜负母亲而自责。而今,他们之间是极为平静的交谈,是任何亲密的母子之间都会发生的那种,应该没有什么明确的主题,没有什么特别用意的、散漫的闲聊。不久之前,在加西齐亚根的别墅里,奥古斯丁与一些朋友们刚刚举行了一次漫长的哲学讨论,奥古斯丁的对话《驳学园派》、《论美好生活》、《论秩序》等就是这次讨论的产物,《独语录》也有可能出自加西齐亚根。莫尼卡也曾参与了这些讨论,因而她就出现在其中的一些对话里面。对于莫尼卡这虔诚但不识字的基督徒妇女来说,那种哲学性的讨论虽然有益,但一定是有些单调和过于高深的,所以她有些地方并不能跟上讨论的进程。但现在这次,一定不是那样的讨论。

当然,就是在这散漫的聊天之中,身为基督徒的他们还是会触及一些神秘的宗教话题,比如,人死后到底会去哪里,末日审判到底应该是怎样的,他们在那个时候到底会是什么样子?由于莫尼卡即将离别人世,他们的这种谈话就如同在设想,此次分手之后,下次见面应该在哪里,将是怎样的一幅情景。而据说那次见面的状况,又是任何人都没有亲眼见过,亲耳听过的。

两个人偶尔触及这个问题后,都陷入到了对末日之后永恒生命的憧憬当中，都敞开了渴求的心灵，贪婪地吸吮着想象和交谈所能达到的一切，这使他们都变得兴奋起来，都忘记了身上的疲惫，仿佛又回到了加西齐亚根的热烈讨论之中，只是比那次更自然，比那次更亲切，不知不觉中，讨论得也就比那次更深入。倏忽之间，他们共同进入了一种极为奇妙的境界，好像被自己的讨论托了起来，慢慢升入了云端。交谈的言语如同母子二人的翅膀，轻轻呼扇着，使他们慢慢掠过了大地，掠过了身边的一切事物，或是使这些事物都改变了形状，从那表面的样子透露出内在的品质来。于是他们不断慢慢地上升，越过了天空，看到了太阳、月亮、群星。再往上，他们一起进入的就是内心世界了。

我们已经说了，他们现在是闲聊，不是在讨论。他们的闲聊中一定谈到了很多共同的经历，谈到了很多家常话题，谈到了许多做人的道理。而今，谈话的翅膀把这些话题也都改变了。那些平常得不能再平常的词语和事件，都变成了极为高明的东西，似乎远在日月列星之上，以致他们在天上又遇见了这些。于是，他们极为快乐地继续交谈着，再一遍一遍咀嚼着生活的滋味和回忆的快乐。虽然他们变得兴奋起来，但谈话仍然是极为散漫和随意地进行着，言辞的翅膀仍然在轻轻慢慢地扇动着。他们就又从那日常的话题往上升，从那里慢慢升上了更高的智慧，好像就在那里进入了世界的中心、宇宙的中心，而他们，也更加紧密地相互依靠在彼此心灵的中心。一切似乎都是从这个中心来的，世界万物应该就是在这个地方创造的，因为他们所经过的一切都指向这个地方，不仅在空间上如此，更重要的是，时间上更是如此。在那里，好像所有的过去未来都不复存在了，他们好像就住在一个永恒的当下，但他们又好像通过对往事的回忆到了过去的起点，又仿佛随着对未来的憧憬来到了未来的尽头。这个永恒的当下，并不是一个凝固的时间点，而是包含着一切过去、现在、未来的永恒流动，但又无物流动。

而时间的流动，仿佛就是自己生命的流动，他们似乎能够感受到自己的心灵在时间当中延展，仿佛看到日月在自己的心灵中慢慢游动，而这游动似乎又带着奇妙的声响。那声响是平时闻所未闻的，既不是身体的躁动,也不是地火水风的迁移;既不是天体运行、雷电嘶鸣的声音,也不是心灵自身的声音;既不是自己的言语和幻想的声音,也不是入睡梦醒的声音;既不是万国的言语发出的声音,也不是任何飞禽走兽的吼叫。之所以说不是所有这些,恰恰是因为听到了所有这些。不仅天地万物都在奏响,心灵中的一切机能也都在吟唱,梦境在低语,幻想在高鸣,记忆在呜咽,思索在呢喃,爱情也在悄悄地张开了羽翼。所有这些声音叠加在一起,并没有形成什么噪声,而是形成了一曲无比美妙的宇宙交响乐。

在莫尼卡和奥古斯丁看来,这首交响乐已经不再是其中任何一个的声音,因为它使二人听到了完全不同于任何世上声音的音乐。这音乐本来是不可听的,因为它并不等于所有这些声音的总和;但是这首交响乐恰恰向他们传达了这背后的音乐。当他们通过这交响乐听懂了这背后的声音的时候,组成交响乐的一切声音仿佛就都停止了,他们听到的却是最简单的言语,是最高的智慧,是真正的永恒。音乐必须在不断流淌的时间中演奏;在永恒中是不可能有声音,因而也不可能有言辞和音乐的。但是,这永恒并不是凝固的死亡,而是生命的永恒,其中包含着一切过去、现在、未来。所以,他们完全有可能通过时间的流转,通过这宏伟的交响乐,去聆听那没有声音的音乐,那没有言辞的大言。他们就把这音乐或言语称为"圣言"。

在整个过程中,莫尼卡和奥古斯丁都没有中断谈话,都没有忘记向对方提问和倾听对方的回答,因为正是这言辞把他们带入了那个境界。他们只是在听对方的语言吗?不,他们明明听到了天地宇宙的和声,听到了圣言的永恒旋律;但是,他们不是明明在听对方的话语吗?不是明明是儿子在听着母亲的絮叨,母亲在听着儿子的提问吗?是啊,除了亲人的声音,他们应该什么都没有听到。

这样一个神圣的时刻之所以如此美好,究竟是因为这两个基督徒听到了上帝的神秘召唤,还是因为它最好地表达了母子二人之间的亲情呢?奥斯蒂亚异象的哲学和宗教意义,经常被诠释为前者,但这一段最使我感动的,却是后者。大概谁都清楚,这两者当然同时表达了出来,所以才使这一段既有极深的宗教内涵,又使其中的神学命题显得那么切身,从而让人不得不沉醉在奥斯蒂亚的神圣光环之中。在我看来,理解这一段最根本的问题,在于奥古斯丁如何以这样的宗教方式,与母亲进入了如此超绝的神圣时刻;换言之,亲亲之情,如何在本来不仅不注重,甚至还颇为否定自然亲情的基督教之中,获得了这样一个美丽的表达方式?在奥斯蒂亚的这首宇宙交响乐之中,母子二人究竟扮演了什么样的角色,获得了怎样的享受?

五 大音希声

在奥斯蒂亚的时候,奥古斯丁已经在他漫长的思想历程上起步了,并有几篇短的哲学对话问世。在 387 年,也就是莫尼卡去世前不久,奥古斯丁的《论音乐》已经完成了前五卷,不过这是相当技术化的五卷,相当难读,连奥古斯丁自己都觉得不够满意。而他后来更看重的第六卷,据说是在 391 或 392 年才最后完成的。我们可以想见,在奥斯蒂亚经历那个奇妙的时刻,奥古斯丁确实正在思考关于音乐的问题。

奥古斯丁之所以要写一本关于音乐的书,据说是因为他本来要就各种博雅技艺都写一本,但结果只写了这么一本。不管他当时的动机是什么,有一点我们是可以肯定的,即,奥古斯丁对于《论音乐》,绝不仅仅是把它当做消遣娱乐的闲笔写的;而它对后世的影响,也绝不仅仅在于确立了一些关于西方音乐的基本理论而已。最重要的是,他通过音乐,把人心的结构与基督教的宇宙结构很好地勾连了起来,从而以一种独特的方式表达了人性与自然秩序的关系。

奥古斯丁继承了希腊以来的传统,把音乐定义为"恰当调试的科学",并把它当做了数学的一种(另外三种分别是算术、几何、天文),其基本领域是对身心的度量。奥古斯丁认为,灵魂一定是高于物质的,因此,人在灵魂中感到的声音,不可能是从外部印上的,因为那样将使灵魂成为被动的。凡是持续一段的声音,在奥古斯丁看来,一定是人的灵魂在接受了外部刺激之后,主动形成的。如果人只能被动地接受外部的声音,那随时都只能感到当下的一个声音点,因为只有这个点是当下正在发生的;只有靠记忆的力量,人才能留住对已经过去的声音的感觉,从而形成一个连续的音节(《论音乐》,6:12[35])。这样,在听的过程中,感觉的数字高于外在物体的数字,而记忆的数字又高于感觉的数字,在这之上又有判断的数字。①

判断力量是灵魂的理性功能,而判断声音的依据不过是相等与和谐。判断虽然来自人的最高能力,但本身是不可能完美的。比如,对于连续响一天或更长的音节,我们就无法判断是否和谐,更无法欣赏这样的音节组成的音乐。那么,人的理性判断能力,一定不是来自人类自身,而要遵从一个更高的数字,是从那里获得其判断的依据的。

这判断的最终依据,就是永恒的相等与和谐:

> 在那里没有时间,因为没有变化,在那里,时间被创造、安排、改变。当诸天转回相等的状态,各个天体回到同样的地方,每天、每月、每年、每世纪,以及星座运行的其他时间,都遵守相等、合一、有序的法。(《论音乐》,6:11[29])

声音之为声音,是因为发生在时间里,在变动中形成旋律。但是,这旋律的最终依据,却是没有时间的永恒相等。只有在那没有变化、没有时间的地方,才是一切音乐的最终依据。而整个宇宙都是由永恒不变的上帝创造的,也是一个和谐的整体,或者说,是一首最宏伟和谐的交响乐。但宇宙这曲交响乐的美,人是无法衡量、无法判断的,因为它远远超出了人的判断能力。在这个宇宙体系之中,人被安置在某个角落,并不知道自己在这个体系中的位置,甚至会觉得这个体系中的一些地方是丑的。这就如同待在一个宏伟建筑的小角落中的雕像,如果它有知觉的话,它也不可能知道整个建筑有多美,又如同长长的战线上的一个士兵,无法了解整个战局是怎样的。(《论音乐》,6:11

① 参考Catherine Pickstock,《奥古斯丁之后的灵魂、城邦、宇宙》(*Soul, City and Cosmos after Augustine*),见John Milbank,Catherine Pickstock and Graham Ward edit, *Radical Orthodoxy*, London and New York: Routledge, 1999, 页243-277。

[30])

这样,人间的所有音乐,不过是对永恒音乐的摹仿;而世间万物,都是宇宙这一宏大交响乐的组成部分。每个被造物的生命过程,就是组成这首交响乐的一个旋律。这样我们就能理解了,为什么奥斯蒂亚那个场景中最重要的是声音与沉默,而为什么奥古斯丁在以莫尼卡之死结束了他的自传叙述后,要转入记忆和时间这样的哲学主题。

莫尼卡和奥古斯丁母子在奥斯蒂亚经历的那个过程,正是通过聆听万物的音响,慢慢理解音乐的真谛,从而顺着宇宙中各种各样的乐音,逐渐接近那没有任何声音、没有任何时间、没有任何变化的永恒音乐。

在奥古斯丁看来,凡是倾心美好事物的人们,总是在欣赏这样那样的音乐,而没有哪个人会主动追求不好。这样,所有人就都是在面对音乐。既然每个被造物无论做什么,都是在完成上帝的伟大计划中的一部分,都是宇宙交响乐的一个音符或一个旋律,那岂不是没有必要刻意去另外寻求什么了吗?但奥古斯丁指出:保持秩序和被保持在秩序中,是两回事(*Aliud enim est tenere ordinem, aliud ordine teneri*)。他的意思是,虽然每个人都被安置在这个宇宙交响乐中的一个部分,而且人无论怎样做都不会失去自己的这个位置,但并不是每个人都会得到幸福和救赎,因为幸福需要保持自己的秩序。人要获得救赎,就必须"保持秩序",即不仅让自己成为宇宙大秩序中的一部分,而且要努力去理解和摹仿这个大秩序中的旋律。要做到这一点,就首先要爱上帝,因为上帝不仅高于自己,而且也高于任何被造物,包括自己所爱的朋友和亲人。根据上帝那里和谐、统一、有序的法,人也会以同样的方式来安排自己的生活,使品级较低的事物服从品级较高的事物,一切井然有序,就不会有任何噪音了。而若是把低级事物中的美好当成高级事物来看待,就如同在金子里掺杂上最上乘的银子,无论如何都是无序而杂乱的。奥古斯丁说,若是在被造物中不仅看出平等,甚至还看出秩序,那这个人的灵魂就完全失去了自己的秩序(《论音乐》,6:14[46])。

在尘世事物中摹仿最高的音乐,通过在这些事物中寻找秩序、奏出音乐来朝向上帝,这表面上并不复杂的说法,其实包含着看似矛盾的两个方面。一方面,不能以尘世之美为美;另一方面,又要在尘世之美中体会上帝的美。前者是对尘世之美的否定,后者却是对尘世之美的肯定。

就第一方面而言,奥古斯丁认为,不仅那些耽于肉欲、花天酒地的人是堕落的,就是那沉迷于琴棋书画,每天只想着怡情养性的人,也是被尘世较低的美好所诱惑了。以身体健康为最终目的与以声色犬马为最终目的,在实质上是一样的;以贪婪地获取知识为最终归依,和流连于奇技淫巧也没有根本的不同。因为所有这些人都是把被造物中的好当成了最高的好,仍然是把上等的银子当成了金子。甚至于,那只想着人间的友谊和亲情的人,与荒淫无度的人都没有本质的区别,而只有程度的差异。这些人把所有的行为"都指向了和他因为自然纽带而有共同权利的邻人,也就是上帝命他像爱自己那样爱他的邻人"(《论音乐》,6:14[45])。虽然上帝命令人爱人如己,但谁若是把自己的爱全部集中在某个人身上,就像奥古斯丁当年对他的那个朋友那样,结果必将像他在失去了朋友之后那样,陷入无边的痛苦当中。

奥古斯丁之所以认为人间之爱是不完美的,还不仅仅是因为对必朽之人的爱是不完美的,会导致巨大的痛苦,而且这种爱和友谊都有可能导致更为严重的后果,甚至可能引诱人作恶。除了在《论音乐》中,他还在别处更具体地谈过这个问题。当奥古斯丁在分析自己16岁时的偷梨事件的时候,曾经谈到,对于自己本来并不喜欢的梨子,他之所以去偷,完全是因为同伴们的引诱。正是害人不浅的友谊,成为他这次作恶的原因(《忏悔录》,2:9[17])。在《上帝之城》中,奥古斯丁也把亚当对夏娃的爱归为他犯罪的主要原因:

> 我们也该相信,那个男人也是因为那女人,这一个是因为那一个,此人是因为彼人,夫是因为妻,才违背了上帝的法。男人并不相信女人说的是真的,但是这个团体使他必须如此。使徒的话没有错:"不是亚当被引诱,乃是女人被引诱"(《提摩太前书》,2:14;《哥林多后书》,11:3)。难道不是女人把蛇的话当真了,而他

> 不愿意与这唯一的伴侣分开，宁可一起犯罪？但这不会使他的罪更轻，因为他明知故犯。(《上帝之城》,14:11.2)

显然，亚当就是奥古斯丁所说的那种，过于执著地爱一个凡人，从而使一切行为都以她为出发点的一个例证。亚当的罪是人类所有罪恶的起源，而在这原罪当中，爱就起到了非常大的作用，可见错误的邻人之爱会带来多么严重的后果了。

既然如此，爱人如己这条诫命不是没有意义了吗？但奥古斯丁马上在《论音乐》的下一段里说：

> 上帝命令我们爱邻人，这是使我们亲近上帝的最确定的阶梯，使我们不仅被保持在他的秩序里，而且能够牢固而确定地保持自己的秩序。(《论音乐》,6:14[46])

在奥古斯丁看来，要真正亲近上帝，最好的办法似乎并不是每天念叨着上帝的名，除此之外什么事情都不管。恰恰相反，正是通过爱邻人这个最确定的阶梯，每个人才有可能真正亲近上帝。

奥古斯丁在前一段里还要求人们不能过于执著地爱自己的邻人，但在随后的一段就马上说，要通过爱邻人这个最确定的阶梯，来实现对上帝的亲近。这矛盾的两个方面怎么可能统一起来呢？据说，前面一种爱是爱万物自身的美，但后面一种爱难道不也是针对邻人自身的爱吗？后面一种爱是在被造物中发现真正的秩序和美好，但前面一种爱不也是对被造物中的秩序和美好的凝视吗？这两者真的有什么区别吗？在这个看似矛盾的地方，我们可以发现奥古斯丁思想中极为微妙的部分，因而可以窥见他最终为莫尼卡哭泣的真正原因。

奥古斯丁指出：

> 在我们这受罚的必朽性中所产生的任何数字，我们都不能认为不是上帝的神意所造的，因为它们每一种都是美好的。我们要爱它们，但不能由此变得安享它们。(《论音乐》,6:11[46])

在上帝和被造物之间,存在并不很容易理解的关系。人不可能直接认识上帝,而必须通过被造物来认识他;越是能看出被造物的美好,就越有可能理解其制造者的至善。谁若是自称热爱上帝,却不爱上帝所造的世界,那种爱其实是单薄空洞的。但反过来,若是过于爱这个世界,过于沉浸于它的美好,以致忘记了这美好是上帝所造的,那就犯了大罪。换言之,要好好地利用世界,但是不能安享世界。但这所谓的利用,却又不是简单地当成工具来用,否则就会陷入我们前面所说的那种以人为手段而不是目的的境地。其实不仅对于人是这样,对于一切被造物,其利用都不是一种实用主义的态度,而是欣赏地使用。

对上帝的爱和对被造物的爱,是不同层次上的,而不是非此即彼的爱。即,不能简单地把这比附为对恋人的爱,要爱一个,就不能爱另一个。而那种为了爱被造物的美好就忘记了造物主的爱,所遵循的逻辑,正是这种排他式的爱。但奥古斯丁所提倡的,乃是在爱被造物的同时,想着上帝,即越是看出被造物身上的美好,越是能体验到上帝的至善;越是充满对造物主的热爱,越是爱他所造的这个世界,也就是保罗的名言所说的:

> 自从造天地以来,神的永能和神性是明明可知的,虽是眼不能见,但借着所造之物,就可以晓得,叫人无可推诿。(《罗马书》,1:20)

这就如同喜欢一件艺术品,不应该因为太喜欢它而不喜欢制造它的作者和这门艺术;而恰恰是越喜欢这艺术品,就越喜欢那个工匠。如果回到音乐上面来讲,则是不应该因为喜欢某个旋律,而不喜欢整个音乐作品,更不能因为喜欢这个音乐作品,而不喜欢音乐这种艺术,以及上帝这个伟大的作曲家;而是越喜欢某个音乐作品,就越喜欢其背后的音乐理念和音乐这种艺术。反过来,如果没有听过一个音乐家的作品,不懂得欣赏他的作品,又怎么谈得上喜欢这个音乐家呢?

上帝与被造物之间,正是音乐家与作品之间的关系;而伟大宇宙与其中每个被造物之间,则是一个庞大的交响乐与其中各个乐器、各个旋律之间的关系。每个个体的生命分别形成了一个旋律,万物则共同构成了世间最伟大的交响乐。①

上下四方曰宇,往古来今曰宙。构成宇宙的,并不只是万物之间的空间关联,而且有一个时间维度,而且对奥古斯丁来说,时间维度是高于空间维度的。比如一棵树,最重要的不是它占据空间的大小,而是从一个不起眼的种子逐渐长成参天大树的生命过程。一切生命来自四大元素,四大元素又遵循基本的数学规律,是从无中生有的。任何一个占据空间的物体,在数学上都起源于一个没有体积也没有面积的点;这个几乎相当于无的点的延长,又形成了只有长度、没有宽度的线;线的拉开会形成只有面积、没有高度的面;只有在面再拉开之后,才形成有体积的物体。任何物体都可以还原为一个不可能占据空间的点。这既体现着无中生有的创造,又体现着时间先于空间的原则;而这里面所体现的数学规律,则在时间中形成了音乐的抑扬顿挫(《论音乐》,6:17[57])。

这种在时间中证成自身的被造物,其一切数学规律都来自上帝那里的最终标准。只有上帝不在时间之中,是永恒的;而一切时间都来自于他。永恒是什么意思呢?永恒并不是时间的无限延长,不是一般的长生不老,而是一个永恒的现在。对于人来说,现在虽然是最真实的,但却也是最无法把捉的。现在是由未来流过来的,但又马上变为过去。它就像数学中的点一样,是最关键的,但又几乎等于不存在。所以在亚里士多德的时间观里,现在只是被当成了过去与未来的临界点,而不被当成一个实体。但奥古斯丁把这个点实在化了,认为只有现在是真实的。他说,对于上帝而言,没有过去,没有未来,而是只有永恒的当下,永远是现在(《忏悔录》,11:31[41])。

从这个永恒的现在中,生发出了一切的时间、一切的旋律。万物都要朝向上帝。但万物如何朝向他,怎样接近他呢?是不是活的时间更长的人,就更接近永恒呢?奥古斯丁后来在《上帝之城》中指出,在这个问题上,长寿的人虽然活的时间更长些,但并不比活得短的人更

① Catherine Pickstock,《奥古斯丁之后的灵魂、城邦、宇宙》,前揭,页249-250。

接近永恒。寿命长短与永恒无关。就如同赛跑一样,寿命长的人只不过多跑了一段,但跑的速度并没有加快,时间对于他们而言是完全一样的。(《上帝之城》,13:10)反过来,人也不可能否定自己的时间性,去摹仿上帝的永恒,因为这根本不在人的能力之中。人既然已经必须在时间之中生活,那就不可能随意脱离时间,变成像上帝那样永恒。人要虔诚地朝向上帝,就只能在时间之中完成他所该完成的,而不能妄想超越时间。正如音乐最终的标准其实是无声的,没有时间的流动,但人必须在时间之中摹仿这种大音希声,所以必须在声音的流动之中,体会数字之相等、合一、秩序的规律,然后创作出婉转动听的音乐。在《忏悔录》中,奥古斯丁把人在时间中的状态分为"延展"(*distentio*)和"伸展"(*extentio*)。人的心灵的延展,形成了过去、现在、未来的区分,使人支离放失,陷入无序混乱的状态之中(《忏悔录》,11:26[33]);为了收束自己的支离状态,使自己虔诚地系心于上帝,就必须伸展自己,只有通过瞻望未来和回忆过去,才能够使自己与上帝合一(《忏悔录》,11:29[39])。正如阿伦特指出的,绝对的过去、绝对的未来、绝对的现在其实都是一样的,时间的终极点都是合一的。① 因此,要真正克服自己在时间中的分离,反而要充分在时间中展开,穷尽时间之流的各种可能性,在时间中体会永恒。换言之,只有充分认识被造物的美好,才能克服被造物的诱惑;要想不因为爱一个必朽的人而丧失永恒,唯一的办法就是更深地去爱他,在这种爱中找到真正能克服必朽的不朽,因为真正的不朽就在必朽当中。奥古斯丁和莫尼卡之所以能在奥斯蒂亚体会到那么奇妙的感觉,并不是因为他们抛弃了被造物,而恰恰是因为他们深深地品味着被造物的美好,并通过它们认识它们背后的造物主,通过那些优美的旋律体会本来无声的圣言。

因此,人完全有可能像吉尔松所说的那样,既把邻人当做目的而不是手段去爱,又在爱他的同时不忘记对上帝的爱。但阿伦特所谓的,把邻人当做目的来爱,只能从上帝的角度来反观②,讲得就未必那

① H. Arendt,《爱与圣奥古斯丁》,前揭,页49。

② H. Arendt,《爱与圣奥古斯丁》,前揭,页93。

么真切了。奥古斯丁在《论音乐》中非常明确地指出,为什么不能把人当工具使用。他说,由于人的最精华的部分是灵魂,而不是身体,那么,人和人之间的根本关系就应该是灵魂与灵魂之间的关系,而不是身体和身体之间的关系。既然如此,人在面对别人的时候,重要的就是要把别人的灵魂当做灵魂来看待,而不能当做低于灵魂的物质。若是仅把人当工具来使用,那就是把灵魂当成了物质来使用,违背了被造物中最基本的秩序,因而也就无法达成应有的秩序与和谐。这就仿佛是把别人当成乐器,来演奏自己的音乐,那就没有把别人放在他应该在的位置上。而人要真正在与他人的关系之中奏乐,就要清楚人的灵魂在宇宙秩序中应该在的位置,并尊重和实现上帝创造的这一秩序。要做到这一点,只能靠关切人的灵魂(《论音乐》,6: 13[42])。关切他人的灵魂,恰恰在尊重上帝创造的宇宙秩序,因而也就在依循宇宙这首交响乐的基本旋律。

不过,这似乎还是没有回答,我为什么一定要和别人一起来演奏人生这首音乐,为什么爱邻人才是对神圣音乐的最佳摹仿。纵然人不应该冷酷地把别人当做工具来使用,难道人不能彻底离群索居,与他人不发生任何关系,而只在与自然界乃至纯粹自我的关系中,慢慢体会上帝的永恒旋律吗?奥古斯丁只要不伤害他的母亲不就够了吗?为什么一定要陷入悲悲切切的哭泣之中呢?要进一步理解这个问题,我们需要知道,奥古斯丁除了把生活当做一首音乐之外,还把它当成了一场试探。虽然这一说法表面上是在否定尘世的价值,但恰恰是这种否定所揭示的人的生存状态,反而能帮我们更深地体会生活的积极意义。

六 生活是一场试探

基督教把上帝当做了绝对的标准,其他万物的价值都相对化了。但当这个体系在奥古斯丁手里成熟起来的时候,他却天才地恢复了人间之爱的意义。不过,奥古斯丁毕竟不是阿奎那。在他这里,人间之爱即使得到再多的肯定,也只有相对的意义,而且随时可能被否定掉。

正是因此,虽然奥古斯丁最后认可了自己应该为亡母哭泣,但他毕竟还是把这当做人性的软弱之处。在明白了奥古斯丁如何肯定人间之爱之后,我们还是不要忘了他在这个问题上的保留态度,而要细细体会,他在绝对否定了人间万物的价值之后,又如何相对肯定了它们的意义,以及人应该怎样生活在这样的尘世之中。

奥古斯丁在《论音乐》中说,那些必朽之物的美好,就如同在遭遇洪水时抓住的一块木板,既不能当成负担抛弃掉,也不可能很牢地抓住它(《论音乐》,6:11[46])。这句话就是在肯定邻人之爱的价值之前说的。这个比喻中明确无误地透露出的无奈之感告诉我们,万物对于他的意义,显然并不都是奥斯蒂亚异象中显现得那样美好。此世的生活就如同无比凶险的洪水,人必须抓住点什么,才能不被吞没。世间万物就是这样的一块木板,能帮助人暂时保全性命。但是,这块木板自身也在随波逐流,漂浮不定,人不能把一切求生的希望都寄托在它上面,甚至未必就能真正抓住它。等到真的到达了岸边,那还是应该把这块木板抛弃掉。

对于此世中的种种诱惑和苦难,奥古斯丁有着深刻的体会。这些不仅来自理论上的思考,而且来自他早年的亲身经历。年轻的奥古斯丁耽于肉体之欢,沉迷于罗马的竞技与戏剧,而且对于功名利禄也有着极大的野心。他做过的一些事情可以说极为冷酷无情。像他很长时间内陷身于摩尼教的异端之中,却又并不能遵守摩尼教的清规戒律;他仅仅为了高攀一个门第显赫、但只有十几岁的女孩,竟然狠心地抛弃了与他生活了十几年,还为他生过一个儿子的女人,而后者在离开他后终身不嫁;他的母亲莫尼卡为儿子的荒唐生活流干了眼泪,但他却丝毫不知感恩,甚至在一个寒冷的深夜把慈母一人丢在迦太基岸边,自己渡船去了罗马,让莫尼卡在海边哀号不止。奥古斯丁可谓不智、不仁、不义、不孝。

即使在米兰花园里的皈依之后,奥古斯丁虽然认为自己战胜了那些诱惑,不会再沉溺于那么荒唐邪恶的事情,但他还是深深感到,眼耳鼻舌身五官所受到的诱惑是不可能杜绝的,人生在世仍然必须在这些诱惑中生活。于是,奥古斯丁引用七十子本圣经的《约伯记》说:“人生在世，岂不就是一场试探吗？”（《约伯记》，7:1）谁愿担受麻烦和艰难？你命我们承受它们，不命我们喜爱它们。一人能欢喜地忍受，但谁也不会喜爱所忍受的。即使因忍受而快乐，但能不需忍受则更好。在逆境中希望顺利，在顺境中担心厄逆。两者之间能有中间吗？能有不是试探的人生吗？（《忏悔录》，10:28[39]）

不仅他年轻时的沉沦是试探，而且在沉沦中使他警醒的友谊、爱情、母爱也是试探。就像不仅汹涌的洪水是试探，而且水面上漂来的木板也是试探。无论其中的喜怒哀乐，都只能给他带来更多的担忧和烦恼。他必须随时与这些试探斗争，但又不可能脱离这些试探。正如海德格尔在解释这一段时所说的：

> 必须更尖锐地把握奥古斯丁在体验实在的生活时所置身的根本特点——试探——只有这样，我们才能理解，这样以圣徒的方式生活的人在多大范围内，以及在多大程度上，必然成为自己的负担。①

我们知道，海德格尔所谓的此在的在世状态，受到了奥古斯丁极深的影响。奥古斯丁此处所说的“试探”，就是那种无时无刻不在烦恼和操心之中度过的人生状态。无论世俗所谓的顺逆成败，都伴随着很多不确定的因素，都会带来新的问题，进亦忧，退亦忧，使生活永远无法真正安定下来。

试探，乃是人生在世的基本存在状态，不会随着人间的兴衰浮沉、爱恨聚散而改变。无论奥古斯丁有没有莫尼卡这样的母亲，无论他是否曾与自己的情人恩怨缠绵，也无论作为修辞学教师的他是否经历过大起大落，甚至无论他是否皈依了大公教会，都不会改变这一点。这些的发生与否，只不过使试探以这种或那种不同的形式出现而已。试探的存在，在于人性中本质的弱点，在于人堕落之后的必然缺陷，也在

---

① Martin Heidegger，《宗教生活的现象学》（*The Phenomenology of Religious Life*，Bloomington and Indianapolis：Indiana University Press，2004），页152。

于时间之中一定会出现的沧海桑田。

在奥古斯丁看来,上帝和人之间最根本的差别,是永恒与时间的差异。伊甸园中的堕落虽然是人的死亡和罪的根源,但这一看似偶然的事件只不过表达了哲学上的那种时间性差异而已。正如我们前面看到的,活得长的人并不比活得短的人更接近永恒,这还不只是因为活得长的人毕竟还是会死的。即使生活在伊甸园中的人,虽然他原则上可以不死,但他的生命与永恒之间的差异,同一个必死之人与永恒之间的差异仍然是一样的。他的不死性丝毫没有使他接近永恒,因为时间在他这里仍然是在过去、现在、未来三个维度中流转。哪怕这种流转永不停歇,他也不是永恒的。因此,哪怕对于伊甸园中最幸福的初人来说,生活同样是一场试探,因为在这个过程中,仍然存在各种变化,仍然存在种种不确定性。蛇对亚当夏娃的试探,只不过是所有这些必然发生的试探的一个集中概括而已。因此,生活是一场试探这种人生在世的基本处境,人是无法逃脱的。

如果说,皈依之前或皈依之时的奥古斯丁可能还妄想通过信仰的转换来逃脱人生这场试探,那么,在皈依之后,尤其是写《忏悔录》时的奥古斯丁,就已经非常清楚,这样做不仅是不可能的,而且是有问题的。也正是在这个时候,他才能真正以平和的态度生活。这种平和,意味着对日常琐事中的试探的安之若素,同时也意味着在静静地与人生困苦作着不懈的斗争——对试探的真正战胜不是徒劳地消除它或自以为是地以为消除了它,而是意识到它并不断与它斗争。

这个时候,我们就可以把奥古斯丁对待生活的两个态度统一起来了。我们前面谈到的两个态度,一个是把生活当做一首音乐,一个是把生活当做一场试探。看上去虽然非常不同,但两个态度都在强调,必朽之人与永恒的上帝之间既有绝对的距离,也有紧密的联系。成熟的奥古斯丁的态度,可以概括为,通过把生活当做一首音乐,来对抗生活这场试探。

把生活当做一场试探,是因为人的必然堕落;把生活当做一首音乐,是因为人与上帝的关联。而这二者所体现的,根本上都是一种时间关系。人的堕落,是因为时间不是永恒;生活是音乐,是因为时间可以以永恒为绝对的参照系。但不论强调二者之间的同还是异,时间与永恒之间都不是量的差别,而是质的差别,即,永恒不是时间的无限延长,时间也不是永恒被截取了一段。

从这样的差异思考,我们就会知道,不论对于多么虔诚的基督徒,永恒的上帝毕竟不是尘世生活的一个参与者。人们不可能像对待另外一个人那样去对待上帝,去建构与他的一层关系。虽然基督的道成肉身使上帝以一种奇妙的方式参与到了人生之中,但对于每个个体而言,对上帝的种种思考仍然主要指向此世生活。这样说当然主要不是在否定基督教信仰的意义,最深刻的基督教思想家自己都不会过于拘执地看待生活与信仰的关系。我们在上面已经看到了,人要认识上帝,就必须通过对被造物的沉思,在人间生活中奏出朝向上帝的音乐。把人生看做一场试探和把人生看成一首音乐,是从完全相反的角度理解生活,但得出的结论未必是必然相反的。毋宁说,这是从两个侧面表达了在上帝关照之下的人生状态。

把生活作为一场试探,就是上面所说的,把时间当做心灵的延展;把生活当做一首音乐,就是把时间当做心灵的伸展。但无论伸展还是延展,都不是在延伸的方向上朝向上帝或背离上帝,因为心灵无论怎样延伸,都不会触及上帝。延展,描述的就是这种永远不会触及上帝的生活状态;伸展,是在认识了人与上帝的绝对距离之后,在生活中冥想上帝。那么,这两种生活态度之间有什么根本的分别吗?

看上去,心灵的伸展和延展之间似乎并未发生实质的变化,因为都不会从时间变成永恒。无论采取哪种方式,人生都会终结,都会化为黄土一抔。心灵的伸展不会根本上改变人的存在状态,不会使人获得长生不老。但是,伸展和延展之间毕竟还是有着不小的差别。比如,少年奥古斯丁落拓不羁、浑浑噩噩,任由母亲为他担心落泪,这就是任由心灵延展,挥霍生命;成年后的奥古斯丁不再虚掷光阴,而是深深懂得了爱他的人的心思,深切地关心一切应该关心的人,利用一切时间做些有益的事情,这就是努力使心灵伸展,活出意义来。两种生活方式都没有改变人的必朽性这一本质特征,也不可能把时间中的尘世生活变成永恒,其实也没有改变生活是一场试探这个事实,但仍然有着本质的分别。心灵的伸展把生活这场试探变成了一种有节奏的音乐。

经过了这么一番讨论,我们或许就能稍稍明白了一点,奥古斯丁为亡母哭泣时,为什么既认为这体现了自己的软弱,又是正当的。奥古斯丁并没有否认,他的落泪表现出了人性的弱点,其中所体现的,正是"生活是一场试探"。不过,当他想到母亲曾怎样为自己流泪的时候,却无法抑制住这眼泪,因为他觉得,为这样一位母亲流泪,是应当的。于是,他的泪水又流成了一首音乐。在此,人性的弱点虽然表达了"人生是一场试探"这个无法逃避的生存处境,它同时又以人间之爱的一曲音乐,在努力克服着这一处境。不过,究竟该如何理解这首哭泣的音乐的力量,我们还需要回到莫尼卡的故事。

七　尘世中的圣母

颇有一些研究者指出,《忏悔录》中的莫尼卡虽然无疑是一个感人至深的人物,但并不是一个完美无缺的基督徒。在奥古斯丁陷溺邪教的时候,她心急如焚,对情感的流露毫不节制;奥古斯丁把莫尼卡留在迦太基,自己前往罗马一节,一直被当做对埃涅阿斯毅然离开迦太基女王狄多、前往罗马的摹写。莫尼卡的深夜哀号几乎可以和狄多的绝望自尽相比。无论在古典哲学中还是在基督教中,二人都算不上道德的楷模,只不过是敏感脆弱的女人而已。奥古斯丁自己在写到莫尼卡的时候,虽然字里行间透露出尊敬和依恋之情,但丝毫没有为亲者讳的意思。

莫尼卡故事的高潮,无疑是奥斯蒂亚的那一段。奥古斯丁不仅描写了他们在奥斯蒂亚的神秘体验和母亲平静的死,而且还叙述了母亲以前的很多故事。但这些故事中的第一个,却不是什么光彩的经历,而是母亲儿时的一个坏毛病。

幼年的莫尼卡经常被父母派到地窖中去取酒。莫尼卡出于好奇,总是在取酒时抿一口。这并不是因为她喜欢酒的味道,而是完全出于孩童的淘气。莫尼卡的淘气甚至渐渐变成了习惯,而且她以后还不止抿一点，而是每天多喝一点，每天多喝一点，最后竟然变得成杯成杯地饮酒。后来，一个侍女发觉了她的这个恶习，当面羞辱她。莫尼卡心生悔恨，才下决心戒掉了这个毛病。O'Donnell 指出，在当时的罗马，女人喝酒不是小毛病，就像西塞罗所说，女人若是嗜酒，那所有德性的门就对她关闭了。甚至女人喝酒被视同通奸。因此，奥古斯丁暴露莫尼卡小时候曾经偷酒喝，几乎就是在暗示自己的母亲生性放荡。[①] 多年之后，彼拉鸠派的朱利安甚至就因此攻击奥古斯丁，他自己曾经暗示，莫尼卡有奸淫的倾向。[②]

莫尼卡年轻时候一定有很多事情可写，但奥古斯丁为什么偏偏拿出这件丑事来谈呢？虽说莫尼卡最终还是改正了，但正像我们在朱利安那里看到的，暴露母亲的这样一个丑事，无论如何没有什么可夸耀的地方。更何况，奥古斯丁是在谈到母亲的去世时，作为对母亲的怀念，而谈到此事的。谁会拿这样的丑事来纪念亡母呢？根据《忏悔录》前面的讲述，读者已经把莫尼卡当成了一个非常可敬的母亲；可是临到最后，奥古斯丁却抛出了这么一件丑事。

但人们稍加分析也都会看出来，此事当与奥古斯丁 16 岁时的偷梨事件相呼应。年轻的奥古斯丁因为好奇心的唆使，在一些玩伴的引诱下，偷了一棵并不怎么诱人的梨树上的果子，事后又不吃，而是把果实喂猪了。（《忏悔录》，2:4[9]以下）对偷梨事件的研究可谓汗牛充栋，成为理解奥古斯丁关于恶的思想的关键段落。我们这里无法述及所有这些解释，但可以看到奥古斯丁偷梨与莫尼卡偷酒之间一个显而易见的关联，即，两件事都明白无误地诠释了“生活是一场试探”这句话。

无论偷梨还是偷酒，都像奥古斯丁评价伊甸园中的偷吃禁果一样，是对一件本来极易遵守的诫命的违反。在伊甸园中有各种奇珍美味，不吃一种果子是非常容易的。（《上帝之城》，14:12）同样，奥古斯

---

① 参见 James O'Donnell 对《忏悔录》9:8[18]的注释（*Confessions*, Oxford: Clarendon Press, 2000）。

② 参见奥古斯丁，《驳朱利安》（未完稿），1:68。

丁可以吃到很多比他偷的好得多的果子,他根本不需要去偷梨,更何况,并没有魔鬼来刻意引诱他,不去偷梨简直比不吃禁果还容易做到。莫尼卡本来也并不喜欢喝酒,甚至很讨厌酒的味道,其实那酒没有什么诱惑她的地方,所以她一开始只能抿一下,根本无法多喝。但就是对这种她自己丝毫不感兴趣的饮料,莫尼卡竟然越来越上瘾,最后甚至形成了难以戒除的嗜好。如果说,亚当夏娃还有魔鬼来主动试探,那在奥古斯丁母子这里,就根本没有谁来试探,他们主动就被没有什么诱惑力的尘世生活俘获了,成为自己的顽劣天性的牺牲品。说生活是一场试探,并不是因为尘世生活是太好的,也不是因为它是不好的,而是因为人的心灵自身是不坚定的。不论外界是否有极大的诱惑,人心都面临着试探,而且首先是自己的试探。就像奥古斯丁屈服于这场试探一样,年轻的莫尼卡也曾屈服于这场试探。

《忏悔录》中随处可见的莫尼卡的身影,让人总是觉得,奥古斯丁隐隐在以圣母来比照自己的母亲。但是,这个曾经一度陷入嗜酒的恶习,甚至很容易让人以为生性放荡的莫尼卡,这位曾经像狄多一样歇斯底里,一生犯过种种错误的莫尼卡,怎么能和童贞受孕的圣母马利亚相比呢?

莫尼卡身上确实有种种的弱点,面对尘世的诱惑也并不总能抵制,甚至会在好奇心的驱使下陷溺于恶习之中。但这并不意味着她不能和圣母相比。奥古斯丁从这个恶习开始讲莫尼卡的一生,绝对无意诋毁她,而恰恰是在以喝酒这个巨大的试探开始莫尼卡一生的这首音乐。这首音乐的序曲虽然极其低沉,这并不妨碍它以后的旋律变得像马利亚的生活一样高亢悲壮。

不过,奥古斯丁后面所回忆的莫尼卡以后的故事似乎也没有什么悲壮出众之处。《忏悔录》里并没有描述她的什么轰轰烈烈的壮举,而只是在罗列她的那些婆婆妈妈的琐事。

莫尼卡在改正了嗜酒的恶习之后,就在贞静检肃之中渡过了少女时代,然后嫁给了奥古斯丁的父亲帕特里克。帕特里克并不是一个很出众的男人,他不是基督徒,在外寻花问柳,而且出名的脾气暴躁。不过,自从莫尼卡嫁给他之后,人们却从未听说他打过莫尼卡,甚至没有听说过他们之间有什么争吵。莫尼卡解释说,她从结婚的那一刻起,就严肃地看待自己和丈夫的婚姻协定,恪尽妻子的职责,不会因为一点小小的委屈而发怒。她以这种办法安抚秉性乖戾的丈夫,不仅和他一生和睦相处,默默地等待他放弃其他的情人,而且逐渐赢得了他的尊重甚至敬慕,使他最终也皈依了大公教会。

莫尼卡的婆家是个极为复杂的家庭。她不仅有一个脾气暴躁的丈夫,而且有一群惹是生非的奴婢,一个并不易与的婆婆。在她过门之后,在众多奴婢的调唆下,婆婆对她很有敌意。但莫尼卡也通过自己的礼让和尊敬赢得了婆婆的好感,使那些搬弄是非的奴婢遭到了惩罚。此外,莫尼卡与人交往时,总是与人为善,尽量平息是非和争端,使周围的人们和睦相处。

谈到莫尼卡的这些琐事时,奥古斯丁自己也把它们当成"庸德庸言"(parvum bonum),但和周围司空见惯的是是非非比起来,莫尼卡能做到这些仍然是非常难得的。于是他总结说:

> 凡有人道的人,不仅不应该挑拨离间,增剧别人的怨毒,却应尽力劝说,平息双方的怒气。我的母亲所以能如此,是由于你在她内心的学校中默导她。(《忏悔录》,9:9[21])

哪怕在基督教的生活观念中,也并不是只有去苦行、殉道、牺牲才能成就完美的人格。大部分人并没有这样的机会。像莫尼卡这样能够使如此暴躁的丈夫悔悟,能够在那么多恶仆之中赢得婆婆,能够在众人的飞短流长中构造和平,已经完成了一个普通妇人可以完成的最好的音乐。

奥古斯丁的母亲为什么能做到这些呢?他说,是因为有上帝这个最好的老师,在莫尼卡的心中调教她。在上面列举的所有这些琐事中,我们似乎很难看出莫尼卡的基督徒身份。但奥古斯丁指出,莫尼卡之所以不仅能做到不惹是非,甚至还有能力平息纠纷,根本上是因为上帝的内在引导。这显然不是因为莫尼卡天性善良或教育得当——偷酒事件已足以表明,莫尼卡并没有自我约束的能力,而且即使她那么好的家庭也没有阻止她的这一恶习;也不是因为善良的风俗——莫尼卡婚后的环境实在不算是好。于是奥古斯丁总结说,这只能是内心的上帝在起作用。是上帝的作用,使莫尼卡因为别人偶然的斥责而中止了她的恶习;是上帝的作用,使她从一个不能约束自己的少女,变成了一个贞静有德的贤妇;也是上帝的作用,才使她内心安宁,面对种种的诱惑依然能谱写自己的生命之歌。上帝的恩典,使生活这场试探彻底变成了美妙的乐曲。所以,在奥古斯丁看来,莫尼卡所达至的和谐,主要并不是家庭内外的,而是她自我的和谐,或者说,是她与心中的上帝的和谐。因而奥古斯丁所关心的,并不是他的奶奶、父亲,以及他们的那个家庭。在整个《忏悔录》中,奥古斯丁很少正面评价帕特里克。似乎这个父亲与他没有什么关系;而母亲与他的关系,则主要是因为他们共同侍奉的上帝。

毕竟,在奥古斯丁看来,只有上帝才是一切的衡量标准。他在《基督教教义》中谈到,本来,所有人都是应该平等地去爱的,但因为你不可能给所有人一样的帮助,所以只能帮助那些碰巧在时间、地点、机缘上和自己相关的人(《基督教教义》,1:28)。他还讲,每个人对上帝的服侍如同看戏,人们也都喜欢让自己亲爱的人来与自己一同欣赏美好的表演(同上,1:29)。这些说法把亲缘关系的自然性彻底打掉了,使人们之间的相聚相识完全变成了偶然。这种偶然的人际关系,似乎也不过是生活作为试探的一种表现形式而已。

上帝的介入,为这种偶然的试探赋予了神性的光芒;但这种光芒并没有改变试探的性质。即,当人自觉地把生活变成对上帝的赞美,从而把它谱成一首音乐的时候,这并未使它不再是一场试探,而只是使生活除了试探之外,还成为一首音乐,而且这音乐的音符,就是用试探中的种种诱惑谱写的。这就如同早期教父不断使用的那个比喻所说的:把铁放在火中烧,铁会变得和火一样炽热,一样光芒四射,但铁还是铁,不可能变成火。

正是在这个意义上,我们可以明白,奥古斯丁是在什么意义上谈到母亲那“属灵的劬劳”。

奥古斯丁谈到他在从迦太基来到罗马之后的状况,回想起母亲对自己的关心和劳苦,动情地说:“她在灵性上生养我所担受的劬劳,远过于她肉体生我时顾复的勤苦[quanto maiore sollicitudine me parturiebat spiritu quam carne pepererat]”(《忏悔录》,5:9[16])。这句话,应当是《忏悔录》里若干动人的警句中的又一句。但我们在为这句话感动之余,不要忘了,此处明显是在呼应《创世记》中上帝对夏娃的惩罚:“我必多多增加你怀胎的苦楚,你生产儿女必多受苦楚”(3:16)。女人生子的苦楚,本来已经是上帝对原罪的惩罚了,而今,莫尼卡不仅承受了上帝施加的这一惩罚,甚至主动加重了自己的惩罚,在精神上也要承受生子的劬劳。本来,这种劬劳的目的是虔敬,莫尼卡为儿子所做的一切,为什么不仅没有使她摆脱生活的困苦,反而使这种困苦更加倍了呢?

莫尼卡为儿子所做的这些事,正如她为丈夫和婆婆所做的那些一样,一方面是在维护尘世生活中的家庭和睦,另外也是为了进一步朝向上帝。深爱自己儿子的莫尼卡显然无法把这种亲情关系仅仅当做偶然的际遇。若说对儿子的牵肠挂肚属于软弱的人性受惩罚的一部分,莫尼卡在努力把这种眷顾变成神性的音乐的时候,无法使自己祛除这种软弱,也无法使自己不接受尘世的试探。“灵性的劬劳”似乎是一个极为悖谬的说法。本来灵性的应该是轻盈神圣的,怎么还会是劬劳呢?如果是劬劳,那就是尘世的惩罚和试探,怎么会是属灵的?

但对于在尘世中生活、无法把爱子之情当做虚妄的莫尼卡而言,她却只能通过接受进一步的试探和劬劳来表达属灵的心意;她愈是虔敬,就愈是充满劬劳,就愈是在承担生活中的种种试探。所以说,当她把生活当成一首音乐的时候,不仅没有取消生活是一场试探这个事实,甚至还在主动接受更多的试探。

在谈到如何承受尘世的试探的时候,奥古斯丁经常引用《马太福音》里的这句话:“因为我的轭是容易的,我的担子是轻省的”(11:30)。在看到了莫尼卡的尘世辛劳之后,我们或许就能明白这句话在奥古斯丁这里的意义了。《论音乐》中的好几个段落都可以看做对这句经文的诠释。我们在此记下其中的一个段落:

在必朽和脆弱的处境中,灵魂被巨大的艰难和焦虑所统治。于是就出现了这样的谬误,灵魂更看重身体的享乐,而不是自己的健康,因为她为物质而焦虑,健康反而不必焦虑了。难怪她会陷入困厄,宁愿操心而不安宁。如果她把自己转向主,就会带来更大的操心,因为她害怕失去主;从事肉身事务的冲动,是日常习惯养成的,即使皈依的心中,也因为混乱的记忆而深陷其中,所以要一直等这冲动安静下来。等到那把她引向外在事物的动荡这样安静下来,他就会享受内在的自由,安息日代表的就是这种自由。(《论音乐》,6:5[14])

这段话可以和奥斯蒂亚异象中的那段话对勘。在奥斯蒂亚,即将摆脱尘世这场试探的莫尼卡和儿子一起期待着在复活的时候享受真正的美好音乐;而在《论音乐》中,奥古斯丁则同样期望在真正的安息日涤除一切焦虑,甚至包括信仰过程中出现的焦虑。

八 丧尽其哀

最后,我们可以在尘世的喧嚣与音乐的宁静中重新回到奥斯蒂亚了。面对灵床上的母亲,奥古斯丁关于是否哭泣的犹豫究竟意味着什么呢?

我们很容易就可以看出来,奥古斯丁不敢哭或不愿意哭,是受到了斯多亚派和新柏拉图主义的直接影响,只不过,他以基督教的逻辑重新表达这种观念而已。斯多亚学派哲学家强调,有智慧的人不能轻易受情感的搅扰;若是陷于喜怒哀乐,就是理性还不够;因此哲学家应该刻意戒除这种搅扰。普罗提诺在《九章集》里谈到哲人的幸福的时候,更明确地讲:

假定他的家人或是朋友遭受了死亡;他知道死亡是什么,而死者如果是智慧的,也应该知道。如果他的熟人和亲人的死给他带来了悲痛,那不是他的悲痛,即不是那真正的人的悲痛,而是他

之内那最高部分之外的悲痛,是更低的人的困扰,他不应该遭受。(《九章集》,1:4.4)

虽然奥古斯丁无疑受到了普罗提诺的影响,但他并没有全盘照搬普罗提诺的理由。他说:

> 我们认为,对于这样的安逝,不宜哀伤恸哭;一般认为丧事中必须哀哭,无非是为悼念死者的不幸,似乎死者已全部毁灭。但我母亲的死亡并非不幸,也不会全部毁灭。以她的一生而论,我们对这一点抱有真诚的信念和肯定的理由。(《忏悔录》,9:12[29])

在他看来,之所以不该为母亲哭泣,是因为没有这个必要。母亲既然德行无亏,自然会享受永福,那又何必为她哀哭呢?

奥古斯丁虽然明白,必将升入天堂的母亲不需要他的哭泣,但他的心中还是会涌起巨大的悲哀。这究竟是怎么来的呢?他给出了这样一个解释:

> 但我为何感到肝肠欲裂呢?这是由于母子相处亲爱温煦的生活突然决裂而给我的创痛。她在病中见我小心侍候,便抚摩我,疼爱地说我孝顺,并且很感动地回忆起,从未听我对她说过一句生硬忤逆的话,想到她这种表示,可以使我感到安慰。但是,我的上帝,创造我们的上帝,我的奉养怎能和她对我的劬劳顾复相比?失去了慈母的拊畜,我的灵魂受了重创,母子两人的生命本是和合为一的,现在好像把生命分裂了。(《忏悔录》,9:12[30])

在这段话里,奥古斯丁一方面在动情地回忆起母子之间的相依为命,另一方面又在以此自责。他的生活那么紧密地与母亲结合在一起,他是那么依赖母亲的支持和关怀,以至于她的去世给他的灵魂带来巨大的伤口,这究竟是在赞美母亲呢,还是在责备自己的软弱?似乎两者都有;而在当时的奥古斯丁看来,一定是责备更重要一些。这就使他的思考与普罗提诺的解释联结了起来。虽然从他的基督教理性出发,母亲根本不需要哀悼,但是从他自己的境界来说,为母亲的死而痛苦,恰恰是软弱和幼稚的表现,所以他在前文说,是他心中幼稚的部分(*quiddam puerile*)使他想哭泣(《忏悔录》,9:12[29])。这"幼稚的部分",不正是普罗提诺所谓的"更低的人"吗?其实,他对自己的这种自责,与第四卷中因为朋友之死而悲痛导致的自责,并没有什么区别。

难道,在两次葬礼之间,奥古斯丁就没有一点改变,没有一点进步吗?当然有。在这十多年的时间里,奥古斯丁经历了至少两个巨大改变。一个方面,他对哲学研习更深,思考更多。但这一方面却使他从普罗提诺那里得到了更多的理由来抑制自己的悲痛。所以,当莫尼卡去世时,奥古斯丁控制悲痛的能力已经远远超过了第一次葬礼的时候。而另一方面是,奥古斯丁这个浪子,越来越长大成人,越来越清楚母亲为他付出的心血,从而也越来越珍惜自己和母亲的感情。就面对葬礼的态度而言,这样两个方向的发展,不是矛盾的吗?前者使他有更大的力量抑制泪水,后者却使他面对灵魂的伤口更加软弱。这两者一相抵,是不是什么实质的进步都没有呢?这么多年过去了,奥古斯丁还是在痛苦中挣扎,还是在责备自己的软弱无力。

但是,我们还可以把关于灵魂的伤口的那个看似矛盾的一段换一种解释方式:奥古斯丁在认识到生活是一场试探的同时,也认识到,必须在这试探中才能把生活变成一首音乐。前者是普罗提诺为他带来的智慧;而后者却是莫尼卡的爱为他带来的体悟。如果这样理解,也许我们就能重新看待这一段话。那表面上的自责之所以透露出了深厚的母子之情,并不是偶然的;因为在成熟的奥古斯丁这里,亲人之死带来的已经不只是无法把捉的痛苦,而且是对人间亲情的品味。

如果我们在"试探"与"音乐"两个人生主题之间思量,则会明白,奥古斯丁所谓人性的弱点并非只有否定的意义,或者说,其否定和肯定的意义是相互渗透的。固然,能够完全不受各种情绪的搅扰,应该是最高的境界;人因为其处境的不完美和其本性的堕落,无法达到这一境界,这是人的天生缺憾。虽然明明知道母亲会在死后进入天堂,奥古斯丁还是会为她痛苦而哭泣。在他看来,这不是因为他怀疑母亲的善德,而是因为他自身的弱点,无法承受失去母亲带来的孤独。于是,他的情感无法完全遵循自己的理智判断,而仍然会屈服于现实的孤独感而顾影自怜。理智与情感的这种不一致,导致了奥古斯丁的哀痛之情。按照这一逻辑,奥古斯丁对母亲的依恋和丧母之后的孤独,当然是人性的一个弱点。

那么,在面对这样的软弱状态时,人应该怎么做呢?难道是假装自己和天使乃至上帝一样,可以避免情感的侵扰吗?在斯多亚派和新柏拉图主义看来,哲学家就是要通过自己的努力获得智慧,并尽可能地去摹仿神。但在这一点上,奥古斯丁经过思考之后,表现出了根本的不同。他后来在很多地方讨论过人是否应该受情感搅扰的问题。比如在《上帝之城》中的这个段落,他就非常明确地表达了自己和斯多亚派的区别:

> 既然我们要承受此生的虚弱,如果我们根本没有这些,那我们就不能正直地生活。使徒谈到无情之人时,表现出谴责和讨厌之情(《罗马书》,1:31)。圣《诗篇》中也责备这一点,说:"我指望有人体恤,却没有一个。"(《诗篇》,69:20)我们在此地陷入悲惨,却根本无人悲悯,就像下面这段世俗文字所体会和描写的那样:"灵魂的污染和身体的麻木必然付出巨大代价。"我们来看看"无情"(希腊文所谓的ἀπεθεια,拉丁文就是impassibilitas),这只能发生在心灵里,不能在身体里,如果我们把它理解为,人们的生活中没有这些情感(因为它们违背理性和搅扰心志),就该认为这显然是最大的好;但这在此世不可能存在。下面这段话说的不是一般人,而是最虔敬、正义和神圣的人:"我们若说自己无罪,便是自欺,真理不在我们心里了。"(《约翰一书》,1:8)只有人没有罪时,才能这样无情(ἀπεθεια)。如果没有罪,现在就能足够好好活着;谁要认为自己无罪地活着,他并不是无罪,而是无法接受恩宠。这样,如果把所谓的"无情"当成心灵不能沾染任何情感,谁不会

认为这种麻木是最坏的罪过呢?没有恐惧的刺激,没有悲哀,就说是未来的完美幸福,难道这不荒谬?除非千方百计回避真理,否则谁会说将来不会有爱和喜悦呢?如果无惧存在、无悲所动就是无情,那么,如果我们要按照上帝正直地生活,在此生就要避免这无情;而在那所应许的永恒的真正幸福中,我们当然希望无情。(《上帝之城》,14:9.4)

此处的详细论述,可以看做奥古斯丁对亡母这种态度变化的进一步辩护。他在《忏悔录》中已经说了:

谁愿读我所作,请他读下去,听凭他作什么批评;如果认为我对于在我眼中不过是死而暂别、许多年为我痛哭使我重生于你面前的母亲,仅仅流了少许时间的眼泪,是犯罪的行为,请他不要嘲笑,相反,如果他真的有爱人之心,请他在你、基督众兄弟的大父之前,为我的罪恶痛哭。(《忏悔录》,9:12[13])

前面引的《上帝之城》中的段落比此处说得还要明确。人之所以应该表达情感,并不是因为,既然处在这软弱而悲惨的境地,那就只好屈服于自己的软弱,而是因为,在这样的处境下,假装没有情感反而是矫情的。那些假装无情的人,其实是一种狂妄自大,不承认自己有罪,或者误以为凭自己的力量就可以消除大罪,因而不必通过恩典就已经得救了。这无疑是一个更大的罪。这样的人与其说获得了健康,不如说丧失了人性。"心硬未必就正直,麻木未必就健康"(《上帝之城》,14:9.6)。

于是,人只有保持人性的本来面目,才能充分承认、承担,并忏悔自己的罪性,才能认识到,只有恩典才能使人得救。正如谁也不是想攀上山顶就真的到了山顶的,而必须从山脚开始爬;同样,人不是想获得救赎就能获得救赎的,而必须从自己有罪的本性出发,慢慢攀升。因此,生活在世间的人不仅要有所爱、有所惧,而且要有所哀、有所怒、有所欲。只有依循着有罪的人性的理路,人才能慢慢克服这罪性。或者说,只有认真与生活中的每一个试探周旋,才能把生活谱成一首优美的音乐。

我们前面已经谈到，为了按照神性生活，莫尼卡要从偷酒的罪性出发，奥古斯丁要从偷梨的罪性出发。但在面对人间的爱恨聚散这种试探的时候，又和这种罪性有所不同。莫尼卡慢慢克服了偷酒的毛病，奥古斯丁也不会再有偷梨的行为；但是，孤独感是永远都有的，对母亲的依恋是不能也不该克服的。到底为什么会有这种区别呢？

当我们把生活当做一种试探的时候，往往会不加区分地看待这试探导致的各种后果，但这试探的后果的性质可能会非常不同；就像人生病后所出现的种种症状，有些是病症导致的负面结果，比如身体的虚弱，有些其实是身体中的免疫机能在对抗疾病，比如发热、流脓等等。莫尼卡偷酒和奥古斯丁偷梨这样的毛病，可以看做身体虚弱这样的负面后果；但是，奥古斯丁为了抗拒孤独感而导致的对母亲的依恋和怀念，却是对抗尘世生活这种试探的人性努力。上引《上帝之城》中的那段话的真正意义，就在于他在突出人的情感的这种正面价值。从这一角度出发，斯多亚派的哲学家们在谴责不义的同时，也谴责了人们对不义的义愤，在否定人间的悲惨时，也否定了对人间悲惨的同情，在摒弃生活中的虚妄时，也摒弃了对虚妄的抗争。而奥古斯丁在肯定人情自然的时候，并没有肯定人的罪性。他并没有说，既然人无法摆脱有罪的处境，就要对罪性甘之如饴，放心大胆地去作恶。他所肯定的，只是在有欠缺的处境中，人必须尽其所能地，拿起自己那也许并不怎么有效的武器，去努力地与罪性战斗，并且要意识到，由于人的这种武器有天生的缺陷，不能有一丝一毫的大意，以为凭自己的力量战胜了罪性，而必须在不懈的战斗中等待恩典；这就如同，人们不能误以为，凭发烧、化脓这种自我调节，人就能战胜疾病，而必须吃药打针（西医的治病与基督教的拯救，在逻辑上本来就是一致的）。斯多亚派和新柏拉图主义的问题，在于混淆了罪性的这两种不同的后果；而奥古斯丁所肯定的情感，正是人用来克服自己悲惨处境的人性努力。

于此我们就可以理解，对其他人的爱，虽然不足以在根本上克服人的罪性，使人获得救赎，但却是人对抗自身的罪性必须要做的，也是他唯一能做的。虽然这样做并不能在根本上去除罪性，但至少可以使人不屈服于罪性,能够在坚韧的战斗中等待救赎。

奥古斯丁从人被创造的特点来理解,为什么人间之爱是如此必要的。他在《上帝之城》中指出,在上帝所造的各种动物中,有些天性就是离群索居的,有些则是一定要过群居生活的。但不论其中哪一种,上帝一创造就造出一类,而不是仅仅一个,因为《创世记》中在谈到它们的创造时都说"各从其类"。唯独人,上帝只造出一个。为什么这样呢?奥古斯丁解释说:

> 上帝只创造单一的一个,这并不意味着人可以离开社会独居,而是为了让社会能更有效地发挥结合、约束、和谐的作用。人们不仅彼此之间有相同的自然,而且还通过人间的家族情谊连接起来。上帝不仅像创造男人那样创造了女人,作为男人的妻子,而且还直接从男人中创造她。这样,所有的人都是从一个人产生的,散播成为全人类。(《上帝之城》,12:21)

这样,要在人与人之间奏出最好的音乐,人们不仅应该把彼此都当做同样高贵的灵魂来看待,而且要体会上帝造人时的这层深意,即人和人之间,并不是像老虎和老虎之间、大象和大象之间那样,仅仅是具有相同自然的同类,而且所有人都可以追溯到同一个祖先,都是同胞兄弟。

上帝用尘土造出一个亚当,再从这一个亚当中造出一个夏娃,从亚当和夏娃又繁衍出众多的人类。人类的分离与散播,既是上帝让人"生养众多、布满地面"的赐福,却也代表着人从合一到分离的堕落。[①]人的救赎的一个方面,就是要回到当初和合为一的状态。但这么多人已经不可能在严格意义上重新成为一个人,那就必须在众人之中实现合一,也就是在众多的个体之中实现人类合一的大音乐。按照基督教的经典说法,这种合一要在以基督为首的教会之中实现,因为教会就

---

① 参考 William T. Cavanaugh,《超越世俗摹仿》(*Beyond Secular Parodies*),见 *Radical Orthodoxy*,前揭,页 182-200。

是基督这第二亚当的身体。而按照奥古斯丁此处的解释,在基督教中如此核心的教会说,背后却有一个家族血缘的背景。基督徒之间之所以应该彼此当做兄弟相待,是因为他们本来就是兄弟。

要爱上帝,就要爱人如己,爱人如己,就是尊重和爱自己所有的同胞兄弟。奥古斯丁在谈到爱时,确实没有严格区分对亲人与对朋友的爱,但之所以如此,并不是因为家庭关系不重要,而是因为所有的朋友都等同于亲人。

这样,为了否定相互分离的状态,人们就应该爱其他人;而对家人的爱,则是爱他人的一个具体体现。要实现对他人的爱,就一定会以喜怒哀乐的形式表现出来。这种尘世情感,恰恰是对尘世堕落的一种否定,虽然尘世的方式不可能真正克服尘世的缺陷,但这种否定体现了人对永恒的追求和对上帝的亲近,是人在堕落状态中所能坚持的唯一的战斗形式。

于是,人的时间性、死亡、理性与情感的冲突、分化等等,都是其堕落和不完美的反映。人要追求永恒、不朽、理性的纯粹、合一,却无法在这种堕落的处境之外去努力。因此,人只能在时间中否定时间的延展,只能通过死亡来抗拒死亡的毒钩,只能通过更真切的情感来克服自己脆弱的心灵,只能以四海之内皆兄弟的方式,来克服人类的分崩离析。

当奥古斯丁终于为莫尼卡流下了一滴眼泪,终于承认自己不是能克服人之常情的冷漠的哲学家的时候,他也就和母亲一起完成了他们能完成的最美好的音乐。如果说,偷酒和偷梨分别构成了这首音乐低回的序曲,那么,一件一件的家庭琐事在尘世的艰辛中构成了它婉转悠扬的乐章。奥斯蒂亚异象成为这曲音乐的高潮,母子二人在对悠悠往事的回忆中,渐渐与宇宙的旋律合而为一,仿佛随着圣言的律动升入了天堂,听到了三位一体的上帝之间最美妙的数字和音响。但是,高处不胜寒的他们现在面临的最大危险是,能否清醒地意识到自己的双脚其实仍然在地上,能否从那无限高远的畅想曲中回到地面。莫尼卡仿佛随着高亢的音符升入了天堂,而沉醉在这旋律中的奥古斯丁也恍恍惚惚,浑然忘我,好像也就要随着母亲升入天堂,被那似幻似真的异象吞没。所幸的是,奥古斯丁突然被内心涌起的悲伤警醒,才知道自己造出的这异象不可久居。这刹那间的警醒令人怆然涕下,使人一下子又看到了周围的黑暗与苦难,让人不由自主地流下泪来。但恰恰是这泪水和哭声,才使奥古斯丁的生命之曲复又归于中正平和、清幽淡远,在余音袅袅中成就了不仅提拔心志,而且令人心安的千古雅乐。

潘雨廷先生谈话录(一)

张文江　记述

一九八六年一月十八日

先生言:

迴向思想,出于佛教,将无始以来的习气全迴向完,唯此中国尚无相等的概念。《华严经》十信(信为道源功德母)、十住、十行,积德甚多,于是十迴向,全发挥掉。迴向之后,才可以谈十地了。迴向的目的,是要成功一个大圆镜智,是转识成智的步骤。镜子照东西无遁形,但照后本身一样不留,清清楚楚(但实际仍全在)。如老太婆代人念经,画红圈卖钱,本身并无功德。

众生有烦恼障,菩萨无烦恼障,有知识障,迴向可去掉知识障。迴向的方法是哪里来的迴向哪里,如写邵康节就迴向邵康节,写熊先生(十力)就迴向熊先生。故前日杜之韦认为不要读书,读书转增障碍是不对的。

此先生对我第三次谈迴向,始知与老子"圣人不积"之旨仍异。

先生言:

出学问、出事业跟忧患环境有关,唐(文治)、熊(十力)、杨(践形)、薛(学潜)皆如此。

唐先生(文治)在清末任高官,清亡后很苦闷,乃卜一卦决疑。得乾之讼,初爻、三爻变。乾初曰“潜龙勿用”,三曰“君子终日乾乾,夕惕若,厉无咎”,乃终身奉此二爻为的。讼三曰“食旧德,贞厉,终吉。或从王事,无成”,准此始绝口不谈政治,改堂号为“茹经”。食旧德以发扬本国文化,改办教育,创立无锡国专,一时人才荟萃(此南方,北方有清华国学院,王国维、梁启超、陈寅恪主持)。然非食古不化,又办今交通大学,吸收西洋文化,取《易》“天地交,万物通”之义。我遇唐先生时相差六十七岁,乃晚年入门弟子,其年谱尚有记载。

先生言:

当然,我研究学问早已超出阶级基础。但如果从阶级基础言,我和唐先生、曹元弼(至死留着长辫,后入满洲国从溥仪,于汉易极精)不同,是从资产阶级角度反过来读经的,故能认识经的佳美,而不易受经的束缚。中国思想不读经不可能懂,但以为光读经就懂中国思想也非。我们潘家过去与徐光启等人在一起,豫园就是潘家产业。我父亲有见识,后来搞银行,转入资产阶级,跟上了时代。你们读经也要注意,不能停留在过去的角度上。

先生言:

锻炼身体不是要身体好,如果那样当然太局限,而是在锻炼中可得到一样东西,这样东西你身体再差也无关。王重阳收了马钰、丘处机等七个弟子,本人只活五十余岁就死了,可见与寿命是无关的。

一月二十二日

先生言:

邵康节《共城十吟》诗,人皆不识得其好处,因单从文学角度看,只能见此。此时他初识天人之际,故见出生生景象,此其识《易》处。

问:周濂溪等不除窗前草,亦此意。

先生言:

是。昔二程春从皇帝游,皇帝折柳枝,二程谏止。折柳枝自然无关系,但折了伤春之生气,不合时宜。(按《孟子·梁惠王》:“斧斤以时入山林,材木不可胜用也。”)

是夜去安培生-张亦熙家。仰天,忽识“坎为月”之旨。

一月二十三日

晨抄毕《周易浅述》八卷,自一九八五年十一月上旬起抄,共一二三八页。一九八四年十二月二十四日圣诞夜从先生处得此书。

是夜,雪娅领曹冠龙(小说家)谒先生。

宋捷言:

利贞者,性情也。可如此解,乾"元亨利贞",坤"元亨,利牝马之贞",牝马乃整体中所生之物,且可示阴阳之理(马为阳、牝马为阴),此即性。利,西南得朋,东北丧朋,乃有选择,故生情。问题在于推情合性。

问:

二程言:学在识时,"颜子陋巷自乐,以有孔子在焉。若孟子之时,世既无人,安可不以道自任"?(十五页)不从道家观点看颜子,正见二程之强烈用世心态。

先生言:

不太赞成二程,因太自负。明道犹好,伊川则不容人。

一月二十五日

昔受学于周茂叔,每令寻颜子、仲尼乐处,所乐何事。《二程集》十六页

某接人多矣,不杂者三人,张子厚、邵尧夫、司马君实。 二十页

看一部《华严经》,不如看一个艮卦,经只言一止观。 八十一页

圣人之语,因人而变化。语虽有浅近处,却无包含不尽处。如樊迟于圣门,最是学之浅者,及其问仁,曰"爱人",问智,曰"知人"。且看此语有甚包含不尽处?他人之语,语近则遗远,语远则不知近,惟圣人之言,则远近皆尽。 一七六页

古之卜筮,将以决疑也。今之卜筮则不然,计其命之穷通,校其身之达否而已矣。噫!亦惑矣。 三二六页

因思:

进化 evolution 是展开,顺。革命 revolution,反过来触及根本,逆。

老子所云復,归根,也就是中文的革"命"。革命就是以 RNA 改变 DNA,从时间中翻转回去,不仅是颠覆之意。

孔子从心所欲不逾矩,也由革命而成。人顺年龄展开,生理心理渐趋僵化,而孔子以学復返先天。此犹所谓时间倒流,即老子能婴儿乎之旨,故"朝闻道,夕死可矣"。

五十知天命,知客观时间。六十而耳顺,知主观时间。七十从心所欲不逾矩,主客观合一。

曾子三省,忠,信,习传。可见读书只是学习的一部分,而道德实践占其二。

子曰:"兴于诗,据于礼,依于仁,游于艺。"游于艺即七十境界,艺非琴棋书画之谓,乃从心所欲之境,即《庄子》庖丁解牛,以无厚入有间的自由境界。艺即"合于桑林之舞,乃中经首之会"。

一月二十六日

是日先生讲《皇极经世》。窗外,上海音乐学院大火,浓烟滚滚,多人救火。

因思:

"易简","以约失之者鲜矣"。《论语》云:"博我以文,约我以礼。"礼的本质不是繁琐,而是简单,而且是从复杂到简单,是约,不是束。文,即了解六十四卦的网络结构,了解变化,自由贯通,即物相杂,故曰文,礼仪三百,威仪三千。七十从心所欲不逾矩,那是礼的八阵图。

又思:

孔子六十而耳顺,即经历两个生物周期的变化而了解生物钟。三十年为一世,故三十而立,六十而耳顺。

人从少至老,当化圆为方的过程,然方亦可圆。

三省,即夕惕若。

五十知天命,七十至天命。(参《张载集》四十页)

孔子得《易》生生之旨,故言生而不言死,言仁而不言义,言乐而不言苦,即《大象》从正面鼓舞人。天行健固不论,即地势坤,亦阳之动,故子不语怪力乱神。

宫晓卫自山东来访。

一月二十七日

先生言:

现代西方语言哲学,对形而上学等问题,上帝有无之类,属语言游戏,不谈的,犹佛教所谓戏论。(故未知生,焉知死,不语怪力乱神。二流文学、哲学对此问题的讨论,多属无病呻吟。诗无邪之旨,即反对无生理基础的病理、心理。)

因思:

孔子性与天道不可得而闻。张载以为:“既云夫子之言,则居常语之矣。圣门学者以仁为己任,不以苟知为得,必以了悟为闻,因有是说。”(《张载集》三〇七页)

按:此语深有所会。所闻,文章耳,如了悟,则文章转为天道也。文章五十也,性六十也,天道七十也。闻天道必自文章始。德性尊之,尊而不论。从道问学入手,犹了解六十四卦,入此即入迷魂阵,然得明师引之出,但路还得自己走。天尊地卑,尊即西洋不谈的形而上学,亦即康德把上帝的搁置(epoché)。其不可知论,也即熊十力先生对轮回之“存而不论”。尊之,也即熊先生反对“以孝治天下”。

忆一九八四年底初谒先生时,曾请教“共相”、生命诸问题。先生言:我现在不会对你说,将来才会说。但将来讲的实际上还是今天这些话,但那时就等于讲给你听了。

常思先生“节节支解”之旨。

下午见先生,借《伊川击壤集》及讲义磁带以归。

因言:

刚到《读书》第一期,有郭齐勇论熊十力文,论阿城的寻根小说文,陈平原等人的“文化角度”(二十世纪中国文学三人谈),德国韦伯复活“新教伦理与资本主义精神”,均同一指向,注意东方文化之价值。黄子平言:“整个文化史研究的落后,跟当代作家、评论家日益强烈的文化意识,形成了一个令人惶惑不安的逆差。我们现在来谈文化,是一件相当危险的事情,随时可能犯常识性错误。”

先生言:

此潮流三十年后发生实际作用,所以你们一代要自重、自振。

问:认为《论语》充满着《易》,而现在读朱熹注,完全不够。

先生言:

那还是你现在程度上读到的《易》。《论语》完全可以新注,朱注的确有不足。

先生言:

我和杨先生合《易》,终未合拢。关键是时代两样了,不能从地主阶级角度搞,而要从资产阶级角度搞(此为譬喻)。故需注意现在的时代潮流,青年关心什么,所以我无论如何要注意现代科学的最新成就。

按:先生昨日言秦始皇后的学问都不对(法先王),今又言当代科学,此两语有味焉。

先生言:

这几天写《序卦》,思想还未稳定。《序卦》作者是一人还是两人?这不能随便说说的。因文字作者是否理解排卦象者?或故意不相应?那就有更高的境界。

又言:

文革前曾有一文,卦象安排一定,但抄家时抄走了。仅此一份,可惜难以复原。这几天逐渐恢复到当时写此篇时境界,重新接通了《序卦》时代,故写出。但思想又升了一层,故考虑此。(指上一问题,文章指"论《序卦》作者的思想结构"。)

又言:

你看过《皇极经世提要》,文革前我没有读过道藏本,现在才读到,故思想又不同,有变化。对一爻变的卦象不能同意,又翻上一层。

宋明理学不能平平说来,要提出向上突出的东西,故邵康节不能和诸人相并列。

晚。

先生谓宋捷言:辩论不能在对方范围内,要在上面罩住他。当然要有东西才能罩住,所谓"冒天下之道"。要笼罩天下之道,《易》有这个本事。

回家路上,宋捷谓:孔门弟子颜回最有道家思想,故庄子重视之。

我谓:孔门弟子个个都修业,惟颜子进德而未见修业。庄子见天下不可为而不修业,故最相应。

又思:

《论语》"暮春者,春服既成"一章,诸弟子皆言治国之象,惟点所言乃平天下之象,反与道家精神相通,非仅仅欣赏归隐。

一月二十八日

张载言:

大易不言有无,言有无,诸子之陋也。

易为君子谋,不为小人谋,故撰德于卦,虽爻有小大,及系辞其爻,必谕之以君子之义。(《正蒙·大易篇第十四》,《张载集》,四十八页)

问:"'须信画前原有易,自从删后更无诗'这个意思,古原未有人道来。"(《二程集》,四十五页),是否对?

先生言:

是。人就是这么回事。莫诺(《偶然性与必然性》作者,诺贝尔奖获得者)早说,人类遗传 DNA 排定以后,至今未有变化。故在此范围内,原则数条而已。

因思:

夕惕若就是禅宗、存在主义所谓边缘状态,机=锋,到一个境遇中去。惕就是重新考虑过去已作出的选择,也就是陌生化,提撕。三爻、四爻是人位,常临困境,必须选择。人完全是自由的。

惕,陌生化,也就是赫拉克利特"太阳每天都是新的"。故终日乾乾,夕惕若。《旧约·传道书》:"太阳底下无新事",《易》下亦无新道,故万古常新。

又思:

五行所谓东方生,西方克,或有理。如四大哲人,西方二,苏格拉底(仰药)耶稣(十字架),而东方释迦、孔子均于七十余善终。老子西去不知所终,其时空尤不得知,盖神龙见首不见尾耶。

先生言:

社会有分工不同,如营养进入胃,手不会埋怨把大部分营养(70%?)供应脑。(按:此可解君子、野人之说)

又思:

《论语》:"不知言,无以知人也。"知人最后应达到了解人类。可参考《孟子》:"我知言,我善养吾浩然之气。"

中国重视信息和能量在物质之上,秦始皇统一,车同轨,书同文,就是同时重视物质和信息的交流。中国能维持庞大帝国,主要是信息的沟通,能维持控制,何时交流阻隔,就爆发农民起义。而上下交流的主要调节就在于"士"。

人如能"知言",知振动数,可上达"道"(logos)。《圣经》人欲代天工,乃造巴比塔(通天塔)。物质、能量、信息合一,要到达天了,上帝惧之,乃下来搞乱人的语言。于是信息不能互知,能量抵触,物质分散。此寓言可深味之。

不期中国有替代方法,即文和言的分开。文的统一能维持中国两千年,然维持社会统一的时候,也使语言渐趋程式化。文与言的脱节,造成五四白话文运动。

语言与音乐的统一,见《诗大序》。古希腊毕达哥拉斯以数为万物的根源,认为天体体现了音乐的结构,中国有"律历志"。

知言乃贯通信息,故"耳顺"。《论语》以知言为目标,《老子》提出"名可名,非常名",《论语》结束正是《老子》的开始。颜子不违如愚,《易传》吉人之辞寡,乃知言境界。

一月二十九日

张载云:

为天地立志,

为生民立道,

为去圣继绝学,

为万世开太平。

《语录》中　　《张载集》,三二〇页

《宋元学案》引作:

为天地立心,

为生民立命,

为往圣继绝学,

为万世开太平。

卷十八,十页

此关学气概。

一月三十日

先生言:

康节时德之辩,关键在贞元间之一转机,抓住转机即时来。张载"为往圣继绝学,为万世开太平",即紧守贞元之际,万世太平自己当然未及见,但不去管了,由它发展。

又言:

张载《易经》两个特点:一、直接体会《易经》指的是什么境界;二、以人配天,提高到这种程度。

因问:

我觉得张载的《易经》在《正蒙》,不在《横渠易说》。

先生言:

张载的《易经》在于不能一卦一爻讲(故读《易说》常觉片段),故在洛阳坐虎皮说《易》,遇二程要避席。

因问:

张载易主要在乾坤二象及《系辞》,故得王船山之应。王船山之后有熊十力,不知熊先生对张载评价如何。

先生似可之(评语忆不起)。又言:今人所谓气一元论、唯物之类,完全没有理解当时的环境。

又问:

程传之可贵,似在当时之《易经》基本已不联系实际了,故新解之。《易》进入社会,故成功学派,二程似纯粹。

先生言：

二程尚有拘谨之处，我就不用拘谨。

又言：

当时周濂溪从南方来，张载从陕西来，二程在洛阳，邵康节从北来(“五星聚奎”之说何指?)，面貌完全不同。

问：日前听先生讲《养生主》，理解不少，却又思倒是庄子思想简单，仍是《论语》思想复杂。

先生可之。又言：一直在听我讲老庄易，何时我来讲《论语》、《孟子》，完全又是一番面貌。

先生述吴(广洋)先生语：《论语》在“学而”一转折之间，从学到而，此大变化。(按：文天祥，读圣贤书，所为何事？而之后任何选择，也体现你所见到的境界。张载云读书变化气质，书读到身上来了。)

先生自述志向言：

第三次儒学(名称不关)，实质是中国文化的再次兴起。第二次吸收印度佛教，第三次吸收西洋科学，由此而读《易》。有志于此，故做学问与单写史者境界不同。

又言：

孔子晚年学《易》，当然不是第一次看到易书，而是在《易》里面读了。孔子有意不成体系，凡自以为要成体系者必完结。

又问：

二十八日美航天飞机“挑战者号”升空一分钟后爆炸，六名机组人员和一名女教师全部遇难，为美航天史上最大灾难。

先生言：

此可警惕，人的能力与天比相差太大，远未到可以征服天之地步，人不能太狂。

先生言：

邵康节仅标出开物到闭物一角度，第三角度我标出，把三千年全部历史“啪”放入，本可随便排，自然有其微言大义。人的历史是子-午相应，午前尧(故曰尧夫)，午始于禹八年，是转机阴生。禹即位前期尚执行尧舜政策，到了八年想，算了吧，还是传给儿子吧，故开始世袭制至今。这些话我不愿意说,故宋捷说我含多吐少(茹)。有些话是不可说,故说出所有关系并到处宣传,绝对错误。

先生言:

要想通问题,思想一定超时代,故于此时代一定是“勿用”的。

因思:

《论语》和《老子》可视为十翼之外的两部大“易传”,二书渗透了《易》的境界,而且以不直接释经为最高,当荀子所谓“善易者不占”,邵康节所谓“善易者不言易”。汉“经学”把五经统之于“易”,先排斥黄老道家,后又排斥象数,自加束缚,其旨遂晦,更遑论天地自然之易。

又思:

读《易》首遇乾(天何言哉)、元二字,元即春,须识生生景象为明《易》。又乾为天,元为人,此天人之际,元训人首,此见大脑的作用。所谓“洗心”,犹调整脑细胞?

一月三十一日

先生言:

唐先生(文治)言:周情孔思,出于韩愈弟子李翺之说,但唐认为李不可能说出,必是韩的传授。

先生言:

尧舜并无实事,是中国人之理想国。唐先生等对此有宗教情感,但熊先生、薛先生皆以为不然。

我从唐先生读《尚书》,熊先生处一个月一次,薛先生一星期一次,杨先生处去的次数较多。

对气功杨先生通了,熊先生稍知一点,薛先生不懂。对这些内容不能说前一点,要积一段时间。

苏渊雷《易学会通》出,有先生序。

《道藏提要》稿子从出版社取回,约好分类编出(即从通鉴体改为纪事本末体)。如“《老子》提要”、“《参同契》提要”、“《庄子》提要”、

“《悟真篇》提要”等。

先生准备把二篇十翼先写成,学校应允为之油印,先出一部分。

先生言:

不想说尽,说尽不好。薛先生曾说,留一部分给后人去说说吧。

先生言:

永远有时讳的。中国人能想出缺笔之法,真是妙透。

学问之事,绝对不能与政治无关,但绝对不能等于政治,你们要注意。

先生言:

要看着你们积一点,才说一点。看触到那里。

问:看先生《标校〈皇极经世〉序言》一文,体会到行文之要:自己宜不出面,隐藏在行文节奏之后。

先生可之。

二月一日

谈理学,因论及周、程、张、邵五君子。

先生言:

你现在没有资格说某一家好某一家不好,这样自己的德就不全,而且他们的好处你也不会吸收到。

《宋元学案》眼界太狭,所谓儒家正统,我现在看到的学术可包括司马光,王安石新学,三苏的蜀学(《苏氏易传》的内容极好)。当时当然有政治的是非,但政治过去了,学术还留存着。

问:不喜欢三苏,不纯粹。

答:

因你还不了解三教合一是怎么回事。

先生言:

司马光不列入理学正统是因为反孟。(又言:几时我来讲孟)孟子齐人有一妻一妾,又支持齐伐燕(燕可伐与,曰可),历史学家当然不会赞成。二程提倡出来,还有所批评,后世更尊至孟即孔之地步。

又问颜子。

先生言:

颜子当然较好。

先生言:

一、朱熹补《大学》真正是重要之举,宋人破经于此一见。他说这是程子的思想,但程子没有放进去,他敢于放进去了。二、置《易》九图于《本义》前(又言:此书过去我读,不认为好,但现在价值看出来了),于是易图得到保存。清康熙时,就是此图传入欧洲莱布尼兹之手。

问:认为朱熹的主要功绩在集大成,没有他,前宋五君子各有各的思想,至他才互相补充成一个体系。又,孔子集大成,集大成后有上出的东西,朱集大成完成体系,但似缺少向上的开拓精神。又认为朱熹涉及面太多,如《韩文考异》、《楚辞集注》,似不必要,而《论语》、《孟子》穷毕生精力,给后人提供了读本。

先生有所可之,复又强调朱子的重要。(熊先生宗二王,即阳明、船山,又认为朱子不可轻。)

问:永嘉、永康我都不大赞成。

先生似可之。

先生言:宋初出了一大批思想家,是时代为他们的成熟开辟机会,唐的思想散乱不成体系,宋成形了,至朱熹而集大成。现在正是第三次,儒不儒不去管,但时代如此,我可能看不到了。

因问:时代最艰难的时候保留的种子,一转过关,后人坐享其成,此即邵康节言德不言时,时德之辩。

先生言:

坐享其成就完结。夏天万物繁盛,景象极好,但不期夏至一阴生。

因问:中国学问至文革而不断绝,似有天命在。

先生言:熊、马、薛、杨诸先生都没有逃过文革此一大劫难,我遇到他们,起先也不觉得,现在常常在想这些巧合。

因问及《皇极经世》一文,一、不提孔子百世可知也,二、不提天津桥头闻杜鹃知南人为相乱国的预言(邵伯温《邵氏闻见录》,二一四页),认为均对。只略提二事,一、《皇极经世》记契丹年号,显示他的忧虑;二、"若乱几已萌,雍岂不知",以二语示之。体会到作文也须如孟子"持其志,勿暴其气"(提出徒炫人眼目,乱人意)。

先生可之。

二月二日

昨日阅先生《论〈序卦〉作者的思想结构》一文。

薛先生(学潜)言:《论语》还不算有大学问,《序卦》一文作者保存下来的《序卦》次序即是一篇天文(味其言)。

忆昨日先生言:

单培根居士来访,通唯识,精因明,与谈甚快。因说及沈剑英(上海教育学院,亦常往潘家来)近出因明书,完全不对。因明不能跟西洋哲学比附,三段论其实是最简单的,因明(印)墨辩(中)都有自己的特色,跟亚里士多德完全两样,否则要研究何用。学因明不是要学某种东西,而是得益于某种东西(自觉)以后,用来破惑觉他。所以一般人学因明并无作用,而且也学不会。因明的东西不在因明里面,此亦是张载"易为君子谋,不为小人谋"之旨。(因思:因明破人,直接触及你的脚跟以下,復䷗、姤䷫的一点点根。)

先生言:

《金刚经》无我相、人相、众生相、寿者相,全在于节节支解(庖丁解牛),均不见我,极其精微。(按:孔子"假我数年,若是我于《易》则彬彬矣",亦精微分析。)

先生言:

研究学问全在身体,王船山如果没有从《愚鼓乐》中得着,后来不可能写这么多书。我也在身体,故脑子六十余岁还能用,到七十岁我自己准备休息了。你们也要注意身体锻炼,要爱惜精力。

问:自觉近来读书专心了些。

先生郑重言:

两个阶段,一是收放心,二是致良知。这是收了放心后万法归一,一归何处的问题。

先生言:

对一个人说一个人的话,对十个人说十个人的话,对不同的人自然有不同的变化,此原则须注意。

问:也想到过。

答:须化到行动中去。

因问:对《易》、《诗》、《书》、《春秋》已知道是怎样一部书,但《礼》的作用如何,是否亦能通现代?

答:《礼》是行动(左史记言,右史记事?)。礼仪,郑玄总结为吉、凶、军、宾、嘉五字,完全能通到现在。

因问:有些问题愿自己考虑,听先生讲似觉来得太轻易,许多话感到浪费了。

答:我自己有时常常想到薛先生(学潜)、杨先生(践形)所讲的话,往往想不起来了。有些问题最好当初问一下,但现在已来不及了。多听一些有好处。

先生言:

我希望你们尽快到达某种程度,然后能促进我,得到促进我还能再翻出东西来。当时我跟杨先生最后未合,另搞出一套东西,本来也能促进杨先生更上一层楼,但他处境实在太恶劣,故未能,希望你们能促进我。

先生言:

朱岷甫很聪明,本来一点不懂,至我处得着不少,但生活环境太差,在家庭、事业上自己均去走一条艰难的路。这样也能得着,但较困难,四十岁后精力两样了。

谈及读书进步感到阻力。

先生言:

要积德。

因谈及邵康节一文"不可忽视其间自然环境确有可能变化"下(十二万九千六百年中),本拟添"如今日之冰河期之类"。

先生言:不可,因冰河期之类,至今没有确定,而且这段时间没有经历过,不能乱说。(领悟先生之严谨,看到什么说什么之《春秋》精神,不是比附科学,仍为持其志,勿暴其气的作风。)

先生言:

《春秋》始于周平王四十九年,等待转机(康节禹八年得其旨)。司马光不敢续经是一事,但三家分晋确为大关键。《论语》记载孔子知田氏代齐,明知鲁不会伐齐,也没有能力伐齐,仍正衣冠往告"以我从大夫之后,不敢不告也"。于日趋恶劣的形势尽最大可能挽救,予以期待,真是大悲心。

因思:写论文不宜用推论长链。如"墙是红的"、"墙一定是红的"、"红墙壁",信息量大异。

先生言:

现在没有人像邵康节当年注意契丹情况那样,作一部现代世界各国的《春秋》。

宋捷日前言:孔门六艺(射御)主要是得着运动觉,故与死读书者不同。又云:读书也要得着运动觉。

二月三日

先生昨日讲《皇极经世》言:

现在有望远镜和显微镜,那是望空间的,我相信不久将会有一种望时间的望远镜。到那时一看,孔子就在我们这里,邵康节就在我们这里,那时的人看到现在社会科学的考据都要笑的,我的这篇文章只是在没有这种东西时代替一下。

《周礼·春官宗伯第三·占梦》:

"占梦掌其岁时。观天地之会,辨阴阳之气,以日月星辰占六梦之吉凶。

一曰正梦(注:无所感动平安自梦),二曰噩梦,三曰思梦,四曰寤梦(注:觉时道之而梦),五曰喜梦,六曰惧梦。"

先生言:

心理学现在有大发展,梦境极可注意,弗洛伊德心理学也从释梦开始,《周礼》有六梦。我学气功就是从梦境开始的,梦境能自己控制就懂气功了。庄子云:"至人无梦",要自己掌握梦境,把梦境化到没有,就懂了。要讲有方法吗,方法是没有的,全在自己注意。梦有个根,触到这个根,梦就没有了。梦和白天完全相应,我当时做算术,做不出,结果梦境中解开了。下围棋,梦中清清爽爽一盘围棋。气功虽与梦境相似,又不相等。有人思佛,结果梦中出现佛,有一道白光,去追求,结果完结。这种境界我完全经历过,故知。一个人的年龄有关系,青年人的梦和老年人的梦完全不一样。遗传到了这种年龄阶段,这种类型的梦就多,到了那种年龄阶段,那种类型的梦就多。精力要紧!杨先生(践形)那时和人约好,夜里和人在那里相会,第二天再复述于人。我不高兴那样(按:先生多次提及志向,欲上友古人),故没有参加。这不可以随便讲的。杨先生后来精力衰了,就没有再那样。(已理解"平淡点好"的意义)

先生言:

当初杨先生有人送他一副寿联,我还记得:"宿世早应成佛去,今生犹为著书来。"杨很满意,给我看。(问:似有恭维之意。)当然是有的。但我近来已感觉到此问题了,自己一生做些什么呢,我写这些稿子,难道还去为名为利,还不是相信中国文化有东西,要发扬出来。

先生因谈《杂卦》、《序卦》,论及六种卦的体象方法。

一爻:爻变

二爻:半象

三爻:八卦(二体)

四爻:互卦

五爻:伍卦(参伍以变)

六爻:杨定名为圜(乾为圜),我在《易经》中再找一个字"旋",其旋元吉(履)。六十四卦总结为十四旋卦。(《杂卦》与《序卦》上下篇调十二卦)

旋卦举例:

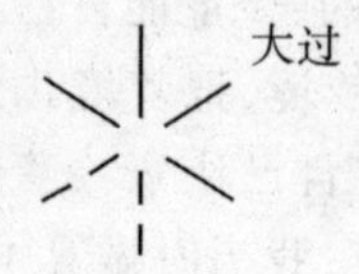

先生言:

周善培著《周易杂卦证解》(旧平装),读了虞翻后,认为不科学,著此书,一卦用五卦讲,讲得极好。

䷻ {䷂ ䷨} ䷖ ䷨ ䷒

一个人看问题永远不会全面,明明是节卦,你会少看到上面一爻,就成屯了。下面阳气足不足大不同了,不该动而动了,水库崩溃,变损,没有看到上面的苦心(苦节不可贞)。

故两个人的看法不会一样,看全面极难极难(数学语言有极大信息量)。这些卦象有直接指的东西。

《易经》不在《易经》。

周善培(孝怀),四川人,搞民生公司,几朝元老。袁世凯时……日本人战领时期,某大官是他学生,对他碰都不敢碰,孔祥熙都尊重他。解放后,第一届政协特邀代表。开会回来后,安抚上海的有关人员,说毛泽东是读书人,安心好了,结果企业界、知识界很多人因此选择留下。但文革中这些人遭冲击,最后一次我去看尹石公,尹大骂周。刚解放时,我去看他,他说,你尽管读《易经》好了,会有用的,得到了鼓励。(先生读《易》有多少人赞助啊!)

先生言:

读了《序卦》,你们该回去背《杂卦》了。

先生言:

要背出。

问:周子《通书·精蕴》第三十:"《易》何止五经之源,其天地鬼神之奥乎?"

先生言:

此汉宋之别。汉刘向列《易》为五经之原,宋时已有佛道二教,故不止。又取《周易集解》序:"权舆三教,钤键九流。"(我原先说不喜欢此序,认为无内容,兼骈体文。)

问:错卦(䷾䷿)是否反映感应之理,如两个有缘分的人始相距极远,终必遇到一起。

先生言:

两个人不可能完全成错卦,在接近中必发生爻变,始合。二人成错卦时,那完全忘我了。

又言:

薛先生曾云,每一样东西总有一个东西在外面相应,永远有。一本书都有一个影子。

先生言:

你们把"游于艺"视为七十境界,当然可以。但我想说的是"志于道,据于德,依于仁,游于艺"还是同时的,志于道同时就游于艺,否则学习太枯燥。又孟子云:"君子有三乐,而王天下不与存焉。"因个人的发展与社会的发展完全属于两个不同的数量级。

因思:

善财入法界五十三参,遍访善知识。读书上友古人,到一定程度放出眼光来,亦为入法界向一善知识求教。此善知识以自己的切身经历告诉你一个法门(不是空谈理论),于是得着一点,再参一位。(切忌以为彼此相同,或以此非彼。善财童子的欢喜踊跃,尊敬态度可为法,否则于德有亏。)于是知两个行门,不知不觉变厚了,然后由普贤领去见阿弥陀佛。此遍参的穷理致知过程,本身就是践履(尽性)实践,由是以至于命。

此重重无尽的华严法界,重践履的普贤行(一切如来有长子,彼名号曰普贤尊),而以文殊(智慧)引路,尤见明师之重要。

又思:

六十四收为三十二,三十二收为十六,十六收为八,为四,为二,最后收入太极,此为退藏于密。

入乾元性海而各得其所,物无所不容。

二月四日

先生言:

现在的人做梦也简单化,做梦复杂代表想象的丰富(杨先生梦伏羲等)。经学束缚人,五四打掉经学,"啪"散开来,哪知换了一种思想收得更紧,梦也给控制了。现在的人思想禁锢得已经可怕了,梦也不敢做了。

又言:

作《彖》,完全是现代人反思到当时辰光。

又"遯亨小利贞","既济亨小利贞",从卦辞看完全一样,作《彖》者认为两样,于是发挥出极好的微言大义来。

忆昨日先生言:

空讲仁义道德,是最坏的事。我当初读书时,就有人劝我读《史记·货殖列传》,谁知解放后倒是主张唯物主义的人空讲,不管具体物质。

二月五日

《紫柏老人集》共二十九卷(十册),明本。

师讳真可,号达观,晚号紫柏。交往者,李卓吾,汤显祖。

憨山德清塔铭:(万历四十四年)

"师常以毗舍浮佛偈示人,予问曰,师亦持否。师曰,吾持二十余年,已熟半句,若熟两句,吾于死生无虑矣。"

按:毗舍浮佛偈:"假借四大以为身,心本无生因境有。"(一切宗教不离七佛偈以为根本)

先生言:中国清以后衰,因为清没带来新的东西,完全向中国文化投降,故无再振之力。

二月六日

海日生残夜,江春入旧年。

此亦未穷而知变者也。　　　　　　　《紫柏集》卷二　二十二页

宋捷云:建议多看童话剧,可冲破一些成人的僵化,反对绝对不买书的观点。

二月七日

先生言:

地球前生物与自然界的对立,也要丧去。

先生言:

我高中时爱读《庄子》,大学时就爱读《易经》了。

我还经历过这么个阶段,《庄子》懂了,郭象注还不懂。后来懂了,原来是战国思想和魏晋玄学思想不同,再读《庄子因》之类,很明白。

先要懂《庄子》,然后懂郭象注,然后扔掉郭象注(其他的注全部不要看),然后可以谈一九八六年的庄子了。

当初一九六零年左右,杨先生、薛先生在此谈《庄子》,与我此地谈完全不同,但完全相同,是他们的气概使我懂的。

听人言要完全虚掉,以虚受实。不可师其成心,到老师这里来,就是要完全听老师的。

先生言:

春节一词起于解放后,此名词不通,为岁首。

我小时候国民党政府用阳历,取消阴历,年初一上课,非常不习惯。后来日本人打来了,不管了。胜利后,国民党知道此事不通,就没再恢复过。

春节定于公元前一百多年,见陈垣《二十四史闰朔表》,董仲舒于此有大作用。

紫柏云:

一日王介甫问蒋山元禅师曰,教外别传,可得闻乎。元曰,公有障,且以教海资茂灵根,更一两生来乃可耳。今人去介甫远甚,尚未解爬先学走,岂非大错……若染心人可生净土,则名实相乖,因果离背。若半染半净生净土者,吾闻古德有言,若人临终之际,有芥子许情识念

娑婆世,断不能生净土。若全净心生者,心既全净,何往而非净土,奚用净土为。如是以为念佛一着子,能胜参禅看教,岂非大错。

卷三　二十六—七页

二月八日

问:现在讨厌任何形式的体系,如黑格尔的书全部散去。

先生言:日前讲《齐物论》没说,成体系就是庄子"得其环中",黑格尔的绝对理念就是环中,故有黑格尔一定有马克思把它翻过来。"是亦一无穷,非亦一无穷",环中是不够呀。

问:但不成体系,也不行。我理解体系就是自己走通,泯除矛盾。

先生言:是。全在你自己掌握运用。

我喜欢用"结构"二字,就是佛教的"缘起"。

要得着一个东西,有此即所谓"辩才无碍"。要知道我《庄子》虽然背出,但讲《齐物论》时我自己不知道下面一段是什么,翻到才知道。我又不会为讲此而去先翻好"备课",这你们也要注意。

问:《紫柏集》。

答:明末四大师三教合一的东西,蕅益注《易》,德清注《老》,当时社会荒乱得不得了,但学问也兴盛出来。明末徐光启等受外国来东西(宋代泉州就有大船)的刺激。清严复第一代,唐先生(文治)第二代,薛、杨都懂外国的东西,至我更是从西洋入手。所以我希望你将来有机会也到外国去看一看。

问:我想中国自己的书也没读通,去外国也是白搭。

答:当初我也是这个原因,所以父亲叫我到外国去而不去。

问:《序卦》咸恒后至遯大壮,不置革鼎。革鼎放入作为国家变革,家庭不变。事实也是如此,朝代屡变,但家庭仍然故我。但现在社会变革已触动家庭。

答:此正是大问题,影响遗传。男性社会父权制之确立,至今有所变化,此正是研究中国学问的动力。薛、杨皆如此认为。

问:读基督教《圣经》,从信仰的角度我不懂(实证),但我实在感受到它是一部触及生命的大哲学书。如人吃了智慧果,上帝将人赶出伊甸园,严守生命树,于是形成人类基本矛盾。此不是《庄子》所云,生也有涯,知也无涯,如吃了生命果,生也无涯,矛盾不就解决了吗。且人类最高的智慧是追求生命的智慧,穷理尽性必须至于命。西人似少践履工夫,践履在宗教,而宗教以信仰代穷理。

先生言:

所以《圣经》不能废,中国儒家后稷无父,明明是宗教,且同圣母玛利亚的神话一致。我在圣约翰大学读书时,选修《圣经》,有几个学分。解放前有五教会(加国教)。

问:我不喜欢又打旗号,似不必。

先生言:打旗号是立一个"体",故不行。

先生言:

你现在是直接加入我日常的研究工作,不是看我已经写成的东西,当初我跟杨先生就是如此。已经写的东西和正在考虑的东西不同,我现在写的东西完全把经学破光,但二千年的东西还有作用,你要注意,要补起来,要厚。

先生指《抱朴子·极言》言:"是以善摄生者,卧起有四时之早晚,兴居有至和之常制,调利筋骨,有偃仰之方;杜疾闲邪,有吞吐之术;流行荣卫,有补泻之法;节宣劳逸,有兴夺之要。忍怒以全阴气,抑喜以养阳气。然后先将服草木以救亏缺,后服金丹(先生言:可见微量元素的重要)以定无穷,长生之理,尽于此矣。"

问:忍怒抑喜,到底是否可能。

先生言:你正式问我,我告诉你,完全可以。

二月九日　丙寅年农历正月初一

给先生拜年。宋捷,张亦煦同往。

先生言:

《华严经》好极了,人类所能达到的智慧不过如此。澄观的《清凉疏抄》,只此一人能和《华严》相应,唐时的《五经正义》何可比拟(已懂的重复注,不懂的不注)。《华严经》已达人类智慧的最高境界,以后再翻出禅宗是另外一件事,再后来就是密宗,那关系到了生理学。

先生言:

文化革命后期我因马先生(一浮)的关系数次去看望严群(严复侄孙,柏拉图专家,游历欧美),他的学问也是到十九世纪为止,二十世纪的新变化就不熟悉了。他对中国哲学遵照严复,最服膺老子,以为远胜柏拉图。解放前名不党,解放后改名群,取君子"群而不党"之意,两年前去世。

问:严群属于中国知识分子阶层,我敬佩他学问的纯粹。似乎有一现象,真正的学者只在专业程度内知名,而全社会最知名的往往为二流学者。

先生言:永远是这样。

问:刚来先生处,听杜之韦谈先生,后又听潘师母谈先生,又听介眉父亲谈先生,又听朱岷甫谈先生,以及其他人谈先生,和我自己眼中看到的先生,没有一个是相同的。难道各人之间的分歧竟有这么大么?

先生大笑。

问:读《庄子》感觉很难入。

先生言:那是仁者乐山和智者乐水的区别,静和动之区别。你庄子快速的思想跟不上,故不相应。

先生言:

印光法师好,我父亲相信。过年初一吃素,我不能全吃素,年三十于一点前吃点荤,年初一于十一点后吃点荤。

净土宗过去有个比方,一个虫要出竹子,往上爬,一节一节要过无数节。但横过来,一下就出来了,所以说快。

杜之韦言:常有人说非净土一世来不及。

先生言:

研究学问,某一时代的书是死的,但那个时代的思想历史文化有无数因果,故变化就来了。

先生言:

人视网膜上的倒成像,非天生就正过来的。心理学实验,婴儿看到火焰去碰它的尾部,几次以后改过。故我们看到东西都是正的。(可见人多么容易受成见、习惯的欺骗。)

问:钱钟书先生佛经等全读过,《管锥编》也引过《悟真篇》的句子,为什么不注意实际指的内容呢,是否有意不谈?

先生言:读一遍句子和仔细研究是不同的。

先生言:

三教合一是宋以后的具体事实,治哲学者回避此事实,决定不可能有成绩。

二月十一日

录先生读《抱朴子》批语。

卷一、《畅玄》

加圈词语:"玄道","真知足","故至人嘿韶夏而韬藻棁"。

整卷批:"有气功之象"。

卷二、《论仙》

加圈:"不死之道,曷为无之?"

整卷批:

以今日之自然科学观之,仙犹遗传密码。

卷三、《对俗》

加圈:"服丹守一(外),与天相毕,还精胎息(内),延寿无极。"

批:已兼内外丹。

整卷批:

长生本诸善功,虽曰"对俗",实具大乘义。

同卷:

"或问曰:'为道者当先立功德,审然否?'抱朴子答曰:'有之,按《玉钤经》中篇云:立功为上,除过次之。为道者以救人危使免祸,护人疾病,令不枉死,为上功也。欲求仙者,要当以忠孝和顺仁信为本,若德行不修而但务方术,皆不得长生。'"

批:《玉钤经》可注意。

卷四、《金丹》

整卷批:

金丹犹矿物药品,今西医亦知其弊,其于化学有见,然与黄白不同。

卷五、《至理》

加圈:

“抱朴子曰:‘服药虽为长生之本,若能兼行气者,其益甚速。若不能得药,但行气而尽其理者,亦得数百岁。然又宜知房中之术,所以尔者,不知阴阳之术,屡为劳损,则行气难得力也。夫人在气中,气在人中,自天地至于万物,无不须气以生者也。善行气者,内以养正,外以却恶,然百姓日用而不知焉。’”

整卷批:

论气有可取。

卷六、《微旨》

加圈:

“知玄素之术者,则曰唯房中之术可以度世矣。明吐纳之道者,则曰唯行气可以延年矣。知屈伸之法者,则曰唯导引可以难老矣。知草木之方者,则曰唯药饵可以无穷矣。学道之不成就,由乎偏枯之若此也。浅见之家,偶知一事,便言已足。而不识真者,虽得善方,犹更求无已,以消工弃日。而所施用,意无一定,此皆两有所失者也。”

又:“或曰:‘愿闻真人守身炼形之术。’抱朴子曰:‘深哉问也。夫

始青之下月与日,两半同升合成一。

出彼玉池入金室,大如弹丸黄如橘。

中有佳味甘如蜜,子能得之谨勿失。

既往不追身将灭,纯白之气至微密。

升于幽关三曲折,中丹煌煌独无匹。

立于命门形不卒,渊乎妙矣难致诘。

此先师之口诀,知之者不畏万鬼五兵也。’”

批:内丹要旨。

整卷批:

分房中、吐纳、屈伸、草木为神仙之基,可喻其微旨。先师或指郑

隐,口诀可贵。

卷七、《塞难》

“或曰:仲尼称自古皆有死,老子曰神仙之可学。”

批:多引老子语。今本所无者,或转引于庄子,因庄子已阙。

又:“抱朴子答曰:‘儒者,易中之难也;道者,难中之易也。’”

批:可见晋代之儒道内容。

整卷批:不当辨仙之有无。

卷八、《释滞》

“其大要者,胎息而已。得胎息者,能不以鼻口嘘吸,如在胞胎之中,则道成矣。初学行炁,鼻中引炁而闭之,阴以心数至一百二十,乃以口微吐之,及引之,皆不欲令己耳闻其炁出入之声,常令入多出少,以鸿毛著鼻口之上,吐炁而鸿毛不动为候也。渐习转增其心数,久久可以至千,至千则老者更少,日还一日矣。夫行炁当以生炁之时,勿以死炁之时也。故曰仙人服六炁,此之谓也。一日一夜有十二时,其从半夜以至日中六时为生炁,从日中至夜半六时为死炁,死炁之时,行炁无益也。”

“房中之法十余家,或以补救伤损,或以攻治众病,或以采阴益阳,或以增年延寿,其大要在于还精补脑之一事耳。此法乃真人口口相传,本不书也,虽服名药,而复不知此要,亦不得长生也。人复不可都绝阴阳,阴阳不交,则坐致壅阏之病,故幽闭怨旷,多病而不寿也。任情肆意,又损年命。唯有得其节宣之和,可以不损。若不得口诀之术,万无一人为之而不以此自伤煞者也。玄素子都容成公彭祖之属,盖载其粗事,终不以至要者著于纸上者也。志求不死者,宜勤行求之。余承师郑君之言,故记以示将来之信道者,非臆断之谈也。余实复未尽其诀矣。一途之道士,或欲专守交接之术,以规神仙,而不作金丹之大药,此愚之甚矣。

“又行炁大药,不欲多食及食生菜肥鲜之物,令人气强难闭。又禁恚怒,多恚怒则气乱,既不得溢,或令人发欬,故甚少有能为者也。”

以上数段间有加圈词语。

“抱朴子曰:‘道书之出于黄老者,盖少许耳,率多后世之好事者,各以所知见而滋长,遂令篇卷至于山积。……又五千文虽出老子,然皆泛论较略耳。其中了不肯首尾全举其事,有可承按者也。但暗诵此经,而不得要道,直为徒劳耳,又况不及者乎?至于文子庄子关令尹喜之徒,其属文华,虽祖述黄老,宪章玄虚,但演其大旨,永无至言。或复齐死生谓无异,以存活为徭役,以殂殁为休息,其去神仙已千亿里矣,岂足耽玩哉?其寓言譬喻,犹有可采,以供给碎用,充御卒乏,至使末世利口之奸佞,无行之弊子,得以老庄为窟薮,不亦惜乎?'"

批:实王弼之玄学。

"抱朴子答曰:'……夫五经所不载者无限矣,周孔所不言者不少矣。特为吾子略说其万一焉。……夫天地为物之大者也。九圣共成《易经》,足以弥纶阴阳,不可复加也。今问善易者,周天之度数,四海之广狭,宇宙之相去,凡为几里?上何所极,下何所据,及其转动,谁所推引?日月迟疾,九道所乘,昏明修短,七星迭正,五纬盈缩,冠珥薄蚀,四七凌犯,彗孛所出,气矢之异,景老之祥,辰极不动,镇星独东,羲和外景而热,望舒内鉴而寒,天汉仰见为润下之性,涛潮往来有大小之变,五音六属,占喜怒之情,云动气起,含吉凶之候,欃、枪、尤、矢,旬始绛绎,四镇五残,天狗归邪,或以示成,或以正败,明易之生,不能论此也。……天地至大,举目所见,犹不能了,况于玄之又玄,妙之极妙者乎?'"

批:九圣即三古之时。

整卷批:

于圣道外论仙可取,此道所以能别儒而立。

卷九、《道意》

加圈:"唯余亦无事于斯,惟四时祀先人而已。"

"又诸妖道百余种,皆煞生血食,独有李家道无为为小差。"

批:李家道亦五斗米道之一种。

整卷批:

破人为之道,乃识自然之力。以今日言,仙犹宇宙之人类,今尚未知宇宙人之必有必无,如能有,亦将有种种不同之宇宙人。

卷十、《明本》

“道者,儒之本也;儒者,道之末也。”

整卷批:明儒道之本末,犹汉初黄老道之思想。

卷十一、《仙药》

整卷批:可视为药物之发展。

卷十二、《辨问》

加圈:“得道之圣人,则黄老是也。治世之圣人,则周孔是也。”

“按仙经以为诸得仙者,皆其受命偶值神仙之气,自然所禀。故胞胎之中,已含信道之性,及其有识则心好其事,必遭明师而得其法,不然则不信不求,求亦不得也。《玉钤经·主命原》曰:人之吉凶,制在结胎受气之日,皆上得列宿之精。……苟不受神仙之命,则必无好仙之心,未有心不好之而求其事者也,未有不求而得之者也。”

批:胞胎之中,确已含遗传密码。

“俗人或曰:‘周孔皆能为此,但不为耳。’”

“吾答之曰:‘……必若所云者,吾亦可以言周孔皆已升仙,但以此法不可以训世,恐人皆知不死之可得,皆必悉委供养,废进宦而登危浮深,以修斯道,是为家无復子孙,国无復臣吏,忠孝并丧,大伦必乱。故周孔密自为之,而秘不告人,外託终亡之形,内有上仙之实。如此,则子亦将何以难吾乎?亦又未必不然也。……安知仲尼不皆密修其道乎?’”

批:此义殊妙,是谓诡辩。

整卷批:明辨儒道之志。

卷十三、《极言》

“或问曰:‘古者岂有无所施行,而偶自长生者乎?’抱朴子答曰:‘无也。或随明师,积功累勤,便得赐以合成之药。或受秘方,自行治作,事不接于世,言不累于俗,而记著者止存其姓名,而不能具知其所以得仙者,故阙如也。昔黄帝生而能言,役使百灵,可谓天授自然之体者也,犹復不能端坐而得道。故陟王屋而受丹经,到鼎湖而飞流珠,登崆峒而问广成,之具茨而事大隗,适东岱而奉中黄,入金谷而谘涓子。问道养则资玄素二女,精推步则访山稽力牧,讲占候则询风后,著体诊则受雷岐,审攻战则纳五音之策,穷神奸则记白泽之辞,相地理则书青乌之说,救伤残则缀金冶之术。故能毕该秘要,穷道尽真,遂升龙以高跻,与天地乎罔极也。然按神仙经,皆云黄帝及老子奉事太乙元君以受要诀,况乎不逮彼二君者,安有自得仙度世者乎?未之闻也。'"

批:博学可贵。

加圈:"是以善摄生者,卧起有四时之早晚,兴居有至和之常制;调利筋骨,有偃仰之方;杜疾闲邪,有吞吐之术;流行荣卫,有补泻之法;节宣劳逸,有与夺之要。忍怒以全阴气,抑喜以养阳气。然后先将服草木以救亏缺,后服金丹以定无穷,长生之理,尽于此矣。"

整卷批:

中医之道有发展,摄生而长生,虚中有实。

卷十四、《勤求》

加圈:"然求而不得者有矣,未有不求而得者也。"

"夫人生先受精神于天地,后禀气血于父母,然不得明师,告之以度世之道,则无由免死,凿石有余焰,年命已凋颓矣。由此论之,明师之恩,诚为过于天地,重于父母多矣,可不崇之乎?可不求之乎?"

整卷批:

勤求之志可取,尊师尤为要务。

卷十五、《杂应》

"老君真形者"一段批:正为老子造像。

乘飞车一段批:长斋绝荤断血食,或已受佛教影响。

整卷批:

胜饥寒刀兵,亦以意求之,明理为要。

卷十六、《黄白》

"仙经曰,流珠九转,父不语子,化为黄白,自然相使。又曰,朱砂为金,服之升仙者,上士也;茹芝导引,咽气长生者,中士也;餐食草木,千岁以还者,下士也。"

批:士分上、中、下,犹仙、道、医。

加圈:"龟甲文曰:'我命在我不在天,还丹成金亿万年。'古人岂欺我哉。”

整卷批:黄白以成金银,然后成金丹,金丹以今言犹夸克,宜与卷四、十一、十四、十五并观。

卷十七、《登涉》

加圈:“吾亦不必谓之有,又亦不敢保其无也。”

整卷批:登涉以符,所以壮志。

卷十八、《地真》

“或在脐下二寸四分下丹田中,或在心下绛宫金阙中丹田也,或在人两眉间,却行一寸为明堂,二寸为洞房,三寸为上丹田也。(批:三丹田)此乃是道家所重,世世歃血口传其姓名耳。”

整卷批:三丹田以得一,是谓地真。

卷十九、《遐览》

整卷批:郑君生于汉末魏初,较王弼长四五岁,道教文献此为富。

卷二十、《祛惑》

整卷批:

以伪仙作结,师诚难遇,仙其有乎。

二月十二日

先生言:

艰难困苦往往能出特别的学问,(忆初一先生曾背孟子言:天将降大任于斯人也,必先苦其心志,劳其筋骨,饿其体肤,空乏其身,行拂乱其所为。)但读书亦须有一定的客观条件。我此房过去四周全是书(先生阴历年底收回此房,已二十年了),薛学潜先生条件更好(祖父薛福成为四国钦差)。我在这里读书写作,自己想过对得起此条件。

二月十三日

从先生处得此图:

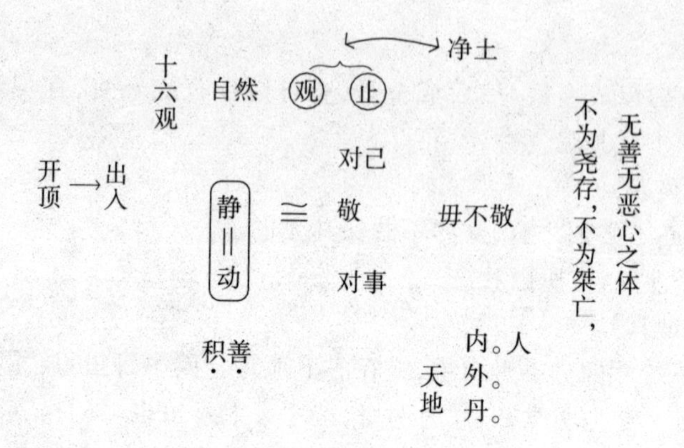

《孟子·尽心上》：

"孟子曰：君子有三乐，而王天下不与存焉。父母俱存，兄弟无故，一乐也。仰不愧于天，俯不怍于人，二乐也。得天下英才而教育之，三乐也。君子有三乐，而王天下不与存焉。"

因思：

此即个人发展和国家发展有数量级的不同。又，此语包罗天地亲师，独阙君，故王天下不与存焉。

《庄子·齐物论》：

"六合之外，圣人存而不论；六合之内，圣人论而不议；春秋经世先王之志，圣人议而不辩。"

先生言：

存而不论不是没有。论，确定的客观事实，自然科学，不存在是非。议，合入主观判断。现在一般人都在辩。

先生言：

六合为立体几何。柏拉图学院挂几个几何体，不懂几何不配讨论哲学。从柏拉图到高斯，六合思想控制西洋人二千年。高斯后，西洋科学突飞猛进，非欧几何大发展，成今天局面。

1986.2.9《社会科学报》摘《联合早报》

计算机分析　《圣经》竟系神写　（大意）

犹太教《圣经》共五卷，首二卷开头，每隔四十九个字，可抽出一个字母拼成“圣经”，在第三卷内，每隔二十六个字，可抽出一个字拼成希伯莱语中的“神”。(所有希伯莱文的字母，可相当于数字。)四十九是七的平方，二十六在数字价值上相当于希伯莱文的神。

先生问：

你们以为如何？

皆云很奇怪，又云有不相信者。

先生言：

即使是真的也不奇怪，这还是人类智慧可以排得出。上帝的作用远远在这之上，人所能够安排，计算机所能够识破的这点点不能算什么。

先生言：

《华严经》中有一段“主夜神”全谈神通，能知前十世，后十世。《华严经》本身为有神通者所写，其实人所能具之神通不过如此。(大意)

二月十四日

先生言：

《抱朴子》内篇当内圣，外篇当外王，故有镇压农民起义等事。但时代于葛洪已非，否则西晋怎么可能变东晋。注《左传》者杜预早一些，情境就不同。

问：中国宗教似较刻实，皆有名有姓，且都在上层做官。

先生言：

当然是上层，下层除特别的人以外，不可能具备条件。(问：慧能是否可归之于前世？先生可之。)故佛教史一般都联络上层，上层是有作用的呀。

先生言：

《抱朴子》与《太平经》，道教形成过程中的两部经典，整个道教从此二书形成架子。

先生言：

你对当仁不让于师如何看？

答：钱钟书《谈艺录》引尼采云，大弟子必叛师，自成一家，否则亦叛师，因毁师名也。其矛盾以"述"解之，述即循前人道路作更进之发展，犹推阐宇宙大流，集大成而永不成，生生新新。《大象》云：君子以同而异。与师合后必分，但未合，也谈不上分。

先生言：

要看到与师的合与分在什么地方，学问就来了。杨先生（践形）说他有三个学问：一、《易经》，说已交给我了；二、古史；三、音韵文字（懂甲骨文），此学问未成。我现在搞古史，也是继承杨先生的志愿。

先生言：

过春节就感到不同了。过去爱看戏，现在戏全部没有了。京剧之类，有躯壳而无精神，全不是这么回事，味道已全改了。京剧兴盛三百年，乾隆时四大徽班进京。现在衰了，再人为也无法挽救，因为失去基础，有一股比它时间更早的风吹过来。（现在研究康有为、章太炎又有什么作用）所以现在我不管，再提倡先秦的东西，那时间更早。现代没有音乐了，乱得不得了。国家要制礼乐，而现在没有。民间应该有俗文学，上也不要太干涉下，下也不要太干涉上，自然理顺。现在思想大乱，应该是出学问之时。

先生言：

孔子倡导尧舜，作用在此。如果仅仅研究父系社会，不可能超出他。

问：《汉书》。

先生言：

前四史当然有特别的东西，因为不杂佛教思想。《汉书》全部天人感应。

先生言：

西洋书《神曲》、《浮士德》可看。

先生言：

妙在整理古籍倒是陈云提倡的。这是他将五十年前在商务印书馆的方法搬到现在,但国际形势已变,此法已落后于潮流。

二月十五日

问:《汉书·艺文志》:“昔仲尼没而微言绝,七十子丧而大义乖。”孔子死,活的微言没了,以后弟子亡,纲领也散。现在看来,二千年的《易经》竟大部分没抓到原意,《易经》原来一直是晦的。

先生言:天有意让我澄清一下二千年来的《易经》,也就是澄清二千年的中国文化。此是我的责任,认清客观时空和主观时空后抉择,故和政治界、艺术界、民间等息息相通,但绝对不卷入去。(大意)

问:此我已理解到。

先生言:《易》完全抛掉也不关,而是借《易》来通天道,理解宇宙人,解决生死问题,了生死。(大意)

问:此也早理解到。

因问:亲炙梁先生(漱溟)的风采,想梁先生已如此,熊先生更不知如何。(去年四月底在北京木樨地居所访问梁,谈半天。)

先生言:唐先生就有此气质,真是望之俨然,即之也温,听其言也厉。看见他,完全想见当年曾国藩、李鸿章的风采。他们读孔子的书,即以此为榜样,生死以之。到老年自然而然化掉,就到此境界。(忆先生有一次也提到此境界,谦言虽不能至,心向往之。)

因问:现在读一本书,把整部书化到经里的一句话中去,这样经得到丰富,书也各得其所。

先生言:杨先生过去告诉我一句话,我现在告诉你,关于《易》很重要。就是后来的《易经》,都是抓住《系辞》的某一句话加以发挥成一部书,所以看起来很快,而《系辞》也由此水涨船高。这是进化,不应截流而观源。

先生言:

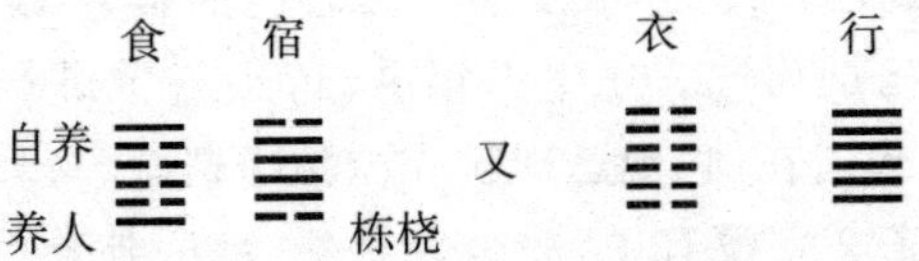

食　宿　　　衣　行

自养 ䷚ ䷛ 又 ䷁ ䷀

养人　　栋桡

《彖传》作者有整体思想,故完全不能乱说。《系辞》云:“智者观其彖辞,则思过半矣。”还有一半是《小象》等。

䷏䷚卦气更妙,下次来讲给你听。(按:此可见先生的教育方法。)

先生言:《系辞》是多人所作,集合而成。(大意)

先生言:《文言》是孟子后学所成,如万章之类的发展,故一拍即合。否则荀子有这么多学生,孟子独没有,哪儿去了,原来都入此。

问:对了。想孟子的学生听了老师这么多东西,发扬且不论,难道连保存也不成吗。

先生言:孔子立尧舜以当自然科学,从周公周礼以当社会科学(郁郁乎文哉,吾从周)。孔子尚可,但到孟子时代变了,已提到伏羲而尚言必称尧舜,此执乃大错误。故我总结,孔子功在尧舜,罪也在尧舜。

先生言:孟子批许行,可见当时已有知识分子直接参加劳动的见解。但知识分子是有其作用的,社会的进步到底是工人的作用还是知识分子的作用,社会分工必有所不同,会不会有手妒忌嘴巴多吃点呢?当然,某些人尸位素餐又是一回事。

先生言:现在提倡孔子,太妙了。各方面有各方面的目的,凑到一起来了。实际上政府感到开放以后,明目张胆夺利,不安分,社会不安稳。故利用孔子讲名分,讲清高,以此让人民自我束缚。(先生言:你读孔感到与社会上读孔不合,是因为进去还没出来。答:自感还没进去。先生言:对。)实际上是利用封建的孔子,但官方出面不好,故支持民间,否则根本不会允许,并以此相应国际潮流。而一些老人则由此仍宣传孔子,当然也有人借此取名的。而国外杜维明等想借宣传孔子向大陆倒灌他们的思想。各种因素凑合在一起,太妙了。

先生言:我恐怕匡亚明等不具备捧起孔子的能力。

问:我认为连苏先生(渊雷)也不够,梁先生(漱溟)当之无愧。比梁更高的不愿宣传孔子,比梁更低的不配宣传孔子(国际孔学会将授梁勋章)。孔子,我最敬佩之人,但我极反感打孔教会的旗号(袁世凯的筹安会也是此性质),乌烟瘴气。先生去年讲《诗经》,曾讲《蒹葭》一诗是传道诗,当时我就想道在何,现已理解,故“洁净精微,易教也”。而且真正的《易经》到后来文字没有了,完全以卦象,最后卦象也化入时空,方可称“洁净精微”四字。

先生可之。

先生言:《蒹葭》好,故唐先生称它为“纤介无尘法”。

先生言:过去有人批评我太执著《易经》,此话我又同意又不同意,杨先生、薛先生就是这一点上帮助我非浅。每读一本易注,他们马上把时代背景点出来,所以我没有光读《易经》,而是读时代和时代中的思想,后来越积越厚,变化也出来了。我现在《易经》才可以不要了。

先生言:你读书要注意积,慢而快,日积之不足,月积之有余。

先生言:我写《象传》,总的原则当然不变,但具体写的时候都有新的相应的东西。

先生言:你提出的版本问题,我脑筋里摆了两天,已经通上去了。两种版本的分别(科学——推步)在邵伯温就开始了,非常之早。

问:甚至可能不完全是邵伯温,邵雍本人也可能有此两面。他可能在生时用卦象排过,伯温等亲见,但另一面太高学不会,故只能继承此浅的一面。其分别在邵雍本人或已如此。

先生大笑,可之。

问:《周易订文》引《说文》,坤,言土位在申,一排,确合后天图。

先生言:

薛先生《天文文字》讲申就是电,也就是神,伸阳以继承乾元。

先生言:

研究学问是很有点味道的。

先生言:

要一步一步踏实,这一步踏实了,再上去。上不上去,下来了,踏实了就可以再上去。步步踏实,一步又一步地上去。

友人陈思和言:钟阿城深沉不露,不大谈入深处。他有一回自己说:《老子》没读懂,《庄子》每天读一遍以为功课。

又言:韩少功、李杭育等不赞成阿城他们的“寻根”,认为他们是士大夫文学。故他们是另一种味道,提倡吴越文化。

二月十七日

昨日先生讲马王堆卦次，涉及数图，录如下：

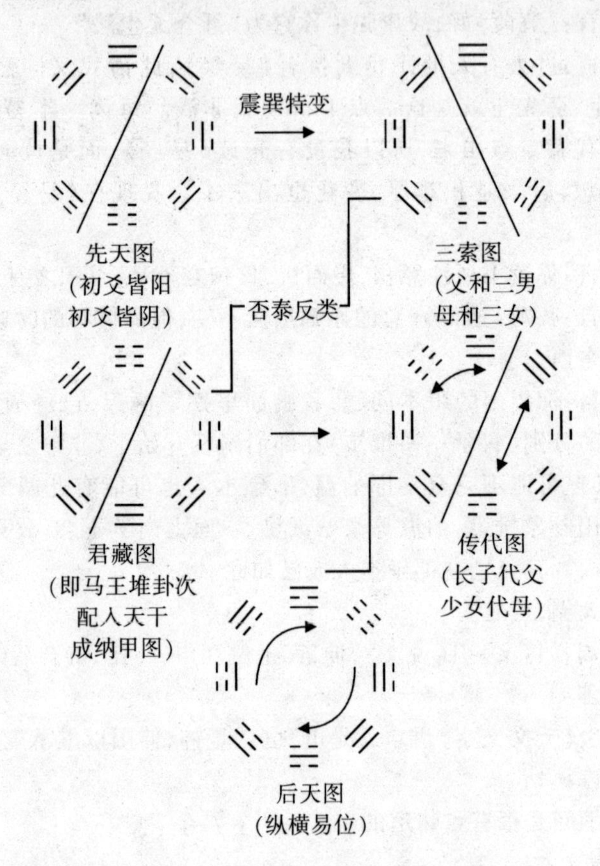

《说卦》：

一、天地定位，山泽通气，雷风相薄，水火不相射。　　先天
八卦相错，数往者顺，知来者逆，是故易逆数也。

二、雷以动之，风以散之，雨以润之，日以晅之。　　君藏
艮以止之，兑以说之，乾以君之，坤以藏之。

三、帝出乎震，齐乎巽，相见乎离，致役乎坤。　　后天
说言乎兑，战乎乾，劳乎坎，成言乎艮。

四、神也者,妙万物而为言者也。

动万物者,莫疾乎雷,挠万物者,莫疾乎风。

燥万物者,莫熯乎火,说万物者,莫说乎泽。

润万物者,莫润乎水,终万物始万物者,莫盛乎艮。

故水火相逮,雷风不相悖,山泽通气,然后能变化。既成万物也。

(归乾坤为神而言六子之能,后天入先天?)

先生言:

先天图主对待,后天图主流行。对待通过中心(太极),当然程度较高。然不流行到一定程度,对待之中心不可能显示出来。此与练气功者,不先知循环,不可能知黄庭之理同。

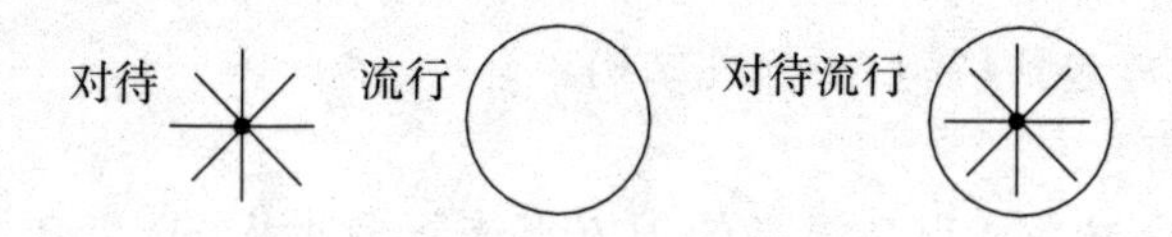

又举洛书为例

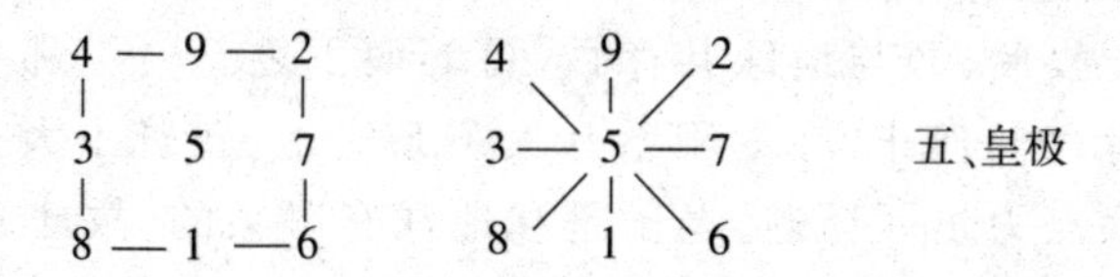

今日先生言:

《系辞》"易有太极,是生两仪,两仪生四象,四象生八卦"是错的,没有太极的。但《系辞》不错,因为它同时又谈了"神无方而易无体"。

先生言:

学问精思到一定程度,是有特别的触机的。一九六九年阳历年已过,阴历年未到,我父亲去世,心里难过得不得了。路上碰到薛先生儿子,说薛先生也去世了。两件事一来,脑筋里一刺激,就忽然出来六维空间的象了。本来还有希望,一直想问一直想问,实际上是问不出来了,因为薛先生总是五维空间了,但是总还抱着希望。至此突然知道再也无法请教了,忽然就出来了,感应之道真是快。《易经》是忧患之书,也是忧患的人容易理解。

先生言:

孔子的主要作用是删《诗》《书》,定礼乐,于是有一套制度,故重视祭器。孔子后学子思、孟子特别推出《春秋》来,故曰"知我者其惟《春秋》乎,罪我者其惟《春秋》乎"。《春秋》后起,商瞿子木等第二、第三代学生又提出《易经》,故易传与儒家关系甚为密切。因此孔子的主要作用在《诗》、《书》,《春秋》和《易》皆后起,七十子之徒是有作用的。孔子对《易》研究过,也一定把关系传授学生。(问:孔子当然读通《易》,把关系化入五经,但《易》本身没有完成,易传乃两三代弟子得师授而发展之。——先生笑)但是孔子虽与《易》有密切关系,但《易》在孔子之外,即便当时也有秦地等别人研究《易》。故《易》能包括孔子,孔子不能包括《易》,要知此结构。

先生言:

释迦牟尼是从很高很高的地方下来拯救世人的,当真是大慈大悲。来了一趟,以后就走了。孔子也有此几,老子等皆是(大意)。以后人把他们拉下来,看成五百年又来投胎,这都是把他看小了。密宗等反复投胎,乃与地球共存亡,更等而下之。(问:那菩萨也是和地球共存亡?)何止,在太阳系和太阳系之上,普贤十大行愿怎么会只有这么点力量。释迦、老子是和地球有联系的,故此光(大意)一直照在地球。要研究学问不可能不研究宗教。(问:不管佛教说法是否合理,但《金刚经》这样纯粹的文字不可能是人写出来的。)我小时候第一次拿到《金刚经》的时候,就有这样的感觉,好像以前是读过的。慧能的智慧真是极高。我遵《金刚经》,执牢一样破掉一样,执牢又破掉,这样学问才进步。有种东西在这一百年内只好执牢,要过一百年才能破掉。(问:去年在北京看到一篇文章,有一条星际走廊,可不用光速,光速反而绕远路。)这就是超光速,多维空间,佛教讲的全是此类道理。

先生言:

我每次都讲一点特别的东西。

先生言:

懂《易》这种学问也用不着许多人(也不可能),是这样了(到一定程度,会嗒、嗒跳上去的),就要当仁不让,负起责任。

先生言:

承认,这是一门很深的本事(大意)。且不要为条件稍优而不安,而要想自己是否配得上此条件。在普陀山别人给你盛饭,你很不安(去年七月随先生去普陀山,此事自己也忘,惊佩先生记忆力),我就没什么,我当得起这饭。

因提起宾师之位,说先生在为国家读书。

先生言:不对,我在为人类读书。

先生言:

梦蛇而惊,完全是白天术士的原因,你不是当时自己感到很震动么。

先生言:

解放时土改打倒地主是对的,因为落后于生产力。尽管杀了不少人,很残酷,且毁灭了不少文化,爱莫能助。国民党对土改就是没办法,后来到台湾搞土改,国家把田买下来,搞赎买政策,但也只好在小片田地上。全国就没办法,只得搞流血斗争。可见推翻地主是生产力之需要。

先生言:

上次讲颐䷚、大过䷛,其解决办法便在中孚䷼、小过䷽,信及豚鱼,飞鸟遗之音,不宜上,宜下。此《中庸》鸢飞戾天,鱼跃于渊之旨。人必知鱼、鸟,乃知生物,鱼要应天,鸟则宜下,此其上下察也。

二月十九日

先生言:

把孔子一生成就总结成六事,删《诗》《书》,定《礼》《乐》,赞《易经》,作《春秋》,述《论语》,传《孝经》。

现在看来,赞《易经》明显与孔子无关,作《春秋》为思孟之徒后起,孔子《论语》中无证,传《孝经》似乎也不大可能为孔子本人之事。

(又言:《孝经》好,孝经通《易》,不同地位有不同孝法。)孔子不赞《易》,没有小看孔子,反而见出孔子的作用。

把赞《易》归诸七十子之徒,见出易道之发展,易学由是生动活跃。经学把许多东西硬凑到孔子上,并凝固不准触动。

又言:

孔子无论如何没有提到过伏羲。

先生言:

孔子之关键有二。一、(不复忆)。二、知人之生物学本质,乃订出父系社会的标准,此标准不易。故孟子赞孔"自有生民以来未有如夫子者也",此语完全正确。

先生言:

孔子知"当下",有禅宗之实,故其语千变万化,程子所谓语无不尽者。根据来人的程度,给圆圈定个圆心,不同的圆圈给不同的圆心。此点颜回也没有理解,故瞻之在前,忽焉在后。你要捉圆心,是捉不到的。

先生言:

杨、薛二先生,都跟过去不同了。但杨难免仍有地主阶级味道,薛难免仍有资产阶级的味道。我的时间比他们后,故论《易》不同。杨先生已云:孔子又不是与我认识,为何我要为经学维护,治《易》当然是为了现代。

先生言:

熊先生我已有一文了。唐先生学生多,暂时不急。薛、杨两先生孤绪至我,我有责任把他们表彰出来。当然还有周孝怀(善培)、钟钟山(泰)诸人。

又言:

《易》绝学,有可能中断。

先生言:

我见过丁福保一面,杨先生寿联"宿世早应成佛去,今生犹为著书来"即送丁。

先生言:

这些东西(指十翼作者之结构等文)写出来后就没有作用了,藏往为了知来。

先生见示他和杨先生合著书之目录,有几大册。原稿有一抽屉,文革中被抄走。为活索引,每一字都有一象,象与象相通。先生与杨先生最终未合,后又著《周易终始》,《终始》后又另有发展。

先生言:

杨先生未成,因为解放后环境太劣。杨精气功和《易》,自然能预知自己,且已尽力避之,如不去儿子所在之大学得免充军青海等。但大环境太差,无法再存,且大环境无法避免,因也不赞成国民党,故不可能去台湾。

二月二十日

问:《庄子》"帝之悬解"是否为数学模式。

先生顾左右而未答。

再问——此象你以后会破掉的——我知道要破掉——那我为什么要现在给你破。

先生因言:

有些象还可以保存一段时间,在此层次不急于破,可充实。此悬解内的数学模式究竟怎样呢?悬解又有其他意思,《大宗师》又提到四人相视而笑,莫逆于心等。

先生言:

有些象一二百年用不着破,有些象我可以执一辈子。

问:谈高亨去世消息(一九八六年二月)。

先生言:一个时代过去了。

问:谈牟、唐之象,又言他们虽然综合西方,但实质仍是宋明理学的延续。故他们只是第三次中国文化的前哨,如泰山、安定之类,而非第三次中国文化本身,如其自认。因缺少现代特色,如从他们起步则太晚。

先生言:看学问看根本,宋明理学当然必须破掉。

问:牟、唐境界似低于熊先生。

先生言:当然。如果六十年代在上海,熊先生当面给他破掉,“三向九境”之类,《易》怎么可以有体啊。我跟熊先生有印一印处,就是我讲“復其见天地之心”,熊当即否定,此语错,为二流境界。当然,能有这么些学生已经很好了,熊先生晚年自己承认自己缺少科学知识。

先生言:

康德是薛先生给我破掉的,因其基础在牛顿。牟、唐等之所以不足,因其时对爱因斯坦不大理解,进来的都是柏格森生命哲学、倭伊鏗、杜威工具主义,这些世纪初的人不能代表二十世纪,爱因斯坦可,但现已不够。爱因斯坦没有教人不要牛顿,要有人去学的。我自己没有停留在《周易终始》的六维时空上,现在还想找新的根据再进步。

先生言:

《左传》在晋董狐笔事,杀了三次,不杀了,知道此事长留天地间。现在能推算过去的日月食,但日月食时地球的情况也应能推算出来,这就是我一直讲的时间望远镜。此事我已想了三十余年,社会科学也应如自然科学时间倒走,倒过来一点也好。

问:今日朱岷甫来信,“先生涵盖古今,必然曾经大折腾过,大痛苦过,方能到此火候”。(因问之)

先生言:

此不稀奇,古今中外任何人都是这样过来的,非我一个。真实学问必出生入死而得,我个人固不谈,一个国家也是如此,如我国经过文革大折腾,方有如今较为明智的政策。越是得来艰险,学问越好。以宗教而论,前有无穷世之折腾,此世方获成就。

先生言:

朱熹学问有两个方面,切问,近思。

问:袁了凡功过格(《丛书集成》〇九七六),其意可法,其境当更高之。

先生言:

你不喜欢袁了凡的功过格,是因为他是明代的,毕竟时代两样了。但必须要有现代的功过格,普贤十大行愿好啊。

先生言：

袁之师云谷禅师民国时掘出，指爪完好如生，故又造灵谷塔，后改为北伐阵亡将士墓，即今灵谷寺。

先生言：

智以藏往，故避时讳，其意味极深。

二月二十一日

先生今日完成“论《周易·彖》作者的思想结构”一文。阳历元旦以来，先后完成“标校《皇极经世》序言”、“论《周易·序卦》作者的思想结构”三文。去年已完成“《周易·大象》作者的思想结构”，则于“十翼”已成三文。已计划好写《杂卦》、《小象》、《文言》三文。

先生言：

十翼、二篇、卦象之类完成，则《易学史》的总貌已完成，东汉以后不出此范围，结合道、佛二教加以具体变化。

先生言：

汉代人确实有此思想，反复思考一数学模式，然后贯彻到社会中去，故各种数学模式均精细，的确有些思想。

先生言：

《系辞》之“忧患九卦”(䷉履、䷎谦、䷗復、䷟恒、䷨损、䷩益、䷮困、䷯井、䷸巽)是河图洛书，由《序卦》而来。此为陈抟见出，陈抟在贞元之际，扳住头不放，坚持一转，宋学的面貌就出来了。

先生言：

我也是在学问的转折之际，抓住一转，以后的不管了。你们应该帮助我发展完成。

先生言：

我写的这些文章，部分内容前人也已说过，但从来没有贯通过。

二月二十三日

因思：

《庄子》：“其分也，成也，其成也，毁也。”易学成于将毁之际，而另成《周易终始》，抓住分成之几，乾元上出，数十年修炼之积发挥于一旦。

问：读完周敦颐《通书》，一直在想《通书》到底比《中庸》多讲了多少东西。

先生言：那时候还没有《中庸》，《中庸》就是那些人把它发扬出来的。

因思：

《中庸》应看成宋代之书。因虽是先秦的著作，到宋代才起作用，始于周敦颐，到《四书集注》完成。

又思：

学道即为在六十四卦中寻一条通往既济的路。首先六十四卦看清楚了吗，一般均束缚于卦阵中而不自知。看清楚即能走通，走通即出来一种数学模式。《易》"为道也屡迁"，当然不可能只此一种，故忌执。不可能一开始看见六十四卦整体，但必先成整体之象，即有不知之处扑面而来，处处障之，然不知或为入道之门乎。而入此卦阵向前或实向后，向后或实向前，不动或即动，动或即不动，无穷困惑，山重水复，然后豁然开朗，看清六十四卦整体，既济必在自己脚下。到既济后再调整大前提，然人必穷理焉，人必尽性焉，强者矫。

又思：

读手稿，气混沌未定，发表后就相对凝固了。当然，有大力者或可重新启动？故手稿激发思想，是活物。

又思：

先生讲学深喜作图，乃所成之象之自然流露。《易》曰：成象之谓乾，此可思之。

二月二十四日

先生引薛先生言：伏羲八卦是量子，

文王八卦是电子，

孔子八卦是原子。

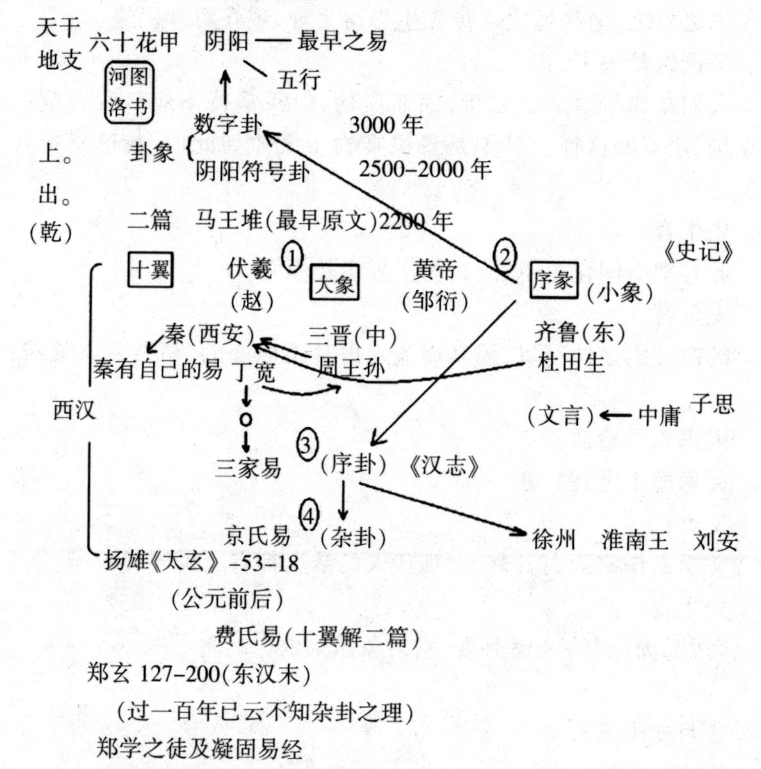

先生言:

步步踏实。否则上不去。

先生言:

杨先生三次梦伏羲,一次想出律吕之理,又一次想出序象。从《汉志》序卦跳到《史记》序象,一下跃过一百年,安得不梦。

又言:

凡跳一跳,必有伏羲在。比如解放,如果旧政权好就不会失败,但其不好,不是现在宣传的不好,能思得其失败之理,即为一跳。

乾元必上出。

又言:

思之思之,鬼神通之。杨先生思得之理,现在看来仍错。

又论做梦一事,言:

人们津津乐道迷信之事,固非尽伪,但我坚持不应。我有我的明确立场,用不着这样。并不是畏惧唯物主义才如此说,我已坚持几十年了。

先生言:

胎息即空间化掉了,故时间世界全然不同。

先生言:

纯阳纯阴之纯可贵,因其周流六虚是不会变的,稍杂一点就滞,位就显。

因思六道轮回。

又思净土之理。

又思:

文学是作家的白日梦,因现代人的梦境都有大局限,故一览无余。

先生言:

《周易尚氏学》未懂卦变,它的象是呆的。

二月二十五日

《系辞下》:

《易》之兴也,其于中古乎。作《易》者,其有忧患乎。

是故履,德之基也。谦,德之柄也。復,德之本也。恒,德之固也。损,德之修也。益,德之裕也。困,德之辨也。井,德之地也。巽,德之制也。

履和而至,谦尊而光,復小而辨于物,恒杂而不厌,损先难而后易,益长裕而不设,困穷而通,井居其所而迁,巽称而隐。

履以和行,谦以制礼,復以自知,恒以一德,损以远害,益以兴利,困以寡怨,井以辨义,巽以行权。

右第七章

先生言:

此段相应《序卦》,河图洛书从此出。

《易》之为书也不可远,为道也屡迁,变动不居,周流六虚,上下无常,刚柔相易,不可为典要,唯变所适。

其出入以度,外内使知惧,又明于忧患与故。

无有师保,如临父母。

初率其辞而揆其方,既有典常,苟非其人,道不虚行。

右第八章

先生言:

此段相应《杂卦》。

易之为书也,原始要终,以为质也。六爻相杂,唯其时物也。

其初难知,其上易知,本末也。初辞拟之,卒成之终。

若夫杂物撰德,辨是与非,则非其中爻不备。

噫,亦要存亡吉凶,则居可知矣。知者观其彖辞,则思过半矣。

二与四,同功而异位,其善不同。二多誉,四多惧,近也。

柔之为道不利远者,其要无咎,其用柔中也。

三与五,同功而异位,三多凶,五多功,贵贱之等也。其柔危,其刚胜邪。

右第九章

先生言:

此段相应《彖》。

易之为书也,广大悉备。有天道焉,有人道焉,有地道焉。

兼三才而两之,故六。六者非它也,三才之道也。

道有变动,故曰爻。爻有等,故曰物。物相杂,故曰文。

文不当,故吉凶生焉。

右第十章

先生言：

此段相应《小象》。

易之兴也，其当殷之末世，周之盛德邪，当文王与纣之事耶。

是故其辞危。危者使平，易者使倾。

其道甚大，百物不废。惧以终始，其要无咎。

此之谓易之道也。

右第十一章

先生言：

此段復相应《序卦》。

二月二十六日

《观象》：

大观在上，顺而巽中正，以观天下。

观盥而不荐，有孚颙若，下观而化也。

观天之神道而四时不忒，

圣人以神道设教，而天下服矣。

先生言：

天之神道即四时不忒，指辟卦言。圣人之神道即坚持九五之中正，待下观卦变而化阳。此人定胜天之象，自然界可以是秋天，我永远是春天。

先生言：

我一生只卜过一次筮，所以如此，是受唐先生一生只卜一次筮之影响（见一月十八日）。文化大革命中，不仅书全要抄走，而且清理阶级队伍之类纷至沓来。思想极乱，不知所措。前世的说法我是不相信的，我想我这辈子没做什么错事，为何如此。于是用了一点时间卜了一次筮，得蹇之习坎（䷦－䷜），二、三爻变。蹇六二："王臣蹇蹇，匪躬之故。"《象》曰："王臣蹇蹇，终无尤也。"这不是我本身的缘故，心安了一半。且云，终无尤也。此象与我之处境密合，我自己是不想做王的，故为王臣。然又为"王"之臣，非任何人可得而臣，合于理想，就是指我。又思云蹇蹇,当更有祸事,乃数月后父亲又逝世,均应。蹇九三:“往蹇,来反。”《象》曰:“往蹇来反,内喜之也。”前指处境,后指出路。往蹇则不可行,来则自会返回,我现在的这些条件自己没有去争取过,都是自然而然来的。内喜,尽管处境困难,自己心里是快活的。这完全针对我的情况,事后我看全经三百八十四爻,没有其他爻比此爻更合我了。

问:之卦(坎)如何。

先生言:

坎卦,我是有意不过去的。九二:“坎有险,求小得。”《象》曰:“求小得,未出中也。”六三:“来之坎坎,险且枕。入于坎窞,勿用。”《象》曰:“来之坎坎,终无功也。”均入险境,此即往蹇。四人帮时有许多机会可以做事,均不出。且蹇䷦一爻变即成即济,到坎卦反而绕远路。

问:我理解卜筮要在刀锋状态,尖锐的岔路口,会立刻产生感应,处于平常状态时是没用的。这时去问它,不用注解,白文自己会懂。

先生言:

要在四面困境,人确实无所施其力时去问它,它会指示给你一条出路,一定准。一般事,如归还房子,我完全用正常手续去催,快就快,慢就慢,不肯用卜筮,卜也不会准,准也没有用。

先生言:

唐先生卜筮与我卜筮事可并观,此事现在不宜发表。唐知我读《易》,亲口对我说,不见书传,不知还有别人知道否。

先生言:

《彖辞结构图》杨先生当年以来没人知道过,你是第一个知道的,我很高兴。此所谓师者之“传道”。

先生言:

《彖辞结构图》所描绘为彖辞作者之宇宙结构,搞清后可明“当下”。

因思:

“当下”,“不愤不悱”之旨,即《实证相对主义——一个崭新的教育哲学》(美国,莫理斯·比格荣著)一八七页所云:为了使一个“问题”成为一个真正的问题,它必须能引起一个学生心理上的紧张状态。

又思:

先生不信“前世”或其反辟卦倾向。

二月二十七日

先生言:

用精力下去,象之意义必显。如专心念净土者所成净土之象,此会形成条件反射。《杂卦》一篇,似泄露天机太多,有些还是不能说的。这篇不说完全,还是说了。

因看两图。问:不懂,但感觉已入四维以上空间(有一元终始开合)。

先生言:

当然。

先生言:

多读,《彖》会告诉你他讲的东西,合诸卦象,可见卦象之情。

先生言:

唐文治先生的结拜兄弟曹元弼,学问极好。清末反民国,在剥之环境找到理论根据,顺而止之,观象也。一阳不消,象变回观,其毅力更胜于坚持九五,待其下观而化,復九五之辟。其于沪闭门读书,书成送满洲国。作序,清朝三百年的好处为其说尽,坏处不说,“为尊者讳”。(笑)

三月二日

姤《彖》:

姤,遇也。柔遇刚也。

勿用取女,不可与长也。

天地相遇,品物咸章也。

刚遇中正,天下大行也。

姤之时义大矣哉。

先生言:

象辞结构图

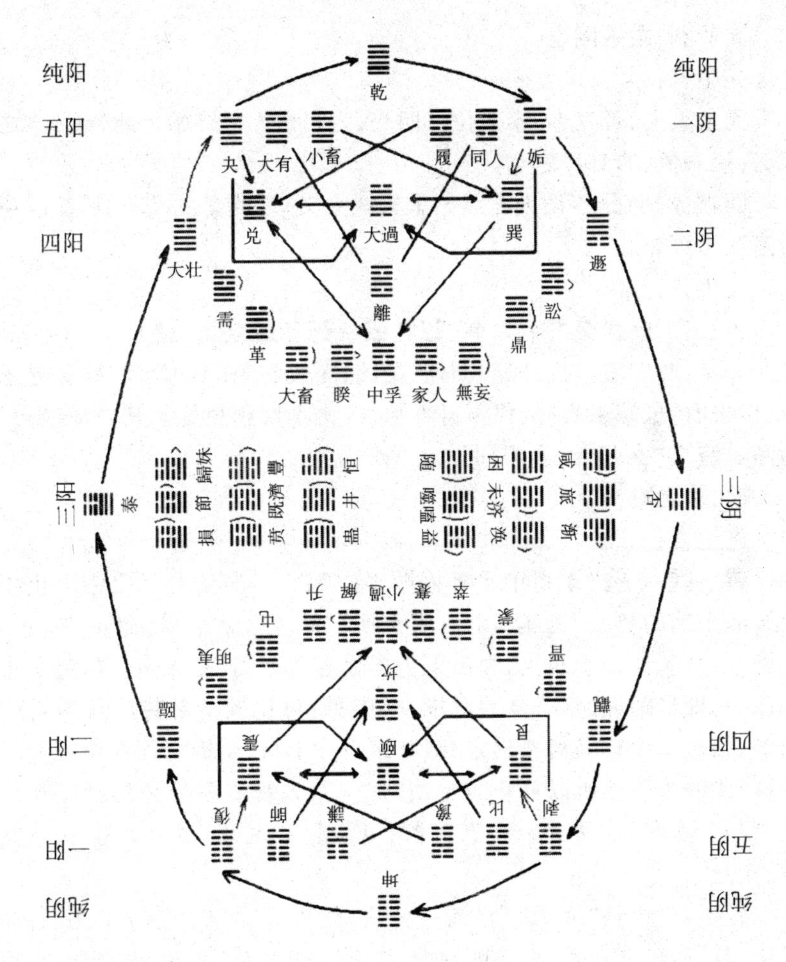

时义,这个时代的意义。时用,此卦用于此时。只能在一特定的时候用,过此时间就不适用,其普遍性反受限制。《彖》全言时。

归妹《彖》:

归妹,天地之大义也。天地不交而万物不兴。

归妹,人之终始也。

说以动,所归妹也。

征凶,位不当也。

无攸利,柔乘刚也。

先生言:

天地大义,否变泰,泰人位三四交,为归妹人之终始。此皆《象》之意,直接观象,非卦辞之意。

问:《象》意是否谓人之终始承天地大义来,故交虽或凶,然交以免否塞竟无可非。

先生言:

不宜言,归妹交更为大事(☳春☱秋☵冬☲夏,合䷵)。六十四卦唯此一卦,此大事。且卦辞"归妹,征凶,无攸利"亦有理。归妹长兄嫁妹,然失时,虽嫁未必好,但不得不嫁,嫁比不嫁稍免咎。其处境极劣,与渐卦䷴之"女归吉"大不同。

问:旅之时义。

先生言:

䷋→䷴→ ䷷"柔得中乎外而顺乎刚",六五全凭九三之刚以止住自遯而来消的势头,方能"止而丽乎明",尚可"旅小亨,旅贞吉"也。我曾言:贲䷕如山上观火,观山下色彩之五色变幻,故无事。旅䷷是火在面前,即将蹈火而入,全为危境。(因思:可比较蹇卦䷦。)旅为丧国出走,如今菲律宾马科斯出走,阿基诺夫人上台,全因美国在里面调了一调,此即为旅。所以艮止重要,任何一个人都要看清楚自己止在何处,方可做事。(因思:绝笔获麟,止;止于至善,止;动静不失其时,止。)

先生言:旅卦"六五,射雉,一矢亡,终以誉命",即鼎卦"九三,鼎耳革,其行塞,雉膏不食,方雨亏悔,终吉",即屯卦"九五,屯其膏,小贞吉,大贞凶",云变雨,云行雨施,成既济。

䷷→䷱→䷾

先生言:

卦爻辞息息相通,有内部联系。桐城派方苞从文学角度谈《易经》,说系辞为圣人触机而发,过一段时间写完全可能两样。此话我只同意一半,另一半是他想好这段卦爻辞后,放入某卦某爻,却一定不可易,否则不可能通。我有一书,名《形神篇》,所谓“拟经”,自己系辞,以后给你看。

历代人都抱虔诚心理读,故内容出来,《易经》是宗教。我的这些文章其实也是多的,只是感到在现在这个时候应该显一点出来了,故做这些工作。

先生言:

人永远看不全六爻。

先生言:䷚上面尚有阳,“硕果不食”(薪尽火传),下面“不远復”,一阳又生了,故好。硕果不食,不可以食,要留做种子的。硕果里有生命,下面是“反生”。大过上面是夬,一阴尚未决掉,下面一阴又生。中间四阳被两阴挟持,故栋桡危急。故颐生而大过死。(䷚-䷛)

先生言:

你说的唐先生概括汉易虞、郑、荀三家说法,抄自他兄弟曹元弼,亦为清易的普通看法,然不确。三家并非同归既济,此人们为整齐而云。虞翻为纳甲,此为天干;郑为爻辰,为地支;荀为升降,卦变之正。郑不归既济,与虞翻一路争执得很厉害。虞翻纳甲来自孟氏易、《参同契》,有特别的东西。

先生言:

清人反复研究的汉易就是这点东西,上不去了。我现在直接从十翼、二篇这样步步踏实上去,已把历代研究十翼好的方面全部收集了起来,把其余的都归诸历代本身的思想。系卦爻辞的时间相当晚,故熊先生云孔子自作,有点像。我本来还不敢如此断,因为这样一部经全毁了。但现在数字卦出来,不要紧了,敢上去了。此真天地自然之易,无文字之易。马王堆一出,从汉易上去了。数字卦一出,从卦爻辞上去了。

问:一般读《易》均为注所限,死于注下。先生将读历代易注所得,直接求之于十翼,且合之于十翼时代的思想、生产力,故面貌涣然一新。

先生可之。

问:来注精思三十年,是否仅明错综之理。否定卦变当然非。

先生言:来注当然还简单,且《序卦》《杂卦》的精蕴仍未读出。其实当时错综之理并未失传,他自己没去看嘛。《杂卦》,我现在把它看成"反风",故可为六经之源。

先生言:

抄一遍手稿胜读书,能学许多东西。

先生言:

二阴二阳卦之核心,当乾坤之二五相交。

三阴三阳卦泰否,二五之交成既济未济。

由坎离而既济未济,是当由时而位,合六位时成之义。

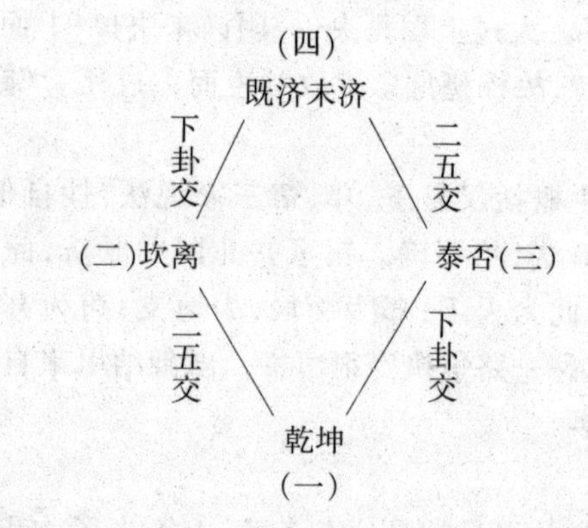

三月五日

《神圣人生论》:(室利·阿罗频多著,徐梵澄译)

八二一页　纵使"科学"——物理科学或玄学科学——倘发明出身体的长生不老的必要条件或方法,而身体不能自加适应,以变成表现内中生长的一合宜工具,则心灵仍会找到什么办法抛弃它,进到一新底投生转世,死亡的物质底或物理底原因,皆不是其单独底或真实底原因;其真实底最内中底理由,乃是为了一新有体的进化之精神需要。

八五五页　有四条主要路线,"自然"在试图开启内中有体时所遵循的——宗教,玄秘法,精神思想,与一种内中底精神实践和经验:前三者皆接近之方,最后一乃决定底从入之途。

问:《神圣人生论》八二一页扔掉身体。

先生言:过去佛教骂道教为“守尸鬼”,道教反讥佛教扔掉尸体再找一个,又有何异。小说有吕洞宾飞剑斩黄龙,道教说道教胜,佛教说佛教胜。现在核诸事实,黄龙禅师所在之处为二藏争夺处,现为《道藏》之根据地,可见道教胜。

问:《神圣人生论》八五五页。

先生言:此尚在辩概念,禅宗早已解决此问题,单刀直入。

又言:

脱离前三者无后者,后者还是有一样东西,于是自己局限住了。谈宗教,就要提到宗教最高的地方,神秘主义,精神哲学也是如此,要接触实际。

先生言:

前日到西郊公园去,亲眼见到天鹅湖中野天鹅来居。自然界自有感应之理,它们知道在这里很安全,自由嬉水,猴群亦很快活。一样到生化所去,那儿猴群就极度紧张,看到白衣服之人尤其怕,故凶狠。

问:人大量破坏森林,扩张,切断自然界物候循环的路线。又“海鸥何事更相疑”,生物和谐共处似都需要一安置之地。

先生言:

人也是如此。我昨天到学校印稿子等,接触各类人,都很好,也有一种味道。今天在这儿谈话,也另有一种味道。能和各类人相接触,就自由了。

问:中国和西洋似乎不同。西洋人包括弗洛伊德,知道一点点就讲出来,于是后来马上有人否定它,根据时代变化而变化,于是社会进步快。中国人知道一点点东西,勿用,积在里面,过一会自己否定,再进步,于是个人进步快,于是超时代。由是个人与社会发展有不同数量级。

先生言:

西洋人的著作,一看知道就这点东西。中国人尚有不同。一个人超一点时代,后面的人看见了再超一点,再超一点,于是后来居上,境界愈来愈高。

又言:

不超时代不行,如吕秋逸学问很好,可惜没有超时代的东西,欧阳竟无把他给牢牢束缚住了。杨仁山又把欧阳竟无给束缚住了。杨先生也讲岁差,薛先生也讲岁差,但民国十三年(一九二四年)我出生前一年岁差一调,我们一辈子就在此之下。薛先生《政本论》虽然好,但不过时的是其科学著作,现在不会过时。薛先生讲过好几次了,量子将来有啥稀奇,人人都知道,但《易经》还是《易经》。这方是懂《易》。

问:《周易订文》。

先生言:这是早年经学易的东西,还想往一个东西上凑,还有一个东西不能变。现在不这样了,自然多了。有些东西调一调有啥关系,历史唯物主义最好。

先生言:

一直在注意哈雷彗星有什么影响,现在看来影响很小,也不过是一个周期。邵康节十二万九千六百年也是一个周期,似乎也不一定有什么大关系。(大意)但最近各方面气氛是在变化(指政治形势等),且天时对人类确有影响,如温度高几度,北冰洋"哗"要有多少水过来。不可小看几度温度,对人的关系就是大得不得了。

问:我现在多听了先生的课,对自然科学位置的认识有所调转,所谓"洁净精微,易教也"。

先生言:

对,是自然科学理论。过去熊先生是骂科学的,晚年也改变了看法。

问:彖辞"元亨利贞"释以"大亨以正",何以不言"利"。

先生言:

"大亨"亨到"正",是为利。

三月六日

先生言:

《易》不在易书上,单单通一套象数规律没用(均为如何走向既济)。而师在几方面试探你的反应,看你懂不懂《易》。当初杨先生就是这样说我懂《易》的,要拉住我一起搞《易经》。

先生言:

我已写好纲要,后一想,不愿为此束缚,故自由发挥。要让他们知道内容多,有意乱一点。不然,清清楚楚端给他们一条纲要有何意思。

先生今日去戏剧学院讲道教史。每周一讲,共五讲。

《论语·子路》:

子曰:"南人有言曰:'人而无恒,不可作巫医。'善夫!""不恒其德,或承之羞。"子曰:"不占而已矣。"

先生言:

南人、楚人(孔子曾遇楚狂接舆),不恒其德,也可能为当时成语。此属玩辞,为《文言》、程传之根。不占,亦同善易者不占之旨。

《论语·述而》:

假我数年,五十以学《易》,可以无大过矣。

问:前语可解为义理易之根,此语是否可为象数易之根?且无大过之语又以修身为要,恐仍入义理易。

先生言:

如研究象数,则为研究数字卦。且孔子与象数基本无关,否则《论语》不可能没有反映,孟子也不会一点不知道。

先生言:

家人、睽、蹇、解四卦,括尽家庭之道。自咸、恒成立家庭,遯、大壮必主进退,晋、明夷地二生火,明生物,然后即此四卦。夫妇合得好,即家人。不好,即睽。睽必蹇难,难总有解,然后重来过。损益反过来又是咸、恒,损益得好不好,就可进入国家等六卦,国家以后就是遗传问题。

三月八日

《文物》一九八六年第二期　发表安阳刻于石器之数字卦。昨日宋捷购。

先生言:

此为大事,极大之大事。合前周原所得,殷周皆已有数字卦。

先生言:

今西人依优选法检验产品,亦依于数,此数何来呢?

先生言:

五行先于阴阳。

先生言:

薛先生于《易》抓住天干地支之根,于《易》只讲过元亨利贞四字,置卦爻辞于不顾。

先生言:

我最喜读庄子一语:"藏天下于天下。"

先生言:

道教的精华在一套数。

因思:五数起于人,十数亦起于人,十二数起于天,阴阳起于日月,又起于十数之两分,乃成阴阳五行。又八八六十四遗传密码。

先生言:

道教就是中国宗教,中国尊祖以"配天",是人上天。西洋宗教把上天梯斩断了,中国宗教仍然保留着。"人皆可以为尧舜",此是何等思想。

先生言:

䷛棺椁之形,要将两头的阴化掉。

䷚两头有阳了,当中的物质越多越好。

因思:将其两头的阴化掉,亦即去掉初时上空之局限。硕果不食,遗传也,出入无疾,反生也。

三月九日

下午上课,某有特异功能者来,想发展预测地震之类。

先生对其言:

如想发挥作用,尽可直接研究自然科学,而你自己在最高境界时仿佛旁边有个人,此感应到什么大须注意。特异功能搞了数年,迄今无成效,即因此。

先生言:

看星星看了几年,其思想当然也会变化。

三月十一日

昨日先生言:三十岁前后学杨氏太极拳,嫌不足,改陈氏。然杨氏有其长,虽自陈氏出而更加演进,尤合南方人。

先生言:

三 K 为不可能达到绝对零度所余的温度,此为宇宙之一股生气。

按热力学第三定律内容为:

绝对零度不可能达到;不可能用有限个手续使物体冷却到绝对零度。一九一二年能斯脱提出。(《辞海》)

三月十二日

今观战国末庄子之处境。

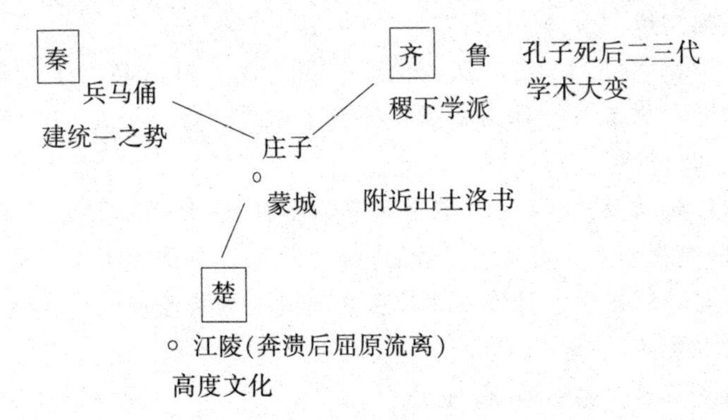

先生言:

庄子于三方面均不能相应,故上出。

燕齐多方士,楚国多神巫(《九歌》),战国末此类书极多,用史巫纷若。故庄子幻壶子出,“镇之以无名之朴”。

兵马俑出,全世界震惊。

子桑不吃嗟来之食,其歌哭(《大宗师》),亦见庄子之悲愤。

先生言：

人无论如何要从杜德机走到善者机。

天让你生，为何要自寻死。天让你死，自然安之，亦可有一线生路。

先生言：

大乱中思想出：

战国末——魏晋（思想解放）——五代（陈抟）——明末（太短）——清至现代（东西方互相考验）。

康熙的时候正是牛顿的时候，康乾一个转机至今，五四来了。现在又要有些趋势了，这还了得。

妙在西方自己也有变化，故不要决定自己做什么，跟着时代变化。

先生言：

《易》就是这东西。

三月十三日

积郁豁然：

得佛教之根，上出；归儒，得其根，復上出。最后归宗于大易生生明时，时即“当下”，具体事实为反掉数千年之封建。全人、全文收入一句话：生物反馈之力。

连日病困顿，熊师一文屡删而字数不减，至理解熊不敢仰首伸眉之情，自愧非其人。得此忽一振，昨晚今日始终觉此闪闪发光。

此实熊师一生之菁华。熊师未为当世人理解亦在此。

先生喜言：

你读了多少遍未懂，今懂了。

又言：

还有东西在。

先生言：

我这样做（指劳神著文）不是养生，是拆身体。用不着《道藏》里这么多书的。

又言：

这就是小乘与大乘的区别。

因思:

清以来似无人以一人之力读全藏,此先生愿力之大。

三月十五日

先生言:

熊先生是自明诚,杨先生是直接从气功中看《易经》是什么东西。

先生言:

我写《杂卦》等文,不搞预知等,如同佛教不谈神通。杨先生卜筮、算命等都会,我不愿意接受这些东西。

先生言:

王阳明致良知好,当时早已三教合一,龙场一悟同时悟《易经》。可惜他没有出世,故入世就没有超时代。

《传习录》上

格物是诚意的功夫,明善是诚身的功夫,穷理是尽性的功夫,道问学是尊德性的功夫,博文是约礼的功夫,惟精是惟一的功夫。　十页

持志如心痛,一心在痛上,岂有工夫说闲话,管闲事。　十二页

《传习录》中

各自且论自己是非,莫论朱、陆是非也。　五十六页

一友自叹,私意萌时,分明自心知得,只是不能使它即去。先生曰,你萌时,这一知处,便是你的命根。当下即去消磨,便是立命功夫。　三十三页

《传习录》下

九川卧病虔州。先生言:病物亦难格,觉得如何。对曰:功夫甚难。先生曰,常快活,便是功夫。　五页

圣人教人,不是个束缚他通做一般,只如狂者便从狂处成就他,狷者便从狷处成就他。人之才气,如何同得。　十四页

卢梭与政治的现代命运

黄　涛

在《论科学与艺术》一书结尾，卢梭曾经说：

> 德行啊！你就是纯朴的灵魂的崇高科学，难道非要花那么多的苦心与功夫才能认识你吗？你的原则不就铭刻在每个人的心中吗？要认识你的法则，不是只消返求诸己，并在感情宁静的时候静听自己良知的声音就够了吗？这就是真正的哲学了，让我们学会满足于这种哲学吧！①

对于此种德性的探究，需要真正的哲学。然而，凭借时下流行的施特劳斯政治哲学的立场是难以搞懂这一"真正的哲学"的。施特劳斯穿梭于卢梭笔下的自然状态和社会状态之间，并非为了理解内在于人心中的德性法则，而是为了以古代政治哲学的名义声讨卢梭。② 在他的笔下，卢梭的自然人具有一种与动物状态的亲和性，并不具有如

---

① 卢梭：《论科学与艺术》，何兆武译，北京：商务印书馆，1963年修订再版，第37页。

② 施特劳斯：《现代性的三次浪潮》，载贺照田编：《西方现代性的曲折与展开》，长春：吉林人民，2002年，第86－101页。

现实生活中的人类那般丰富善变的心灵。[1]

一、现代政治之前提：现代德性观

根据施特劳斯的看法，卢梭所建构的仅仅是一种理论理性的德性观，这种德性观是现代自然科学的产物，与关心公共生活的古典德性格格不入。[2] 然而，务必注意到，德性并非仅限于理论德性和政治德性，一种先于政治德性的善并不一定是理论德性。在理论德性和政治德性之外，有着一个新型的德性，它乃是初始德性，政治德性与理论德性都是它的派生物。离开这个初始德性，在理论德性和政治德性之间孰优孰劣的问题上纠缠不休，都难免是情绪化的选择和争吵。[3]

显然，自然人的德性并非这个初始德性。在卢梭笔下，自然人的生活并非人们生活的全部内容。由此看来，初始德性的获得需要一门专门的知识加以讨论，具体来说，这就是《爱弥尔》中著名的"萨瓦牧师的自白"。惟有在此基础上，才能懂得卢梭自然状态对于自然人的存在体悟的真正含义，并且由此才能理解文明人实现其存在体悟的根本方式。

"萨瓦牧师的自白"是《爱弥尔》一书中最具哲学味的部分。在此，爱弥尔已经成长为一个年轻人，即将迈入社会生活。这个年轻人

---

① 《自然权利与历史》，彭刚译，北京：三联书店，2003 年，第 277 页。

② 同上，第 269 - 270 页。

③ 这个初始德性在康德笔下得以展示出来。康德曾经说：理性知识能够以两种方式与其对象发生关系，

> 要么仅仅规定这个对象及其概念（这对象必须从别的地方被给予），要么还是现实地把对象做出来。前者是理性的理论知识，后者是理性的实践知识。这两者的纯粹部分不管其内容是多还是少，都必定是理性在其中完全先天地规定自己对象的、必须事先单独加以说明的部分，并且不能与那出自别的来源的东西相互混淆。

这个纯粹的部分因此构成了一个需要专门加以讨论的对象，它即是理性本身，也是为理论理性和实践理性奠基的部分。参见康德：《纯粹理性批判》，邓晓芒译，北京：人民，2004 年，第 11 页。

“多少有些常识,而且始终爱真理”,而“无论是我的父母或我自己都很少想到要以此去寻求美好、真实和有用的学问”。[1] 爱弥尔所生活的世界,正是施特劳斯笔下的哲学家所生活的世界,哲学家们爱真理,而大众们对此却很少加以考虑。这就是施特劳斯所谓的在“发现自然”之初所面临的情形(《自然权利与历史》,前揭,页 113 - 114)。在西方哲学史上,“自然的发现”即是著名的“苏格拉底问题”,苏格拉底正确地揭示了人类理性的原则,最终使一切现象在“理念”中找到了根据。

然而,卢梭重提苏格拉底问题,并且为这一问题提供了新的解法。他注意到,在浩渺广袤的宇宙中,探究宇宙的秩序和追溯人与宇宙的关系不过是妄想,尽管人们有时会认为自己能够经历足够多的东西,以至于他因此觉得自己与上帝同在,能够与上帝一样俯视整个世界。在他看来,一个人在尚未对事物经历之前就匆忙地对事物罔加判断,不仅会带来错误的观念,更是训练了个性中潜藏的独断论倾向。一个人过于相信自我判断,且不作进一步的探究,只能便于狭隘心灵的培养。因此,为了证明自己究竟有没有这种权利,有没有认识事物的这种能力,人必须转向对自身性质的探讨(《爱弥儿》下卷,前揭,页 380 - 381)。

在《爱弥尔》中,人类对自身的存在的体悟从人自身的感觉开始。卢梭说:“我存在着,我有感官,我通过我的感官而有所感受,这就是打动我的心弦使我不能不接受的第一个真理”(《爱弥尔》下卷,前揭,页 383)。这种对于感觉世界的肯定,意味着他在一个新的层次上回答了苏格拉底问题。如果说,施特劳斯坚持认为,苏格拉底借助对世俗权威的冒犯而走出自然哲学家的世界,得以开启了一个不同于荷马世界的新世界(《自然权利与历史》,前揭,页 85);那么,卢梭却已经不再诉诸于此种“反抗者”立场,而是肯定了自然哲学家所发现的世界的正当性。但他并没有沉溺于此,而是努力超越它。有必要注意的是,卢梭对于现象世界的超越,乃借助于那个独立于我的感觉的“我”的存在而实现。在此,“我”的存在既独立于又时刻伴随着一切经验的存在,是

---

① 卢梭:《爱弥尔》(下卷),李平沤译,北京:商务印书馆,1978 年,第 377 页。

一个有别于神性的新的“存在”。

尽管卢梭接受了近代感觉论者的基本立场，但却在根本的地方有别于他们，他主张，

> 我的感觉既能感知我的存在，可见他们只是在我的身内进行的，不过它们产生的原因是在我的身外，因为不论我接受与否，它们都要影响我，而且他们的产生或者消灭全都不由我做主。这样一来，我就清清楚楚地认识到我身内的感觉和它们产生的原因（即我身外的客体）并不是同一个东西。（《爱弥儿》下卷，前揭，页383）

在此，我身外的客体只是一种观念形式，我所接受的并非是这一观念形式，而是我的感觉所能接受的感觉形象。在卢梭笔下，观念形式的抽象性和感觉形象的具体性之间的对立，通过独立于人而存在的“物质”和属于人的存在的“物体”之间的区分表现出来。这个区分，正是日后康德所谓的“物自体”和“现象界”之分离的根源。

不仅如此，卢梭还通过对于“判断”的考察，发现了一个独立于感觉存在的“我”的存在。“判断”是一个不同于知觉的新阶段，在肯定感觉真实性的基础上，通过对于“判断”同对象不相符现象的观察，他认定，“判断”之所以发生错误，原因在于存在一个独立于感觉而存在的能动主体。正是它主动运用我们的感观，赋予我们的活动以意志属性，最终造成了判断结果与对象之间的符合或者不符合。这个主体的发现乃是卢梭所发现的第一个定理。在此基础上，他观察到，那超越一切感觉的自我乃是万物的终极目的，即第二定理。不仅如此，“我”的这种能动性的存在，其力量只来自于它自身，因此那个独立于一切感觉的“我”的属性即自由性，这个观念上的“我”因此可称为是“自由意志”。这就是卢梭所发现的第三个定理（《爱弥尔》下卷，前揭，页384－385）。

因此，从对感观存在的肯定出发，卢梭达到了对于一种能动的自我意识的认识，从而获得了人类理性的三个定理，揭示了人类的本质特征。由此，人世生活的灾难并非源于人类的本能或欲望，而是因为缺乏对内在于自身的这一能动的自由意志的反思性认识，从而使欲望

的满足失去了方向。然而,也正是这一"意志自由",在欲望或本能世界之外,为人们提供了一双敏锐的眼睛,审查欲望世界。从此,欲望或本能世界有望得到规范,并且不是用一种欲望对抗另一种欲望,而是以"意志自由"作为欲望世界有序化的根本形式。

二、现代政治之建构:从自然向自由迈进

在施特劳斯看来,霍布斯不如卢梭那般反对社会。然而,施特劳斯并未意识到,霍布斯对于社会性的承认并非基于"社会生活是自然的"这一亚里士多德命题。霍布斯曾直言不讳地指出:这一作为古代政治哲学基础的基本命题,

> 尽管广为人所接受,却是不能成立的,其错误在于它立足于对人的自然状态的浅薄之见。只要深入地考察人为什么要寻求相互陪伴及为什么喜欢彼此交往的原因,就很容易得出一个结论:这种状况的出现不是因为人舍此别无其他的天性,而是因为机运。①

霍布斯竭力反对"人天生是社会"的主张,而试图模仿"上帝造人"的艺术,构建"利维坦"。为了达此目的,他重新解释了"认识人自身"这一古老的命题,在他笔下,"认识你自己"这句德尔菲的神谕有了较之以往完全不同的意义:

> (它)教导我们,由于一个人的思想感情与别人的相似,所以每个人对自己进行反省时,要考虑当他在"思考"、"构思"、"推理"、"希望"和"害怕"等等的时候,他是在做什么和他根据什么而这样做的,从而他就可以在类似的情况下了解和知道别人的思想感情。②

---

① 霍布斯:《论公民》,应星,冯克利译,贵州:贵州人民,2003 年,第 3 - 4 页。

② 霍布斯:《利维坦》,黎思复,黎廷弼译,北京:商务印书馆 1985 年版,第 2 页。

新的公民学说建立在对人性之内在结构的考察基础上，在对人性的探究中建立起了共同体之可能的根据。霍布斯借助一种并非自然主义的“恐惧”和“自我保存”概念，达到了对于人性的普遍性的认识。通过一种审美意义上的“恐惧”情感，他揭示了走出自然状态的可能性，一方面用稳定的“法制”替换了“自然状态”的混乱，另一方面则用“绝对主权”观念将其中的那个非自然性的要素保留下来，由此为利维坦的道德属性提供保证。利维坦中所表露的那种新的上帝观，旨在培养那种指向于非自然性要素的情感，从而直接服务于“绝对主权”观念。卢梭的确从霍布斯的自然状态学说中获得了极其重要的思想资源，他在霍布斯的基础上继续思考“认识人自身”这句古老的箴言在新时代的含义。实际上，《论不平等的起因和基础》一书正是以德尔菲神庙上的那句铭文开端的。卢梭通过对人的心灵的最初和最朴实的活动的审慎思考，获得了两个关键性的概念，即“自我保存”和“怜悯”，不仅如此，在他看来，原始心灵完全能使这两个原动力互相协调和结合起来。①

值得注意的是，“自我保存”和“怜悯”并非仅是作为个体生活的基本事实，而是作为一切个体的事实而加以普遍预设的。考虑到在自然状态中，“自我保存”是务须忧心的事情，则在此只需注意，那种“怜悯”情感如何可能成为一种对于人性的普遍性认识。“怜悯”乃是一种先于理性而出场的普遍的内心情感，相较而言，霍布斯笔下的“恐惧”概念则表达了在一个理性时代的普遍性的感情。由此看来，两者的不同在于：卢梭在理性尚未出现的地方，发现了人性中的普遍性要素，从而防止了工具理性对于人类生活的僭越；而霍布斯则谋求一种方法，以在一个理性时代规训理性。因此，如果说霍布斯所发现的人性中的那个普遍性的要素，是一种与理性的建构能力相适应的普遍，则卢梭就发现了一种无须理性参与的普遍。正是这个差异，解释了为什么霍布斯的自然状态学说乃是建构利维坦的直接原因，而在卢梭笔

① 卢梭：《论人类不平等的起因和基础》，李平沤译，北京：商务印书馆 2007 年版，第 37－38 页。

下,在自然状态之后,并不必然意味着社会状态的到来。

“萨瓦牧师的自白”中对于自由意志的发现,乃是对于这一自然情感的反思性认识。当今学界习惯于将自由哲学与“欲望的普遍化”程序简单等同,无疑是对“自由哲学”的曲解。[①]“意志自由”并非等于“欲望的普遍化”,而是一种独立于一切经验对象而加以发挥的能力,它内在于人性之中,乃是一种藏匿在个体之中的普遍性的德性法则。由此看来,“怜悯”和“自由意志”在人性之中具有同样的普遍预设的可能性。不同的是,前者是自然人直接从自然那里秉承的直接的内心情感,而后者则是文明人通过反思得来的对于人的内心世界普遍法则的认识。前者所具有的那种自然而然的纯洁性与后者的通过反思而来的对于法则的认识,就其与德性的关系而言,两相对照,恰如“下里巴人”与“阳春白雪”一样的高洁与洁净。不仅如此,发现“自由意志”意味着个体主动地寻找回了自然最初禀赋于他的“怜悯”。“自由”法则的客观性,恰好是对情感的主观性的一次反思性还原。也正是在此意义上,将“怜悯”作为探究初始德性的前提,是卢梭自然状态之设计的真正含义。

尽管“自然状态”不能建构任何政治世界,但却表明了德性对于人类存在的优先性和正当性,即便人们散居四处,缺乏交流和沟通,也并不妨碍人类作为一个可以相互传达的、不同于动物的种类而存在。不仅如此,由“怜悯”所支配的“自然状态”,还为人类的政治存在提供了一个理想:自然人的生存中所表现出来的丰富性,以及他们内心情感所长久保留的积极性,足以为一切社会状态的建构提供一个值得永恒追求的理想。自然人的内心自由和外在自由达到了完美的统一,为一切政治社会的建构提供了样板。实际上,卢梭正是从此种天然和谐的状态出发,逐步过渡到一种反思性的自由即“公意”。惟有如此,他才能完成“社会契约论”所要解决的根本问题:“要寻找出一种结合的形式,使它能以全部共同的力量来卫护和保障每个结合者的人身和财富,并且由于这一结合而使得每一个与全体相结合的个人又只不过是

---

① 此种关于自由哲学的观点为施特劳斯所主张,参见《自然权利与历史》,前揭,第283页。

在服从其本人,并且仍然像以往一样地自由"。[1] 卢梭的"公意学说"此后为康德的法权哲学加以进一步发挥。在康德笔下,"法权"意味着将每个人的自由局限于它与所有人的自由相协调的条件。这一普遍性的法则正是"公意"的恰当内容。[2]

结　语

康德曾经说:"我们的时代是真正的批判的时代,一切都必须经受批判","批判"一词恰当地描述了近代思想的形象。"批判"意味着理性必须达到自我认识,必须委任一个理性的法庭,"这个法庭能够受理理性的合法性保障的请求,相反,对于一切无根据的非分要求,不是通过强制命令,而是能够按照理性的永恒不变的法则来处理,而这个法庭不是别的,正是纯粹理性的批判"。[3] 应该提及的是,无论康德还是黑格尔乃至现当代的哲学家们,在对理性的认识上,都没有能够超越"萨瓦牧师的自白"中所设定的自由哲学思想。

正是在上述背景下,古代人关于"什么是最好的政治?"的追问,就转化为"政治社会是如何得以可能"的问题,从而也意味着自然权利的思想进入到一个反思性阶段。以卢梭为代表的现代政治哲学家走上了一条迥异于古代政治哲学的道路,他们不再认同"人天生是政治动物"这句古老的箴言,而是希望能够在人性的内在要素中找到社会之可能性的根源。对此,正是卢梭首次提供了解决这一问题的全新思路,从而深刻地启发了德国古典形而上学家们。比如说,康德就曾明确将关于法权的讨论与政治社会的可能性相互关联,而黑格尔之所以将国家视为"伦理实在",目的也并非是为现实国家提供辩护理由,而是表明国家的存在基于人类理性所获得的正当性,从而深刻地反对那种对于国家的盲目否定和反动立场,鼓励年青一代守护作为人类生存一部分的政治生存。

---

① 卢梭:《社会契约论》,何兆武译,北京:商务印书馆,2003 年,第一卷开始部分,第 3 页。

② 康德:《康德历史哲学论文集》,李明辉译,台北:联经,2002 年,第 114 页。

③ 康德:《纯粹理性批判》,前揭,第 3 页及其脚注部分。

旧文今刊

《史记》名称之由来及其体例之商榷

靳德峻

一、《史记》名称之由来

“史记”之名，起源颇早，《汲冢·周书》有《史记解》一篇是其证。概“左史记言，右史记事”之简称，取其史官之所记者云耳。故为诸史之通称，非迁书所特有也。马迁书中屡称“读史记”，“观史记”，“论史记”，而所观读者非一，俱标“史记”，是其证也。兹列举其书中称“史记”者于后以略见焉。

1.《周本纪》：周太史伯阳读史记。

2.《十二诸侯年表》：孔子明王道……论史记旧闻。

3. 又：故因孔子史记，具论其语。

4.《六国表》：三秦既得意，烧天下诗书，诸侯史记尤甚。

5. 又：史记独藏周室。

6.《天官书》：余观史记考事。

7.《陈世家》：孔子读史记至楚复陈。

8.《晋世家》：孔子读史记，至文公曰，诸侯无召王。

9.《孔子世家》：乃因鲁史记作《春秋》。

10.《老子列传》:史记周太史儋见秦虞公。

11.《儒林传》:孔子因鲁史记作《春秋》。

12.《太史公自序》:䌷史记石室金匮之书。

13.《太史公自序》:自获麟以来,四百余岁,诸侯相兼,史记放绝。

是其所称之“史记”,有“孔子史记”“诸侯史记”“鲁史记”等不同之书籍也。

《汉书》之称“史记”,亦兼《国语》、迁书及当时所存之史类书而为言,如钱大昕曰:

> “单襄公见晋厉公视远步高”事见《国语》、而《太史公书》无之。此外所引史记,如“单襄公见晋三郤齐国佐”一条,“晋惠公时童谣”一条,“谷、洛斗,将毁王宫”一条,“周三川震,伯阳甫,言周将亡”一条,“夏后氏之衰,二龙止于夏庭”一条,“季桓子穿井得土缶”一条,“隼集陈庭,楛矢贯之石砮”一条,皆《国语》之文。(《二十二史考异·汉书》)

案此即引《国语》而称“史记”之证。钱氏又曰:

> “夏后二龙伯阳甫”事,见《周本纪》,“土缶矢”事见《孔子世家》,馀皆无之。又战国及秦事,《志》称“史记”者,间与《太史公书》合。(《二十二史考异·汉书》)

高师步瀛曰:

> 九鼎震一条,见《周本纪》及《六国表》,河鲁太上一条,镐池君壁一条,并见《秦始皇本纪》,女子化为丈夫一条,见《魏世家》及《六国表》,皆钱氏谓与《太史公书》合者。(师大讲义)

案此为引迁书亦称“史记”之证。钱氏又曰:

秦昭王三十四年，渭水赤；始皇二十六年，有大人长五丈，见于临洮；二世二年，天无云而雷；今《史记》亦无之。（《二十二史考异汉书》）

高师步瀛曰：

秦武王三年渭水赤，今《史记》亦无之。（师大讲义）

案此数条，既不见《史记》，亦不见《国语》，则为当时所存之史类书无疑，此为引当时所存之史类书，而称“史记”之证。概诸书虽各有专名，然统而名之，则俱称“史记”也。颜师古之注《汉书》，刘知几之驳班氏，一则谓“此志凡称‘史记’，皆谓司马迁所撰也”（《汉书·五行志》），一则诋之曰“《史记》、《左氏》交错相并”，《春秋》、《史记》杂乱难别；“不云《国语》而称《史记》，岂非忘本狥末，逐近弃远乎？”（《史通·五行志·错误篇》）俱未明此也。

由上所论，可知“史记”非马迁书之称名，乃诸史之通称也。又《东观汉记·班固传》曰，或告固私改作史记，而《后汉书·固传》则作私改国史，是国史亦名史记，尤可为史记为史之通名之证。《东观汉记》又云，“卒前所续史记”，是谓班固之作，为续史记，揆以冯商所续名《续太史公》，蔡邕所续名《续汉记》，则固书亦宜名为续史记矣，此尤可为史记为诸史通名之证。

考汉时之称迁书，亦颇凌杂。《太史公自序》云：“凡百三十篇五十二万六千五百字，为《太史公书》，序略以拾遗补艺。”《汉书·宣元六王传》：“东平思王上疏求诸子《太史公书》。”是称之为“太史公书”也。班彪《论略》、王充《论衡》同。盖其意为太史公所著之书，而亦沿之于《迁序》也。《汉书·艺文志·春秋家》有：“《太史公》百三十篇，冯商所续《太史公》七篇。”是称之为“太史公”也。《后汉·窦融传》、《范升传》、《陈文传》同。此直以其官名名之也。《汉书·杨恽传》曰：“恽始读外祖《太史公记》。”是称之为“太史公记”也。应劭《风俗通义》卷一卷六同，盖其意为太史公所记者云耳。应劭《风俗通义》卷二,又称为“太史记”,其意概亦同乎此。

然竟以“史记”名其书者,除《汉书》外亦不乏其人。荀悦《汉纪·平帝纪》:

> 彪子固,明帝时为郎,据太史公司马迁《史记》,自高祖至于太初,以绍其后事。

荀悦东汉末年人,是以“史记”称迁书,起于东汉也。魏晋南北朝时,其称迁书,犹未有定。范晔《后汉书·班彪传》:“司马迁作《史记》。”吴均《西京杂记》卷二:“司马迁发愤作《史记》。”陈寿《三国志·魏书·王肃传》:“司马迁以受刑故,内怀隐切,著《史记》非贬孝武”,葛洪《抱朴子·对俗篇》:“《史记·龟策列传》云江淮间居人……”;葛洪、陈寿晋人,吴均魏人(俱作有《史记钞》一书),范晔南北朝宋人,是称之为“史记”者也。然此时称之为“太史公记”“太史公书”“太史公”者,仍不乏人;如《后汉书·范升传》:“难者多以《太史公》多引《左氏》”,又《陈元传》:“《太史公》违戾”,又《班彪传》:“《左氏》、《国语》、《世本》、《战国策》、《楚汉春秋》、《太史公书》”,《抱朴子·论仙篇》:“《汉书》及《太史公记》”……是也。此为魏晋南北朝称迁书尚未有定名之证。至《隋书·经籍志》始载:“汉《史记》一百三十卷”,而定其名。自兹之后,称迁书者,俱以“史记”名之矣。

窃谓古人著述,多无书名,周秦诸子之以名姓名其书,是其证也。《〈自序〉索隐》注曰“桓谭云‘迁所著书成,以未东方朔,朔皆署曰太史公’”,是迁书亦未列名之证。“太史公”“太史公书”“太史公记”“太史记”皆其官名非书名也。然以其无书名,故后人多以其官名名之矣,多以史之通名名之矣。至“史记”名称之由来,王国维、梁启超二氏,谓此种著述,秦汉间人,本谓之“记”,故亦称为“太史公记”,“史记”乃其简称也。犹《汉旧仪注》之称《汉旧仪汉旧注》,《说文解字》之称《说文》,《世说新语》之称《世语》也。按此说似颇有理由,《风俗通》之称“太史公记”或称“太史记”,《抱朴子》之称“太史公记”或称“史记”简略之形鲜然,似可为此说之助。然王梁二氏,本以“史记”之名,起于魏晋,此其根本错误,虽有是二书为证,亦无所济。盖《风俗通》虽有简称,而未名"史记",《抱朴子》虽称"史记"已至晋时也。

余谓此种著述,在两汉间,本名"史记",如迁书之屡称"史记"即此类。汉书之引《国语》、迁书等,多标"史记",《东观汉记》,名国史为"史记"尤其明证。《汉书》引迁书,而名史记,即为以史书通名名迁书之证。然自兹之后,沿袭相承,时日既久,遂忘其所以。然何以迁书与其他史类书俱名史记,而迁书独能夺其名为私有耶?

1. 迁书为我国第一部史记之事,规模之弘大,组织之精良,记载之完备,为前此所未有,为后史之模范,故论史记,多以之为代表。前乎此非必无此类之史料书,然因迁书一出,他书竟成糟粕,更因陶汰而失亡,故此类书必举之为第一。故论史记,多以之为代表,史记之名,亦多以迁书当之。

2. 迁书本未定名,而其他同类之书,则俱有专名,故虽同呼之为"史记",而其结果遂有不同,如前乎此者之《春秋》、《国语》、《左传》、《楚汉春秋》……后乎此者之《东观汉记》,《续汉记》,前后《汉书》、《三国志》……非必不名之以"史记"也,然因各有专名,故单独称谓时,仍用其私名而不因名之为"史记",遂更改。迁书与此迥异,故其结果亦不同也。

二、体例之由来

本纪 刘知几曰:"昔《汲冢竹书》,是曰纪年;《吕氏春秋》,肇立纪号。盖纪者,纲纪庶品,纲罗万物,考篇目之大者,其莫过于此乎!及司马迁之著《史记》也,又列天子行事,以《本纪》名篇"(《史通·本纪篇》)。刘勰曰:"甄序帝勣,比尧称'典',则位杂中贤;法孔题'经',则文非元圣,故取式《吕览》,通号曰纪"(《文心雕龙·史传》)。赵翼曰:"古有《禹本纪》,《尚书世纪》等书,迁用其体以叙述帝王"(《二十二史劄记》)。乔镕曰:"《大宛传》引《禹本纪》,此迁之所本也"(《史记辨证》)。案赵乔二氏之说是也,二刘之说俱非。《大宛传》曰:"太史公曰,《禹本纪》言河出昆仑……"盖先有"本纪"之名而迁袭用之耳。

表 刘知几曰:"盖谱之建名,起于周代,表之所作,因谱象形,故桓君山有云:‘太史公《三代世表》,旁行斜上并效周谱’,此其证与?”(《史通·表历篇》)赵翼曰:“《史记》作十表,仿于周之谱牒”(《二十二史劄记》)。案《汉书·艺文志》有《帝王诸侯世谱》二十五卷《古来帝王年谱》五卷,又司马迁《自序》云:“盖取之谱牒旧闻”,又云“而谱牒经略”……是迁之作表,亦非自创,盖仿之古谱牒也。特以表立名,自迁始耳。

书 刘知几曰:“夫刑法礼乐礼经风土山川求诸文籍,出于三体。及班马著史,别裁书志,考其所记,多效礼经”(《史通·书志篇》)。赵翼曰:“八书乃史迁所创”(《二十二史劄记》)。王鸣盛曰:“《史记》八书,采《礼记》、《大戴礼》、《荀子》、贾谊《新书》等书而成,至《天官书》,钱少詹大昕以为当是取《甘石星纪》为之,愚考此书《汉书·艺文志》已不载,而前明俗刻有之,疑唐宋人伪托也”(《十七史商榷》),乔镕曰:“效《礼经》作八书”(《史记辨证》)。案八书之体例,概仿之《礼经》,以书为名,取书五经六籍之总名也,赵氏以为八书迁之所创非是。

世家 刘知几曰:“……司马迁之记诸国也,其编次之体与《本纪》不殊,盖欲抑彼诸侯,略乎天子,故假以他称,名为《世家》”(《史通·世家篇》)。赵翼曰:“《史记·卫世家赞》余读世家言云云,是古来本有世家一体,迁用之以记王侯诸国”(《二十二史劄记》)。案赵氏之说是也,刘说非。且本纪世家,局势之大小颇有不同,如《秦本纪》总天下之事,而六国世家,则仅记其一国之事,是其证也。

列传 刘知几曰:“夫纪传之兴,肇于《史》、《汉》,盖纪者编年也,传者列事也,编年国列帝王之岁月,犹《春秋》之经,列事者录人臣之行状,犹《春秋》之传,《春秋》则传以解经,《史》、《汉》则传以释纪,寻兹草创,始自子长”(《史记·列传篇》)。刘勰曰:“……邱明同时,实得微言,乃原始要终,创为传。”赵翼曰:“古书凡记事立论及解经者,皆谓之传,非专记一人事迹也。其专记一人为一传者,则自迁始。”案史迁著史自以为踵事《春秋》,十二本纪比之经,世家列传侪于传,故传之名取于邱明,其体则迁创之也。

三、史记体例商榷

《汉书·司马迁传赞》曰:“司马迁据《左氏》、《国语》,采《世本》、《战国策》,述《楚汉春秋》,援引后事,讫于天汉。其言秦汉详矣。至于采经摭传,分散数家之事,甚多疏略,或有抵牾。又,其是非颇谬于圣人,论大道则先黄老而后《六经》;序游侠则退处士而进奸雄;述货殖则崇势利而羞贫贱;此其所敝也。”按对于《史记》致疑议者,当以班固为最先。然班氏斯议,仅及其疏略抵牾与是非乖谬,而尚未及其体例也。其论及《史记》之体例者,当首推刘勰,其所著《文心雕龙·史传篇》曰:“《本纪》以述皇子,《列传》以总侯伯,《八书》以铺政体,《十表》以谱年爵,虽殊古式,而得事序焉。”自此以后,论者渐多,而异议遂生:或谓孔子不宜《世家》,项籍宜齐《列传》,各执一词,亦颇能自完其说,因汇萃群言,举而列之,是者从之,非者辩焉,作《史记体例商榷》云耳。

体例之不纯者 司马贞云:“秦虽嬴政之始,本西戎附庸之君,岂以诸侯之邦,而与五帝三王同称本纪,斯必不可,可降为《秦世家》。”又云:“项羽掘起,争雄一朝,假号西楚,竟未践天子之位,而身首别离,斯亦不可称《本纪》,宜降为《世家》。”刘知几云:“项羽僭盗而死,未得成君,求之于古,则齐无知卫州吁之类也,安得讳其名氏,呼之于王者乎?《春秋》吴楚僭拟,书如列国,假如羽窃帝王,正可抑同群盗,况其名曰西楚,号止霸王者乎?霸王者即当时诸侯,诸侯而称本纪,求名责实,再三乖谬。”又云:“迁之以天子为《本纪》,诸侯为《世家》,斯诚谠矣。但区域既定,而疆理不分,遂令后之学者,罕详其义。案自后稷至于西伯,嬴秦自伯翳至于庄襄,爵乃诸侯,而名隶《本纪》,若以西伯庄襄以上,别作《周秦世家》,持殷周以对武王,拔秦始以承周赧,使帝王传授,昭然有别,岂不善乎?必以西伯以前,其事简约,别加一目,不足成篇,则西伯之至庄襄,其书先成一卷,而不共《世家》等列,辄与《本纪》同编,此尤可怪也。”赵翼云:“古有《禹本纪》、《尚书世纪》等书,迁用其体,以叙述帝王,惟项羽作纪,颇失当。故《汉书》改为《列传》。”又司马贞云:“涉立数月而死无后,亦称《世家》者,以其所遣王侯将相,竟灭秦为首事也。然时因扰攘,起自匹夫,假托妖祥,一朝称楚,历年不永,勋业蔑如,继之齐鲁,成何等级?可降为《列传》。”刘知几云:“陈涉起自群盗,称王六月而亡,子孙不嗣,社稷靡闻,无世可传,无家可宅,而以《世家》为称,岂其当乎?”王文公云:“太史公叙帝王则曰《本纪》,公侯传国则曰《世家》,公卿特起则曰《列传》,此其例也。孔子旅人也,栖栖衰季之世,无尺土之柄,此列之以传宜矣,曷为《世家》哉?夫仲尼之才,帝王可也,何特公侯哉?仲尼之道,世天下可也,何特世其家哉?处之《世家》,仲尼之道,不从而大;置之《列传》,仲尼之道不从而小也;史公自乱其例,所谓多所抵牾者也。”案此即所谓体例之不纯者也。兹分论之:

秦本纪 司马贞、刘知几皆谓自秦始皇前,宜别立《秦世家》。案二氏之说非也。盖《秦本纪》与《始皇本纪》实乃一篇。《秦本纪》末云:“五月丙午,庄襄王卒,子政立,是为秦始皇。秦王政立二十六年,初并天下,为三十六郡,号为始皇帝。始皇帝五十一年而崩,子胡亥立,是为二世皇帝。三年,诸侯并起叛秦,赵高杀二世,立子婴。子婴五月余,诸侯诛之,遂灭秦。”是《秦本纪》首尾俱全矣。其追述自颛顼始者,重其本源也,明始皇之为帝,非偶然也。《夏本纪》之溯及帝喾后稷,《史公自序》之溯及颛顼重黎,其实一也。不过因事迹之繁简不同,稍有多寡之别异耳。非然者,则夏宜始禹,周宜始武王,《自序》宜始于迁,如《史通》之说,则非迁之旨矣。且武王始皇列《本纪》,西伯庄襄列《世家》,后升于前,子高过父,能不为识者嗤乎?至《始皇纪》,乃《秦本纪》之别录,亦可谓《秦本纪》之附庸,盖以世近事繁,并于一处,则卷帙浩多,前提其纲,以足其篇,后别为录,以详其事,因势制宜,曲得其所者,莫过于是也。二氏不知,乃诋为误,诚疏之矣。

项羽本纪 关于此篇,论者最为纠纷,亦迁书体例之一大关键。谓不宜列《本纪》者曰:“未践天子之位”,“号仅霸王”,“天下之事,秦没系汉,无有于羽”,“虽纪其名而实传体,何必名《本纪》?”谓宜列《本纪》者曰“分裂天下,而封王侯,政由羽出”;“汉王曾受其封,且汉之名号亦羽所立”。案第二说是也。盖所谓《本纪》者,为其能宰制天下而言。桀纣虽虐，不能不列《本纪》，孔孟诚仁岂可上侪天子，此不能以道德仁义为权舆也。当项羽之称王也，割裂土地，分封诸侯，号令一出，莫敢或违，谓其能宰制天下，岂虚语哉？五帝而称帝，三王而称王，至乎秦氏，改为皇帝，名号虽殊，其宰制天下一也。齐曾称帝，而不列《本纪》，楚早名王，仍侪《世家》，虚名号之无关也明矣，何必斤斤于是哉！至其无所可系，而传其体，正所谓变例也，亦迁之大不得已也。执其不得已之变例而衡之，谓之不宜列《本纪》，诚所谓舍本而逐末者也。且《史记》与《汉书》不同，《汉书》以汉为主，自不能有非汉之《本纪》（项羽之列于传，亦班氏之不得已也），赵翼之言，未明此也。

孔子世家 王文公谓宜侧之列传。案王说非也，盖孔子圣人也，教化之主也，列诸世家，正所以尊之也。司马贞曰："孔子教化之主，吾之师也，为帝王之仪表，示人伦之准的，自子思以下，代有哲人，继代象贤，诚可仰同列国。前史既定，吾无间然。"张守节曰："孔子无侯伯之位，而称世家者，太史公以孔子布衣传十余世，学者宗之，自天子王侯，中国言六艺者，宗于夫子，可谓至圣，故为《世家》。"斯诚得马迁尊孔子之心也矣。王氏乃欲列之于传，谓道不从而小，转责迁之自乱其例，非确论也。斟于《本纪》、《列传》之间，始能位置而得当，体例殆莫善于此者。盖列之《本纪》无所系，侧于《列传》非其伦，以布衣而上同列国，尊圣之心，于兹见矣。

陈涉世家 司马贞谓宜列于《列传》。刘知几虽未明言，揆其意亦与贞同。案二氏之说非也。陈涉虽起匹夫，然冒天下之不敢为，独举义旗，以伐秦虐，而当时豪杰，莫不赢粮景从，秦因以灭，汉因以王，其有功于天下刘汉者，岂其少哉？况其称王六月，所遣将相王侯，竟亡秦为首事哉？又《项羽本纪》曰："当时秦嘉已立景驹为秦王，军彭城东，欲距项梁。项梁谓军吏曰：'陈王先首事，战不利，未闻所在，今秦嘉倍陈王而立景驹，逆无道。'乃进兵击秦嘉。"又云："项梁闻陈王定死，召诸别将会薛计事……乃求楚怀王孙心民间，为人牧羊，立以为楚怀王。"《陈涉世家》云："陈涉虽已死，其所置遣侯王将相，竟亡秦，由涉首事也。高祖时为陈涉置守冢三十家砀，至今血食。"夫不受陈王命，即以为逆无道而伐之，闻陈王定死，项梁始能会诸别将计事，而别立怀王,当时之尊之也可知;汉高祖为之置守冢三十家,至武王时犹血食,则汉时人之重之也可知。论功则首事,言爵则称王,时人归之,后人尊之,列于《世家》,其谁曰不宜?

体例之漏略者 司马贞补《三皇本纪》云:"太史公作《史记》,古今君臣,宜应上自开辟,下迄当代,以为一家之首尾,今缺三皇而以五帝为首者,正以《大戴记》有《五帝德篇》,又《帝系》皆叙自黄帝以下,故因以《五帝本纪》为首。其实三皇已还,载籍罕备,然君臣之始,教化之先,既论古史,不合全阙。近代皇甫谧作《帝王代纪》,徐整作《三五历》,皆论三皇以来事,斯亦近古之一证。今并采而集之,作《三皇本纪》。虽复浅近,聊补阙云。"赵翼云:"《史记》不列楚怀王孙心传殊为阙笔。陈涉已《世家》矣,项羽已《本纪》矣,心虽起牧羊,然汉高与项羽尝北面事之,汉高之入关,实奉其命以行,后又与诸侯共尊义帝,而汉高之击项羽也,并为之发丧,则心固当时共主;且其人亦非碌碌不足数者,因梁败于定陶,即并项羽吕臣军自将之,因宋义预识项梁之将败,即拜为上将军,因羽残暴,即令汉高扶义而西,及汉高先入关,羽以强兵继至,亦居灭秦之功,使人报心,心仍守先入关者王之之旧约,而略不瞻狥;是其知识信义,亦有足称者。非刘圣公辈所为及也。自当专立一传。乃《史记》逸之,岂以其事附见项羽诸传中,故不复也?然律以史法,究未协也。"司马贞云:"吕后本以女主临朝,自孝惠崩后,立少帝而始称制,正合附《惠帝纪》而论之,或别为为《吕氏本纪》,岂得全没孝惠独而称《吕后本纪》?合依班氏分为二纪焉。"刘勰曰:"孝惠委机,吕后摄政,班史立纪,吕氏危汉,岂唯政事难假,亦名号宜慎矣。张衡司史,而惑同迁固,元帝王后,欲为立纪,谬亦甚矣。寻子弘虽伪,要为孝惠之嗣,孺子诚微,实继平帝之体,二子可纪,何有于二后哉?"郑樵云:"迁遗惠而纪吕,不无奖盗乎?"司马贞补《张耳吴芮世家》曰:"势谋楚汉位捋齐韩,俱怀从沛之心,咸享誓河之业,爵在列侯之上,家传累代之基;长沙既曰令终,赵王亦谓善始,并可列同世家焉。"又补《许邾世家》云:"许文叔太岳之胤二邾曹姓之君,并通好诸侯,同盟大国,不宜全没其事。亦可叙其本末,补《许邾世家》焉。"按此即所谓漏略之失也,兹分论之:

三皇本纪 司马贞谓宜补《三皇本纪》。按三皇之名，首见《周礼》。《周礼》者，汉人之所伪造也。纵非造自汉人，最早亦当为战国时思想家所伪撰。要之必非周公所为。是三皇之名创见颇晚也。西汉之时，是否多有其传说，尚颇难定。至《三五历》、《春秋运斗枢》、《白虎通》等书，始多其记载。意汉初已有之，亦必其言多不雅训，在被删之列，其不为列《本纪》者，概以此。至贞时三皇之事绩，尚颇缥缈，即三皇为何人，尚有数说，则迁时之不详也可知。传说每因缥缈而渐详，由虚说而成实，三皇也者，皆传说中人耳。正如希腊亦有火神，佃猎之神，禾稼之神，其传说与中国之燧人氏、伏羲氏、神农氏全同也。故贞此说非也。非然者，居其后者，亦将补之以大荒盘古等本纪，而谓贞为缺略矣。

楚怀王孙心 赵翼谓宜补《楚怀王传》。案关于怀王之不载于《史记》，可以二说明之。(一)因无传可凭，故不得已而付缺如。概史家记载，不能无所凭依，迁自序曰："余所谓述故事，整齐世传。"然则迁之凡为传纪，不过取世传而整齐之；世备云者，世所旧有之传也。《伯夷列传》曰："其传曰，伯夷叔齐，孤竹君之二子……"是言伯夷一传乃旧传所有也。不然迁于许由，何以谓"其文辞不少概见"乎？以许由之文辞少见，则于传中标明"其传曰"三字，迁殆见有此旧传也。更证之以《孟子荀卿列传》云："其传曰：墨翟宋之大夫，善守御，为节用……"其非指旧传言乎？墨子之学，在战国为最盛，迁苟不本旧传，何致寥寥数语乎？此必因其旧传本如此，而又无他书可凭参耳。由此类推，怀王亦必无旧传可凭，故不作专传。尤有可证之者：《秦楚之际月表》于序则称陈涉项羽，以为号令三嬗，不数怀王，而其中惟义帝称元。夫《春秋》之义，变一为元，谓王者当继天奉元，养成万物；故《公羊传》曰："元年者何？君之始年也。"若是，义帝独书元年者，马迁已以之承正统矣。是非第欲列之《列传》，虽仰侪《本纪》亦宜也。然怀王无传者，必以旧传无所取材，不得已而付之缺如也。(此为孙德谦之说，见《东方杂志》二十一卷十九号)(二)怀王实未尝缺漏也。迁之记怀王，乃于表中记元年，以正其号，附于诸将纪传中，以见其事，此亦迁之不得已也。夫若记怀王，必列之《本纪》始宜，刘项既列《本纪》，怀王不当仰侪《列传》也。然怀王有不能列《本纪》者数端,一,怀王之立,因于先楚。楚,先秦六国之一耳,即特为纪载,岂能别彼齐赵,而侪于《本纪》乎?二,项刘之起,俱当陈涉未死之先,后虽立怀王亦不过为权宜之计,岂真有为楚之心哉?(三)其后虽号义帝,乃其权更夺,宰制分封,俱由羽出,概不关白。《项羽本纪》项羽谓诸将曰:"怀王者,吾家项梁所立耳,非有功伐,何以得主约,本定天下,诸将及籍也。乃佯尊怀王为义帝,实不用命……"其轻视之情形可见。即劝项羽立怀王之谋臣范增,计划种切,亦全为项氏,而不略及怀王,尤可为证。其他将相亦莫不然,观其于虽被迁弑而无一人以劝谏,当时之情景可知矣。依此而论,则其不能列本纪也必矣。既不能列之本纪,而又不能侪之世家列传,故于年表,特载元年,以正其号,而于刘项纪中,附为记载以见其事也。且《史记》一书,互见者颇多,王鸣盛云:"六国之后,惟魏豹韩信田儋三人有传,若魏王咎韩王成与夫赵王歇楚怀王孙心,则其事已见于他处,故皆不为列传,不欲赘出耳。"是也。

吕后本纪 司马贞孝刘緦郑樵谓宜列孝惠少帝《本纪》,而附以吕后。按三氏之说非也。盖二少帝之在位,实未尝理一日之事务,《吕后本纪》云"孝惠帝崩……太子即位……元年号令一出太后……立常山王义为帝,更名曰弘。不称元年者,以太后制天下事也"可证。且二少帝俱非刘氏之子,《吕后本纪》云:"宣平侯女为孝惠皇后,时无子,佯为有身,取美人子名之,杀其母,立所名子为太子,孝惠崩,太子立为帝。"《正义》刘伯庄云:"诸美人元幸吕氏,怀身而入宫生子",是此少帝非刘氏之子也。《吕后本纪》云:"诸大臣相与阴谋曰,少帝及梁、淮阳、常山王、皆非真孝惠子也。"《孝文本纪》云:"丞相陈平、太尉周勃、大将军陈武、御史大夫张苍、宗正刘郢、朱虚侯刘章、东牟侯刘兴居、典客刘揭皆再拜言曰:'子弘等皆非孝惠帝子,不当奉宗庙。'"又《吕后本纪》云:"谓少帝曰:足下非刘氏,不当立。"是此少帝亦非刘氏也。《汉书·五行志》云:"惠帝崩,嗣子立,有怨言。太后废之,更立吕氏子弘为少帝。"则是二帝俱吕氏子也。既俱吕氏子,且未听政,而俱被废诛,则马迁焉能为之立纪乎?此少帝之不当立本纪也。《汉书》之不纪少帝,概亦以此。至孝惠帝虽未名纪,实未尝不纪也。如自元年即位，至七年崩，俱纪惠帝年号是其证也。《史记》之合本纪合世家合传，每以其重要者一二人以名之，以求简便，如老庄申韩列传之祇名“老子韩非”始皇二世本纪之祇标“始皇”及管蔡曹世家之祇名，“管蔡”是其例也。司马刘郑之论，可谓见牛未见羊也。后人以其女主，每多异议，实未见其确也。

张耳吴芮世家 司马贞谓宜升张耳于世家，并补吴芮世家，而与张耳合篇。案贞补吴芮世家是也。盖以当时王侯，俱列世家列传，此不容独缺也。张耳事容下论之。

许�世家 案司马贞之补，亦可谓是；然《史记》本自疏阔，此不足为史迁责。非然者，虞虢中山等，岂不亦将立世家乎？且此与上吴芮世家不同，盖《史记》本详近而略远，春秋以前，所略者多，当汉之时，惟缺其一，补吴芮则汉时可完，增许郏仍无救于略也。

分合之失当 司马贞云：“《萧相国》、《曹相国》、《留侯》、《绛侯》、《五宗》、《三王》六篇，可合为一篇”。又云：“老子韩非二人，教迹全乖，不宜同传，先贤已有成说，今则不可依循；宜令老子尹喜庄周同为传，其韩非可居商君传末”。又云：“鲁连屈原当六国之时，贾谊邹阳在文景之日，事迹虽复相类，年代甚为乖绝；其邹阳不可上同鲁连，贾生亦不可下同屈原；宜抽鲁连同田单为传，屈原宋玉等为一传，邹阳与枚乘贾生等同为传”。按此即所谓分合之失当也。兹分论之：

六篇合为一篇 按“可合为一篇”句，毛氏单行索隐本，作“请各为一篇”，未知孰是。然《史记》实各为一篇，小司马不必有是议。或谓作“合”是也，然萧曹张周何故必与五宗三王合篇乎？此又不可解者。今《索隐》本刻法，萧相国曹相国各为一行，而留侯与绛侯共列一行，五宗与三王共列一行，或司马贞之意，为萧曹各为一篇，而留侯与绛侯共一篇，五宗与三王共一篇也。此因不可知，且志斯议，以待后焉。又王鸣盛云：“至其又欲分《萧相国》、《曹相国》、《留侯》、《绛侯》、《五宗三王世家》各为一篇，作六篇，按今本固为六篇，而贞言如此，则不可解。意者此即所谓八十卷本之分卷耶？但子长于留侯下有陈平，方继以绛侯，而贞所举留侯下即绛侯，则又不可解。”

老子韩非列传 按老韩之合传，史迁概别具心裁。其言曰：“老子所贵道,虚无因应,变化于无为,故著书辞称微妙难识;庄子散道德放论,要亦归之自然;申子卑卑,施之于名实;韩子引绳墨,切事情,明是非,其极惨礉少恩,皆原于道德之意,而老子深远矣。”是史迁以为申韩之刑名,乃原于道德之意,为老子学派之衍变,而同出于一辄,不过有深浅之不同,故合为一传也。贞未明此也。

屈贾与鲁邹 按司马贞此说,亦非。盖《史记》乃通史也,非断代者可比,年代乖绝,有何关系?且《鲁仲连邹阳列传》论曰:“鲁连其指意虽不合大义,然余多其在布衣之位,荡然肆志,不诎于诸侯,谈说于当世,折卿相之权;邹阳辞虽不逊,然其比物连类,有足悲者,亦可谓抗直不桡矣,吾是以附之列传焉。”一则不诎,一则不桡,明是将鲁连邹阳合传之故表而出之,小司马既言事迹相类,何必再事更张乎?至屈原贾生一以放逐,一以失意,事迹亦相类也。且贾生有《吊屈原》一赋,合为一传,尤便连缀,此其故也。

序次错乱之失 司马贞云:“《司马相如》、《汲郑列传》,不宜在《西南夷》之下。”又引王劭云:“医方宜与《龟策》相接,不合列于此,后人误之也。”又云:“《大宛传》合在《西南夷》下,不宜在《酷吏》、《游侠》之间,斯盖并司马氏之残阙,褚先生补之失也,幸不深尤焉。”赵翼曰:“《史记》列传次序,盖成一篇即编入一篇,不待撰成全书后,重为排比,故《李广传》后,忽列《匈奴传》,下又列《卫青霍去病传》,朝臣与外夷相次,已属不伦,此犹曰诸臣事与匈奴相涉也。《公孙宏传》后忽列《南越》、《东越》、《朝鲜》、《西南夷》等传,又列《司马相如传》,《相如》之下,又列《淮南衡山王传》,《循吏》后忽列《汲黯郑当时传》,《儒林》、《酷吏》忽又入《大宛传》,其次皆无意可知。其随得随编也。”按此即所谓序次错乱之失也。兹论之如下:

《史记》列传序次之错乱,议者可分为二端:一则谓为后人错乱之;一则谓为随得随编,根本即无次序。余谓二说俱非也,前说证之自序,不攻自破;后说证以《本纪》、《世家》等,亦不攻自破。此其故何哉?盖古人著书,颇为困难,书之竹简,贯以牛皮,数十万言则竹简可盈一室,故其整理也,抽彼遗此,抽此遗彼,势所难免,故有时代轻重之分划然者,尚易排比,否则多失之杂乱,证之《史记》尤为可信。观彼《本纪》、《表》、《世家》，皆自古而今，《萧》、《曹》、《留侯》，则依爵而分先后，即列传之《李斯》、《蒙恬》之前，亦曷尝不依时而列，《田叔》、《万石》之前，亦可谓大有可观，此概时代可分，爵有轻重也。嗣后则不然，时多相近，位亦极杂，或为废黜之王侯，或为苟合谄谀之公卿，排比无方，序次难定，故难而序之也。且卷帙既繁，抽视维艰，前犹可序而列之，后则因繁而渐烦，遂致不详排比，亦未可知，证以吾人著书，亦曷尝无是失哉！又近人孙德谦有言曰："《汉书·艺文志》诸子一略，阴阳家，邹夷子列张苍后，墨家墨子列胡非子后，其次序亦可谓颠倒错乱矣。《艺文》之入史，班氏所拟，而一任其错乱何哉？吾意昔贤著书，惟在提纲挈要，至于序次，偶有错乱，则非所计也。盖《艺文》一志，以诸子言，但求若者为儒，若者为道，若者为名法，若者为小说，合于家数，详其源流得失，至序次小有错乱，于大体要无伤也。《史记》列传，不过序次之错乱，庸何病哉？《索隐》始欲改之，卒仍旧贯，不为无见。乃又抽出《匈奴》入《南越》前，王氏讥之，岂不宜哉？"（《东方杂志》二十一卷十九号）孙氏前引《汉书·艺文志》证《史记》实有错乱，后又引王说，似谓《史记》之别有因在，不知其意云何。总之，《史记》一书，次序颇有不合者，其原因即如上之所述。

八书之漏略　刘知几云："若乃《五行》、《艺文》，班补子长之缺。"又云："何不为人形志，何不为方言志乎？盖可以为志者三焉，一曰都邑志，二曰氏族志，三曰方物志"（《史通·书志篇》）。

胡朴安云："有《河渠》而无《舆地》，记《封禅》而略《艺文》，其失尤甚。谈既论六家之要旨，迁又讲业齐鲁之都，并从孔安国受古文，且得窥石室金匮之藏，而《艺文》无书，遂使后之议古文者，尽谓刘歆伪造，此马氏不记艺文之过也"（《国学汇编》）。此即所谓八书之漏略也。兹论之如下：

关于胡氏之说，孙德谦驳之曰："谓八书之中，不应无《舆地》、《艺文》是已。夫《舆地》所以考古今沿革，《艺文》所以考学术源流，固史家之要务，班书有《地理》、《艺文》，补《史记》之所未备，岂不善乎？《史记》百三十篇，驰骛古今，其所谓整齐厥协恐非异人任。八书即有漏略，吾人生千载后，已当服其史才，不得再轻有椅摭。"孙氏此驳，义颇肤廓,不足以难刘胡二氏。余谓一种事情之产生,俱有关其环境,东汉刘向父子,较理秘书,故有《七略》之作,其作《七略》即其工作也。迁时虽抽石室金匮之书,其实书籍无几,观于武帝之后,大搜遗籍可知;且迁之抽石室金匮之书,为作《史记》参考之用,与刘氏父子之专为校秘书不同,目的既殊,结果必异,势所然也,此不足为迁病也。班因刘氏之便,录之于书,所谓因利乘便,续为者易为力也。又“五行”之行,虽有之于汉初,实大盛于迁后,王莽当国,实其极盛之时,盖欲附会五行,愚惑闻听,以篡汉之天下也。当时趋附之徒,著述必多,班氏生逢其后,亦因利乘便,而为之志,迁时之情形不同也。以此责迁者,犹责之以“胡为乎不记中华十八年之国民军北伐”也。此未明当时情形所致也。又刘氏之人形方言,乃戏设之辞,后三者乃商榷之说,可用前孙氏之言驳之,不另。

定名之失当 刘知几云:“若乃史传杂篇,区分类聚,随笔立号,量无恒规。如马迁撰皇后传,而以外戚命章。案外戚冯皇后而得名,犹宗室因天子而显称,若编皇后而曰外戚传,则书天子而曰宗室纪可乎?”(《题目篇》)又云:“寻子长之列传也,其所编者,唯人而已矣,至‘龟策’异物,不类肖形,而辄与黔首同科,俱谓之传,不其怪乎?且《龟策》所记,全为志体,若与八书齐列,而定以书名,庶几物得其朋,同声相应者矣?”(《编次篇》)按此即所谓定名之失当也。兹论之如下:

史迁“外戚”之名,实不若刘氏名皇后之当,此所谓因者易为力也。魏收等即从是。至《龟策列传》则颇不易知,盖其书本亡,无法究竟,今所存者,为褚少孙取太卜占龟杂说所补,非迁本真。或其作法亦如《货殖》、《日者》乎?刘氏依褚书而为论,颇不敢必。

《史记》所显示的群经大义

杜松柏

我国的学术思想大备于春秋战国之际，不幸秦始皇在吞并六国之后，恐儒家以古"非今"，在"事不师古"和"以吏为师"的愚民政策之下，遂下令焚书，先民典籍，扫灭皆尽，至汉朝继起，虽建有"藏书之策"，设有"抄书之官"，书籍往往由民间求出，得以稍复旧观，儒家的经学，多被列入学官，但是民间献书，往往真伪相杂，刘向氏父子的校定，后人有诬他"伪编群书"，后古今文的争议大起，利禄学术之争，既合为一，及各持一说而不相让，马融郑玄，虽能包容之，但是其时纬书流行，未免淆乱经义，加以王莽之末，长安遭逢兵祸，宫室图书，多被焚毁，影响了二氏的成就，二氏所引据的资料，亦多散失，无由论其是非真伪，其后各代兵乱相继，残失甚多，幸历代君主，多崇奖儒家之学，经学的流传，致未有废绝，可是宋明以后，汉学宋学之争大起，纪昀《四库全书经部总叙》云："夫汉学具有根底，讲学者以浅陋经之，不足服汉儒也。宋学具有精微，读者以空疏薄之，亦不足服宋儒也，消融门户之见，而各取所长，则私心祛而公理出，公理出而经义明矣。"可是持平之见难得，所以汉学宋学之争未能全泯，然细考之，名物训诂上的成就，固足有以发扬经学，正误启明，但失之细碎，足掩经学之真精神，宋儒特重义理，颇足阐先圣前贤的大义，但多是把一种道理说成一种道理，故难免偏失狂肆，故欲求群经经义的纲节，做到"立乎其大而小者不移"的地步，则不能不求之《史记》，这一部去始皇焚书不远，又承汉武帝敦尚儒术之际所完成的作品，网罗了旧说逸闻，保留了远古的文献，参稽这部巨著，当可明经学之大义，由寻根而得枝叶，推源而知流脉，当不失远搜旁求之一法。

一、太史公的经学

太史公司马迁，不但是一位伟大的史学家，而且是一位受道家影响的儒家中的经学家，《史记·太史公自序》云："有子曰迁，迁生龙门，耕牧河山之阳，年十岁则诵古文"，所谓古文的内涵不详，但是其中当包括了儒家的重要典籍，《索隐》注云："迁及事伏生，是学诵古文尚书"，虽为疑似之词，但证以《史记·五帝本纪序》："余尝西至空峒，北过涿鹿，东渐于海，南浮江淮矣，至，长老皆各往往称黄帝尧舜之处，风教固殊焉，总之不离古文者近是，予观《春秋》、《国语》，其发明五帝德，帝系姓章矣"。又太史公之父司马谈，曾受《易》于杨河，足以明司马迁是深受儒家经典的教育。不但如是，他并以儒家孔子的继承者自居，他在《孔子世家赞》中曰："余读孔氏书想见其为人，适鲁观仲尼庙堂车服礼器，诸生以时习礼其家，余祗回留之不能去云。"又在《自序》中云："讲业齐鲁之都，观孔子之遗风，乡射邹峄。"可见他仰慕孔子的殷切，由是而产生了继志承烈的壮志豪情，所以在《自序》中云："自周公卒五百岁而有孔子，孔子卒后至于今五百岁，有能绍明世，正易传，继春秋，本诗书礼乐之际，意在斯乎，意在斯乎，小子何敢让焉。"足以见他的抱负。然而事与愿违，司马迁因李陵战败降匈奴一事，被汉武帝咨询，以应对失帝意而在天汉二年受腐刑，由是意气消沉，但以《史记》一书未成而忍辱苟活，故在《报任少卿书》中云："所以隐忍苟活，幽于粪土之中而不辞者，恨私心有所不尽，鄙陋没世而文彩不表于后世也。"《史记》一书，止于天汉元年，在"究天人之际，通古今之变，成一家之言"，的确如他所说，足以当之无愧，但是这一部皇皇钜著，其所以能信而不诬，得古今之通变，完全是由于他以儒家思想作为组织全书的大经大纬,故足以阐发群经大义。张之洞说过:“由经学入史学者,则史学可信。”然由史学以反求群经大义,则更可见群经大义的信而有征了。

二、汉初的经学

我国的经学,在先秦以前,即有六经之名,故《庄子·天下篇》云:“《诗》以道志,《书》以道事,《礼》以道行,《乐》以道和,《易》以道阴阳,《春秋》以道名分。其数散于天下而设于中国者,百家之学,时或称而道之。”即是后人所尊称的六经,至唐宋以后而有九经、十三经之称,乃以后儒者的增益,可是在汉初只有五经,因为乐经已亡逸了。虽然太史公在《自序》中曾云:“是故《礼》以节人,《乐》以发和,《书》以道事,《诗》以达意,《易》以道化,《春秋》以道义。”但实际上《乐经》不见立于学官,《史记·儒林列传》云:“及今上即位,赵绾、王臧之属明儒学,而上亦乡之,于是招方正贤文学之士。自是之后,言《诗》,于鲁则申培公,于齐则辕固生,于燕则韩太傅。言《尚书》自济南伏生。言《礼》自鲁高堂生。言《易》自菑川田生。言《春秋》,于齐鲁自胡母生,于赵自董仲舒。”可见当时的经学,只限于《诗》、《书》、《礼》、《易》、《春秋》了。《孝经》的成书,虽亦见于《史记》,但是传授情形不详,也未立于学官,《史记·仲尼弟子列传》云:“曾参,南武城人,字子舆,少孔子四十六岁,孔子以为能通孝道,故授之业,作《孝经》,死于鲁。”汉初经学的大概及传授情形,大致如此,但是汉代的儒者,各有师承家法,以明究经义,故《史记·太史公自序》云:“夫儒者以六艺为法,六艺经传以千万数,累世不能通其学,当年不能究其礼,故曰博而寡要,劳而少功。”可是当时名物训诂,解说经义,必非常详尽,故曰累世不能通其学。例如《史记·儒林列传》:“韩生推《诗》之意,而为内外传数万言”,皆可为明证。可见《史记》一书是包括了群经大义的。

三、《史记》所显示的经书大义

古记以儒家经术贯通全书,是信而可征的,儒的政治精神全在天下为公,故重禅让政治,重选贤与能,其法治的精神,不在维护君权,而在维护民众及社会秩序,所以孔子的大同思想,孟子的民贵君轻,皆是此意。太史公的《史记》,以《本纪》、《世家》、《列传》为主,《本纪》以叙帝王,起自黄帝,特别褒美尧舜,盖推其有让天下之德,《太史公自序》云:"唐尧逊位,虞舜不台,阙美帝功,万世载之,作《五帝本纪》第一。"世家以叙王侯,可是以《吴世家》为始,因为泰伯亦有让国之美,所以置于《齐世家》,《鲁世家》之上,《自序》云:"泰伯避历,江蛮是适,文武攸兴,古公王迹……嘉伯之让,作《吴世家》第一。"《列传》以叙士庶,却以伯夷叔齐为首,二人亦有让国之德,《自序》云:"末世争利,维彼奔义,让国饿死,天下称之,作《伯夷列传》第一。"由上所述,可见非无心的偶合,乃有意的安排,有意以儒家的禅让政治的典型人物为大经大纬。

《太史公自序》云:"《易》著天地阴阳四时五行,故长于变;《礼》经纪人伦,故长于行;《书》记先王之事,故长于政,《诗》记出川谿谷禽兽草木牝牡雌雄,故长于风;《乐》,乐所以立,故长于和;《春秋》辨是非,故长于治人。"这段话可说是精辟的群经大义诸论,先儒累千百言而有不能道者,兹就《史记》所显示的群经大义分述之:

(一)《史记》所显示的《诗经》大义

太史公论诗的大义云:"《诗》以达意",与庄子所云:"《诗》以道志",以及《诗大序》云:"《诗》者,志之所之也,在心为志,发言为《诗》",其意相合,认为《诗经》是抒情的作品,《史记·乐书》云:"《诗》言其志也,歌咏其声也,舞动其容也,是故情深而文明。"情深而文明,更进一步说明了《诗经》的特色。《太史公自序》又云:"《诗》三百篇,大抵皆圣贤发愤之所为作也。"认为《诗经》之作,是出于情感的激动,由此可证《礼记·经解》所说:“入其国其教可知也,其为人温柔敦厚者诗教也”,是不合实际的,至少在《诗经》之中的大部分作品,是有美有刺,有讥嘲有怨怼的发愤之作,所以孔子说:“《诗》三百,一言以蔽之,曰:‘思无邪’”,所谓无邪,非谓无“邪思”,而是指的情感的纯真,温柔敦厚是诗教的结果,而非《诗经》作品皆为情感在平衡状况下,以温柔敦厚为创作的原则。《史记·孔子世家》云:“上采契后稷,中述殷周之盛,至幽厉之缺,始于衽席,故曰《关雎》之乱,以为《风》始,《鹿鸣》为《小雅》之始,《文王》为《大雅》始,《清庙》为《颂》始”。四始之说,与《诗经》大义所关者少,可略而不论,但是依现行的《诗小序》考之,“上采契后稷,中述殷周之盛”的作品何在呢?虽然《雅》、《颂》中一部分周人的作品,可说是“上采契后稷”,但是“殷之盛”的作品何在呢?除非有一个解释,就是《诗小序》均是后人伪作,泯灭《诗经》作品的时代性(不然即是太史公作伪),孔颖达的《毛诗正义·序》云:“唐虞乃见其初,牺轩莫测其始,于后时经五代,篇有三千。”与太史公之说相合,但孔序又云:“先君宣父,厘正遗文,缉其精华,褫其繁重,上从周始,下暨鲁僖”,谓孔子将前朝所有《诗经》的作用一概捐弃,宁可置信,在孔颖达以前的《诗谱·序》亦云:“有夏承之,篇章泯弃,靡有孑遗,迩及商王,不风不雅”,夏代作品,因年久而无流传,勉强可置信,但商的作品,不风不雅,郑氏又何以知之呢,又何以能认定是孔子删除的原因呢?一方是他们受了太史公载孔子删诗的影响,一方面是受诗序的欺蒙,认定了某一篇是某时某事之作,而谓《诗经》皆系周人的作品,另一理由,周人的采诗诵诗,都是政治活动,采诗在以明了殷代遗民的反抗情形,诵诗在以安抚殷代遗民,所以《雅》、《颂》之中,屡称周受命代殷,所以孔子才说:“诗云诗云,钟鼓云乎哉?”那么在此情况下,凡是足以促警殷代遗民思殷的作品,或者殷代遗民的志之所之的作品,都在删除之列,不加弦诵歌唱,所以《国风》不见殷人之后的宋风,而《左传》所载,宋又是歌谣盛多的国家,殷人的政治根据地,封于卫,可是《诗经》的《卫风》,始于卫武公,去殷之灭亡,已有三百年了,难道这一文化极高的地区,在此以前没有诗歌吗?也许有人说,《黍稷》一章为箕子作,周人亦不弃殷代的作品,可是这一章诗是刺纣王而美周室的,诗云:“彼狡童兮,不与我好兮”,当然为周朝所乐于传播的了。另《伯夷列传》载有佚诗云:“登彼西山兮,采其薇矣,以暴易暴兮,不知其非矣,神农虞夏忽焉没焉,我安适归,于嗟徂兮,命之衰矣。”这一首怨周的诗又何以不见于《诗经》呢,从《史记》中我们似可得到个中一些消息。

当然《诗经》是与时代有关,与政治有关。《史记·封禅书》云:“《大雅》言王公大人而德逮黎庶,《小雅》讥小己之得失其流及上。”与《诗大序》所云:“雅者政也,政有大小,故有《小雅》焉,有《大雅》焉”其意相同,然而《毛传》《郑笺》认为《关雎》系美文王后妃之德而大加称美,认为是“风天下而正夫妇”。《鹿鸣》认为系谳群臣嘉宾,然后群臣嘉宾得尽其心。可是《史记·十二诸侯年表》太史公云:“周道缺,诗人本之衽席,《关雎》作,仁义陵迟,《鹿鸣》刺焉”,《封禅书》云:“嗟呼,夫周室衰而《关雎》作”。太史公之说未为无见,平心细察,《关雎》固是男女的情诗,而《鹿鸣》未尝不是行乐赠贿之作,由太史公“诗以道志”,“情深而文明”的立场以论诗,也许会发现《诗经》更真的面目,至于《吴世家》记季札论诗,更足以彰明诗的真义。

(二)《史记》所显示的《书经》大义

太史公云:“《书》以道事”,与《庄子·天下篇》说相合,《史记·五帝本纪》尧舜以后,及《夏本纪》、《殷本纪》、《周本纪》,多取材于《尚书》。他说:“然《尚书》独载尧以来”,又《殷本纪赞》云:“自成汤以来,采于诗书”,他的取材是撮取其意,以当时文字表出之,尤足以彰明《尚书》之义,补正后来注家谬误或漏失,如《尧典》云:“克明俊德,以亲九族”,而《史记》则作“能明驯德,以亲九族”,《尧典》:“以闰月定四时”,历来注家均谓置闰月,以定四时之气节,成一岁之历象。可是二十四气之起,在于汉武帝之时,二十四气无中为闰,以定一年的闰月,这种知识,不可能远在唐尧之时便已知晓,乃注家以后人历法上的知识,以为臆度而加注释。太史公则云:“以闰月正四时”,其义当远胜后人之注。又云:“钦哉钦哉,惟刑之恤哉。”注,恤忧也。其义不明,而

《史记》作:"钦哉钦哉,惟刑之静哉"。谓刑法之用,以少用为宜,其义昭昭矣。这类的例子,不胜指举。

书以道事,《史记》已把《尚书》所载的政治哲理精义,撷入书中,他所作的《乐书》、《礼书》、《律书》就是根据《尚书》,发挥《尚书》的书以导事的精义而来,《乐书》云:"故礼以导其志,乐以导其声,政以一其行,刑以防其奸,礼乐刑政,其极一也。"太史公认为礼乐刑政作用不同,其目的则一,以求至治。他作《礼书》,在发挥《尚书》"礼以治人神,和上下"的精义。作《乐书》在发挥《尚书》"八音克谐,无相夺伦,人神以和"的精义。作《历书》在发挥《尚书》敬授民时之义,太史公曰:"神农以前尚矣,盖黄帝考定星历……尧复遂立重黎之后……立羲和之官,明时正度,则阴阳调,风雨节,茂气至……禅舜,申戒文祖云:天之历数在尔躬。舜亦以命禹,由是观之,王者所重也。"故由《史记》以反求《书经》之大义,实多阐明之处。

(三)《史记》所显示的《易经》大义

太史公云:"《易》以道化",又于《滑稽列传》引孔子之言曰:"《易》以神化"。与《庄子·天下篇》:"《易》以导阴阳"。义小异而大同。孔颖达《周易正义·论易之三名》云:"夫易者变化之总名,改换之殊称,自天地开辟,阴阳运行,寒暑迭往,日月更出,孚萌庶类,亭毒群品,新新不停,生生相续,莫非资变化之力,换代之功,然变化运行,在阴阳二气",即是就易以道化与易以道阴阳之意而阐述之。太史公于《田敬仲完世家·赞》云:"盖孔子晚而喜《易》。《易》之为术,幽明远矣,非通人达才,孰能注意焉",又于《相如列传·赞》云:"《易》本隐之以显"。推太史公之意,认为《易》所言的是隐微的自然宇宙的法则,以明于人事,此一精义,以后的学者所谓:"伏羲乃仰象观于天,俯观法于地,中观万物之宜,于是始作八卦,以通神明之听,以类万物之情",即是说易是一种抽象的隐微玄理。所谓"故易者所以断天地,理人伦而明王道,所以画八卦、建五气以立五常之行,象法乾坤,顺阴阳以正君臣父子夫妇之义,度时制宜,作为罔罟,以佃以渔,以赡民用……”。是说明易是由隐以之类,由隐微的自然宇宙法则以明人事的原委。又《史记·孔子世家》云:“孔子晚而喜《易》,序《彖》、《象》、《说卦》、《文言》,读《易》韦编三绝”。虽然未明言这后人所谓的《十翼》,为孔子所作,但是这些篇目至少在太史公的时代已具有了。至于易的传授,于《易经》的大义无关,虽《史记》的《仲尼弟子列传》及《儒林传》,颇多分歧的记载,故亦略而不论。

(四)《史记》所显示的《礼经》大义

《史记·太史公自序》云:“维三代之礼,所损益各殊务,然要以近情性,通王道,故礼因人质为之节文,略协古今之变,作《礼书》第一。”这一段充分说明了礼的基本精神,在不悖人的情性,而以调节文饰人的情性和行为,其目的在通于治,以维持人类社会和谐的关系和秩序,《礼书》一篇,均在发挥此旨。现传《礼记》的成书,晚于太史公,《史记·儒林列传》云:“诸学者多言礼,而鲁高堂生最本。礼固自孔子时而其经不具,及至秦焚书,书散亡益多,于今独有士礼,高堂生能言之,而鲁徐生善为容。”《礼经》有三,《周礼》,《仪礼》、《礼记》是也。《周礼》言周之官制,太史公所见之士礼与容礼其内容是否与现在的《仪礼》,《礼记》相当,已不得而知,太史公论礼之精神,则相与无违背,太史公《礼书》云:“先王恶其乱,故制礼义以养人之欲,给人之求,使欲不穷于物,物不屈于欲。”虽有取于荀子的论礼,但与《礼记·曲礼》所云“敖不可长,欲不可从,志不可满,乐不可极”之义相同,礼之起在使人之情性,有所调节,使合于中常。《礼书》太史公曰:“至矣哉,立隆以为极,而天下莫之能损益也。本末相顺,终始相应,至文有以辨,至察有以说,天下从者治,不从者乱,从之者安,不从者危,小人不能则也。”论礼之作用恰足以阐发《礼记·曲礼》所云:“人有礼则安,无礼则危”之义,《史记·礼书》云:“孰知夫恭敬辞让之所以养安也,孰知夫礼义文理之所以养情也。”又《乐书》云:“君子以谦退为礼”,恭敬辞让正是礼之基本精神,正与《礼记·曲礼》:“礼毋不敬”。又云“君子恭敬趋节退让以为礼”,若合符节。太史公《礼书》云:“文貌繁,情欲省,礼之隆也;文貌省情欲繁,礼之杀也;文貌情欲相为内外表里,并行而杂,礼之中流也。君子上致其隆,下尽其杀,而中处其中。”认为守礼则情欲省,失礼则情欲繁,中处其中,不因礼而违情性,不顺情性而失节文,正是执中不偏的态度,所以《乐书》又云:“先王之制礼乐也,非以极口腹耳目之欲也,将以教民平好恶而反人道之正也。”

礼不是空文,而是可见之于行事的规范,但是时有古今,事有变易,礼是要应时世而变更其节文的,《史记·叔孙通传》载叔孙通对高帝问云:“五帝异乐,三王不同礼,礼者因时世人情为之节文者也,故夏殷周之礼所因损益可知者,谓不相复也。”道出了礼有变动不居的部分属性,亦可因事而制礼,如果事关乎国家的盛衰存亡,需要变礼易俗,改易传统,以利其事之推行,则可变礼易俗,《史记·赵世家》以最长篇幅记赵武灵胡服骑射的辩论,即在申明因事制礼之意,赵武灵王云:“夫服者所以便用也,礼者所以便事也,圣人观乡而顺宜,因事而制礼,所以利其民而厚其国也。……圣人果可以利其国不一其用,果可以便其事不同其礼。”又云:“……三王随时制法,因事制礼,法度制令各顺其宜……圣人之兴也,不相袭而王,夏殷之衰也,不易礼而灭,然则反古未可非,而循礼未足多也。”结果赵武灵王礼胡服,以成其强国之事,正与《礼记·曲礼》所云“礼从宜,使从俗”之义相合,由此可见礼的基本精神不可废,而礼的节文可易。礼的节文不在繁多,而在简易,《史记·鲁世家》云:“鲁公伯禽之初受封,之鲁三年而后报政周公,周公曰:‘何迟也?’伯禽曰:‘变其俗,革其礼,丧三年然后除之,故迟。’太公亦封于齐,五月而报政周公,周公曰:‘何疾也?’曰:‘吾简其君臣,礼从其俗为也。’及后闻伯禽报政迟,乃叹曰:‘呜呼,鲁后世其北面事齐矣,夫政不简不易,民不有近,平易近民,民必归之。’”由此可见后儒喁喁讲求礼之繁文缛节而遗其顺事尚简之精义,则忽其大而得其小,阅《史记》亦可有所启发矣。

(五)《史记》所显示的《春秋经》大义

《太史公自序》云:“《春秋》以道义。”与《庄子·天下篇》:“《春秋》以道名分”,意正相合,因为是非之别,名分之分,都是以义不义为归依的。太史公之作《史记》,雅欲承夫子作《春秋》之盛业,故于《春秋》一书论之特详。首先他畅论《春秋》之作,《太史公自序》云:“孔子知言之不用,道之不行也,是非二百四十二年之中,以为天下仪表,贬天子,退诸侯、讨大夫,以达王事而已矣,子曰:‘我欲载之空言,不如见之于行事之深切著明也’。”又畅论《春秋》全书的精义云:“《春秋》上明三王之道,下辨人事之纪,别嫌疑,明是非、定犹豫,善善恶恶,贤贤贱不肖,存亡国,继绝世,补敝起废,王道之大者也。”把《春秋》所褒所贬的着眼,阐发无余。《春秋》道义,是以礼义为基本立场,故太史公云:“《春秋》者,礼义之大宗也。”正如孔颖达《正义·序》所云:“国之大事,在祀与戎,祀则必尽其敬,戎则不加无罪,盟会协于礼,兴动顺其节,失则贬其恶,得则褒其善,此《春秋》之大旨。”祀合不合礼,戎合不合义,是《春秋》褒贬之所在。可是祭之行,兵戎之兴,合不合礼法,又是以君臣父子的关系和伦理法则为断的,所以太史公曰:“夫不通礼义之旨,至于君不君,臣不臣,父不父,子不子。夫君不君则犯,臣不臣则诛,父不父则无道,子不子则不孝,此四行者,天下之大过也,以天下之大过,予之,则受而弗敢辞。故《春秋》者,礼义之大宗也。”由此一则可见太史公认定《春秋》是以伦理的礼义法则,“以明是非,定犹豫,善善恶恶,贤贤贱不肖。存亡国,继绝世”。故一字之贬,严于斧钺之诛,因为孔子的地位虽微,但是他所秉持的伦理礼义的原则,而出的公平正义的论断,谁可以违反呢?一则可见太史公以伦理礼义作为春秋褒贬的注脚。才深合孔子“我欲载之空言,不如见之于行事之深切著明也”。因为君臣父子之行事,自然深切著明,依此而论定之是非,亦如揭日月而行,本此意见,以观《春秋》,自易得其精义,以见夫子之用心。

太史公于《司马相如列传》云:“《春秋》推见(现)至隐”,又于《儒林列传》云:“故因《史记》,作《春秋》,以当王法,其辞微而指博。”辞微谓一字以定褒贬,指博谓含义广博深远,推见(现)至隐,即杜预《春秋序》所云五例之一的“一曰微而显”,谓记其史实的发生,甚为明白,由此以推其所含的隐微之理。即杜预《春秋序》所云五例之一,“二曰志晦”,疏云:“志记也,晦亦微也。”可见太史公于《春秋》,实多发幽抉微之处，值得我们循此求索。

太史公自称《史记》之作在“明天人之际，通古今之变”，可说是他的历史观，但是他的历史观，详细的发挥，还是在论《春秋》，其《自序》云：“《春秋》之中，弑君三十六，亡国五十二，诸侯奔走不得保其社稷者不可胜数，察其所以，皆失其本已。”他又说：“故有国者不可以不知《春秋》，前有谗而弗见，后有贼而不知。为人臣者不可以不知《春秋》，守经事而不知其宜，遭变事而不知其权”，他所说的《春秋》的价值，即是史学的价值，主国政和参与国政者，不知谗言之人，贼害的所在，不能守经达权，则何贵有历史的知识呢？“《春秋》辨是非，故长于治人。”历史的价值，亦在辨是非，知得失，而长于为政治国。所以这也是太史公的历史观，“明天人之际，察古今之变”，殆由此导出。

综上所述，《史记》一书所显示的群经大义，可谓经纬在机，昭明甚著，足以补宋儒言义理之偏，和汉学作考据细碎之失，“立乎其大，而小者不移”。岂可以《史记》的史学价值，文学价值，而忽略其经学价值乎。

评　论

评《阿里斯托芬的人民》

欧德法勒(W. A. Oldfather) 著
黄薇薇 译

埃伦伯格(Victor Ehrenberg)《阿里斯托芬的人民:旧阿提卡喜剧的社会学》(*The People of Aristophanes:A Sociology of Old Attic Comedy*,Oxford:Basil Black-well,1943,Pp. xii,320. 258)。

这本书是对古典文学经济学和社会学研究的重要补充。长期以来,我们已经意识到,古代喜剧反映了很多社会和经济因素,历史学家弗格森(Ferguson)和罗斯托夫采夫(Rostovtzcff)就充分利用了这一点。埃伦伯格的研究却首次把古代喜剧中一切重要的社会和经济资料集中在一起,融为一体。

在这样的研究中,作者本人的社会观点极为重要。一开始,埃伦伯格就概述了两大现代理论之间的冲突,它们对古代经济学各有看法:前一种观点认为"过去的经济生活与当今的经济生活有着相同的性质和重要性";后一种观点则认为"经济状况在不同的时代有着不同的性质和重要性",而且"古代人大体上都朴实无华,他们实质上的重要性可忽略不计"(页3)。作者并没有盲目跟从任何一方。总的来说,他成功地选取了一条中间道路,使作品成为社会学和经济学资料的简要纲领,而非解释这些资料的理论著作。当然,就特征而言,埃伦伯格百科全书式的目录读起来虽有意思,理解起来却相当困难,但它的确是当代学生不可忽视的一本著作。

只有在一个真正重要的细节上,埃伦伯格才允许自己建立理论,而事实上,大多数学者可能也会认同,阿里斯托芬的时代,确实呈现了一些态势,它们代表着时代的特征,埃伦伯格认为,这得自于"中产阶级"。尽管他很反感用现代术语去套古代的经济现象,但他却发现,"中产阶级"这个词用起来相当灵活,也不用试图给出精确的定义。这个词最接近的定义出现在《商人和匠人》一章,作者极力认为,

> 这一社会团体是由占绝大多数的公民、农场主、商人和匠人组成,其主要特征是出售自己的产品或贩卖海外商品……我要强调的是,公民当中确实有一个阶层,至少多出了一个阶层,他们比上不足,比下有余。因为社会残渣(dregs of the populace),甚至日付工(day-laborers)都没有这么大的数量,因而不能计算为一个明显的阶层……从经济角度讲,他们(中产阶级的成员)都是男人,无论是大人物还是小人物,都靠收入而非财产生活(页111-12)。

把"农场主"(farmer)囊括进来似乎有点奇怪,因为作者先前认为(页37)"骑士和农夫(peasant)"找到了"共同对抗政治煽动家的联系",他们遭到"从小商贩到大店主"的一致反对(另参页256),而后者日后却是"中产阶层"的代表。其次,如果一个俄玻罗(obol)的购买力真如作者指明的那么少(页162以下);如果"在增加到三个俄玻罗后",真的出现了一次"公民大会热"(a rush to ekklesia,页166);如果存在着"高利贷者,他们一次性只借少许俄玻罗,并以此而得名"(页170);总之,如果"靠双手打工糊口的人""适合描述绝大部分人"(页172),那么"社会残渣"至少在阿里斯托芬后期还是可以"当做一个阶层"(另参页55,117,120-21,129,135,178-79,183-84,其他地方指穷人)。最后,用"靠收入而非财产生活"来区分中产阶级很不充分。

投资得来的“收入”和劳动“收入”显然有很大的区别。事实上，阿里斯托芬的时代并不比任何一个战争年代平静，而“中产阶级”的成员也和其他任何一个阶层一样，一直处于激烈的变化中。这一点在开头两章介绍喜剧时有所暗示，后来论证得却不够充分。

还有些不太重要的解释值得注意。首先，作者认为“奴隶和自由民并肩劳作是互为补充，而非相互竞争”（页 134），这不太可能。他先前提到的“普通供需法”控制着食品价格（页 164），这就需要两个及以上的人做相同的工作，而这些人不管是奴隶还是自由民都成了竞争对手。其次，“狄俄尼索斯说服他的主人雇用一个仆人”后，有一场“艰难的讨价还价”，意味着“这个仆人不管是不是自由的日付工，都得按提供的工资从事奴隶的工作”，这一点可能是事实（页 136）。当然，任何业主（owner）“提供的工资”肯定不会多于奴隶必需的吃穿用度，是“贬了值”的津贴。最后，“如果一个工匠在他的作坊中拥有一批奴隶，那对于他的同行（fellow-craftsmen）来说，也没有太大区别”，这一点倒有可能（页 136）。但这必定意味着，如果自由日付工生产的产品，要和奴隶生产的产品卖得一样低，那这个工匠的同行支付给自由日付工的工钱，就要略多于他们糊口度日的费用。不论这个作坊有一个还是一百个工人，情况都是这样。当然，奴隶和自由民之间的这种竞争，很可能在后来就没有这么尖锐了。

对格拉古（Tiberius Gracchus）而言，“奴隶不代表任何社会问题”的说法简直是误导（页 279，注释 3）。伊特鲁里亚（Etruria）奴工监狱的痛苦激起了格拉古的改革，这一改革却与奴隶大暴动同时发生。

以上便是“阿里斯托芬的人民”。这个问题的另一方面还有待发掘：阿里斯托芬本人的社会观点是什么？他的喜剧为何保存了这些独特的资料？他的个人偏见是什么？他隐去了什么？作者只偶尔笼统地提到了这一方面，如“阿里斯托芬的态度虽然保守，但不片面（one-sided）”，这句话很奇怪（页 38）；“对阿里斯托芬而言，知识分子的追求与政治家对经济利益的追求一样邪恶”（页 45）；“阿里斯托芬没有明确的政治偏见”（页 84）；“阿里斯托芬支持保守主义”（页 239）等等。我们知道，《云》反映出“对苏格拉底的普遍误解，这不是指诗人，而是指观众,因为诗人肯定更有头脑,他写出了观众的判断和品味"(页198)。"诗人真正的目的……是想攻击以苏格拉底为代表的智术师,即智术师的化身"(页199)。埃伦伯格似乎更想把阿里斯托芬证明为不诚实的知识分子,而非受到误解的知识分子。

然而,这本书的本意并非解释,若苛责其解释,当然有失公允。作者著书之际,时值放逐的尴尬境遇,却集中和排列了这些规模宏大的事实,并用外语表述出来,实乃伟大功绩。

施特劳斯与伽达默尔之争

——评《后现代的柏拉图们》

拉米(Walter Lammi)　著

黄　晶　译

朱柯特(Catherine H. Zuckert)的《后现代的柏拉图们》(*Postmodern Platos*, The University of Chicago Press, 1996)一书对伽达默尔、施特劳斯、德里达等人进行了哲学-政治的比较分析,涉及他们以及尼采、海德格尔的柏拉图研究。此书的要义在于:柏拉图研究提供了一块试金石,我们可以借此把握解释学、施特劳斯学派、解构理论诸路向展现出的当代思想。这一论题颇为引人关注,因为正如朱柯特教授试图论证的那样,或许上述思想家以不同的方式直接或间接地将柏拉图视为自身的主要对话者。这一研究包含两个主张,其一是,对于上述思想家而言,转向柏拉图、或者说返回柏拉图即便不具有根本性意义,也极为重要;其二是,上述思想家的柏拉图研究提供了一个共同的平台,可以以此为基础比较甚至对比他们,进而考察这些思想家各自对柏拉图不同侧面的关注,考察他们的柏拉图研究如何影响或反映了他们的思想和相互间的差异。

对于柏拉图研究的再研究——接受史(Rezeptionsgeschichte)作为一个建构原则,富于吸引力却又令人望而生畏,它引出了许多不同的路向。《后现代的柏拉图们》是一本旁征博引的著作,它的论述参考了许多当代学术文献。这本书解释了种种立场,作出判断并得出了一家之言。

书中解释道,赞同与反对的诸多立场在思想上相当复杂。然而在我看来,《后现代的柏拉图们》最终并不能令人满意。朱柯特未能说服我相信她论述前提的有效性。我认为,她选取比较方法进行哲学分析所面临的首要难题就是:惟有在诸多柏拉图研究——无论其研究的是柏拉图还是柏拉图对不同思想家思想的影响——明显可以相互通约时,才能在这些研究中寻找到共同平台。虽然我们或许能找到这种通约性,但寻找这种通约性却至少成了一个主要的挑战。朱柯特在书中进行比较和对比,但我觉得她的那些比较并不总是有意义的,她所作的对比也不始终有效。

我对《后现代的柏拉图们》的论题所持的迟疑态度部分是由于,使得这些思想家相互对照的实则是他们各自的立场。在朱柯特笔下,当伽达默尔、德里达及施特劳斯在涉及尼采、海德格尔及柏拉图时,他们均采取要么相互赞同要么针锋相对的诸多立场。此外,无论从视域还是从派性看,朱柯特均坚持其自身“施特劳斯派”的立场:她参照哲学与政治之关联、古人与今人之关联,以及整全的异质性(the heterogeneity of the whole)等论题,以解释学、解构同施特劳斯的融贯性为根据,对前两者进行评判。立场明确地思考并不会引发异议,但我认为,《后现代的柏拉图》一书虽具有流畅的论辩风格,朱柯特对一种特殊视角或“学派”的忠诚却使得她的处理变得独断。在我看来,朱柯特未能认真考虑这样一种洞见——哲学不可化约为种种论题,虽然她本人早在书的第三页便对这一洞见加以强调。在她的叙述中,这一洞见成为另一学说、另一论题,它构成了这些思想家或赞成或反对的一种立场。我将在朱柯特处理伽达默尔的语境中更加详细地讨论这种独断论的倾向。

我对这本书有所保留还在于:我认为作者最显著的立场是错误的。其立场或许可以简单表述为:德里达与施特劳斯都相信整全的异质性,都怀有现实的观点,认为人类是受限的,因此政治制度也受限。这一点将他们二者与伽达默尔区分开来,后者则轻易跨越了哲学与政治之间的裂隙。总之,根据朱柯特的分析,在哲学的层面上德里达的解构较之伽达默尔的解释学更为深刻,也更接近于施特劳斯的思想。

这绝非朱柯特雄心勃勃的广博研究所得出的唯一结论,当然也非其唯一的侧重点,但却是她特意强调的一个结论,并且还可能是其研究最具影响力的结论,因为这个结论使得施特劳斯派的兴趣由解释学转向了解构理论。朱柯特确实特意选择伽达默尔作为论敌。在她的著作中,伽达默尔成为弱点重重的哲人:

> 因为他们声称在事物的内核中存在着一种不可化解的冲突,[与伽达默尔相比]尼采、海德格尔、施特劳斯以及德里达更加恰当地讲述了为何人类永远不能拥有关于整全的知识以及为何我们仍将继续相互反对、相互争斗。(页 270)

因为在我看来,这一立场不仅谬误重重,而且在智性与政治两个层面上都颇为有害,本书评旨在驳斥这种立场。我将从评论朱柯特对海德格尔的论述开始——这么做难免使我的关注点和评论有片面之嫌,然后再转入她对伽达默尔的处理。我将略过她对尼采之柏拉图叙述的分析,因为我认为她的分析强调了如下事实:尼采并非意图研究柏拉图对话录,而是想与柏拉图竞争(页 22)。而《后现代的柏拉图们》涉及的其他思想家均从解释学的角度处理对话录。因此当朱柯特更多地谈论海德格尔与尼采的对抗产生的影响而不是尼采的柏拉图阐释产生的影响(页 31)时,我觉得她似乎有理有据。关于德里达,我知之甚少,故言之也将很少;关于施特劳斯,我则仅仅会在他与伽达默尔的分歧的语境中论述。

在转入具体问题之前,我必须提及最后一个问题。我经常发现朱柯特著作中的注释并不十分必要。而许多人,尤其是我自己却习惯于既将学术注释用以阐明问题也将其用作自我辩护,不过我若是以此批评朱柯特则有些无礼,我也不希望自己在使用注释的问题上显得过分迂腐,然而朱柯特的注释在我眼中却时常近乎故弄玄虚。

柏拉图如何启发海德格尔?

在朱柯特讨论海德格尔的开头,我觉察到了这一问题。其著作第

二章首段指出:

> 尼采宣称西方哲学根本上是柏拉图主义,而且这一"形而上学"传统已走到末路,海德格尔认为这种见解正确。然而,当尼采试图通过颠转并彻底克服柏拉图主义来解决因哲学终结引发的虚无主义后果时,他实际上延续了同样的基本智性结构。为了真正获得一个新开端,我们有必要更加"源初地"思考源头。因此,重读柏拉图开启了海德格尔自身思想的每一个新阶段。(页 33)

这是一种富于原创性与挑战性的解释,它将海德格尔自身思想的根本性发展与其回归柏拉图的努力相联系。究竟有多少次这样的回归?朱柯特在段末的注释 4 中宣称有三次。该注释照引如下:

> 我接受珀格勒(Otto Pöggeler)[①]在《海德格尔的哲学与政治》(*Philosophie und Politik bei Heidegger*, Freiburg, 1972)与《海德格尔的思想之路》(*The Path of Martin Heidegger's Thought*, Atlantic Highlands, 1987)两部著作中的看法,将海德格尔的思想分为三个阶段。只有通过海德格尔已出版的讲稿,我们才能看清他如何以重读柏拉图的方式开启思想的每一个新阶段。在《存在与时间》之前,他写下了关于柏拉图《智术师》的讲稿,这篇讲稿收入《全集》(*Gesamtausgabe*)第 19 卷(1992);而他在 1931 年开设的课程《论真理的本质》(*Vom Wesen der Wahrheit*)中论及《王制》与《泰阿泰德》的部分则收入《全集》第 34 卷(1988);他于 1942-43 年间讲授《巴门尼德》(*Parmenides*)课程(包括对于厄尔[Er]神话[②]的长篇讨论)的文稿收入《全

---

① [译按]Otto Pöggeler,德国学者,对黑格尔及海德格尔的研究享有盛誉,曾任波鸿大学黑格尔档案馆主任,主编历史校勘版黑格尔全集,主要著作包括《黑格尔对浪漫派的批判》(*Hegels Kritik der Romantik*)、《海德格尔的思想之路》(*Der Denkweg Martin Heideggers*)、《与海德格尔共探新路》(*Neue Wege mit Martin Heidegger*)等。

② [译按] Er 神话位于柏拉图 *Politeia* 卷十全书结尾处,乃 Er 讲述所见地下的世界与灵魂转世轮回经过。

集》第 54 卷（1982），英文版由 André Schuwer 与 Richard Rocewicz 合译（Indiana University Press, 1992）。对海德格尔论述柏拉图颇为有益概述，可参 Alain Boutot 所著《海德格尔与柏拉图》（*Heidegger et Platon*, Paris, 1987）。（页 284）

朱柯特认为，对于海德格尔的思想而言回归柏拉图乃是根本性的，而这条注释之所以重要便在于它赋予了这种说法以合法性。这是一个大胆的观点，甚至此种三段划分也是反传统的，因为通常人们习惯根据海德格尔的"转向"（Turn 或 *Kehre*）将其区分为"前期"和"后期"。她对两部重要著作没有深入说明的参考对读者而言就并非时时都有帮助。我曾经查对过其中一部文献，即《海德格尔的思想之路》，我发现珀格勒的确谈到了新开端，但他将这个新开端与前苏格拉底、荷尔德林相联系。[①] 他并没有清晰地对海德格尔思想做出三分，她借用珀格勒之言证明自己的观点时应该更加具体些。我并未在她的引用中找到任何涉及回归柏拉图的内容。

当然，朱柯特并未宣称珀格勒沿着海德格尔的"新开端"追寻到了柏拉图，她只是以珀格勒的著述作为三分构想的基础。她似乎将三篇新近刊发的讲稿看做海德格尔向柏拉图回归的依据。然而，仅仅指出三篇柏拉图研究文稿并不足以说明每一篇文稿在海德格尔思想重要的转折点上都标志着一次向柏拉图的崭新回归（朱柯特在其书中也未对此详细论证）。珀格勒在《海德格尔的思想之路》中写到，1930 – 1931 年间海德格尔便开始写作柏拉图研究文稿，但 1942 年才得以出版，这说明海德格尔的柏拉图研究有着更多的延续性，而不是有若干"新开端"（页 79）。并且，《智术师》讲稿的第一部分是关于亚里士多德《尼各马可伦理学》的（众所周知，海德格尔看柏拉图透过了亚里士多德之眼），而他以《巴门尼德》命名的讲稿，的确如朱柯特所说，包含有对厄尔神话的讨论，但其关注的是前苏格拉底哲人巴门尼德，而非柏拉图的对话录《巴门尼德》；我不知道有何理由像她那

① 参 Otto Pöggeler，《海德格尔的思想之路》（*Martin Heidegger's Path of Thinking*），Daniel Magurshak 和 Sigmund Barber 合译（Atlantic Highlands, NJ, 1987），页 158 和页 174 以下。

样把海德格尔的"柏拉图研究"讲稿挑拣出来。[①] 先不用说海德格尔文集整体,即便在这些讲稿中,海氏也可以说有些藐视柏拉图。这使得朱柯特的区分——将海德格尔思想分为若干由柏拉图开启的"新开端"——变得十分可疑。她真的将这些讲稿称为此种区分的基础?到这里为止,这个注释尚未提供我们所需的论据或证据,而余下部分则仅仅宽泛地指向一个参考文献,即 Alain Boutot 所写的一本关于海德格尔和柏拉图的著作。朱柯特只是宣称此书提供了一个"有益的概括",并没有说它能支持自己的论题。事实上 Boutot 在书中不仅未曾谈及海德格尔向柏拉图的"回归",而且在书的第一章他还谈到,与哲学界的其他重要人物相比,海德格尔对柏拉图相当缺乏兴趣。[②] 我同意这似乎是一部有价值的著作,但却不知道它如何成为或者说其中何处存在着朱柯特所说的"有益概括"。

我有些吹毛求疵:后一个参考文献在此当然仅仅是提供信息。但此注释未能合成一个协调一致的整体,来完成应该达成的任务,尽管其中几个部分或许各自有着自身的合法性。在我看来,这使得朱柯特关于海德格尔向柏拉图回归的论题以及这些回归对于海氏思想的重要性不再那么引人关注。在一篇实为这一章之雏形的讨论会文稿中,朱柯特在尾注中说她将海德格尔的思想区分为"三个基本阶段"(原文如此);在《后现代的柏拉图们》中删除这个形容词缓和了她的论断,但这个注释并未解决我的疑惑。[③]

---

① 海德格尔,《巴门尼德》(*Parmenides*),André Schuwer 与 Richard Rojcewicz 合译(Indiana University Press, 1992),页 88-99。

② 参 Alain Boutot,《海德格尔与柏拉图:虚无主义的问题》(*Heidegger et Platon: Le Problème du Nihilisme*)(Paris, 1987),页 2:"因此海德格尔论及柏拉图的文字甚少,相应的,他也很少疏解柏拉图作品。"

③ Catherine H. Zuckert,《海德格尔的新开端》(Heidegger's New Beginning),"美国政治学协会东部分会"(American Political Science Association Eastern Division Meeting),1991 年 9 月,页 25。值得注意的是,当她写作这篇文章(实际上就是《后现代的柏拉图们》第二章)时,她指出海德格尔的《智术师》讲稿尚未公布,于是按照朱柯特的说法,其立场似乎早于她提出的证据。然而,通过更仔细的考察,我注意到朱柯特并没有说这些片断和她所作的三分之间有着任何直接关联:她说它们仅仅证明,海德格尔如何在其思想的"每一个新阶段"都回归了柏拉图——无论这些新阶段何时开始。或许此处并无不妥,但我却困惑不清。

这将我们带回到朱柯特将柏拉图研究当做一个公分母使用的问题。这一建构原则促使我们专注于这些思想家所关心的柏拉图的不同面相,其中某些方面对于一个思想家来说可能并不重要,但对另一个则在本质上具有重要意义。在我看来,朱柯特关于柏拉图和海德格尔的论点也大致如此:她想使柏拉图变成对于海德格尔至关重要的人物。事实上,柏拉图曾在海德格尔描述的那个存在的被遗忘状态(forgetfulness of Being)的历史当中扮演过著名的反面角色——这是另一个问题——除此之外他对海德格尔并没有特别的意义。[1] 因此,朱柯特创造了柏拉图启发海德格尔的普罗克鲁斯之床(Procrustean bed)[2],她以一条并非完全错误的,然而确属误导性的学术注释将海德格尔引向铁床之上。

朱柯特对伽达默尔的批评

现在我转入《后现代的柏拉图们》最令我困扰的一个部分:朱柯特对伽达默尔的攻击。朱柯特著述的要义在于:她认为伽达默尔以基督教的"言"(word)或希腊的逻各斯(logos)为中介,坚持整全根本的连续性或同质性。伽达默尔的辩证法赞同一种"人与自然,或人与神"(页261)的综合,而这种综合却被施特劳斯否定。这便意味着在哲学原则上为"真正人类的共同体"提供了一个稳定的基础(页257),在历史进程中,所有的冲突都可以化解。在"伽达默尔之路(Gadamer's Path)"这一章的末尾,朱柯特相当简洁地总结道,"伽达默尔本质上是一名自由主义者"(页103)。朱柯特认为伽达默尔独有的自由主义弱

---

① 伽达默尔说:"惟有柏拉图对话录——我们现今拥有的最早哲学文本——的思想事件仍与这个缺乏耐心的发问者[海德格尔]不相干,尽管他竭力借用柏拉图。"伽达默尔,《希腊人》(*The Greeks*),收入《海德格尔之路》(*Heidegger's Ways*),John W. Stanley 译(State University of New York Press, 1994),页144。

② [译按]希腊神话中,Procrustes(拉长者)也即 Damastes、Polypemon(暴虐者),是一个来自阿提卡的大盗。他在 Eleusis 城外山中设关拦截路人,强迫他们都躺到铁床上。假如这客人躺下比床长,他便砍断伸出床外的部分;如果比床短,他就拉伸其躯体使之与床榻齐长。故 Procrustean bed 即指削足适履。

点是,他完全无法解释人类的冲突与战争:

> 施特劳斯与德里达均以不同方式指出,伽达默尔的解释学存在问题,它未能考虑到我们在世上遭遇到的持续冲突和非理性。按照伽达默尔的说法,万事万物原则上都能相互关联,也就是说,没有什么本质上或者必然是非逻各斯的(alogos)。伽达默尔还说,一切"视域"(horizons)或理解差不多都能得到融合;并不存在不可逾越的鸿沟或差异。假如他所言非虚,那么战争绝非必然。战争仅仅是历史误解的产物,并且原则上能够被克服。(页270)

对伽达默尔的这一批评集中于其"视域融合"(fusion of horizons)的概念。因此朱柯特赞同德里达对"使世界理性化"(rationalizing the world)的批评,她认为伽达默尔正在"使世界理性化",她也因此支持德里达对伽达默尔著名的攻击:

> [德里达]追问伽达默尔,这种达至相互的理解、赞同或"视域融合"的尝试所预设的"善的意志"(good will)难道就未曾表露出一种意志——权力意志(will to power)?(页264)①

总之,在朱柯特的解释中,"视域融合"是伽达默尔解释学思想的核心,但它在深层上也充满谬误。"视域融合""掩盖了根本性的差异"(页267)。朱柯特根据其研究的建构原则,将这一关键性的谬误

---

① 朱柯特所参考的是德里达《三问伽达默尔》(Three Questions to Gadamer),载:Diane Michelfelder与Richard Palmer主编,《对话与解构:伽达默尔遭遇德里达》(*Dialogue and Deconstruction: The Gadamer-Derrida Encounter*, Albany, 1989),页52-53。虽然在这个片断中"权力意志"是一个可信的解释,但德里达针对的是康德,他批评伽达默尔固守康德之意志形而上学。朱柯特并未谈到伽达默尔的回应:他提出对话必需"善的意志"之共通观念,而这种观念未曾揭示出特定的形而上学,它能被轻易地追溯到柏拉图——我认为这一回答颇有说服力。参《答德里达》(Reply to Jacques Derrida),同上,页54。这场著名的论辩或进行论辩的失败尝试是前文提到的整部书的主题,像《后现代的柏拉图们》这样广博的研究的一个局限是它不能展开详细的论证,也不能充分还原语境,而就这种问题得出合理结论时却需要这样。

直接追溯到伽达默尔对柏拉图的解读：

> 柏拉图没有明确地从历史角度叙述人类的理解。但伽达默尔认为，根据“间接传统”(indirect tradition)[①]阅读柏拉图的对话录，则可以看出这些对话录通过展示各自不同的部分与一个不确定的，不断扩展的整体之间数理性的(arithmological)关联，为其关于视域融合的学说提供一个本体论和认识论的基础。(页100)

朱柯特把重点放在“视域融合”概念之上，将其作为伽达默尔重要的哲学谬误，这实际上延续了由施特劳斯提出的批评。[②] 我认为她误读了这一概念，正如伽达默尔认为施特劳斯误读了此概念一样(《关于〈真理与方法〉的通信》，页9)。假如我没有弄错，那么关键便是朱柯特混同了现象学的描述与形而上学学说。在此，我认为，前面曾谈到的那种学说倾向不知不觉地将她引向谬误。在连续性学说或普遍交流的意义上，“视域融合”并不意味着要构成一种理论，而意味着对于我们理解某物时经验性地发生的关联进行现象学的描述。在海德格尔的术语中，它描述了“真之实事”的出现或“发生”(“event of truth” in its occurrence or “happening”)。因此它显然并不能推导出，伽达默尔认为战争仅仅是可通过美妙理性的药剂消除的一种“误解”。

事实上，伽达默尔直接地谈到战争问题：

> 在这种需求和目标逐渐变得复杂甚至相互矛盾的生物中，有一种对于明智的抉择、公正的商议和正确服从于共同目的的需要。……行为规范的稳定化……产生于自然界中人类独特天性的根本不稳定性。其最为神秘的表达便是战争的现象，它激起了

---

① [译按]所谓间接传统(indirect tradition)相对于柏拉图自己所写的对话录而言，指经由柏拉图几位弟子，诸如亚里士多德和色诺克拉底(Xenokrates)等人传布的柏拉图学说。

② 施特劳斯、伽达默尔，《关于〈真理与方法〉的通信》(Correspondence Concerning *Wahrheit und Methode*)，载：《哲学独立学刊》(*The Independent Journal of Philosophy*)，2(1978)，页6。

> 当代人种学与史前史的特殊兴趣。这种叫做人的扭曲存在似乎是最为奇异的发现,它本质上仿佛是一个矛盾体,它不断繁衍一种能够与自身为敌的生物,这种生物以一种计划周全的,组织严密的方式攻击、毁灭、或残害其同类。①

因此,哲学或理性化的思想所能提供给人类共同体的"稳固根基"建立在人类"天然的不稳定性"之上,即,建立在针对人之"天性"的逻各斯界限上。在此,我同样在伽达默尔身上发现了对于人之局限,对于有限性最敏锐的感知,这种感觉不仅为海德格尔、施特劳斯或德里达的思想所具有,同样也内在于伽达默尔的思想。

朱柯特宣称伽达默尔通过语言、推理或逻各斯——因此,也通过概念式思维(页16)——将整全同质化为人神间的中介或综合(mediation or synthesis),这种说法在我看来充满谬误。伽达默尔多次反驳这一观点,在此仅仅举出一例:在刊于《解释》(*Interpretation*)的一个关于施特劳斯的简短访谈中,他再三指出概念式思维的局限:首先,神圣之物无法从概念上把握;其次,艺术表述的真理宣称也超越概念思维;再者,无法概念化善的理念。② 那么人们如何能批评伽达默尔造出了一种不符合这关于人之局限的洞见的"人神综合"?

立场便是回答。我相信,朱柯特过分关注立场,这使得她忽视了在伽达默尔的解释学中占有中心位置的是提问而非回答。我下此论断时清楚地意识到她曾断言"伽达默尔强调提问(与回答或学说相反)的优先性,就此而言,他仍忠于海德格尔"(页83)。但"综合"——它也代表着一种立场——成为一个回答。在我看来,朱柯特先将伽达默尔独断化,随后又判定后者持有独断论。从某人口中听到的自我描述往往不同于我们探究其思想后获得的认识。《后现代的柏拉图们》

---

① 伽达默尔,《何为实践?社会理性的状况》(What is Practice? The Conditions of Social Reason),载:《科学时代的理性》(*Reason in the Age of Science*),Frederick G. Lawrence 译(Cambridge, 1981),页76。

② Ernest L. Fortin,《伽达默尔论施特劳斯》(Gadamer on Strauss: An Interview),载:《解释》(*Interpretation*),12, no. 1 (January 1984),页9,11,12。

的确花了很大的篇幅讨论独断论哲学(页116及以下),但这些讨论的上下文均在解释施特劳斯如何超越这一问题,因而此书自然并没有为朱柯特自身的论述提供任何"预防药物"。

或许是我搞错了。而文本分析大概能够证明我对于这些问题看法有误。朱柯特以伽达默尔的著名观点为指引:"语言是能被理解的存在"(页94上引用,原文如此)。她解释说:

> 语言并非仅像海德格尔曾断言的那样,是存在之"家";它不仅仅是可理解的存在显现于其中的构造物,它通过一种"保护性的"限制得以保存[注释63]。语言本身是可理解的存在的媒介与空间[注释64]。并不存在本质上不可理解的神秘源泉或根基[注释65]。
>
> 宣称语言是一切可理解性的所在便等于看出这些可理解性本质上是历史的。也就是说,不仅可理解之物——人类所置身的世界——在不断变化,而且这一可理解性始终受到限制或有限。
>
> 伽达默尔在语言问题上与海德格尔持不同意见,因此他必然也在历史的特质与意义的问题上反对其导师……(页94-95)

让我们在此驻足,看看我们关于伽达默尔与海德格尔在语言问题上所谓的分歧知道些什么。我自己尚不清楚。海德格尔否认"所有可理解性本质上都是历史的",朱柯特曾在别处论及海氏不连续"存在阶段(epochs of Being)"的概念,而这一概念似乎给出了否定回答。那么"本质上"一词呢?这是否意味着伽达默尔的"历史主义"消解了超历史理解的可能性?朱柯特对此予以否认。她曾说过,海德格尔看到断裂(discontinuity)更为重要的作用,而伽达默尔则探究连续性,这种批评的确给出了相反的意见。朱柯特坚称,语言对海德格尔而言是一种"结构"与"限制",对于伽达默尔来说,它却是一种"媒介"和"空间",但至少在本读者看来,她的意思尚不清楚。我求助于其注释。注释63引用了一位注意到伽达默尔与海德格尔在语言问题上共同点的伽达默尔研究者,然后批评他未曾注意到其间同样存在着差异。① 注释64中朱柯特推测海德格尔本想批评伽达默尔将语言主观化,她随后指出在将语言看做对话的问题上这两位思想家有着相似的看法,从而反驳了这一由她本人构想出的批评。她指出,就海德格尔而言,语言即对话这一观点承袭自荷尔德林。朱柯特却没有提到,正是她在注释63中曾加以批评的著作恰好在她所引用的那一页上提出了相同的观点,并且早已涉及海德格尔如何使用荷尔德林。

然而,注释65应该使事情更加清楚。朱柯特说,对于伽达默尔来说"不存在自身不可理解的神秘源泉或基础",注释65给出了这种说法的依据,她引述了一段伽达默尔的文字,大意是他的思想与海德格尔之思一样建立在有限性之上,并追随着海德格尔后期的"转向"——尽管是在一个由柏拉图对话录而非荷尔德林诗歌的神话(mythos)所激发的路向上。朱柯特借伽达默尔之言,证明他与海德格尔之间重要的理论或学说区别,然而她忽视了伽达默尔在同一个段落随后又写道:他知道自身正处于通向语言的途中(*unterwegs zur Sprache*,这是海德格尔后期一部重要作品的题名),就此而论,他的不同"路向"仍"符合海德格尔之思的意图"。② 假如我们不再漠视这一自白,那么在我看来如下解释便更加合理:伽达默尔所说的并非是整全的可理解性,而是将海德格尔的学说"转换"为一种"更加学术化的形式",而正如施特劳斯认为而伽达默尔自已也承认的那样,这正是伽达默尔的目的所在(《关于〈真理与方法〉的通信》,页8)。

因此,尽管乍一看去这条注释似乎支持了(如果并非阐明了)她的论证,但稍稍看得仔细些,就会发现情况并非如此。我不是说她的论断——无论这论断是什么——因此就能被全盘推翻;这是一本厚厚的书,因此我当然相信朱柯特能援引别的文字支持其论断。但她所引用的这段文字未能派上用场,其圆滑的论述和对于注释甚至更为圆滑的

---

① 参考文献为 Joel C. Weinsheimer,《伽达默尔的解释学:解读〈真理与方法〉》(*Gadamer's Hermeneutics: A Reading of Truth and Method*)(New Haven, 1985),页213。

② 伽达默尔,《黑格尔的遗产》(The Heritage of Hegel),载:《科学时代的理性》,页56。

使用则进一步阐明了我对于《后现代的柏拉图们》学术注解的批评。

然而,伽达默尔身上连续性的问题颇为复杂,朱柯特根据二手文献批评伽达默尔掩盖了基本差异。在她所引用的 Robert Bernasconi 的一篇著名文章中,Bernasconi 从一个与德里达的解构相契合的观点做了同样的论证。Bernasconi 的看法超出了本书评讨论的范围,我已另文处理。[①] 我认为在当前语境中值得注意的是,施特劳斯被同样的关切所激发。朱柯特将施特劳斯同德里达与海德格尔置于同一阵营,而人们或许更可能会把施特劳斯同伽达默尔视为德里达与海德格尔的对立面:施特劳斯同伽达默尔一样,将历史与哲学连续性的问题视为至关重要的,只不过施特劳斯把这一问题称为"彻底的历史主义"。正如朱柯特所指出的:

> 1950 年 6 月 26 日,[施特劳斯]在给科耶夫的信中写道:"我再一次与历史主义打交道,也就是说同海德格尔打交道,他是唯一彻底的历史主义者,而我相信我看见了些许光亮。"(页 308,注释 7)

这种光亮必然使得意义(meaning)的连续性穿越时光,跨越文化。朱柯特强调施特劳斯、海德格尔与伽达默尔恰好相反,前两位思想家均认为现时代的危机空前严重,亟须全新的思想(页 104)。但事实上,施特劳斯认为危机恰好导致了向柏拉图的回归,这种回归正是《后现代的柏拉图们》所赞颂的,施特劳斯也对超历史地判定是非对错的能力加以肯定,在这些方面伽达默尔显然与之并无二致。[②] 因此,施特劳斯对于危机的体认虽与海德格尔相同,但这并未将他引向"彻底的历史主义",而是将他引向了对意义连续性的肯定。不管施特劳斯与

---

① Walter Lammi,《伽达默尔对海德格尔的"更正"》(Hans-Georg Gadamer's "Correction" of Heidegger),《思想史学刊》(*Journal of the History of ldeas*),52, 第 3 期(July-September 1991),页 501 及以下。

② 伽达默尔,《真理与方法》(*Truth and Method*),2d rev. ed. (New York, 1993),页 533。[译按]中译参考洪汉鼎译本。

伽达默尔在解释学问题上存在着怎样的理论分歧,这一共同研究将他们连接在一起,共同对抗后现代主义解构中的意义流失(the loss of meaning)。朱柯特的确曾经谈到这一对于德里达思想根本性的批评(页263),然而在我看来,当她判定德里达比伽达默尔更接近于施特劳斯时,未能充分考虑到这一批评。

我还认为朱柯特对伽达默尔关于柏拉图的论述也存在理解问题。为了在柏拉图那里找到共同根基,朱柯特关注特定的柏拉图对话录尤其是《王制》,却忽略了其他文本,因为她重视的是施特劳斯关注的重心。但这在研究伽达默尔时却将她引向了迷途,因为伽达默尔仅仅在两篇早期文稿中论及《王制》。[①] 尽管她的分析也根据另一篇文章,即《柏拉图的未成文辩证法》(Plato's Unwritten Dialectic)(同上,页124-55),但在其分析中却仅仅止于提及(页72),而并未指明,伽达默尔对于其他柏拉图文本的研究,尤其是他对于《斐勒布》的研究乃是其思想的真正基础。

而且,我甚至认为朱柯特的侧重点也有问题。我最后举出下面一段文字来证明我为何要批评《后现代的柏拉图们》的学术注解。朱柯特将她所理解的施特劳斯与伽达默尔的根本对立解释为:

> 在其师海德格尔的影响下,伽达默尔从二十年代开始就坚称:柏拉图对话录描述的苏格拉底哲学成为一种生活方式,而不仅仅是获取知识或学问的最后一步。然而,伽达默尔认为这种生活方式根本上是道德的,在这一点上,他与海德格尔的看法截然相反,而与尼采一致。但与尼采不同的是,伽达默尔仅仅认为"高贵的谎言"暗示出,描述"言辞中的城邦"并非是要构建一个可供照搬的蓝图或计划。[注释65]换句话说,伽达默尔并不像老友施特劳斯那样将对真理的探寻与道德或政治间的关联作为关注

---

① 伽达默尔,《柏拉图与诗人》(Plato and the Poets)及《柏拉图的教育城邦》(Plato's Educational State),收入:《对话和辩证法:关于柏拉图的八篇释义学研究论文》(*Dialogue and Dialectic: Eight Hermeneutical Studies on Plato*),E Christopher Smith 译(New Haven, 1980),页39-92。

中心。(页31)

我拿不准这段话最末一句如何得以将之前的论述“换句话说”。但在此我们知道具体出处,于是可以亲自查看伽达默尔关于柏拉图高贵谎言的论述,并将他的相关文字与朱柯特的转述作比较,最终决定我是否同意这段文字支持了她对伽达默尔与施特劳斯差异的判断。

注释65(页283)注明参考1941年伽达默尔的文章《柏拉图的教化国家》(Plato's Educational State)。我在这篇文章中发现,与朱柯特的说法恰恰相反,哲学与道德或政治间的关联对于伽达默尔的分析至关重要:

> ……我们知道,[柏拉图]毕生之业植根于他得出的结论,即,在政治活动和哲学活动之间有着牢不可破的联系。因此跟柏拉图的其他著作一样,《王制》不仅属于他的哲学生活,也属于他的政治生活,这部著作的特质必须据此设定。(《柏拉图的教化国家》,页73)

还有:

> 惟有公正能够筑成一个牢固、持久的国家,而只有可以成为自己朋友的人才能赢得他人坚定的友谊。这两个论断蕴含着柏拉图的全部政治哲学。它们一方面确立起城邦与灵魂的本质关联,另一方面则确立了政治与哲学的关联。

现在,我愿意承认这两段特别的引文展开了这样一种可能性,即,伽达默尔在柏拉图那里于“对于真理的探寻与道德或政治”之间造出或找到一种过于简单或过于圆滑的联系,而这一点如我们所见,正是朱柯特在别处强调的。但我却相信它们证明伽达默尔真正关心这二者的联系,因为伽达默尔在此并未与柏拉图唱反调。

那么“高贵的谎言”呢?朱柯特根据柏拉图教化国家的不可实现

性问题,断言伽达默尔会讨论高贵的谎言,似乎极有可能。她认为伽达默尔不像施特劳斯那样关心哲学与城邦的关系,我虽疑心关于高贵谎言的讨论并不会支持这一结论,但仍承认的确存在此种可能。但她所说的这一讨论何在?我将《柏拉图的教育城邦》一文反复研读,希望能找到任何与高贵谎言略有关联的文字,然而却一无所获。“谎言”(Lüge)一词甚至并未出现在这篇文章中。我对自己说:好吧,别这么古板。这只不过意味着伽达默尔在别处谈到过高贵谎言——朱柯特不过是混淆了引文出处,说明她也是凡人一个。我决定搜寻这一语词的出处,于是使出了绝招——电子版的《伽达默尔全集》(*Gesammelte Werke*),我搜索每一处出现“谎言”(Lüge)一词的地方以及包含有“谎言”在内的合成词。[①] 在《全集》中,共 11 篇文章谈及谎言,其上下文分别涉及艺术、奥德修斯、尼采以及语义学——但令人惊讶的是,根本找不到一处与柏拉图高贵谎言相关。然而其后朱柯特却再次重复这一观点,并予以强调:

> 伽达默尔认为教化设计显而易见的不可实现性,尤其是这些教化设计之巅峰——“高贵谎言”,不过证明了苏格拉底并未提出一个可实行的计划,与之不同,施特劳斯却认为这设定的教化内容颇为有益。(页 150,原文如此)

于是朱柯特的文字再一次使伽达默尔显得肤浅。但证据何在?在此,我不愿匆忙定论。或许我所设定的搜索词导致这一次词条搜索失败。或许我忽略了《柏拉图的教育城邦》中相关的文字。但这一经

---

① 这是语文学和哲学项目的成果,主持人是普林斯顿大学专家 Peter A. Batke,我的妻子 Mulki Al-Sharmani 和我本人也参与其中。这项研究的结果现公布在网络上,作为《全集》(*Gesammelte Werke*)印刷版完备的索引。网址为:http:// www. princeton. edu/ ~ batke/phph.

Lüge 和含有 Lüge 的合成词总共出现了 54 次。《对话和辩证法》一书中,《柏拉图和诗人》(Plato und die Dichter)一文恰好列于《柏拉图的教育城邦》之前,其中这个词语出现了四次——但上下文仅仅是关于哲学和艺术之张力,而非高贵的谎言。这是我能找到的最为接近的文献资料。

验至少指明了我们尚需要更准确的出处。

现在，让我们转入施特劳斯－伽达默尔论争的相关文本，这么做并非要继续攻击《后现代的柏拉图们》，而是要提供另一种分析。朱柯特引用了施特劳斯在其与伽达默尔的通信中的说法，即他与伽达默尔从同一个起点走向相反的方向（页105）。对朱柯特而言，这显然就是最终定论：倘若施特劳斯宣称自己已经走向和伽达默尔相反的方向，那么事实就一定如此。她甚至没有顾及，伽达默尔对于施特劳斯的结论持有完全不同的意见。这件事本身表明了朱柯特的视角完全是"施特劳斯派"的。她没有考虑到如下事实，即伽达默尔在两处详细地说明了对于自己和施特劳斯之间一致与分歧的看法，一是在朱柯特参考的通信中，二是在《真理与方法》的一个大约出版于四年后的附录中，直接谈到了通信之事（《真理与方法》，页532－41）。奇怪的是，《后现代的柏拉图们》突出了通信中的施特劳斯部分，而伽达默尔部分却遭到完全遗忘。然而伽达默尔逐条回应了施特劳斯，并将铺展开的回应描述为一个向施特劳斯发出的"挑战"，邀请其进行更深入的对话（《伽达默尔论施特劳斯》，页8）。施特劳斯决定不再继续对话，对此他或许有着很好的理由——他的确曾将写给伽达默尔的第一封信描述为"第一步回应"（《关于〈真理与方法〉的通信》，页5）。然而在《后现代的柏拉图们》所做的比较研究中，朱柯特未能思考这场论争中伽达默尔一方的情况，而她的失误实际上变成了在对话问题的学说论争中作出的抉择。

施特劳斯对伽达默尔的批评

为分析施特劳斯与伽达默尔的论争，首先，我将重点考察施特劳斯在通信中对于伽达默尔的批评，然后转入伽达默尔的回应，最后尝试解释他们之间的精神联系，在我看来，事实上，他们二人非常接近，或者甚至比伽达默尔所指出的还要更近。他们当然远比《后现代的柏拉图们》所透露出的更为切近——也可以说极为接近。

正如朱柯特指出的（页91），伽达默尔赞同海德格尔的解释学原则,即,对一个作者的理解必须不同于他的自我理解。众所周知,施特劳斯反对这一原则,他的哲学研究基础便是:文本阐释的目标是要像作者理解自身那样去理解作者。施特劳斯问道,如果人们尚不明白一个作者究竟想要说什么,他们又怎能评判这位作者?这一点似乎具有不证自明的逻辑:人们怎么能证明自己以不同于作者自我理解的方式理解了这位作者,如果他们不首先采取同样的理解方式?

施特劳斯反驳伽达默尔说:最好的解释便是纯然“隶属性(ministerial)”的解释,这种解释努力重现作者想说的话,而不是要反映阐释者的观点,这意味着解释者应当依从文本,而不是追求任何创造性(《关于〈真理与方法〉的通信》,页6)。当一个解释者表露出与作者自身不同的理解,他紧接着就失去了解释的目标。所有解释者无论有着怎样的历史处境和出发点,共同的目标都是要到达同一个理解“层次”。施特劳斯承认,他在研究过去的伟大作品时从未抵达这个层次,因此“在文本中始终存在着某些我未能理解的至关重要的东西”,但他说,这并未排除达到一种“恰当或完全的”理解的逻辑可能性(同上)。施特劳斯认为,伽达默尔说从某方面来看人的有限性的事实消除了这种可能性,这么说是错误的。它不仅仅是伽达默尔一人的错误;还是“历史主义”固有的错误,历史主义否定了像作者本人一样理解作者的可能性,因而排除了一种贴近的理解。[①] 而施特劳斯仅仅看到两种选择:要么是像作者本人理解自身那样理解他,要么历史地理解他,后者暗示出,即便仅仅宣称要“不同地”理解作者,人们还是比作者本人“更好地”理解了作者。关于这一点,施特劳斯谈得很清楚:

> ……历史主义是这样一种信念,即历史的方法优于非历史的方法,然而事实上过去的全部思想都是彻底“非历史的”。因此历史主义原则促使其努力理解过去的哲学,胜过这哲学理解自身。(页68)

---

① 施特劳斯,《政治哲学与历史》(Political Philosophy and History),载:《何为政治哲学?》(*What Is Political Philosophy*?)(Westport, CT, 1973),页66。

正如朱柯特强调的(页104,256),根据施特劳斯的说法,所有形式的“历史主义”,包括伽达默尔的历史主义在内,都需要预设历史时间中的绝对时刻。[①] 这一“绝对时刻”在历史意义变得明晰之时来临。区别在于,对于黑格尔式的历史主义者而言,这种历史意义是哲学性地获得绝对知识,而对于一个“彻底的历史主义者”(包括伽达默尔)来说,这是“根本之谜的难解性完全彰显的时刻”(《自然权利与历史》,页29),是一种“消极性的绝对时刻”(《关于〈真理与方法〉的通信》,页7)。施特劳斯通过《真理与方法》中具体的文字,指责伽达默尔将一切价值(《真理与方法》,页58)与世界观(《真理与方法》,页447)的相对性视为理所当然,在施特劳斯看来,这种历史主义洞察是终极性的,并且有着*自我辩驳*(self-refutation)的弊病:无绝对的真理存在——这种宣称绝非一种绝对的真理,因为这意味着至少还有一个绝对的真理。施特劳斯相信伽达默尔在谈论“*完满的经验*”(eine vollendeten Erfahrung)(《真理与方法》,页320;在修订版中被译为“完满地经验”)时,承认自身坚持这一立场,假如他并未承认随之而来的困难。对施特劳斯而言这意味着“在决定性的方面,经验已经”与这一历史主义洞见一道“走到尽头”(《关于〈真理与方法〉的通信》,页7)。

施特劳斯认为这些问题是由伽达默尔处理文本的方法引起的。他说,伽达默尔不是从最初呈现给读者的东西——即文本本身——出发,而是从解释理论的抽象观念出发,“由某些错误的理论及对于它们的批评转向就其本身而言至关重要的东西”(《关于〈真理与方法〉的通信》,页6)。施特劳斯大概会将“每一种有价值的解释无法改变的‘偶然性’”(《关于〈真理与方法〉的通信》,页5-6)置于这种通用理论的对立面。他发现自身处于“不利地位”,因为他未能像伽达默尔那样形成这样一种“包容性的学说”——这种学说“很大程度上将海德

---

① 参施特劳斯,《自然权利与历史》(*Natural Right and History*, Chicago, 1953),页29,以及《作为严格科学的哲学与政治哲学》(Philosophy as Rigorous Science and Political Philosophy),载:《柏拉图政治哲学研究》(*Studies in Platonic Political Philosophy*, Chicago, 1983),页32。[译按]《作为严格科学的哲学与政治哲学》中译收入《学术思想评论》第六辑《西方现代性的曲折与展开》,丁耘译。

格尔的问题、分析和暗示转化为一种更加学术化的形式”。正如朱柯特谈到的(页105),施特劳斯注意到伽达默尔在《真理与方法》中用一章的篇幅讨论狄尔泰,却未曾花费同样的笔墨处理尼采(《关于〈真理与方法〉的通信》,页5)。

伽达默尔对施特劳斯的回应

当伽达默尔涉及“翻译”过程中出现的与海德格尔的区别时,他将施特劳斯的看法视为“关键”。[①] 伽达默尔对历史主义传统的“批判立场”将他导向一个与海德格尔非常不同的路向:

> 在我看来,我自身的贡献……便在于发现了:假如思想者仅仅相信语言,也就是说,假如他参与到了和别的思想家以及别的运思方式的对话之中,那么任何概念化的语言,甚至海德格尔称之为“形而上学语言”的,都不能展现一种加之于思想的无法挣脱的束缚。(同上,页380)

然而,根据伽达默尔的说法,对海德格尔的这一背离并不说明他与施特劳斯之间存在着根本的分歧,而施特劳斯(参《关于〈真理与方法〉的通信》,页11)及其追随者朱柯特(页105)则不能同意这种说法。伽达默尔与施特劳斯都认为文本或许蕴含着真理。他说,“哲学中除了与文本的真理达成妥协并冒着将自身暴露的风险,还有什么是解释?”[②]他也完全赞同施特劳斯的另一看法:“历史地”理解一个文本就必须防止将它当做表达真实的事物来理解(《真理与方法》,页303)。

---

① 伽达默尔,《文本与解释》(Text and Interpretation),载:《解释学与现代哲学》(*Hermeneutics and Modern Philosophy*),Brice R. Wachterhauser 编(State University of New York Press, 1986),页381。

② 伽达默尔,《海德格尔与马堡神学》(Heidegger and Marburg Theology),载:David E. Linge 译,《哲学解释学》(*Philosophical Hermeneutics*, Berkeley, 1976),页201。

因此,伽达默尔否认其解释学方法囿于传统历史主义理解的谬误。他相信其解释学理论揭示出了受到历史理解的通用理论遮蔽的文本解释现实,包括施特劳斯称之为它们的“偶然性”的东西:

> 据我看,任何情况下,你强调一种解释的“偶然性”并非是要指摘一种宣扬此道的理论,而这恰好是这理论本身的预期(因为当你说每一种解释都具有“偶然性”的时候,你的这种判断本身是永恒的而不是“偶然”的)。(《关于〈真理与方法〉的通信》,页 9)

施特劳斯拒绝比古人更好地理解古代文本的历史主义主张,在这个问题上,他与伽达默尔尤为一致。伽达默尔说:“谁这么想,谁就排除了传统思想永远为真的可能性”(《真理与方法》,页 534)。在很大程度上,伽达默尔认为施特劳斯对历史主义的攻击具有一种修正力量,只不过这种力量被错误地用在了自己身上。

伽达默尔大概会赞同下面这种判断:“像施特劳斯那样,把‘历史主义’这一术语用作一种把握解释学细微差异的工具似乎……大而无当……”[①]伽达默尔宣称施特劳斯过于心急地否定了介于像作者自身一样理解作者与更好地理解作者之间的中间地带。伽达默尔相信,我们可以“不同地”理解一个文本,尽管并未宣称可以“更好地”理解它——事实上,这是必然的。这也是海德格尔的看法,但施特劳斯曾强调,海德格尔的立场中暗含着一种优越感。[②] 问题是伽达默尔是否已经成功地将其解决。

朱柯特正确地强调了语言与言语表达对于伽达默尔的重要性(页 94 - 95)。然而,我并不认为她正确地理解了这一问题。在伽达默尔看来,人若接受文本中蕴含真理这一可能性,便等于向其提问并以求

---

① Fred R. Dallmayr,《城邦与实践:当代政治理论的践行》(*Polis and Praxis: Exercises in Contemporary Political Theory*, Cambridge, 1984),页 40。

② 施特劳斯,《哲学作为严格科学》(Philosophy as Rigorous Science),页 30。亦参施特劳斯,《相对主义》(Relativism),载:Helmut Schoeck 与 James W. Wiggins 主编,《相对主义与人的研究》(*Relativism and the Study of Man*, Princeton, 1961),页 155 - 56。

得的答案挑战自身前见。这实际上是与文本对话。[①] 而这种对话开启了“视域融合”的可能性。文本所蕴含的真理确实是非历史的;但其在语言中的表达,则具有一种不可避免的历史维度。伽达默尔是这样一位“历史主义者”:他并未将历史的发现看做一个“脱离古典思想”的崭新“现实维度”,从而赋予现代人优越性(施特劳斯,《自然权利与历史》,页33)。伽达默尔并不认为现代人更“优越”。相反,对于伽达默尔而言,历史维度的构想只不过促使人们关注人如何理解他人的问题,尽管人与他人中间隔着漫长的时光。伽达默尔追问道:何为当下?何为历史?(《真理与方法》,页395)伽达默尔指出:“以文字形式流传下来的一切传统与每一个当下并存”(页390)。他强调道:

> 无论如何我们都不能被引向这样一种谬误,即只有从现代历史主义的观点出发才能提出解释学问题。古典作者的确并没有将前辈[不同的]意见视为历史差异,而是作为同代人与其对话。但解释学的任务——即释读流传下来的文本之任务——仍旧存在……“历史的”解释学与“前历史的”解释学被分割得太远。(页537)

这项任务的确存在一个历史维度,但并未掺杂任何历史优越性,在伽达默尔看来,正是这项任务要求我们对于一个文本的理解不同于文本作者的自我理解,也正是它要求解释者作出“生产性”的努力,而非单纯“复制性的”或“隶属性的”努力。生产要素是必要的,因为当读者展开一个文本时,他们不是一个准备接收其真理的白板,而是一

---

① 朱柯特坚持说海德格尔的解构(*Destruktion*)与伽达默尔的文本对话是相异的研究,它们显示了两人的对立(页90),与之相反,我认为并曾详细论述过他们几乎是一致的。参Walter Lammi,《伽达默尔对于后期海德格尔的柏拉图式解构》(Hans-Georg Gadamer's Platonic Destruktion of the Later Heidegger),载:《今日哲学》(*Philosophy Today*)(1997)。这篇文章开篇所引用的一段1923年海德格尔课程讲义(伽达默尔所参加的第一门课程)中的文字清楚地表明了这一点:“解释学即解构!(*Hermeneutik ist Destruktion*!)”海德格尔,《本体论(实存性之解释学)》(*Ontologie* [*Hermeneutik der Faktizität*]),1923年夏弗莱堡课程讲稿,见:《全集》(*Gesamtausgabe*, Frankfurt Am Main, 1988),vol. 63,页105。

个带着传统的历史存在，而这些偏见、理解和误解早已以种种方式与这一文本相连；正是每一种有价值的解释的“偶然”性与解释者的特殊时代和语境相关。对话，包括与文本的对话，并不单纯是接受性的。伽达默尔宣称，我们理解一个作者必然不同于作者理解自身，但伽达默尔并非要把这作为一个要求我们首先以相同的方式来理解作者的逻辑问题，而是作为一个涉及解释学的阅读和理解过程的现象学问题。伽达默尔认为施特劳斯的看法——如作者本人一样理解其作品——过于简单化了，低估了理解的困难（《真理与方法》，页535）。

对于伽达默尔而言，作者“意图（intention）”这一概念是一种抽象。我们并不能实在地把握种种意图。我们拥有书籍。当我们阅读书籍时，它们的“意义”（作为一个事件）萌生，而阅读则是与它们蕴含真理的可能性的相遇。对伽达默尔而言，这种意义是否与作者的意图相符无关紧要，即便其能得到预先决定，更为紧要的是意义。无论如何，他很怀疑我们能够期望作者已经想好要写什么或明白自己要表达什么。伽达默尔指出，很少有艺术家能成为其作品最好的批评者，哲学家也同样如此：“哲学自我阐释的奇妙篇章——我想到康德、费希特与海德格尔等人的自我阐释——对我来说显得坦诚明晰”（《真理与方法》，页540）。伽达默尔说，

> 什么东西[一旦]得到书面确定，它就已经脱离了其起源及其作者的偶然性，并且向新的关系积极开放。规范概念，正如作者的看法或者原初读者的理解实际上仅仅代表一种将在理解过程中不断得到充实的空位（empty space）。（《真理与方法》，页395）

人们大概要问：伽达默尔在什么意义上能被标识为一个“相对主义者”。施特劳斯在其批评文字中有两处涉及这一问题，前者在对“鉴赏力（taste）”的讨论中谈到了“一切价值的相对性”，这是一个使得在此的指涉含混不清的主观化现象（如上文谈到的，《真理与方法》，页58与447。这一批评载于《关于〈真理与方法〉的通信》，页7）。而第二个片段则是对“自在世界（world in itself）”这一表述的现象学评述。

然而我对这段文字的解释是:如果人们认可所有世界观的相对性并不等同于相对主义,那么,这段文字就不能证实伽达默尔的"相对主义",而是为之提供了反证。正如伽达默尔所指出的:

> 任何世界观都预设一个自在世界的存在。世界就是靠语言组织起来的经验所指涉的整体。这些世界观的多样性并不意味着"世界"的相对化。相反,世界之所是与它在其中显示自身的种种观念之间并无区别。(《真理与方法》,页447)

施特劳斯说,"所有形式的历史主义都或明白或含蓄地否定了不可否定的历史客观性之可能性"(《自然权利与历史》,页32)。然而伽达默尔毫不迟疑地谈论"文本的意义";不过,为了表达此意义"我们必须将其转译为自己的语言"(《真理与方法》,页396)。而这里历史要素必然要介入。伽达默尔将言语表达称为"意义的具形化",他强调历史地"受限于境况绝不会使得任何一种解释变为相对的真理"(《真理与方法》,页397-98)。在施特劳斯派那里,伽达默尔似乎属于一个迄今不为人知的范畴:"非相对论的历史主义者。"

那么,施特劳斯和他的追随者朱柯特视为每一种历史主义所必需的"绝对瞬间"呢?在某种程度上,伽达默尔的确拥有这种观念。在个体的生命中,它便是施特劳斯谈到的"整全的经验",但伽达默尔的理解却异于施特劳斯。对伽达默尔而言,它指向一种解放,这解放来自于我们在对最终的或决定性回答的期待中必然体验到的分歧。我们有限性的现实意味着我们永远无力提供答案,无法构建一种独断论的历史主义设想,这种有限性真正带来了一种面向不囿于任何教条或封闭观念的新经验的开放性。[①] 伽达默尔完全同意,施特劳斯的批评适用于历史主义独断论者(参《伽达默尔论施特劳斯》,页13);但是他在

---

① 《真理与方法》,页367,《关于〈真理与方法〉的通信》,页10。伽达默尔在其对时机(*kairos*)和即时性(instaneity)的解释中对于"绝对瞬间"有着更加直接的把握,但这是另一回事。

“哲学与历史的对抗”中也看到一种“新独断论”危险(《真理与方法》,页 541)。这种危险如果不是施特劳斯思想陷入的危险,便是施特劳斯学派思想的危险。

对伽达默尔来说,历史意识并未开启现实的新维度。他说:“我不相信我们可以向前历史主义解释学回归,却相信它事实上一直在延续,而这不过是被‘历史’遮蔽了”(《关于〈真理与方法〉的通信》,页 9,原文如此)。前历史主义的古人知晓“历史生活的相同现象”,但他们赋予这些现象不同的,“非历史的”理解,无论其与神秘过去还是与永恒秩序相关(《真理与方法》,页 531)。对于伽达默尔而言,历史地思考意味着在自身观念与过去思想之间建立起联系(页 397)。因此恰当地研究柏拉图以“我们自身与和实际问题的关联”为基础,“而柏拉图所处理的也是这种关联”(页 538)。伽达默尔说,所有正确的解释必定“专注于‘事情本身’”,专注于富含意蕴的文本自身关涉的意义丰富的客体(页 267)。

似乎只有人们完成这一任务的方法区别了“历史主义”与“前历史主义”的理解方式。这解释了伽达默尔对施特劳斯批评的回答:他由抽象的理论走向“对于我们来说居于第一位”之物,从对浪漫派解释学和狄尔泰历史主义的批评走到对文本阐释的正面分析——由于历史传统的逐渐累积,我们必须迂回地通过前者达至后者。因此,“对于我们来说居于第一位之物”并非“自然就是首要的”(《关于〈真理与方法〉的通信》,页 9 - 10)。对于古人来说或许有所不同。假如历史不单是持续获得知识的过程,更是获取作为力量或技术的知识的进程,同时伴随着作为直接洞见的知识的丧失,那么伽达默尔的历史主义解释学或许并不是古代理解方式的进步,而是一种为重获古老理解方式传达的真理做出的必要准备。由于改变了的环境,理解方式并没有变得更好,而是变得不一样了,这说明假如环境再次改变,历史主义就会失去其必要性或变得无关紧要,渐渐消亡。

这说明了伽达默尔如何回答施特劳斯的指责,施特劳斯批评历史主义会自我颠覆,而伽达默尔在某种程度上同意这一论断。“‘历史的’理解,无论是今天的或明天的理解,都并不享有特权。它自身受到不断改变的视域的限制并随之改变"(《真理与方法》,页535)。但伽达默尔指出,自我指涉的(self-referential)论断处于一个与别种论断不同的逻辑层次上,因为"对于被限定(conditioned)状况的意识并未取代我们的受限性(conditionedness)",正如"尽管哥白尼对于宇宙的解释已成为我们知识的一部分,太阳却并不曾为了我们停留在天际"①。因此他判定"这种反思性论的形式主义"仅仅"在外表上具有哲学的合法性":

> 怀疑论或相对主义论题一方面自称具有真实性,另一方面又自我颠覆——这是一个无法反驳的论断。但这究竟获得了什么成果呢?尽管这种反思论证证明了自己的胜利,但是由于其质疑反思的真实价值,毋宁说妨害了论证者。在此受到打击的并非怀疑主义或取消一切真理的相对主义之实在性,而是一切形式论证的真理宣称。(《真理与方法》,页344)

古今之争

在最后的分析中,施特劳斯总结道,他与伽达默尔之间的根本不同在于他们在古今之争(querelle des anciens et des modernes)中选择了不同立场(《关于〈真理与方法〉的通信》,页11),这引发了他们在解释学问题上的分歧。伽达默尔详细地论述了这一问题。他说,17、18世纪的这场论争最初是"在历史意识的意义上"发动并成为"传统与现代之间非历史论争的最终形式"(《真理与方法》,页532-33)。迫于现代性危机②或"现代灾难"(《真理与方法》,页533),施特劳斯再次挑起这场论争,因为"像'对''错'之分这样一种基本的人类关切假

---

① 《真理与方法》,页448-49。对这一问题的详细考察见Weinsheimer,《伽达默尔的解释学》(*Gadamer's Hermeneutics*),页53-59。

② 施特劳斯,《城邦与人》(*The City and Man*, Chicago, 1964),页3。

定人能够超越其历史受限性"(同上)。

尽管伽达默尔支持施特劳斯表达这种关切,他并不认为人能够在古今之争中"选择立场",好像人真的尚且能作出选择。伽达默尔并不相信人们可以脱离现代性;施特劳斯尽管不愿意承认,也不得不默认自身也不能摆脱现代性,伽达默尔在其中发现了施特劳斯的解释实践的力度,并对之十分尊崇(《真理与方法》,页536)。

若要在施特劳斯与伽达默尔之间厘清古今之争的问题,则有必要思考,在他们那里何为"现代性",并思考他们关于现代与古代思想本质区别的看法。

在古代和现代思想的根本差异以及"现代性"本质的问题上,伽达默尔与施特劳斯似乎有着惊人的一致。首先,(至今未受重视的是)他们都选择以阐发古代思想来对抗现代思想:他们都依据黑格尔《精神现象学》序言中一段相同的文字。①

在这一段文字中,黑格尔通过"自然的意识"刻画了古今思想的差异。黑格尔说,古代哲学将自身视为自然意识的圆满,因此这一哲学从生活各方面自我展现的直接性中发展出抽象观念。现代思想则寻找其现成的抽象观念。因此,对古人来说,思想从一开始便流动不居,必须以观念的形式对其加以定形;而对于现代人来说,思想已经被固定下来,而哲学的任务则是重寻其"自然的"流动性。伽达默尔称之为"思辨真理之流动性"(《黑格尔与古代哲人的辩证法》[Hegel and the Dialectic of the Ancient Philosophers],页9),而施特劳斯则称之为"前哲学的意识"(《政治哲学与历史》[Political Philosophy and History],页75),但不管用语上有何差异,在对这一现象的判断上两人一致。

---

① 黑格尔,《精神现象学》(*Phenomenology of Spirit*),A. V. Miller译(Oxford, 1977),页19-20(第33段)。施特劳斯在《政治哲学与历史》(Political Philosophy and History)一文中谈到这段文字,载:《何为政治哲学?》(*What Is Political Philosophy*?),页75。伽达默尔则在《黑格尔和古代哲人的辩证法》(Hegel and the Dialectic of the Ancient Philosophers)对此加以引用,载:《黑格尔的辩证法》(*Hegel's Dialectic*),R Christopher Smith译(New Haven, 1976),页8。使得他们的一致更加引人注目的是他们几乎从同一个地方开始引述黑格尔的文字,尽管伽达默尔比施特劳斯多引了三句话。

此外,两人的思想还有另一共同的根基。为了更加详细地展开分析,施特劳斯向读者推荐了克莱因(Jacob Klein)[①]的两种出版物:他关于希腊数学思想及其向现代思想转型的著名研究,以及一篇论现象学与科学史之关联的文章。[②] 而伽达默尔也将克莱因的论著视为对自身理解柏拉图思想产生了重要影响的作品(《柏拉图未成文的辩证法》,页129)。尽管朱柯特注意到了这一共同的资源,她却说,伽达默尔与施特劳斯受到克莱因思想的不同方面所影响,前者受到其古代数学研究的影响,后者则为其处理历史的现象学方法所影响(页314,注释61)。她的说法或许尚无不可,但将这样一种区分作为关注点却有些似是而非,在我看来,似乎在古代思想与现代思想之争的根本问题上,克莱因的影响恰是一个整合性的因素。对于克莱因来说,古代数学是理解古今之争的关键。

根据克莱因的说法,希腊人的科学观念在从"自然的"或前科学的经验中"抽象"的过程中形成。他将这一"抽象"看做"古代迫切的本体论问题"(《希腊数学思想》[*Greek Mathematical Thought*],页120),虽然其问题性已迷失于现代思想之中,正如黑格尔所说,现代思想视抽象为理所当然。克莱因说,这一态度不仅构成了现代科学的基础,并且直接衍生为我们日常生活中思考方式的基础。因此我们不知不觉地开始相信一种在感官经验世界背后第二位的,更加真实的,数学塑形的世界(《现象学与科学》[*Phenomenology and Science*],页162)。伽达默尔用这种明显具有海德格尔风格的分析,得出了对于现代性的

---

① [译按]克莱因,德裔美国学者,曾于海德格尔门下学习,与施特劳斯、科耶夫等人交好,著有《柏拉图三部曲》(*Plato's trilogy: Theaetetus, the Sophist, and the Statesman*)、《柏拉图〈美诺〉注》(*A commentary on Plato's 'Meno'*)等。

② Jacob Klein,《希腊逻各斯主义与现代代数的产生》(Die griechische Logistik und die Entstehung der modernen Algebra),《数学、天文和物理史:史料与研究》(*Quellen und Studien zur Geschichte der Mathematik, Astronomic und Physik*),第一册(Berlin, 1936),vol. 3,页122及以下。英译为《希腊数学思想和代数的起源》(*Greek Mathematical Thought and the Origin of Algebra*),Eva Brann译(Cambridge, 1968),页61-63以及117-25。施特劳斯还参考了Jacob Klein,《现象学与科学》(Phenomenology and Science),载:《纪念胡塞尔哲学文选》(*Philosophical Essays in Memory of Edmund Husserl*, Cambridge, 1940),页143-63。

认识，现代性由科学与方法新理念的出现“相当明确地”加以定义，而这种海德格尔式的分析也支持了施特劳斯同样的信念：古今之争根本上关涉到现代科学与哲学。①

克莱因强调，古人的科学“从未”背离其在“自然的”直接性中的根基（《希腊数学思想》，页63，原文如此），这便解释了伽达默尔的观点——“生活”之观念对于希腊关于实在的所有思想而言乃是至为根本的（《黑格尔与古代哲人的辩证法》，页29）。因此希腊人在计算之时始终记得在某种意义上他们计算的乃是“事物”，于是克莱因称，严格说来希腊人根本不运用“数”的观念（《希腊数学思想》，页67，63）。

十分清楚，正如伽达默尔指出的，希腊的观念尚未“从特殊存在物具体多样性的土壤中抽离出来”，这一事实解释了希腊数学与科学的直觉性和有限性（《黑格尔与古代哲人的辩证法》，页9）。在克莱因的分析中，现代数学的发展“为后世人类知识的整体设计作出示范”（页121，原文如此），它植根于古代的概念化，但又与之“奇怪地决裂”（页118，原文如此）。我们依赖于那些我们已不再意识到的预设。

克莱因试图分析从古代思想到现代思想的过程：一方面是抽象思考能力的进步，另一方面则是直觉直接性的流失。他将这一过程看做种种理念鲜活的生产与其具体化或“沉积”之间的“交错”，而这些理念经由使用为人所熟知并失去其最初的意味。正是这一过程构成了人类的思想史。对于克莱因而言，它可以说是“历史的一种合法形式”，他还补充说，“历史在这个理解中不能与哲学分离”（《现象学与科学》，页156，原文如此）。

根据施特劳斯在《政治哲学与历史》开篇对历史主义的定义——“哲学问题与历史问题之间的根本差异不能持续存在”（页57），克莱因这一设想尤其引人思考。因此施特劳斯在对历史主义的攻击中明

---

① 伽达默尔，《科学中的哲学要素与哲学的科学性》（On the Philosophic Element in the Sciences and the Scientific Character of Philosophy），载于：《科学时代的理性》（*Reason in the Age of Science*），页6。施特劳斯，《进步抑或倒退？西方文明当下之危机》（Progress or Return? The Contemporary Crisis in Western Civilization），载：《现代犹太教》（*Modern Judaism*）1（1981），页31。

确地将分析的重点建立在克莱因的研究之上,但这研究维护的正是他在同一篇文章中抨击的论题。这种矛盾使得施特劳斯的学说变得很难理解,而且还激发了关于其"真正"教诲的争论:这种教诲是否包含某种隐蔽的现代主义。①

即使我们不愿深入施特劳斯的解释迷丛,我的观点仍是:越贴近地审视伽达默尔与施特劳斯,二人相似点越多。但朱柯特却通过论述克莱因对伽达默尔的影响得出了相反的结论(页 96 以下)。在此,我认为她在伽达默尔对逻各斯之"数理性"结构的推进中发现了一条有趣的探寻之路,伽达默尔这一工作建立在"不定之二(indeterminate two)"的观念之上。朱柯特以超越诸部分之整体来讨论了这一概念,例如柏拉图《智术师》中"以某种方式"同时包含着运动与静止的存在整体(页 98)。朱柯特虽未将其分析继续深入,但对于伽达默尔而言,《智术师》中这种由静到动的柏拉图式"突变"提出了转变的问题,他当下的问题意识便以此为基础(参《黑格尔与古代哲人的辩证法》,页 14,伽达默尔就此谈到"即刻转变")。

尽管我认为这或许会是一个富有成果的探寻,但朱柯特的处理仍存在着问题,在她的笔下伽达默尔将克莱因关于"不定之二"的洞见歪曲为了一种学说综合之原则。在早先引用过的一个段落中,她声称对于伽达默尔来说,"柏拉图的对话录通过展现各异的部分与一个不定的,不断扩展的整体之间数理性的关联,为其视域融合学说提供了一个本体论和认识论的基础"(页 100)。在克莱因对柏拉图的阐释中,朱柯特看到"不定之二"本质上是一个异质性原则,运动、静止与作为一个整体的存在的异质性阐明了这一原则(页 98)。但她解释说,伽

① 但我应该补充说明的一点是伽达默尔显然并未将施特劳斯视为一个"隐秘的现代派"。例如,在其刊于《解释》的关于施特劳斯的访谈中,伽达默尔曾谈到使其妻子感到惊讶的是,一天在他们的讨论中,施特劳斯不断地回溯到引发他们分歧的那些问题上。伽达默尔说,主要的分歧在于施特劳斯拒绝承认现代主义的必要性。伽达默尔愿意承认古人的优越,但他说,人们不能仅仅回归古人的思想(《伽达默尔论施特劳斯》,页 3)。我接受这个私下的证词。如果伽达默尔所言非虚——施特劳斯真心诚意呼吁向古人回归,那么从我所做的文本分析中可以推断出伽达默尔另一看法也正确:施特劳斯尽管不愿意但不得不求助于现代的概念化。

达默尔将这种原则伪造为同质性说法的基础。《后现代的柏拉图们》再一次将伽达默尔独断化——在下面一个题名为“政治意味”(The Political Implications)的部分(页100以下)中,她的努力以一种彻底批评的形式结出了果实。

结语:伽达默尔与施特劳斯“重修旧好”

对于那些曾研习施特劳斯思想的人而言——这其中包括我自己,面对着某种内容和风格都富有吸引力的严肃学术。至少就风格而言,德里达与解构理论远不及伽达默尔与解释学那般引人注目。《后现代的柏拉图们》示范了如何以二者间实质的(substantive)一致来克服这样的偏见。但我宁愿提出相反意见:在这种情况下那种“偏见”是可靠的直觉,而“实质的”仅仅意味着独断论的。事实是:无论施特劳斯与伽达默尔之间有着怎样的学说分歧,他们在解释学实践中,即在学术研究与文本解释中仍然十分切近。

以柏拉图为例。戏剧语境与对话者论点间的联系对于伽达默尔之柏拉图阐释学而言和对于施特劳斯同样根本,他们都在实践与原则上努力探索这种解释方式(伽达默尔在《伽达默尔论施特劳斯》中指出这一点,页7)。正如我们已经看到的,他人是否只能以不同于作者自我理解的方式去理解作者,这一解释学原则是施特劳斯与海德格尔、伽达默尔之间争论的焦点。但尽管海德格尔和伽达默尔在这个问题上意见一致,海德格尔的看法——他的理解优于柏拉图的理解——却与伽达默尔和施特劳斯同样对立。伽达默尔与施特劳斯一样,视自己为一名“柏拉图主义者”。[①]

在很大程度上,伽达默尔与施特劳斯的严重分歧只不过是侧重点的不同。一个显著的例证是前文提到过的朱柯特强调的所谓分歧,即

① 《伽达默尔论施特劳斯》,页10。我认为在《后现代的柏拉图们》论及的诸位思想家中,伽达默尔与施特劳斯均深入地进行了柏拉图研究并受到柏拉图的重要影响,二人也因此卓立于世。

二人在“现时代的危机”或走近存在被遗忘的世界之夜(借用海德格尔的术语)这个问题上的分歧(页104)。伽达默尔的确不认为哲学因此走向了终结,但在他的理解中,形而上学作为“关于存在的形而上学”确实已经耗尽自身;他完全同意,在根本意义上,我们正处于一个充满危机的时代,一个“存在被遗忘”的“世界黑夜”的时代。①

另一个例证是伽达默尔的观点:判定一个作者最初的意图既无可能性,又与解释文本的意义毫不相干。因为施特劳斯说解释恰是要回到作者的本意,正如我们看见的,这个问题似乎在施特劳斯-伽达默尔论争上至关重要。然而,施特劳斯承认他们都不曾宣称自己已经达至对于文本的完全理解,不管他们如何来定义这一解释学目标(《真理与方法》,页6)。伽达默尔同意施特劳斯的看法:获求理解的“相同层次”这一目标本身并无问题,即便事实上从未有人企及这一目标(《关于〈真理与方法〉的通信》,页9)。并且,当人们转向实际研究时,这一理论问题似乎奇怪地消失了。一方面,由于施特劳斯作为一个严肃的学者与伽达默尔同样强调文本细读,他对于“意图”(intent)的发掘实际上完全无异于伽达默尔对于“意义”的发现。另一方面,伽达默尔毅然在理论上反对任何揭示作者真实意图的努力,但这一立场似乎在实践上缺乏明晰的效用。在其作品中他毫不迟疑地,直接或间接地谈论作者的本意,或者谈论与其表面意义正相反的真正的意义。即便他常常避免使用“意图”(intention)一词,但这些语用上的审慎似乎很难显

① 关于这一问题的著名论述见于《真理与方法》“第二版前言”,p. xxxvii。亦参伽达默尔,《谋划未来之札记》(Notes on Planning for the Future),收入 Lawrence Schmidt 与 Monica Reuss 译,《伽达默尔论教育、诗与历史》(*Hans-Georg Gadamer on Education, Poetry, and History*)(State University of New York Press, 1992),页179-80:“[哲学]话语……必须加强我们对于下列事实的意识:我们已看不见上帝,我们生活在一个上帝被遮蔽的时代(马丁·布伯),存在之间渐沉入遗忘,因为我们的形而上学传统已渗入科学领域(马丁·海德格尔)。”

现出真正的重要性。[①]

指出伽达默尔与施特劳斯的这些一致不过是要更加全面地揭示，施特劳斯本人也承认他们实际上有很多相似之处(《关于〈真理与方法〉的通信》,页 11)。这一自白是对伽达默尔所作结论的回应，伽达默尔称，为了说服施特劳斯，

> 我真正必须去做的是……在你的作品中显示我的意图——因为我想要纠正一种关于程序的错误想法，当这种程序成功实行(即在传统中真正揭示出某种东西)时，它本身是正确无误的，假如人们并不把我的这种愿望当真，我必然会遭到误解。(《关于〈真理与方法〉的通信》,页 10,原文如此)

在揭示真理之能力这一最为重要的方面，伽达默尔与施特劳斯二人间似乎并无太多差异。但他们之间的分歧总是很容易被夸大，我相信《后现代的柏拉图们》就夸大了这种分歧。本文的结论就是伽达默尔和施特劳斯在哲学上的关联既引人注意，又极为重要。并且这一论题尚有待大力开掘。《后现代的柏拉图们》开始了这一探索，因此无论我对这一尝试多么挑剔，我仍感激其作者的贡献。

---

① 可参伽达默尔在《柏拉图与诗人》一文中的分析，页 58，他认为“因此柏拉图的教育(paideia)意味着针对智者启蒙的一股平衡力”，这一结论同样适用于拿“意图(intended)”来替换“意谓(meant)”。在同一篇文章中(页 45)，伽达默尔谈到柏拉图“特地”使用了“一个恶意的例证”。或者，甚至更加意味深长地宣称：“柏拉图在《巴门尼德》中的真实意图难道不会是想让我们敏锐意识到存在于理念和表象的关联中的本体论问题？他所讨论的解决方案之不可实现性正揭示出问题自身所暗含的独断论。”伽达默尔，《柏拉图－亚里士多德哲学中善的理念》(*The Idea of the Good in Platonic-Aristotelian Philosophy*)，R Christopher Smith 译(New Haven, 1986)，页 10。

在一篇为伽达默尔《对话和辩证法》所作的书评中，Richard Velkley 指出，按照伽达默尔的说法，柏拉图对话录是“‘言辞之整体(wholes of discourse)’，它们通过将接受者纳入其中来显露自身意图。‘意图’在此并不具有心理或主观的意味，因为它不仅仅属于苏格拉底(或柏拉图)，而是属于任何真正理解的人；在此，意图即参与交谈之人的意图。伽达默尔对作者之意图保留敬意，借此以柏拉图的方式远离其同代人”。《解释》，13，no. 2 (May 1985)：264。

对拉米的回应

朱柯特(Catherine Zuckert) 著
黄 晶 译

很遗憾,学术论争通常都极其学术化,换句话说,这些论争常常枯燥,沉闷而冗长。因为拉米(Walter Lammi)教授对拙作的批评有一部分涉及注释,我有些担心我的回应会显得气量过于狭小。

因此,本文将首先回应两个主要的批评,进而转入具体问题。首先,拉米替伽达默尔辩护,而我原本就未打算、同时并不认为拙作曾攻击过伽达默尔之作。通过带有"同情理解"的研究,我试图证明他不仅仅是一个"次要的海德格尔派"或其导师的追随者,他还在学术生涯中发展出了一种与海德格尔迥异的哲学方法,而这种方法理应受到认真对待。

其次,我处理施特劳斯著述的方式与处理其他作者并无二致,在某种程度上,我试图与自身习得的研究方法保持一定距离。在论及伽达默尔的一章中,我努力阐明他在方法上的进步以及采用这种方法的原因;而在与施特劳斯相关的篇章中,我则尝试追问施特劳斯对柏拉图研究的推进及其原因。当我在书中写"施特劳斯如是说"的时候,我的意思其实是"施特劳斯说过或者认为……",而我本人并不一定赞同或反对其看法。我努力在书中展现他思想的种种片段如何合为了一种包容性的观点:我既不能也未曾对他、伽达默尔、德里达或者海德格尔的所有说法做出批判性考察，而我未对任何一种说法明确地提出异议，并不代表我就一定对其表示赞同。诚然，在拙作的末尾我的确对伽达默尔和德里达有所批评，而对施特劳斯的方法表示了赞同。请容许我在此引用：

> 施特劳斯激励他的读者根据理性和启示之间的严格区分重读哲学史，从而要求其读者以一种彻底非传统的方法研习哲学史。他对于个体哲人的解读，尤其是他对柏拉图的重新解读，已被证明极富争议性。也就是说，这些解读引发了争论与驳斥。但是施特劳斯最好地揭示了人们需要以非传统的方式解读传统，假如当下对于柏拉图的回归是为了证明哲学还有着未来，那么他或许已经成功地达成了这一目的。（《后现代的柏拉图们》，页276）

施特劳斯当然吸引了一大批学生簇拥在周围。事实上，拉米教授似乎就是把我看做施特劳斯的学生或追随者，并带着这种先入之见阅读《后现代的柏拉图们》。

例如，在拉米看来，我在“伽达默尔之路”这一章的末尾，将伽达默尔判定为一个自由主义者是一种“彻底的批评”。按照拉米的说法，“朱柯特认为伽达默尔独有的自由主义弱点是，他完全无法解释人类的冲突与战争”。这一指责必定反映出了在拉米眼中何为“施特劳斯派”的信念，因为就我本人而言，我所作的判定——伽达默尔是一名自由主义者——并非是一种批评，我也根本没有对此加以暗示。我将伽达默尔描述为一位自由主义者，而这种判断清楚地建立在我所引用的他本人的一段文字上：

> 自由原则无可指摘，不能更改。已不再可能有人坚持人性的非自由一面……但这是否意味着……历史已经走向终结？……难道人们不是必得将自由原则变为现实？显然，这说明了世界历史正向着未来的种种可能性无休止地前进。（《后现代的柏拉图们》，页102－103）

对于自由和进步的信仰难道不是"自由主义"思想的传统特征么？我曾在论述伽达默尔思想的"政治意味(the political implications)"时，指出伽达默尔曾被当做一个"相对主义者"和"保守主义者"。拉米完全忽视了"保守主义"这项指控，而仅仅关注"相对主义"的问题，这或许是因为"相对主义"的批评来自于与右派联系在一起的施特劳斯，而"保守主义"的批评则来自于明确与左派相连的哈贝马斯。我认为，伽达默尔同时受到两派的误解意味着他实际上是个温和派。我将温和主义视为一种政治德性。在我笔下，"自由主义的"这一术语并不含有嘲讽之意。恰恰相反，我认为人类在重要的方面是自由的，我也相信这一自由使得人类可能拥有道德和高贵。在《后现代的柏拉图们》的导言中，我说(页8)伽达默尔、施特劳斯和德里达最终都赞同自由民主的种种形式，尽管他们所展示出的自由民主的根基和特定视野各自不同。我从未使用过"自由主义弱点"这一术语，我也未曾责怪伽达默尔"完全"无法解释人类冲突和战争。拉米引用了我的说法：伽达默尔未能描述我们在世上遭遇的持续冲突和非理性。可我并没有说过伽达默尔无视冲突的存在；恰恰相反，我在80页上援引了他对于人类分化趋势的解释，在柏拉图《王制》中正是这种分化的趋势使得守卫者成为必需，同时也使得他们的教育成为必要。在整个研究的结论处，我的确说过采用伽达默尔的解释方法，"原则上"会渐渐消除战争的必要性，因为其目标在于获得一种共同的理解。在重刊于《科学时代的理性》(*Reason in the Age of Science*)这本文集之中的一篇文章里，伽达默尔自己表达了同样的意思：他强调了在面对可能发生的技术毁灭时人类取得"团结"的重要性。我从未因为他希望战争终结而对他有所批评。我并不像施米特那样(或者像施特劳斯那样)确信战争有益于人类；我至多会承认在某些情况下这种恶乃是必然。总之，我认为我主要是以积极而非批判的态度研究伽达默尔的政治学。在《伽达默尔之路》(Gadamer's Path)这一章中，我试图证明对于柏拉图的阅读，帮助他逃离了与尼采、海德格尔思想纠缠不清的可怕政治。

我曾在与《政治意味》这一部分相隔五个章节的结论中说过，我认为伽达默尔的思想存在着这样的问题：他并未给出一个令人信服的理由让我们相信视域必然会不断改变或者拓展；“开放性的”未来或时间的无限性并不具有自足性，因为无限的时间也可以包容周期性的循环或简单的重复。在此，拉米认为我混同了“现象学描述”与“形而上学学说”。我却不能确定我对伽达默尔的批评——他未能恰当地说明视域必然会不断改变或拓展的理由——是否能被称为“形而上学的”或者“独断论的”。我认为，如果要恰当地说明人们理解自身以及世界的方式，伽达默尔就需要由“描述”转向对如何与为何的解释。然而，伽达默尔并未宣称他在《真理与方法》中所倡导的“解释方法”只是一种“现象学描述”；相反，他强调解释学并不仅仅是一种解释方法。它成为一种具有内在伦理需要的生活方式。正如他在写作第一部著作《柏拉图的辩证伦理学》(*Plato's Dialectical Ethics*)时便开始宣称的：人类并非天然拥有关于善、好的知识，而是需要寻求这样的知识。共同体应当建立在此种寻求之上。对于伽达默尔而言，对于真理的追求和对于共同体的需要因此在根本上可以并存；因此，对真理的追求与对共同体所依赖的道德或伦理规范的保存之间的关联(或者人们会称之为张力)，对于尼采和施特劳斯来说是一个问题，而对于伽达默尔则不成为问题。

我从未否认伽达默尔“对于人之局限和有限性具有敏锐的感知，这种感觉不仅为海德格尔、施特劳斯或德里达之思想所具有，同样也内在于伽达默尔的思想”。相反，我说过，《后现代的柏拉图们》考察的几位思想家，之所以认为必须得重新构想一套哲学，并因此回头重新思考其在柏拉图处的起源，首要的原因便是他们相信，确切地说，人类在现在和将来都不能拥有知识。在259页上，我写道：

> 像伽达默尔一样，施特劳斯认为对于哲学知识的热爱是人类所能达至的完美之极限。就本质而言，我们永不能真正或者彻底地拥有智慧。但是，尽管施特劳斯与伽达默尔都认为人类的知识在根本上极为有限，这一限制的根基或根源在他们眼中却又是不同的。按照伽达默尔的说法，这种限制在根本上与现世相关；我们必须根据将会到来的然而尚不可知的进步不断重新思考和解

> 释我们从历史中学到的东西。而施特劳斯则认为,人类知识的有限性并不仅仅,甚至并不主要根源于人类存在的有限性……我们是否有足够的时间学习一切知识,终究依赖于可供学习之物的特质。这便是困难之所在;世界不可化约的异质性……

我将施特劳斯与德里达放置在伽达默尔的对立面,这是因为施特劳斯和德里达都认为世界有一些方面永远不能被理解。我并未否认伽达默尔和施特劳斯在一些问题上达成了一致,恰好与德里达对立。相反,我说过:

> 与施特劳斯一样,德里达否认逻各斯具有中介或综合的作用,而伽达默尔和新柏拉图主义传统则赋予逻各斯这样的作用……但是与施特劳斯不同的是,德里达并不认为语言反映或表达了人类对于“事物”本质上的异质性的感知。他明确挑战了西方哲学传统的人性化与“整体化(totalizing)”倾向,而伽达默尔和施特劳斯则宣称哲学在于一种生活方式,而非在于学说的传布,确切地说,知识必是关于整全(the whole)的知识,由此他们以不同的方式再次证实了这一倾向。(页261)

拉米认为我的研究将会把“施特劳斯派”引向德里达的解构而远离伽达默尔,不过我并不认为他的这种担忧有充分根据。

拉米反对我的说法——按照伽达默尔的看法,逻各斯或语言起到一种中介或综合的作用——因为似乎他认为中介或综合便等于同质化。我不这么认为,事实上,我的看法刚好与之相反。无论是中介还是综合都预设了差异的存在。我认为我恰如其分地判定了伽达默尔理解的语言功能,因为他在《真理与方法》中明确宣称,对于“言”(word)(在《约翰福音》又作逻各斯,拉丁语译为 *verbum*)的基督教理解胜过古人的理解;而与基督相关的“言”的特质就是它或他沟通人神,同时很神秘地将三合而为一(三位一体)。在此,伽达默尔强调西方传统作为一个整体的连续性与发展,在这一点上他更接近于黑格尔,施特劳斯则明确反对这种看法,他在古人和今人之间作出截然的区分。我并无意说伽达默尔对于语言的理解只是或者说主要是基督教式的。相反,这种理解明显是可感的、是世俗化的。当伽达默尔坚称"能被理解的存在便是语言"时,他质疑的是海德格尔的说法:与那种必然的,神秘的光之源泉相比照,语言是存在的"澄明(lighting)"之"家"(即保护性的空间)。

我并不认为我评论伽达默尔时带有敌意。在《后现代的柏拉图们》中,我对五位思想家的解读试图展示出他们对于一些共同问题的理解以及他们相互间如何就此作出回应,我试图对伽达默尔的思想与言辞加以解读,而并不是像拉米所说的那样,要对他进行"攻击"。伽达默尔始终像一个绅士那样写作。他坦诚地承认自己向别的学者借鉴颇多;他强调,自己和他人能从这些学者身上学到的更多的是其长处而不是错误。在《真理与方法》中,他表示我们应当在扪心自问是非对错之前,先把自身的想法和信念搁到一边,努力以作者的方式对其人其作抱有同情理解。只有经过这种方式,我们才能超越自身原本相当有限的视域,获得一个更为宽广的视野。

拉米反对我对海德格尔的解读,拉米的批评再清楚不过地证明了他在以一种非伽达默尔的方式代表伽达默尔批判《后现代的柏拉图们》。我说海德格尔思想的三个阶段均由其重新检审柏拉图处西方哲学的"开端"而开启,拉米承认我的说法具有原创性,并且颇能激发思想。不过似乎他认为我举出的唯一论据便是《后现代的柏拉图们》第一次提出这一论题时标注的一个尾注。拉米注意到,我在那个尾注中把珀格勒(Otto Pöeggeler)当做三分的来源。但他抱怨说自己未能在珀格勒的作品中找到这样一种分期。我发现,他之所以不能找到是因为他所查阅的是我参考的第二部著作——《海德格尔的思想之路》(*The Path of Martin Heidegger's Thought*)——这部书概述了海德格尔思想的发展,他并没有查阅我的第一本参考著作——《海德格尔的哲学与政治》(*Philosophie und Politik bei Heidegger*),珀格勒正是在此书中明确将海德格尔的思想区划分为三个阶段。再者,拉米并没有发现珀格勒将海德格尔思想的分期与重读柏拉图相连。但是,正如拉米也承认我从未说过这样的话。相反,我说:"只有通过海德格尔已经出版的讲稿,我们才能看清他如何以重读柏拉图的方式开启其思想的每一个新阶段。"我列出了这三篇讲稿的出版时间——1992年,1988年和1982年——全都晚于珀格勒的《海德格尔的哲学与政治》(1972)和《海德格尔的思想之路》的德文原版的出版(我也曾在注释中对此加以说明)。拉米完全忽视了,我是由海德格尔对柏拉图的重新阅读开始展开论述这三个阶段的。与拉米所说的相反,我曾试图比较详尽地证明:第一,这一重读的特殊之处何在;第二,它在特定的阶段如何为海德格尔思想的某些方面奠定了基础;第三,海德格尔不满于研究的结果,这如何引领他重新思考一些问题(因此将他带往了另一思想阶段)。拉米在一个尾注中说他注意到这"实际上"与我发表于1991年美国政治学会议的一篇论文一致。我不明白拉米说这个"实际上"有什么含义。我确实曾将这篇论文的许多部分并入《后现代的柏拉图们》中论及海德格尔的一章;而我用数年时间写作这部对五个思想家的研究作品。海德格尔论柏拉图《智术师》的讲稿于1992年公布之后,我加入了一长段文字讨论这些讲稿如何为《存在与时间》中的分析奠定基础。因为海德格尔《存在与时间》的开篇便谈到柏拉图的《智术师》,我在最初的版本中便以此为据。现在材料则更加充实。

拉米以一种同样吹毛求疵的方式帮我在31页上的注释65挑错;他质疑我关于伽达默尔选取的"道路"的一段介绍性文字,我在那里谈到了《柏拉图的教育城邦》(Plato's Educational State),他尤其不同意"言辞中的城邦"(city in speech)"并非是要构建一个可供照搬的蓝图或计划"。伽达默尔在这篇文章中并未断然作此判断;然而拉米抱怨说伽达默尔并未讨论"谎言",更不用说讨论"高贵",而我却将这一判断与其相连。正如拉米自己在尾注中承认的,伽达默尔的确曾在另一篇论《王制》的文章《柏拉图与诗人》(Plato and the Poets)中对此问题加以讨论,而在论伽达默尔的一章中,我不仅处理《柏拉图的教育城邦》一个文本,同时还对这篇文章加以更加详尽的解读。在《柏拉图与诗人》中,伽达默尔将诗人们讲的故事都描述为"谎言",并说"与这种对于智术师的教化相反,柏拉图提出一种彻底净化过的诗,这种诗已经不再是对于人类生活的反映,而是一种刻意修饰过的谎言之语言”(英译本58页)。将伽达默尔这两篇论《王制》的文章整合在一起的论题便是:《王制》描述的是一种教育,而非一种可以照搬的政治改革规划。假如拉米在试图证明或推翻我对于伽达默尔与尼采、施特劳斯二位在路向上的差异的概述之前,曾完整阅读过我对于伽达默尔解读《王制》的论述,那么我认为他一定会找到支持我论点的引文。

拉米同样质疑我引用维因斯海默(Joel Weinsheimer)[1]著作的方式。在一个尾注中,我指出维因斯海默谈到了伽达默尔与海德格尔的相同之处而不是他们之间的差异(而我却指出他们的差异)。在我的书中,我借用了维因斯海默对这两位思想家一致之处的看法,而没有具体引出维因斯海默的原话。我认为在一页书上不应对某一部作品的原文作过多的引用;拉米从我所引用的文字中读出了我与维因斯海默观点的同与异。这不正是注释应该起到的作用么?这些关于注释的论争都过于细碎。假如拉米果真依从伽达默尔推崇的方法阅读文本,不但会使他更好地理解我的论点及基础,而且会替他节省许多力气,不至于像现在这样做无用功。

拉米对我注释的所有批评都来自于我们之间的分歧,我认为他应当明白地指出这种分歧所在。在注释22中,拉米告诉我们:“朱柯特坚持说海德格尔的解构(Destruktion)与伽达默尔的文本对话是如此相异的研究,它们显示了两人的对立”,而他本人则“详细论述过他们几乎是一致的”。可是,假如他明确提出与我相反的观点,他就会遇到下面的问题:如果伽达默尔的方法与海德格尔一致,那么当然像施特劳斯看到的那样,他与伽达默尔选择了对立的立场。施特劳斯始终尽力

---

① [译按]维因斯海默(Joel Weinsheimer)是伽达默尔的英文译者,也是其著名的研究者。译有伽达默尔《解释学、伦理与宗教》(*Hermeneutics, Ethics, and Religion*)、《真理与方法》(与Donald Marshall合译)等书,后者是《真理与方法》最通行的英译本,主要著作包括《18世纪的解释学》(*Eighteenth-Century Hermeneutics: Philosophy of Interpretation in England from Locke to Burke*)、《哲学解释学与文学理论》(*Philosophical Hermeneutics and Literary Theory*)以及《伽达默尔的解释学》(*Gadamer's Hermeneutics—A Reading of Truth and Method*)等。现执教于美国Minnesota大学英语系。

消除“激进历史主义”的威胁(施特劳斯认为海德格尔是激进的历史主义者,他并未说伽达默尔是历史主义者)。我不认为拉米能够证明伽达默尔在基本的方面与海德格尔及施特劳斯达成了一致。我认为,伽达默尔与每一个思想家都会在一些问题上达成一致,而在另一些问题上产生分歧。

我不愿过多地反驳拉米对于伽达默尔—施特劳斯论争的论述。与伽达默尔一样,拉米强调的是二者的一致之处。而我则像施特劳斯一样,预设存在着一个基本的分歧:施特劳斯关心一个文本可能含有的“真理”特质终究胜过关心对文本的阅读。这不仅仅是“侧重点”的差异。虽然施特劳斯担心,自己是否真的做到了像作者那样理解其文本,但他的确始终朝着这个目标努力。重获作者的“意图”是一项调节性的(regulative)原则;假如人们无法确定文本的原初意义,那么他们同样不能确定自己对其获得了不同的理解。更加根本的问题是,假如一个历史文本的作者道出了某个真理,这个真理对于我们和他自己来说便应当同样令人信服并且易于理解,因此对于它的理解应当取得一致。也许我们应当考虑语言和语境的差异,但并不存在需要“融合”的种种视域。而伽达默尔与海德格尔一样,认为“真理”是一个发生在时间中的“事件”,我们不可能像过去的作者那样理解他们的作品。

在“后现代的”论争中,我们并不能时常听到施特劳斯的声音或者观点,原因之一在于施特劳斯对于真理有着更加传统的理解。拙作恰好在力图证明他应当被带入这一特殊的对话之中,因为他与伽达默尔、德里达一样,回答了尼采和海德格尔留下的问题。奇怪的是,我觉得拉米教授大体会认同我的说法。

图书在版编目(CIP)数据

雅典民主的谐剧/刘小枫,陈少明主编 . -北京:华夏出版社,
2008.1
(经典与解释)
ISBN 978-7-5080-4575-7

Ⅰ.雅… Ⅱ.①刘… ②陈… Ⅲ.阿里斯托芬-喜剧-文学研究
Ⅳ.I545.073

中国版本图书馆 CIP 数据核字(2008)第 006701 号

雅典民主的谐剧

刘小枫　陈少明　主编

出版发行:华夏出版社
(北京市东直门外香河园北里 4 号　邮编:100028)
经　　销:新华书店
印　　刷:北京集惠印刷有限公司
装　　订:三河市李旗庄少明装订厂
版　　次:2008 年 1 月北京第 1 版
2008 年 2 月北京第 1 次印刷
开　　本:880×1230　1/32 开
印　　张:10.625
字　　数:292 千字
定　　价:29.00 元

西方传统：经典与解释

夜颂中的革命和宗教——诺瓦利斯选集卷一
[德]诺瓦利斯 著

大革命与诗化小说——诺瓦利斯选集卷二
[德]诺瓦利斯 著

新的方式与制度——马基雅维利的《论李维》研究
[美] 曼斯菲尔德 著

《利维坦》附录
[英] 霍布斯 著

巨人与侏儒
[美] 布鲁姆 著

或此或彼（上、下）
[丹麦] 基尔克果 著

海德格尔与有限性思想（重订版）
刘小枫 选编

海德格尔式的现代神学
刘小枫 选编

走向古典诗学之路——相遇与反思：与伯纳德特聚谈
[美] 伯格 编

论宗教大法官的传说
[俄] 罗赞诺夫 著

上帝国的信息
[德] 拉加茨 著

双重束缚
[美] 基拉尔 著

俄耳甫斯教祷歌
吴雅凌 编译

俄耳甫斯教辑语
吴雅凌 编译

动物与超人之间的绳索
[德] A.彼珀 著

黑格尔的观念论
[美] 皮平 著

古今之争中的核心问题
[德] 迈尔 著

浪漫派风格——施莱格尔批评文集
[德] 施莱格尔 著

赫西俄德：神话之艺
[法] 居代·德·拉孔波等 著

神圣的罪业
[美]伯纳德特 著

西方传统：经典与解释
CLASSIC & INTERPRETATION
HERMES
刘小枫◎主编

论永恒的智慧
[德]苏索 著

宗教经验种种
[美] 詹姆斯 著

尼采反卢梭
[美] 凯斯·安塞尔－皮尔逊 著

施米特对自由主义的批判
[美] 约翰·麦考米克 著

舍勒思想评述
[美] 弗林斯 著

诗与哲学之争
[美] 罗森 著

基督教理论与现代
[德] 特洛尔奇 著

亚历山大的克雷蒙
[意] 塞尔瓦托·利拉 著

伊壁鸠鲁主义的政治哲学
[意] 詹姆斯·尼古拉斯 著

神圣与世俗
[罗] 伊利亚德 著

中世纪的心灵之旅——波纳文图拉神学著作选
[意] 圣·波纳文图拉 著

弓弦与竖琴——从柏拉图解读《奥德赛》
[美] 伯纳德特 著

墙上的书写——尼采与基督教
[德] 洛维特／沃格林等 著

论古人的智慧
[英] 培根 著

希伯莱圣经历代注疏

希腊化世界中的犹太人
[英] 威尔逊 著

第一亚当和第二亚当
(德) 朋霍费尔 著

卢梭注疏集

设计论证——卢梭的《社会契约论》
[美] 吉尔丁 著

柏拉图注疏集

柏拉图《王制》述要
[阿拉伯] 阿维罗依 著

《王制》要义
刘小枫 选编

柏拉图的《会饮》
[古希腊] 柏拉图 等 著

苏格拉底的申辩
[古希腊] 柏拉图 著

苏格拉底与政治共同体
[美]尼科尔斯 著

《法义》导读
[法]卡斯代尔·布舒奇 著

莱辛注疏集

启蒙运动的内在问题——莱辛思想再释
[美] 维塞尔 著

莱辛剧作七种
[德] 莱辛 著

智者纳坦（研究版）
[德] 莱辛 等 著

历史与启示——莱辛神学文选
[德] 莱辛 著

论人类的教育
[德] 莱辛 著

色诺芬注疏集

居鲁士的教育
[古希腊] 色诺芬 著

驯服欲望——斯特劳斯笔下的色诺芬撰述
[法] 科耶夫 等 著

论僭政——色诺芬《希耶罗》义疏
[美] 施特劳斯 著

色诺芬的《会饮》
[古希腊] 色诺芬 著

施特劳斯集

回归古典政治哲学——施特劳斯通信集
[美]列奥·施特劳斯 著

隐匿的对话——施米特与施特劳斯
[德]迈尔 著

中国传统：经典与解释
CLASSIC & INTERPRETATION
刘小枫　陈少明◎主编

中国传统：经典与解释

辩说的力量
陈文洁 著

古学经子——十一朝学术史述林
王锦民 著

经学以自治——王闿运春秋学思想研究
刘少虎 著

《铎书》校注
孙尚扬 肖清和 等 校注

经典与解释辑刊（刘小枫　陈少明 主编）

1 柏拉图的哲学戏剧
2 经典与解释的张力
3 康德与启蒙
4 荷尔德林的新神话
5 古典传统与自由教育
6 卢梭的苏格拉底主义
7 赫尔墨斯的计谋
8 苏格拉底问题
9 美德可教吗
10 马基雅维利的喜剧
11 回忆托克维尔
12 阅读的德行
13 色诺芬的品味
14 政治哲学中的摩西
15 诗学解诂
16 柏拉图的真伪
17 修昔底德的春秋笔法
18 血气与政治
19 索福克勒斯与雅典启蒙
20 犹太教中的柏拉图门徒
21 莎士比亚笔下的王者
22 政治哲学中的莎士比亚
23 政治生活的限度与满足
24 雅典民主的谐剧
25 霍布斯的修辞
26 维柯与古今之争